上卷

杨黎光 ◎ 著

SPM 南方传媒 | 花城出版社

中国·广州

图书在版编目（CIP）数据

寻：全2册 / 杨黎光著. -- 广州：花城出版社，2023.10
　　ISBN 978-7-5360-9891-6

　　Ⅰ．①寻… Ⅱ．①杨… Ⅲ．①长篇小说－中国－当代 Ⅳ．①I247.5

中国国家版本馆CIP数据核字(2023)第183631号

出 版 人：张　懿
责任编辑：陈诗泳　凌春梅
责任校对：汤　迪
技术编辑：林佳莹
封面设计：集力書裝 彭　力

书　　名	寻
	XUN
出版发行	花城出版社
	（广州市环市东路水荫路11号）
经　　销	全国新华书店
印　　刷	深圳市福圣印刷有限公司
	（深圳市龙华区龙华街道龙苑大道联华工业区）
开　　本	787毫米×1092毫米　16开
印　　张	35　2插页
字　　数	580,000字
版　　次	2023年10月第1版　2023年10月第1次印刷
定　　价	168.00元（全2册）

如发现印装质量问题，请直接与印刷厂联系调换。
购书热线：020-37604658　37602954
花城出版社网站：http：//www.fcph.com.cn

历史苍茫，我们看到的是浩荡的世界潮流，俯身细看，都是芸芸众生。

目 录

第一章 \ 001
第二章 \ 023
第三章 \ 039
第四章 \ 054
第五章 \ 076
第六章 \ 092
第七章 \ 113
第八章 \ 147
第九章 \ 164
第十章 \ 177
第十一章 \ 196
第十二章 \ 210
第十三章 \ 228
第十四章 \ 250
第十五章 \ 265

第一章

走出深圳第二人民医院大门的马小军,心中只有一个念头,他要再去寻找母亲,对,没有错,是去寻找自己的亲生母亲。这不仅是生命已经进入倒计时的老父亲的嘱托,也是自己一辈子没有实现的愿望。

其实,马小军今年已经74岁了,可他自从记事以后,就没有见过自己的母亲。几十年来,无论是父亲还是他,都在不断地寻找母亲,可母亲就像人们所说的那样,生不见人,死不见尸,变成父亲和他心里一个永远的"痛"。

马小军曾是深圳一家国企的董事长,1982年特区建立之初就来到了深圳,已经退休,早已是含饴弄孙的年龄了。可是,马小军97岁的老父亲马卫山还在,只要父亲还在,从心理上马小军就觉得自己还是一个儿子,无法进入颐养天年的状态。老父亲一生经历了千辛万苦,只有马小军一个孩子,因此,他觉得自己的责任还没有尽完,孝心也没有尽完,照顾陪伴老父亲,成了马小军退休生活的重要内容之一。因为老父亲就在身后第二人民医院里住院,所以,马小军三天两头就要到医院探视陪伴。

刚刚,马小军才走出父亲马卫山的病房,可他显然心情很沉重。

1937年参军,经历过无数的枪林弹雨,吃尽了人间之苦,也留下了遍身的伤痛,如今就静静地躺在身后病房里的老父亲,生命快要走到尽头了,但仍念念不忘不知下落的妻子。

作为父亲唯一的儿子,马小军自然也心情沉重。

据说,经历过死亡的人会有两种表现,一种是从此畏惧死亡,一种是能够坦然面对，父亲属于后者。一个能坦然面对死亡的人，一定是个意志坚定者。

马卫山就是一个意志坚定的人，战争年代经历过无数死亡，因此把死亡看得很淡。进入暮年后的老父亲，变得越来越少言寡语，基本上是坦然地面对生老病死，可始终对一件事放不下。这也是今天让马小军心里难受、心情沉重地走出病房的原因。

父亲很少和孩子们谈到死亡，虽已97岁的高龄，也从未和儿子马小军谈过自己的身后事。但，就在刚才，父亲第一次向马小军交代了自己的后事，他说："我死后，你要将我埋在你娘的身边，她一个人在山里太孤单了，我应该去陪陪她了。"

父亲的话一出，马小军的眼睛就模糊了。一般来说，上了年纪的人由于经历得多不容易太伤感。其实，老人常常是容易落泪的，因为老人怀旧，因而心里总藏有他的伤心往事。父亲的这一句话，就是触动了也是一个老人的马小军心里最伤心处。

在父亲马卫山的心里，认为母亲已经死了，所以老得已经时清楚时糊涂的老父亲想死后和妻子埋在一起，这是晚年的父亲放不下的一件事。97岁的老父亲交代身后事，本是一件正常的事，可为什么马小军立即眼睛就模糊了呢？

因为，这触动了他心中的那个"痛"，这么多年，一直没有找到母亲的下落，又怎么知道她葬在哪里？

也许是想得太深想得太久，老父亲马卫山也犯迷糊了，因为他也不知道妻子到底埋在哪里。马卫山与妻子分手时，妻子刚刚20岁，怀着身孕，挺着肚子在山道边和丈夫挥手道别。年轻的马卫山三步一回头，将妻子挥手的身影永远留在心里，从此两人再也没有见过面。母亲在父亲的心里，永远停留在分手时的20岁，因此，母亲在父亲的心中永远是年轻的。

马小军心中最大的痛，并不只是从未见过母亲的面，母亲甚至没有留下一张照片。父亲说，你娘一生根本没有照过相。而是马小军一直不知道母亲死后到底埋在哪里，一直不知道。所以，这也是马家一家人心中永远的"痛"。

马小军是1945年7月出生的，战争使他被遗留在东北农村。当年作为一个军人的父亲，南征北战结束以后，到1953年才回到东北找到被寄养在山里老乡家的儿子，将他接到广州的部队里和自己一起生活。这时他已经8岁了，还没有一个正式的名字。当时要报名上小学，因为在部队，文化也不高的父亲，就顺手给他取了一个简单而直接的名字：马小军。此后，他一辈子也就没有再改过名字。所以到老了，仍然叫小军。

他后来也参了军，当的是比较艰苦的基建工程兵。1982年调来深圳参加刚建立不久的特区建设。后来所在的基建工程兵部队于深圳集体转业。所谓集体转业，就是脱下了军装但仍保留了整个建制，成为深圳最早的一支市属国企队伍，马小军也成了深圳从"小渔村"到"大都市"早期的"开荒牛"。

全家定居深圳后，1984年马小军便将已经从广州空军部队离休的老父亲接了过来，带在身边一起生活。这些年，由于老父亲年纪越来越大，随着身体不断衰老，再加上身上许多战争年代所受的旧伤也不时复发，因此老父亲需要经常住院治疗，现在就住在这家医院里。

今天来医院看到父亲有点异常。刚走进病房的时候，马小军还没坐下，躺在病床上的老父亲，突然颤巍巍地抬起他那老树桩一般的手臂，指着马小军的身后说："你妈妈来了！"

马小军一惊，扭头一看，除了从病房外走进一位推着送药车的小护士，没有别人。这位小护士大约只有二十岁，小小的个子，瘦瘦的身材，黑黑的皮肤，一看就知道是从农村里出来的小姑娘，边走进病房，边大声对病号们说："吃药了，吃药了。"姑娘的口音带着浓浓的东北味。马小军前些日子曾听父亲说过，这是黑龙江依兰的口音，因为马小军的母亲就是依兰人，那里离父亲的老家富锦也不远。父亲离开家乡已经七十多年了，解放以后部队就一直在南方，可至今仍清晰地记得乡音。

马小军回过头来，看见父亲微微地抬着头，那混浊的眼睛一眨不眨地一直盯着这位小护士，目光随着小护士在病房里给各病床送药而移离。

马小军明白了，父亲一犯糊涂就把这位黑龙江依兰籍的小护士，误认为是当年的母亲，可见母亲的音容笑貌，都在父亲的心里深深地扎着，一点也没有淡去。

马小军转过身来，伸手轻轻地按下了父亲那似乎锈迹一般布满着老人斑的手臂，以免让别人看见他把小护士当作自己年轻时的妻子而笑话，也担心让那位好像还没完全长大的小护士尴尬。

其实，马小军的父亲马卫山，虽然已经如此高龄，但医生说他并没有罹患老年痴呆症，只是出于衰老的原因，有时会犯糊涂。但清醒时，他能记得清很久远的事情，连一些细枝末节都能说得一点不差。例如，他能清楚地说出当年他所藏身过的小兴安岭里东北抗联的"密营"山洞，他说的那些地名，马小军在地图上查过，竟然一字不差。马卫山还能说几句俄语，这是抗战时期他在苏联受训时学的收发报技术术语。医生说，在医院的老年科病房里，97岁的老人还有这样好的记忆，让人吃惊。

这时，小护士转到了马卫山的病床前，马卫山的眼睛还是一直紧紧地盯着她。小护士名叫叶兰，大家都喊她兰兰，家在东北农村，读的是护士学校，目前在这家医院里做实习护士。兰兰有着一种农村孩子的朴实，人很勤快，也善解人意，说话怯怯的，普通话里带着家乡的口音，态度总是很温和，一脸的笑容，很得那些老年病号的喜欢。

马卫山告诉过儿子马小军，他的母亲也叫兰兰，13岁时跟着父亲一同来到小兴安岭密林里的抗联部队，当时也没有一个大名，家里人都叫她二丫，因为她是第二个女儿，大女儿叫大丫，二女儿就叫了二丫。到抗联后，大家也就跟着她父亲一道叫她二丫了。

马卫山和二丫所参加的部队是东北抗日联军第三军，军长就是那位让日本鬼子和伪军听了都害怕的抗日英雄赵尚志，部队活动的地方就在小兴安岭，那里有抗联的"密营"。有一次在部队营地，遇上了他们的军长，赵尚志自小跟着教私塾的父亲读过书，后来又是黄埔军校四期的学生，自然有文化。抗联部队里女兵极少，赵尚志看着这个小姑娘挺勤快的，就问她叫什么名字，她说，我叫二丫。赵尚志听后就说，参加抗联了，不是小丫头了，是抗日的战士，不能没有一个大名。当时正是春暖花开的时候，漫山遍野都开着一些不知名的小花。赵尚志说，就叫兰兰吧。

这样参加抗联两年后，二丫有了一个正式的名字。她姓赵，于是就叫赵兰兰。

其实，虽然兰花在中国分布很广，但在赵尚志带领的东北抗联第三军活动的小兴安岭地区，可能是气候的原因，并不生长兰花。那时候土生土长的二丫，虽然有了一个兰兰的名字，却没见过兰花长什么样子。但军长给自己取了名字，欢天喜地的二丫逢人就告诉他们，我叫兰兰，赵兰兰。

那时的马卫山也没见过兰花，却因为是自己妻子的名字，就把它种进了心里。直到后来部队南下以后，马卫山被调到湘西参加剿匪时，于大山里第一次见到了兰花。

那是一个春暖乍寒的时候，部队在追击土匪的途中休息时，马卫山看到身边的草丛中，一株既像草又像花的植物伸了出来，还带着一股淡淡的幽香。他就问当地的乡干部，这是什么花？当地干部告诉他，这是兰草，开的花就叫兰花。忽地一下，妻子兰兰的名字一下就冒上他的心头。原来，兰花是长得这样的，还带着清香。马卫山这时想起，赵军长在广州上过黄埔军校，他一定在南方见过兰花的样子，因此给二丫取了这么一个好听的名字。

随后，先是睹物思人，后就发展到酷爱，此后的马卫山无论是在湖南担任航空站站长的时候，还是带着部队修机场，他都会到野外挖兰花带回来种养。离休以后，他上了几年老年大学，不为别的专门去学画兰花。画得好不好且不说，但十分投入。

马小军知道，父亲这个自小没有读过书，一生也没有什么爱好的老军人，有了一个学画兰花的雅趣，一是对母亲的怀念，二是填补寂寞的老年生活。父亲画的兰，永远是一个样子，瘦瘦的一束，几片叶子，一株兰。他对儿子说，你母亲当年就是这样，黑黑的，瘦瘦的，长长的脖子，细细的腿，一口侬兰话。

护士兰兰第一天实习上班时，她来到病房送药，走到马卫山的病床前，细声细气地说："爷爷，我叫兰兰，是新来的实习护士，今天由我给您送药。"

这时的马卫山正闭目养神，突然听到一个很多年都没有听到的熟悉的乡音，而且是一个叫兰兰的姑娘。他吃惊地睁开了眼睛，却神情恍惚，因为，一下分不清是现实，还是自己的回忆。他那浑浊的眼睛直直地盯着眼前的兰兰，这时阳光正好从兰兰的身后透了过来，把一切都弄得白蒙蒙的，记忆的深处浮现出当年自己受伤躺在小兴安岭抗联"密营"里，妻子兰兰从外面走进来照顾自己，身后也是伴随着一缕阳光。

从那以后，老人家犯糊涂的时候，就常常把护士兰兰误以为是当年的妻子。马卫山与赵兰兰的从相识到相爱，也是因为受伤后被赵兰兰从战场上抢救下来，并精心照顾了半年。那时候的赵兰兰也是20岁左右，和现在的护士兰兰一般大，留在马卫山心目中的妻子，永远只有20岁，这个形象是烙在马卫山心灵里的。

97岁的马卫山常常在回忆和现实中来回穿越，因此就时常会把现实和回忆中的人弄混。今天马小军走进病房的时候，正好护士兰兰也来送药，马卫山透过马小军看到了进门的兰兰，神情又发生了恍惚，所以才会指着护士兰兰说："你妈妈来了！"就要走到生命尽头的老人，大脑深处深藏的事不时地走到眼前。这是马卫山老人一生刻骨铭心的记忆。

马小军看着父亲全神贯注地望着护士兰兰，昏花的眼睛一眨不眨，被他按下的那只手又抬了起来，可是由于年老无力，手在微微颤抖。父亲是真的以为那就是苦苦思念了一辈子的妻子，那种渴望中又带着惊奇的神情，让混浊的眼睛也发光，这让儿子心里发痛。

马小军又一次轻轻按下了父亲的手，并将它塞进了被子里，他还是怕同病房的其他老人笑话，因为大家不了解马卫山的过去，也就不一定能理解一个老人错把小护士当成自己妻子的原因。

这时，护士兰兰走到了马卫山的病床前，拿起小药盒非常和善地朝马小军笑笑，然后对马卫山说："爷爷，吃药了，吃药了。吃完了，再唱首歌。"

也许都是东北老乡的原因，再加上这个病房里都是老人，护士兰兰像哄孩子一样哄着老人。其实在老年病房里，许多患慢性病的老人，住院时间长了，都像是一个个老小孩，有时会情绪无常，所以护士们都哄着这些老人。

马卫山真像个孩子一样，特别听护士兰兰的话，他从兰兰的手上接过小药盒，全部倒进了嘴里。兰兰伸手将床头柜上的水杯递给老人，让他喝了几口水，还下意识地伸手抚了抚老人的前胸，好像帮他把药顺下去。整个过程中，老人的目光始终没有离开过兰兰的脸，似在记忆中艰难地寻找，眼前的姑娘是不是深藏心中的妻子。

然后，兰兰就推着小药车到别的病床去了，马卫山的目光一直目送着她离开，然后才慢慢地闭上了眼睛休息。

父亲对母亲的印象刻骨铭心，可在马小军的记忆里没有一点母亲的印象。听父亲说，他出生刚满月不久母亲就离开了他，由于母亲没有留下一张照片，所以，母亲在他心目中连一个影子都没留下。

马卫山说，母亲是1939年跟着她的父亲一同来投靠抗联的。为什么是投靠而不叫参军，是因为她年龄太小了，那一年才13岁，长得又黑又瘦，个子又小，完全是一个贫苦农家连肚子都吃不饱的女孩。她的父亲带着她来投靠抗联，是因为被日本鬼子追捕，在家里无法活下去了。听父亲马卫山说，母亲的大哥因为与大屯子里的伪警察打架，为了躲避抓捕逃到了山上，投靠了那时叫"马胡子"的队伍，后来叫抗日"山林队"，其实就是穷人聚众为匪。后来抗联收编了这支抗日队伍，大哥成了一名抗联战士。部队经过家附近的时候，大哥曾偷偷地回过一次家。这件事被日本人知道了，于是就来家里抓人。父亲得到了消息后带着家里最小的女儿二丫，连夜摸黑跑到山上去了。

父女俩先在深山里躲了几天，没有吃的，后来又到亲戚们家里东躲西藏的，最后无处可去了，只好来投靠大哥所在的抗联三军，就这样参加了抗联。小女儿二丫也回不去了，留在了抗联部队的被服厂里，成了一名最小的抗联女战士。

马卫山对儿子说，你母亲家一门英烈。她的大哥打仗很勇敢，后来成为抗联的一位连长，在1940年日本鬼子封山讨伐中牺牲了，是一个英雄。她的父亲因为年龄偏大，做了抗联的一名交通员，后来下山给伤员购买药品时，被封山的日伪军抓获，最后被残酷地杀害了，也是一名烈士。留在家里的大姐被日本鬼子抓去后，强迫她在日本的兵营里服务，结果不堪凌辱的大姐，从兵营的炮楼上一跃而下，成为当地远近闻名的烈女。而二丫的母亲后来实在承受不了家破人亡的折磨，精神失常了，大雪天到处乱跑，结果冻死在冰天雪地里。二丫，实际上成了一个孤儿，她的家除了留给她一个姓，什么也没了，抗联部队就是她的家了。二丫，后来的赵兰兰，在抗联部队里顽强地成长，她在抗联什么都做，在被服厂、在食堂，后来去照顾抗联的伤员。

对于山林里的东北抗联部队，日本关东军不断加大讨伐封锁，采取了很多严酷的手段，特别是实施的"归屯并户"计划，将山林里很多小屯子和农户猎户，全部并到大屯子里圈起来，发放良民证，老百姓没有四处走动的自由，以对抗联活动的地区严加封锁，割断了抗联与老百姓的联系，这让抗联部队严重缺乏给养。

1940年以后，已经在东北大小兴安岭之间，坚持了近10年抗战的东北抗联部队，处境变得更加困难，基本上已经到了弹尽粮绝的程度。东北抗联的创始人之一、著名抗日将领杨靖宇将军，就是在1940年2月牺牲的。杨靖宇牺牲以后，敌人割下他的头颅，剖开他的肚子，在其胃里没有发现半粒粮食，只见到因为饥饿难耐而吃进去的棉花。在这样严峻的形势下，一部分抗联部队不得不决定转移。转到哪儿？一江之隔的当时的苏联。江，就是黑龙江，苏联人称其为阿穆尔河，它有3000多公里是中国与苏联的边境线。

马卫山说，转移去苏联是利用冬天江面结冰，可以从冰面上滑过去。边境线上虽然有日本关东军的部队，但黑龙江太长，日本人没有那么多的兵力守住全部，抗联部队就选取江面狭窄的地方，利用其中的空当，分小股分别滑过江面。

马卫山是1941年随部队去的苏联。他们走了以后，抗联还有很少的一部分人，留在深山里坚持打游击。赵兰兰当时就留在了抗联的一个"密营"里，因为还有抗联的伤员，实际上是被困在了那儿。转移至苏联的抗联部队也没有停止抗日斗争，时不时地又返回东北，收集情报，趁机打一下日本人或伪军的据点，给敌人造成困扰。抗联三军军长赵尚志，就是在1942年从苏联潜回东北坚持斗争的过程中牺牲的。

1944年冬，马卫山被派回东北收集情报，这时的马卫山已经是抗联部队的一位连长了，他完成任务返回苏联时，就将仍然坚持在小兴安岭的几位抗联战士接走，其中就有赵兰兰。

那天，天降鹅毛大雪，马卫山领着七八个人，利用夜色掩护将大家悄悄带到江边。这一段中苏边境以黑龙江为界，江面就是边境线。冬天江水水位低，整个江面结了厚厚的冰，上面甚至可以跑马车。但由于是边境线，又处在二战期间，自然没有一点人迹。偷越过江，就是首先隐藏在江堤上，然后寻好时机猛然跳下江堤，迅速滑过江面。但江面平坦，一目了然，一旦被守在江边的日本兵发现了，一阵机枪扫过来，这就是最危险的地方。所以，过江要快，行动要迅速。

那天，江堤附近静悄悄地，没有看到日本兵的身影。马卫山瞅准时机，领着大家从藏身的地方，一跃而起，朝着江面跑去。但，还没有到达江面的时候，就被守在边境线上的日本兵发现了，机枪子弹像雨点一样倾泻过来。奔跑中的马卫山突然好像被绊了一下，一头栽下，摔倒在雪地里，一颗子弹打中了马卫山的大腿，血液渗出，很快就浸红了身下的雪地。

倒在雪地里的马卫山，抬头看到有战友已经滑到江中间了，但也有被子弹打中，就趴在冰面上大声地呻吟，又招来一阵密集的子弹，再次被打中。有的已经迅速地滑过江面，跑过了边境线，过了边境线的，日本人就不敢再打了，因为他们不敢朝苏联境内开枪。因此，过去了的人就朝着这边拼命挥手呼喊，让他们赶快过去。

但还没有到达江面的马卫山无法起身，枪声还在响着，有的子弹就打在身边的雪地里，溅起白雪下面的黑色泥土。他动弹不了，就那么躺着，过了一会儿枪声停止了。由于是紧靠在边境线上，雪又下得很大，日本兵就没有过来搜查。一会儿受伤的战友在冰面上的呻吟声停止了，趴在那儿一动也不动。马卫山知道战友牺牲了。

一切又变得那么寂静无声，好像什么都没有发生过一样，除了江面上的那几具尸体。

马卫山就那么躺着。天还在下着大雪，气温至少零下20摄氏度，雪很大，一层一层地将他覆盖了。他想，在这个天寒地冻的夜里，不到天明，自己不血流光了而死，也会被冻死的，经过这么多年的枪林弹雨，这副身子骨恐怕要交待了。他慢慢地挪过身子，望着天，天上全是灰色的鹅毛大雪，一片一片地铺在他的身上。慢慢地，大雪会掩盖了自己的身体，也会掩盖了一切痕迹。

马卫山后来对儿子马小军说，他一生经历过不少次生死，但那一次记得最清楚，因为是在等死。那天夜里风不大，周围静得仿佛能听见雪落在他身上的声音。他感到自己的体温在一点一点地消失，体温消失的时候，子弹打中的伤口也就感觉不到疼痛了，血好像也一点一点地凝固了，流在手边的血甚至都已经结成硬硬的一块。他曾经在抗联部队里不止一次见过被冻死的战友，有的甚至晚上露营的时候就和他靠在一起，第二天天亮时发现已经冻死了。因此他知道，慢慢地自己的意识就要模糊了，然后呼吸就要停止。呼吸停止以后，积雪会覆盖了他的身体。极低的气温会将他冻得结结实实的，他在积雪下将会一直保持着死去时那个姿势，直到来年的春暖花开，大地回暖，冰雪融化，然后要不被开江的人们发现，作为无名尸体随便挖一个坑埋了，要不随着春汛，被冰雪融化后上涨的江水冲到远方。

马卫山对儿子说，当时他意识还清楚，心里真的是这样想的，因为好多抗联战士牺牲后，就是这样倒在雪地里，大地被严寒冻得像铁一样硬，连挖一个坑把战友埋了，都很困难，何况他躺在没有人烟的边境线上的江边。

这时，他不想让自己死后狰狞地睁着眼睛，因为他曾在山林里看到与日本人战斗牺牲后的战友，是睁着眼睛张着嘴巴的，让活着的人怎么也无法让他闭上眼睛。马卫山那一年才22岁，他不想死得太难看，因此在活着的时候他就闭上眼睛，等待着死亡的到来。

最痛苦的死亡，恐怕就是这种清醒地等待着。可马卫山说，当时他没感到痛苦，连严寒都没有感到，只感到了雪花轻轻地落在自己的脸上，越积越厚。他只感到很累，从1937年参军以来，从来也没有这样静静地等待着入睡，他想睡去了。

马卫山说，不是雪落无声，雪花是有声音的，只是你没有细心地听。

马卫山见过许多死亡，好多战友就在他身边倒下了，他庆幸自己还活着，但他并不怕死，因为怕也没用。有时候死亡的来临是对痛苦的解脱，例如现在受了重伤又躺在这没有人烟的雪地里，因此，他就那么静静地等待着。

可就在自己意识即将要模糊的时候，闭着的眼睛什么都看不到了，睁开了也看不到，因为大雪已经覆盖了自己的眼睛。可耳朵却变得异常灵敏，因为他听到了雪地里有声音。日本兵过来搜查了？可声音很轻，不像是日本兵的翻毛皮鞋踩踏积雪的声音。马卫山本能地睁开眼，困难地侧过脸，积雪掉落，透过雪缝，他看见不远处，从雪窝里拱出了一个人，小小的一个人影，朝着他悄悄地爬了过来，显然知道他躺在这儿。

他知道这可能是仍然活着的战友，等人影靠近了，发现竟是今天自己带出来一道撤退的赵兰兰。

这时候的赵兰兰虽然在抗联部队已经待了5年多，将近19岁了，但，抗联部队生活十分艰苦，连吃饱肚子都是个问题，所以，赵兰兰一副缺乏营养发育不良的样子，个子还是小小的，人还是黑黑的，永远是那么消瘦，仿佛一阵风就会把她吹走。显然赵兰兰没有受伤，她爬到马卫山的身边，第一个动作就是伸手摸摸马卫山的鼻子，看看他还有没有气。

后来马卫山才知道，在大家冲向边境线往江面跑的时候，赵兰兰掉到了一个雪坑里去了，当时一下就摔晕了。等到她醒过来时，枪声密集，打得她抬不起头来，她这才发现，这个坑救了她，否则，她也可能被关东军那密集的机枪子弹打中了。

因为在往江边跑的时候，她紧跟在马卫山的后面，一是因为马卫山是个大个子，约有一米八，是容易找的目标；另外一个原因马卫山是来带着他们过江的，是他们的头儿，也熟悉过江的路线，因此赵兰兰本能地紧紧跟着马卫山。没想到跑着跑着，就这样掉进了坑里，所以离马卫山中枪的地方不远，她看到了马卫山被日本兵的机枪打中了。

当时她并不知道马卫山是死了还是活着，这个时候绝望也很无奈的赵兰兰，不知何去何从。马卫山倒下了，江面被日本兵的机枪封锁着。往前走，过江是她一无所知的苏联；往后走，除了日本兵，山林里已经没有一个抗联战友，她不知道该怎么办，只能绝望地一直盯着现在是她主心骨的马卫山。盯着盯着，她看到马卫山翻了一个身，然后仰面朝天地躺着，知道马卫山还活着，活着就有希望。所以，当一切都安静了下来，敌人的机枪也停止了射击以后，她就利用夜色的掩护，一寸一寸但义无反顾地朝马卫山这边爬了过来。

已经准备好牺牲的马卫山，怎么也没想到，这位在抗联队伍里最不起眼的赵兰兰，竟然救了他一命。

这一段经历，虽然不是马卫山第一次死里逃生，可对于他来说，是一生中最刻骨铭心的一次被救。可由于当时他失血较多，又天寒地冻，用他的话来说，自己已经死了一大半了，因此接下来发生的事，他的神志一时清楚，一时又迷糊了。所以，在他记忆里，怎么也找不到当时赵兰兰是如何将他搬到山上抗联的"密营"里的完整经过。

要知道，当时瘦小的赵兰兰身高不到一米六，体重恐怕都不到八十斤，而马卫山却是一米八的大个子。赵兰兰自小因为家穷就一直吃不饱,到山上抗联部队以后,抗联也一直缺粮,自然也总是吃不饱。那时只有13岁的孩子什么都不知道,特别是在哥哥和父亲都分别牺牲以后,姐姐和妈妈也死了,赵兰兰在山上变得格外胆小,不是怕危险而是生怕别人不要她了,因为她除了抗联部队,在这个世界上没有一个亲人了。军长赵尚志给她取了名字,她又和军长一个姓,都姓赵,她在心里就把赵尚志当作亲人了,可赵尚志后来也牺牲了,赵兰兰得知消息以后悄悄躲在一旁哭了很久,然后,就变得更加勤快,人前人后跑来跑去,除了干活还是干活,不到晚上躺下,都不让自己闲下来。

每到吃饭时,她总一个人等在后面,怯怯的,抗联本来粮食就少,有时分到最后就不够分了,她什么也不说。有时去把锅底洗一洗,把涮锅水喝了,然后一个人悄悄地离开了,有时就干脆饿着肚子。当然在抗联严重缺粮的日子里,饿肚子的不是赵兰兰一个人,但那时正是她长身体的时候,严重缺乏营养,怎么能长得好?两只小胳臂像树杈,只有小树枝那么粗,两条腿细得使人都担心它支撑不住赵兰兰的身体,甚至她的月经也久久不来,直到过了18岁才有初潮,然后就是几个月甚至半年才来一次。赵兰兰也不把它当回事,她说,不来也好,省得麻烦。为此,抗联部队中有的大姐看了她,格外心疼。直到国家纪念抗日战争胜利七十周年的时候,有活下来的抗联老战士回忆那个艰难的岁月,提起当时有个叫兰兰的小战士时,还是忍不住掉眼泪。

就是这样一个极瘦小的姑娘,又是如何将马卫山这样一个受伤了的汉子,搬运到几十公里外的抗联深山"密营"里的,就是作为当事人马卫山始终也回忆不起来一个完整的过程。

马卫山所能想起来的是,他看到赵兰兰爬到了自己的身边后,伸手试试自己还有没有气,在确认他还活着的时候,就领着他往回爬。因为当时边境线上的日本兵紧盯着平坦的江面,腿部中弹的马卫山再跑过江去,已经是不可能的了。所以,赵兰兰就决定将他带回山里的"密营"去,因为那里她熟悉,也在那里照顾过抗联的伤员。赵兰兰想,在山上照顾马卫山把伤养好以后,两人再一同偷渡过江去苏联,回归抗联部队。

一路上是怎么走的,马卫山只能回忆起,一开始是赵兰兰引着他爬,在天亮前爬到了边境线边上的一个小树林里躲了起来。庆幸的是,那几天雪下得实在太大了，人爬过的痕迹，很快就被雪掩盖了，而且赵兰兰一直引着马卫山在山沟沟里爬，本来就沟沟坎坎的，也利于自己的隐藏。再加上雪大，又没有月亮，因此在夜里就不容易被发现。否则，可能马卫山和赵兰兰都逃不走。

然后，马卫山由于失血过多，时而清醒，时而迷糊，对整个过程就记不完整了。只记得进入树林后先是兰兰扶着他走，走了一段自己坚持不住了，一头栽倒在雪地里，就又迷糊了。赵兰兰就背，背不动了，后来好像是兰兰弄了一些松树枝，将马卫山放在上面，自己在雪地里拖。

再后来，马卫山醒来的时候，赵兰兰告诉他已经是四天后了，这时马卫山已经在抗联的"密营"里。

所谓"密营"，是抗联部队在深山里建的一种一半在地下、一半在地面用树木搭盖的棚子。这里也曾经存放着一些抗联部队的有限物资。但，经过多年的山上艰苦斗争和日本人长时间的封锁，"密营"里的粮食等物资都基本用完了。

就在这个四面透风的"密营"里，在零下20多摄氏度的大雪中，在缺粮缺药没有人烟的山上，马卫山和赵兰兰在一起，度过了终生无法忘怀的时光。

马卫山说，兰兰实在太瘦了，瘦到他身体康复后，一只手就可以把她抄起来，那体重真的是轻啊，轻得马卫山担心自己一撒手，兰兰就飘走了。

这个轻飘飘的兰兰，让马卫山一辈子也想不明白，她是怎样在夜色中把他拖到了山上的"密营"里，路上整整走了四夜。又在那个"密营"中，照顾了马卫山四个多月。

这时抗联的"密营"里，除了能藏身，早已没有粮食了，一是大部队已经撤离好几年了，而且大部队在撤离前就一直缺粮；二是日本鬼子封山很严酷，抗联部队既无法下山买粮食，老百姓也送不上来粮食，实际上，抗联部队的撤离除了战场环境恶化，更重要的就是缺乏粮食。大部队撤走以后，"密营"里原有的一点点粮食，也被留下来的伤员吃完了。如今，最后的人也撤走了，"密营"已经空空如也。

可兰兰是一个穷人家的孩子，在那个日本人占领东北的黑暗年代，老百姓哪家不缺衣少粮？所以，穷人家的孩子兰兰自小就养成了一个习惯，在日常生活中哪怕见地上有一粒米、一颗玉米粒，她也会捡起来攒在一起，因为自小就饿怕了。到了抗联部队，依然是缺粮，兰兰这个习惯也依然如此。自马卫山从苏联潜回来，兰兰知道要离开"密营"了，于是她就把"密营"的角角落落落下的粮食粒，仔仔细细地扫了一遍，有米粒，有麦子，有玉米，还有一小袋以前是给首长喂马的黑豆，稍多一点的是碾过的玉米粒，东北人称它为"大楂子"，归在一起，加上她以前捡到攒下的，差不多有七八斤，兰兰就把它们用一个包袱皮包着，缠在腰上带着。那天晚上她跑得慢一点，也与这个包袱有关系，她有点跑不动，所以在跨那个坑时，一下没跨过而掉了下去。也可以说，这个装了粮食的包袱救了兰兰一命，因为如果跨过去了，也许就被日本鬼子的机枪打中了。后来，这个包袱里的粮食，又救了马卫山一命。

兰兰将马卫山带回"密营"以后，最初的日子就靠这一小袋粮食，她将包袱中的米粒一粒一粒地分出来，用山上的小罐熬米汤，一口一口地喂着一会儿清醒、一会儿迷糊的马卫山。

兰兰还珍藏着一块盐巴。在山上，盐有时甚至比肉还珍贵，有了盐，放一点在挖来的野菜里，不仅菜有了味道，而且人吃了才有劲。没有盐，就是有时打来的野物，煮熟了也会像柴一样难以下咽。现在的盐更是救命的，因为山上根本没有任何药物，当下又是严冬，厚厚的积雪覆盖着一切，野外找草药都难。在山上抗联"密营"里照顾过伤员的兰兰，就每天用淡盐水洗马卫山的伤口。

马卫山毕竟年轻，正处在生命力旺盛的时期，再加上又在零下20几摄氏度的严寒下伤口不容易发炎，再加上在兰兰每天精心地用盐水清洗下，伤口虽然愈合得很慢，但毕竟慢慢地开始愈合了。马卫山一天一天地恢复起来。

可粮食也一天一天地减少。米粒熬完了，就用碾过的玉米，熬得稍稠一点，伤口开始愈合时，玉米粒也吃完了，马卫山由于身体处在恢复中，也想吃得多一点，可没有粮食了。这时，兰兰从"密营"里一个半地下的土洞里，找到一口袋黑豆。黑豆，虽然没有大米和玉米好煮，但它毕竟是豆，在山上还算是粮食。但，这袋黑豆放的年代太久了，已经干硬得像石头一样了，用牙都咬不动。兰兰就用水泡，用火慢慢地煮，给正在恢复中的马卫山吃。可兰兰知道，这袋黑豆也吃不久的，于是，她就把原先抗联战士穿烂的乌拉鞋、断了的旧皮带用刀砍成一截一截的放在水里煮。乌拉鞋的皮帮子是牛皮的，煮得半烂不烂的，再放一点黑豆，给马卫山吃。

马卫山吃这些，兰兰吃什么呢？因为兰兰从来不在马卫山面前吃东西，每次马卫山问她，她都说吃过了。等到马卫山能行走的时候，有一天他悄悄跟在兰兰的身后，发现了兰兰在吃什么：她在吃松树的皮。

"密营"是建在山上一个沟壑边，因为这儿有山溪，沟壑里有一些松树。兰兰就是吃那松树的皮。松树皮怎么吃？兰兰有她的办法，她拿了一把刺刀，一块一块地从松树上割下树皮，将外皮扒了，留下里面白筋一样的东西，然后一束一束地用石头捣，捣烂以后再将已经结了冰的水沟砸一个洞，将树皮放到山溪里去洗，洗去上面的树脂。再在山沟边找几块石头，上面放一块平整一点的薄石板，将树皮放在上面，下面生火烧，石板烧热以后，慢慢就把树皮烤焦了，然后再用石头捣碎，成了一堆黑粉。将这样的黑粉放到锅里用水煮，成了一锅面糊糊。兰兰吃的就是这个东西，她把仅有的一点粮食都留给了马卫山。

就是这样，所有能吃的东西也都吃完了，最后连马卫山也要吃这样的松树皮了。其实马卫山以前在抗联严重缺粮的时候，也吃过这种松树皮糊糊。这种东西吃的时候下咽并不难，一直顺脖子就下去了，可到了肚子里消化难。它会带来两个后果，一个后果是，吃过的人容易打嗝，打出来的都是树脂的味道；另一个后果比较痛苦，拉不出来。原来，部队在的时候，大家都是互相帮忙，拉不出来，你帮我抠，我帮你抠。

现在就让马卫山犯难了，以往是男战士帮男战士，女同志帮女同志，可现在"密营"里只有他和兰兰，怎么办？马卫山就努力去自己解决，但最严重时把肛门都挣得流血了，仍然拉不出来。终于有一天，当马卫山在沟壑里痛苦地呻吟时，兰兰在身后出现了。兰兰当然知道这些，她在抗联"密营"里照顾伤员，许多伤员都有这方面的问题，可以说，兰兰见怪不怪了。她从小树上折下一根树枝，按着马卫山的脖子，一点一点地帮他往外掏。马卫山也只好规规矩矩地任由兰兰摆布。

后来，马卫山也照此帮助兰兰。

在大雪覆盖的深山，在缺药少粮的"密营"里，在人的生存如此艰难的环境里，一对青年就是这样相互搀扶而顽强地活了下来。

终于，冰雪融化了，万物复苏了。首先是鸟儿的鸣叫，唤醒了在那个地窖一般的窝棚里蛰伏了一个冬天的马卫山，然后听到了山溪里潺潺的流水声，接着一只小松鼠跳进了窝棚里找吃的。终于严冬后的太阳照进了密林中的山坳，当第一缕阳光穿过树影射进窝棚时，马卫山看见一个瘦弱却天仙一般的人影走了进来，自然是兰兰。兰兰拉起马卫山，扶他到外面去晒太阳。

晒了几天的太阳，寒冷一天一天地退去，大地回暖，铅色一般沉重的密林，随着枯叶的凋落，渐渐地呈现出一点点的绿色。马卫山终于可以站起来了，兰兰扶着他重新学走路。又经过一个多月的锻炼，马卫山已经能够行走了。

这时，已经是1945年的春天了，山外的天要变了。欧洲战场上苏联已经开始了战略反攻，战火一步一步地烧到了德国，苏军和盟军的部队已经快要打到柏林了。远东地区，苏联开始积极备战，准备消灭日本关东军。因此，撤到苏联境内的抗联部队，被组建为苏联红军远东方面军88旅，并补充了兵员和武器，成为和苏联红军一样，佩戴军衔、身穿苏联红军服装的正规部队。当时在苏联与中国的边境城市哈巴罗夫斯克郊外，部队正在接受跳伞、泅渡和无线电收发报等正规的军事训练。

腿伤逐渐康复后的马卫山，决定离开深山"密营"，带着兰兰再过境去苏联，回归抗联部队。这对青年除了部队，已经没有亲人了。

这时已经是春天了，江面已经化冰，无法通过冰面滑过去，得想别的办法过境。正在两人兴奋地为重新偷渡边境线做着准备时，兰兰发现自己怀孕了。

先是一阵惊慌失措，面对这个突然而来的小生命，两个年轻人都束手无策。带着怀孕的兰兰再偷越边境去苏联已经不现实了，可马卫山怎么放心将身体如此孱弱的兰兰一个人留在深山里，于是他又留下来照顾了兰兰一个多月，看着兰兰的肚子渐渐地出来了，更无法一起去苏联了。他们一筹莫展之际，这时抗联组织派来了一个交通员，和马卫山联系上了。

组织上知道了这件事以后，要求赵兰兰留下把孩子生下来，而马卫山必须立即返回苏联接受训练，因为那时苏联政府已经准备向日本宣战，苏联红军正在紧张地准备进入中国东北，消灭日本关东军，而原东北抗联的部队要协助苏联红军进军东北，部队需要熟悉东北的干部。

谈不上热恋，却相依为命，两个年轻人不得不暂时分手了。马卫山要去苏联，兰兰要留下来生孩子，在山口分手时两人相约，生下孩子以后，兰兰就去苏联，两人在部队再相聚。

马卫山15岁参军，然后就一直在部队，东北抗联里女同志本来就很少，平时马卫山很少接触到女同志。兰兰和马卫山情况相似，她13岁到抗联，然后分到部队被服厂学做衣。被服厂在深山单独一处"密营"里，除了一个老裁缝是中年男人，其他全部是女兵和抗联首长的妻子，一共也只有二十几个人，接触男性少，兰兰的性意识启蒙很晚。

这一次在抗联的"密营"里，就只有他们这一对男女，一个才18岁多一点，一个刚过21岁，几乎还是少男少女，像伊甸园里的亚当和夏娃，一切都是那么自然而然地在似懂非懂中发生了。对于两人来说，都是人生的第一次，自然也都是各自的第一个爱人，后来变成终身唯一的爱人。

其实，那时他们并不懂得什么是爱情。这两人在一起时，始终没有说过"爱"这个字，直到分手时才突然感到是那样的难舍难分。

兰兰哭得泪人似的，在战争年代，特别是在抗联部队里，分手有时就是生死离别，特别是兰兰经历了与哥哥、父亲、母亲和姐姐的分手，后来都无法再相见。如今好不容易有了一个亲人，又要分手了，几个月前在边境线上，马卫山中枪的情景，不得不让兰兰心里充满担心和害怕，她再不能失去这个亲人了。

刚刚和兰兰在一起的半年时光，是马卫山一生中最幸福的时光。此时，在他的眼里，兰兰就像是一只受伤受冻的小鸟，他要把她呵护在内心深处最温暖的地方。可是，为了打日本，此时还是不得不分手。

什么是爱？把你难舍难分的人一直放在心里惦念，这就是爱。什么是男人的成熟？对所爱的人有了一份责任感，并且始终在坚守这份责任，这个男人就成熟了。此刻，21岁的马卫山将这个满脸泪水的兰兰，烙进了心坎里，直到暮年快要走到生命的尽头，仍然清晰地留在那儿。

那时，他还没有意识到，这真的变成生死离别了。

走到山口尽头的时候，马卫山又一次转身，看到兰兰仍然站在风中瘦弱的身影。那是他看到兰兰最后的一眼。

组织上安排的交通员帮助兰兰找了一户农家，然后就在那儿等待着把孩子生下来。

1945年的7月，兰兰生下了一个早产男孩，他就是后来的马小军。满月以后，兰兰将孩子托付在老乡家里，自己要去苏联，去找部队，去找丈夫。那时的兰兰自然不知道，其实苏联红军马上就要进军东北了，丈夫马卫山也要随着部队一同打过来，可对于已经没有一个亲人的兰兰，部队就是她的家，她要回部队，她要回家。还有，现在马卫山是她唯一的亲人，是孩子的父亲，这位孤苦伶仃的兰兰，只有回到抗联部队，回到马卫山的身边，才是回了家，才会安心。

于是，孩子刚一满月，她就出发了。

那时，二战欧洲战场上苏联红军已经占领了柏林，德国已经投降，大量苏联红军部队从欧洲战场调到了远东。日本政府在做着最后的挣扎，驻扎在中国东北约50万的关东军进入了全面战争准备，因此一些交通要道和关口，尤其是靠近中苏的边境，都加强了戒备。

兰兰刚出山口，还没有到达边境线，就被守在封锁线上的日本兵抓住，关到了日本人的警察署里，从此兰兰就不知下落。

马卫山在随苏联红军打回东北以后，在去寻找兰兰时，曾听到在日本人警察署里当伪警察的人说，兰兰被日本人杀了，是用军刀砍死的，尸体被扔在山沟里，但没有人说得清楚扔在哪一个山沟里。这时离抗战胜利日本无条件投降，只有不到一个月的时间了。

兰兰就这样与马卫山生死两别了。直到今天，也没有搞清楚兰兰到底埋在哪里。这成为马家一个永远的"痛"，一个让马卫山至死也念念不忘的"痛"。

其实，马家人一直在寻找，找了几十年，当年那位告诉马卫山的伪警察都已经死了，地方政府的历史档案包括抗战胜利后收缴的敌伪档案，马卫山和后来的马小军都委托组织去查过。因为日本人当年在东北杀了太多的人，敌伪档案里不会有像兰兰这样一个被抓被杀的人的资料。还有，兰兰被抓后，很快苏联红军就打过来了，敌伪军当时都惶惶不可终日，也就不可能在档案里还留下什么了。

所以，寻找了几十年，除了当初那个伪警察所说的情况，再也没有找到任何线索。

但马家一直没有放弃寻找，从马卫山到马小军，后来马小军的儿子马立也参与了寻找，只要有一点点线索，都充满着希望去了解个究竟，几十年如此，从未间断。

2015年，国家隆重纪念抗日战争胜利七十周年，各地都搞了不少纪念活动，媒体也进行了大量的报道。已经退休在家的马小军，在网上发现一些媒体采访了仍在东北生活的还健在的抗联老战士。有抗联老战士在一些纪念活动中，回忆了当年的抗联岁月，其中就有父亲马卫山和母亲赵兰兰所在的抗联三军的。国家图书馆，做了一个叫作"中国记忆"的项目，专门组织工作人员抢救性地访问了一批已经八九十岁高龄的当年的抗联老战士，收集口述历史资料。东北一些地方政府重新修缮了一些抗联的烈士陵墓，包括杨靖宇和赵尚志的墓。地方政府的一些党史办，也在收集整理当年抗联的史料。马小军将网上能收集到的资料一一下载，逐字逐句地研读，希望从中能找到一点母亲下落的蛛丝马迹。

从这些资料中马小军看到，当年东北抗联部队在十分艰苦和危险的环境下，遭到日本关东军和伪军5万多人长时间围剿，牺牲很大。后来在深山密林里又长期缺粮缺衣缺药，冻死饿死病死的战士很多。在那种恶劣的条件下，根本无法一一记下烈士的葬身之地，相当大一部分烈士都不知埋在何处。这就是当年抗战的艰苦和残酷。如今时间又过去了这么久，再寻找结果，自然很难很难。

尽管理智告诉他希望渺茫，现实也是寻找母亲的葬身之地已经好多年了，一直没有结果，但感情使他无法放弃这个寻找，哪怕明知可能性极小，也不愿放过任何一个可能。

今天，父亲又突然做了后事的交代，不仅让马小军心情沉重，也让马小军仍然渴望做最后一次努力。

心情沉重的马小军走出病房，在病区的走廊上，找了一个有窗户的地方停了下来，望着窗外深深地透了一口气，窗外是一轮火热的太阳。虽然才刚进入四月，只穿了一件长袖衬衣的马小军，仍感到浑身燥热，他伸手推开了一扇窗户，扑面而来的，却是一股裹挟着城市噪声的热浪。马路对面的建筑工地上，打桩机正"铛、铛、铛"地震动着人们的耳膜，差不多从事了一辈子建筑业的马小军，听到这个熟悉的声音，就知道这儿又将有一幢超高层的大楼拔地而起。深圳，这个城市给人的感觉，总不会停下，到处都是热火朝天的，而此时的马小军只感到燥热。

他关上了窗户，在走廊上找了一个地方坐下，平复了一下心情，然后掏出手机想给一个人打电话，这个人，是他抱的最后一丝希望。

马小军想要打电话的人，是市报的记者成虎。因为马小军知道成虎为深圳经济特区成立四十周年，正在写一本名叫《记忆》的书，其中记录着全国各地来到深圳的一些家庭的成长经历，其中就有马卫山。马小军知道成虎为了收集资料，曾专门去过父亲马卫山和母亲赵兰兰所在的东北抗联三军当年主要活动区域小兴安岭一带考察，到当地的党史办和地方志办公室查阅过资料，也采访了一些仍然健在的抗联老战友，收集了不少一手资料。

成虎和马小军是多年的朋友，完全了解马家的历史和母亲赵兰兰不知下落的事，所以，在去东北时，特意有心帮助寻找赵兰兰的下落，但，上一次去只找到一点支离破碎的信息，没有找到确切的线索。最近为了寻找新的资料，成虎计划再去一次东北，并且把这个计划告诉了马家。所以，这个时候马小军首先想到的就是给成虎打电话，一是想告诉成虎父亲交代的心愿，二是想知道成虎何时能成行。

可是成虎的电话关机了。马小军只好又回到了病房，他在父亲的床边坐下。一会儿就要吃午饭了，他准备照顾父亲吃完饭后再离开。

医院食堂送饭到了病房，如今医院里已经有营养师为病人配餐。马小军照顾父亲吃了饭。

吃完了饭的马卫山，又静静地躺着。忽然，马小军看见父亲的那只枯瘦的手，又哆哆嗦嗦地在胸前摸索着什么。他不知道父亲是在找什么，还是胸前哪儿不舒服，就站起身弯下腰来看看。这时，他看见父亲从胸前的衣服上摸到了什么东西，捏在手里。马小军翻开了父亲的手，发现是父亲摸到了一粒可能是刚才吃饭时掉的饭粒，饭粒已经都快干了。马小军松开了手，只见父亲把这粒饭粒塞进了嘴里，津津有味地嚼着。

马小军知道这是父亲一生的习惯，不舍得浪费一粒米。虽然他后来已经是一位正师级的部队领导，而且是主管后勤的副部长，但也不允许吃饭时掉一粒饭粒，为此马小军小时候挨过不少训。就是如今，马小军家里已经是一个大家庭了，四代人一块吃饭，饭桌上也不允许掉饭粒。后来的老父亲，虽然已经不会发脾气训人，但他会一粒一粒捡起来，全部塞到嘴里，这是一个几十年不变的习惯。老爷爷当着大家的面，把大家掉的饭粒，无论是饭桌上的，还是地上的，都一粒一粒捡起来放到嘴里，一边嚼着，一边对着孩子们说："你们是不知道饿的滋味呀，我可是有过十几粒米，救活一个人的经历。"

老爷爷这样，长此以往，家里人还有谁敢掉饭粒？所以，在马小军的家里，形成了一个家规，不仅吃饭不会掉一粒饭，碗里也不会剩下饭粒，这是老爷爷马卫山自小给他们养成的习惯。习惯成自然，几辈人都是这样。

孩子们一开始不理解，但马小军理解，只有深刻并且长期体会过饥饿的人，才会如此珍惜每一粒米。父亲马卫山最深刻的饥饿体会，并不仅仅是小时候家里穷得吃不饱，而是在他参加了东北抗联后，被日本关东军和伪军围在小兴安岭的深山里没有吃的时，忍受的那种饥饿。还有就是受伤后由兰兰用一把米、几斤玉米粒、一捧一捧的黑豆，一点一点地救活了他，然后两人一同吃松树皮焙出来的黑糊糊，那吃得进、拉不出的痛苦。这种饥饿的体会，全家其他人都没有。马小军年轻时虽然也有过吃不饱的体验，可他知道老父亲的饥饿经历是刻骨铭心的，他的体验只是有没有吃饱，而老父亲的经历是会不会饿死，而且是在冰天雪地的小兴安岭，一边拖着受伤的腿，一边踏着齐膝深的雪，还一边与日本鬼子战斗周旋……

父亲曾经告诉他，饿着，会使人随时倒下，而倒下了，可能就再也站不起来了。在最艰苦的岁月里，马卫山所在的抗联部队饿死的人，有时会比战死的人还要多。

这样的经历，马小军自小就听父亲讲过很多，而且父亲每次和他讲这些时，都是在教训他不要浪费粮食，讲得马小军听得条件反射，只要父亲一说，他就想跑开。直到后来，马小军真实地了解了东北抗联的经历，才理解了父亲的饥饿是一种什么样的体验。所以，他不会劝阻父亲将饭粒送进嘴里，哪怕是从地上捡起来的。

这时，马卫山又从胸前摸到了半粒饭，仍然送进了嘴里，边咂摸着味儿，边满足地轻声哼起了歌，一首如今很少有人听过的歌曲，但马小军听过，他知道两句歌词："火烤胸前胆，风吹背后寒……"这是一首没有流传下来的当年东北抗联的歌。

　　马小军还很小的时候，父亲就给他唱过这首歌，但马小军没有记下歌词。如今老人躺在病床上唱的仍然是这首抗联的歌，唱不全，反反复复就这两句。可能是马小军不在的时候，父亲也常在病房里哼这首歌，所以护士兰兰才会说"吃完了药，唱首歌"。

　　马小军想，护士兰兰太年轻，怎么能知道和理解老父亲唱的这首歌的年月及其背后的故事。马小军也是很久后才体会到，父亲忘不了这首歌，是因为忘不了那个岁月，也是忘不了母亲兰兰，当年他就和母亲一道唱的这首歌，他说母亲唱得比他好听。

　　轻声唱歌的马卫山突然停了下来，他睁大着眼睛，目光却是空空的，仿佛在遥望着远方，他张开了嘴巴想说什么。马小军前倾身子贴近到父亲的面前，父亲含糊不清地说着什么，像自言自语。第一次马小军没有听清楚，他再一次弯下腰低下头，把耳朵贴近父亲的嘴巴边，大声地问："说什么？我没听清！"

　　马卫山又说了一遍，这一次马小军听清楚了，听得非常真切，父亲断断续续地又说："找到你娘，把我的骨灰埋在她的身旁……"

　　马卫山说完后有点累，就闭上了嘴巴，轻轻地喘气，然后睁开眼望着天花板，好像那里有家乡东北的群山和群山里的妻子兰兰。

第二章

清晨,一阵淅淅沥沥的雨滴声,唤醒了从深圳回到老家的成虎,他翻身起床推开了窗户,正是江南"小楼一夜听春雨,深巷明朝卖杏花"的景致。

很久没有体会过春雨潜入耳的感觉了,离开家乡南下深圳二十多年了,亚热带海洋性气候的深圳,会常有在太阳底下突遇滂沱大雨的经历,却很少有这种蒙蒙雾气中细雨无声潜入耳的体验。

家乡安庆,地处长江岸边。江南的春雨,小到可以"润物无声",使你能感觉到雨像浓浓的烟,但听不到一点雨滴声,仿佛不觉雨水的存在。但,它会在不断地一点一点聚集中,然后顺着屋檐"滴滴答答"地流了下来,滴在雨篷上,落在窗台上,掉在树叶上,"噼里啪啦"地洒在院子里宽大的芭蕉树叶上,于是,就形成了一片"雨打芭蕉"的声音。这时候,雨,就是那么突然地在你的面前出现了,使你真真切切地感受到它的存在。

这也变成了一种故乡的记忆。

初到广东时,成虎非常喜欢一首广东丝竹乐,名字就叫《雨打芭蕉》,这是一首流传近百年而不衰的广东代表音乐。成虎喜欢,是因为它表现的是一种欢愉的情绪,听了让人心情愉悦,特别是在生活压力巨大、情绪低沉的时候。

但是在江南的故乡,听现实中的"雨打芭蕉",你感受的不是轻松愉悦,而是像苏东坡的诗句"道是有愁又无愁"的另一种心情体验。这个时候雨打在芭蕉叶上的声音,既能唤醒沉睡中的人,也容易让醒着的人陷入沉思,特别是对于一个久居闹市的人,突然让你有一种回到从前的感觉。

成虎又重新回到床上,静静地躺下来,闭上了眼睛,细细地感受着这滴滴答答的雨声,有一种游子千里归来的感受,耳中全是这种已经久违却又深藏心底的春雨声,这是故乡春天的声音。

成虎离开家乡到深圳工作已经27年了,在那个亚热带海洋性气候的城市里生活,对季节变换的感觉越来越迟钝。因为地处南海之滨的深圳,是一个不下雪的城市,它的四季变化,不像家乡这样分明。在深圳,几乎没有寒冷的严冬,也很难感受到烟雨朦胧微风入窗的春天意境。

躺了一会儿,雨滴声慢慢地就停了,这也是春雨的特点,滴滴答答地下着,淅淅沥沥地就停了。成虎翻身起床,站到了窗前,窗外并没有一枝杏花伸进来,更没有叫卖声,却看见一枝一枝绽放着绿芽的新枝,在告诉他万物复苏的春天真正地来了。

站在窗前的成虎,看到整个城市都在一片烟雨朦胧之中,他感受到一股浓浓的虽有一点清凉、却温柔湿润的春风扑面而来,这种感觉也很久很久没有了。在家乡,春天是有味道的,一股浓浓的大地醒来的味道,既有植物钻出泥土的土腥味,也有绽放绿芽和花朵的青涩味,这就是成虎记忆中春天的味道。这个时候,他有一种时间停止了的感觉。

成虎是1992年元月离开家乡南下深圳的,其实最早在1986年成虎就第一次去了深圳,那时成虎是内地一家杂志社的记者,杂志社派他去采访经济特区的建设。当时内地很多人都不太了解经济特区到底是怎么一回事,甚至还有"经济特区是社会主义,还是资本主义"的疑问。因此,当时的深圳,是一个充满着传奇的城市,是全国人民高度关注的一座城市,大家都想知道这座城市到底是什么样子,会如何发展。读者想知道的事情,必然是新闻媒体要做的事,所以杂志社就派成虎去采访。

第一次去深圳的1986年,成虎看到了深圳的一座刚刚落成的大厦,让他感到震撼了,这就是当年中国的第一高楼"国贸大厦"。面对抬头落帽的53层摩天大楼,而且是用"三天一层楼"的速度建起来的,他当时就想,是什么力量让这座城市如此高速地发展起来的?

从那时开始,成虎一直关注着深圳的发展,每隔一两年就来深圳采访一次,每一次都上到这座国贸大厦49楼的旋转餐厅看看。因为这个地方当时可以看到整个深圳的全貌，而且每一次来看，深圳都是新模样，这使成虎深刻地意识到这是一座充满着希望的、一直在变化中的城市。国贸大厦后来成为深圳发展史中的一座里程碑，也成为成虎人生道路上的一座里程碑，因为它吸引着后来的成虎，也成为参与这座城市建设的一员。

1992年成虎正式调到深圳一家报社工作，而今年深圳经济特区已经建立整整四十周年了，当年南下深圳的情景依然历历在目。

那时候，我们国家无论是公路、铁路还是飞机航线，远没有今天这样发达。成虎记得，那次是先从安庆乘长江客轮到武汉，再从武汉乘京广线火车到广州，然后从广州转广深铁路到深圳，一路上还是挺折腾的。可那时的成虎怎么也没想到，他赶上了中国历史上一个重要的时间节点，竟在旅途上与一位伟人相遇。

成虎从武汉上了火车以后，所乘坐的列车开着开着，突然在中途一个前不着村后不着店的岔道口停车了，成虎问列车员为什么要停车。列车员边扫着地，边告诉他，有专列要通过，所有列车都要让专列。成虎不明白地问，为什么？列车员白了他一眼，然后说，专列就是中央首长坐的，坐的那火车就叫专列。说着，成虎果然看到一列火车从车窗前驰过，然后，成虎所乘坐的列车才缓缓启动。

到了深圳的成虎很快就把这事忘了，投身到报社新的工作中去了。过了几天，成虎在编辑部里值班，值班工作包括接报社里的新闻热线。那一天，成虎接到了一位市民的报料电话，这位市民兴奋地说，他在深圳国贸大厦看到邓小平了！

这就是后来影响了中国改革开放进程的邓小平南方谈话，那座国贸大厦就是成虎1986年就曾采访过的传奇大厦。

好久以后，成虎在写有关作品时，从一些资料中发现，那一年邓小平同志是乘专列到南方的，而看到邓小平到深圳的时间，成虎突然想到，那天他从武汉到广州的列车上，也许与一位伟人相遇了，因为至今，除了邓小平，还没有听说哪位中央首长是乘专列到深圳的，而且时间与成虎的行程日期是如此巧合。

邓小平在南方发表的讲话，再次推动了改革开放的进程，中国的改革开放步子加快了，经济特区的改革发展也加快了，在这个时候来到深圳的许多人，都遇上了好的发展机遇，当然也包括成虎。

那时候，深圳已经有着极大的吸引力，全国各地千千万万个想改变自己现状的人，离开了家乡，离开了自己原先工作的单位，汇入一股南下潮，奔赴深圳而去，这也形成了今天深圳这个移民城市的人口特色。

到今年，成虎离开家乡已经27年了，他一直在深圳一家报社做记者工作，所以，也就一直处在改革开放这个社会变革的一线。因此近三十年来，他对社会的变化，既有深度的体会，也特别敏感其中的点点滴滴。多年来，他写过不少有影响的文章和作品，并因此成为一位知名的记者和作家。很快就是深圳经济特区成立四十周年了，在这个时候，成虎正在写一本书，书名就叫作《记忆》，这次他是利用休假回乡探望老母亲。

尽管已经离开家乡这么多年了，可站在窗前的成虎，看着自己出生成长的这个城市，虽然与深圳无法相比，但也面目全非了。可成虎对于自己出生的城市，仍然闻到一股熟悉的味道，一觉醒来，连呼吸的清新空气都感到是那么的亲切，这恐怕也是一个文化人特有的故乡情结。

此时，窗外的清风带着一股沁凉，吹到还穿着睡衣的成虎身上，使他感到一阵深深的凉意，不禁打了一个寒战。成虎想起两天前在深圳机场乘飞机时，都已经穿衬衣了，还微微有点出汗。深圳就像那片红土地一样，总是那么热火朝天日新月异，甚至有早上出门，晚上回家路都变得不认识了的感受。可家乡总有一种深圳所缺少的宁静，有一种闭着眼睛也都能找到家门的感觉。因此，作为既是记者，又是作家的成虎，每当他想深入地写一部作品，却苦苦进入不了写作状态时，有时就利用假期回乡，回到自己出生成长的地方，就有一种从源头开始的感觉。这也是一个生活在移民城市里的人，一种特别的体验。

成虎将两扇窗户都打开，让清晨的新鲜空气入屋，然后转身去穿衣洗漱。

这时一股春风穿窗而入，仿佛识字一般地把成虎放在窗前写字台上的一沓稿纸，一页一页地翻起，然后吹得满地都是。那是成虎正在修改的书稿。

成虎把风儿掀翻一地的稿纸，一一捡起来，顺好重新摊放在桌上，压上了一块铜镇纸。这就是他正在写作的那部作品，第一页上有着两个大字"记忆"。

书名的下面，是成虎用红笔加上去的一段题记：

人是需要记忆的，否则你就不知道源头，而源头往往是需要寻找的。其实无论一个国家，或是一个人，也总是在寻找，国家寻找最适合发展的道路，个人在寻找体现人生价值的方向，这就是我们为什么一直在路上。

成虎离开家乡已经二十多年了，可老母亲故土难离，仍然还在老家。一个人父母在哪儿，家就在哪儿。成虎的父亲已经故去多年，唯有老母亲在那儿，他就感到家还在那儿。

这次成虎是利用假期回家的，因为马上就是清明了，成虎想在清明前回到故乡，除了看望老母亲，也给故去的外婆和父亲扫墓。昨天飞机落地后，他叫了一辆出租车，直接从机场到了公墓，祭扫完外婆和父亲后，才回到城里的家中。晚上，他陪着老母亲聊了很久。

母亲在一年一年地变老，眼前的事记不住了，可一开口讲的却总是清晰的往事。特别是在清明节这个怀念已故亲人的日子，母亲回忆的全是外婆和父亲生前贫苦艰辛的日子，回忆着上上一代和她那一代人所吃过的苦。母亲仿佛带着成虎在寻找他的根，说着，说着，母亲泪眼婆娑，成虎满脑子里都是家族的往事和当年外婆和父亲的身影。

一天一天衰老的母亲，有一种本能，总是希望儿子不要忘记了她那一辈人所过的苦日子，因此总喜欢说，儿啦，不要忘了根。母亲说，你们现在日子过得很好，也孝敬我们老人，让我们过得很幸福，但你们不要忘了过去，包括你们的孩子，忘记了，就不知道根在哪儿了。不知道今天是怎么来的，再好的日子也不会觉得好了。

母亲的话，很朴实。其实，成虎记住了母亲的话，他总是不停地回老家，以及他现在写作的《记忆》一书，就是为了不要忘了根而写的，只是素材并不是选取自自己的家庭，可时代背景是相同的。

人，有一种本能，即在苦日子里总在期盼着有好日子的到来，艰辛地、一天一天地活下去。其实，这就是人总会在心里留存着一个希望的原因。成虎那一生历经无数苦难的外婆，曾经说过这样一句话，让成虎受用终生。她说，人可能会丢掉一切，但唯独不能丢掉一个盼头。如果连一个盼头都没有了，你还怎么活？

成虎知道，外婆和父亲都是这么活过来的，还有那千千万万的芸芸众生何尝不是如此。

中国的老人还有一个特点，他们过上了好日子，心里又总是忘不了过去那苦难的岁月，尤其是故去亲人吃过的苦，总在眼前浮现。所以，每当母亲叨叨地说起过去的日子时，成虎总是表现出一种少有的耐心，静静地听，然后把它当作家族的历史记在心里。昨晚，他就和母亲聊得很晚，母亲一个片段一个片段地说着家里的过去，也就一幕一幕地印在成虎的脑海里，也更加清晰地了解了自己的根、自己来自哪里。

随着年龄的增长，近些年来，成虎每当想起把自己带大的外婆，和艰辛挣钱养家的父亲一辈子所吃过的苦，心里总有一种堵，总有一种莫名的痛，这种情绪在清明时节尤浓。所以，每年的这个时候，成虎都会尽量挤时间，从深圳或者即使在外地出差中，转回到故乡，去外婆和父亲的墓地祭扫，以寄托自己的思念。每当这个时候，心就特别静，人也容易知足，成虎觉得自己需要这种情绪，让经常燥热的心凉一凉。

他感到，每每走进一次墓地，就会使自己与贫苦一辈子的外婆和父亲贴近一次，让自己这个在外几十年的游子，忘不了根在哪里。他觉得，人一旦忘记了自己的过去，极易会变成无根的浮萍，人生也就容易随波逐流，不知远方。所以，成虎静静地听母亲说，也是很想了解自己家过去的历史。如今人们喜欢说富不过三代，可实际上，又有几个人知道自己家三代以上的历史。其实，一个人家三代的历史，也足以反映一个大历史的断面了。

吃完母亲做的早饭，成虎又坐到了书桌前，铺开了那沓稿纸。

不知写了多久，沉入写作中的成虎，想知道几点了，习惯地拿手机看，这才发现一直没开机。他就打开了手机，刚一打开就进来一个电话，一看，是老熟人马小军打来的。

成虎接通电话说："马总，您好！"

马小军在电话里问："小成，在哪儿？"

马小军和成虎认识很久了，那时成虎还年轻，所以马小军一直叫他小成，其实成虎如今已经不年轻了，但马小军仍然习惯地叫他小成。

成虎说："回老家来做清明了。"

马小军听到成虎回老家了，欲言又止，"哦"了一声没有了下文。

成虎知道肯定是有事，就问："老爷子不太好？"

马小军说："病倒没什么进一步恶化，但我父亲今天向我交代后事了。"

"哦？他怎么说的？"成虎问。

"父亲说，死后让我把他埋在母亲的身边。"

成虎听到这话又"啊"了一声，两人都在电话里沉默了。

成虎完全明白了，这个时候马小军给他打来电话，是什么意思了。

少顷，成虎在电话里说："我一两天就赶回去，尽快再去东北。"

马小军说："我很想和你一块再去寻找母亲，找不到母亲的下落，总不甘心。"

成虎知道马小军已经70多岁了，再加上父亲马卫山那么大的年龄住在医院里，随时都有可能出现意外，因此他不适合和自己一起去东北找他的母亲，于是就说："回去我们再商量吧。"

放下电话以后，成虎再也无法平静地继续写作了，握在手上的笔停滞在纸面上，思绪无法集中，笔也就无法在稿纸上划过。成虎的写作习惯是在电脑上写初稿，然后打印成纸稿修改，再在电脑上完成定稿，因此他的写作是在键盘和笔之间来回挪动，此时他手上的笔顿涩地停留在那儿。马小军的老父亲马卫山老人的面容，不停地在他眼前浮起，成虎心里隐隐地为这位一生不知道吃过多少苦的老人感到难过。

其实，成虎在去深圳工作以前就认识马卫山老人了，算算如今已经有三十多年了。那时老人家刚刚从部队离休不久，跟着儿子马小军来到深圳。成虎是在采访中认识了当时是深圳一家国企老总的马小军，并且成为好朋友。后来成虎调到深圳工作以后，就常去马家，这样就认识了马小军的父亲马卫山。通过接触，发现马卫山是一位充满故事的老人。无论是记者还是作家都是喜欢听故事的，那时成虎的家还没有搬到深圳，平时单身一人，因此有空就来与老人家聊天，慢慢地两人成了忘年交。

当年，马卫山刚离休不久，家里的孩子们工作的工作，读书的读书，他一个人在家里没人说话，正好遇上一位喜欢听他说故事的成虎，两人就非常亲近。成虎有空就来和老人家海阔天空地聊，主要聊的是马卫山当年的经历。因此，成虎对马卫山的一生，甚至比马家人还要熟悉，对马卫山与妻子赵兰兰的经历与感情，也十分了解。因此，马卫山的传奇故事，成为他正在写作的这本《记忆》一书中的人物原型之一。所以，他能理解这位老人在生命的尽头，心中仍然放不下的事，因而为老人难过，也对老人充满着敬意和感情。

马卫山是一位很有特点的老军人，高高的个子，腰板总是直直的，平时喜欢穿一身旧军装。他说，这一辈子除了军装，就是把龙袍给他穿了，他仍然像一个进城的农民。他1922年出生，生于山东，长于东北，又于1949年到了广东，然后一直就在南方，虽然已经在广东生活了整整70年，但仍然说着一口被他自己戏称为带着"大碴子味"的东北话。可是，你要问他是哪儿人，他不会说自己是东北人，而是立马回答你："山东登州府的。"你再问他："登州府在哪儿？"他停顿了一下，然后笑笑说："我也说不清楚，从我俺爹那一代就离开了，我虽在老家出生，但几岁就跟着俺娘到了东北，后来也没有回去过。但俺爹告诉我，我们的老家是山东登州府的。"

成虎有不少东北朋友，知道"大碴子话"是东北人戏称自己的方言特色，这种方言显示着东北人的性格特征，乍一听显得粗糙，细品却不失豪爽。在成虎认识的东北人当中，并不都是说这种"大碴子话"的。东北人，十个就有八个祖上都是从关内移民过去的，这就是著名的"闯关东"，但从河北承德一带（当时叫"热河"）移民去东北的人，就不怎么说这种"大碴子味"的东北话。成虎为了写作，在收集资料时也顺便研究了一下东北"大碴子话"母语的源头，可能还真的是来自山东登州府，因为这和闯关东有关。

马卫山就是他们家闯关东的第三代，他在山东登州出生的时候，他的爷爷就已经从山东来到东北垦荒了。马卫山的父亲是跟着马卫山的爷爷一起闯关东的。后来，在东北立住脚以后，马卫山的父亲又回到山东和村里介绍的姑娘结了婚，也就是后来马卫山的母亲。婚后，父亲又去了东北，在马卫山两岁的时候，母亲带着他一道来到了东北，一家人就定居东北，再也没有回过山东了。

后来参加革命的马卫山，抗战胜利以后，又从东北南下，掉头回到关内，自北往南走过了千山万水，跨过了大半个中国，却没有再回到他出生的家乡山东登州，但马卫山一生都说自己是山东登州府的人。成虎后来还看到马卫山多年来的履历表和户口本上籍贯一栏，永远都填着：山东登州。而且马家的后代如儿子马小军、孙子马立和马正，甚至曾孙女马琴琴的履历籍贯，一律都填着山东登州。

籍贯，一般是指祖父的长久居住地或出生地，又名祖居地或原籍。那么马卫山的籍贯无疑是山东登州，儿子马小军的籍贯也能算山东登州，但孙子马立和马正，以及后来的曾孙女马琴琴的籍贯，严格来讲就不能算是登州了，可马卫山要求一律填山东登州，他要求马家人不要忘了祖宗。

马卫山老人一生经历过无数的战斗，真正是从枪林弹雨中爬过来的老军人。他15岁就参加了东北抗联，那一年是1937年，在东北小兴安岭茫茫的林海里，坚持抗日多年。抗战后期，成为苏联红军远东方面军88旅的上尉连长。1945年8月，随苏联红军打回东北。

抗日战争胜利以后，他被编入了中国人民解放军第四野战军，即东北四野，先后参加了四平战役、辽沈战役，然后随部队入关，又参加了平津战役和和平解放北平（北京）。马卫山一生参加过解放四平、长春、天津、北平、武汉、广州，最后随部队一直打到海南岛。解放初期，马卫山由于在东北时有长期在山林里进行游击战的经验，又被部队抽调到湖南参加湘西剿匪。剿匪结束后，他转入了新中国刚成立的中南空军，以后就基本定居在广州，再也没有离开，直到后来随儿子定居深圳，可他到老一直只认自己是山东登州府的。

那么这个登州府到底在哪儿呢？成虎查阅了史料才得知，登州作为一个地名，现在已经不存在了。而登州府是明朝设立的，范围大体包括山东半岛的蓬莱、文登、黄县、栖霞、莱阳及今天的烟台地区这一带，明清两代都称登州府，民国十四年（1925）后废除。成虎发现，这一带正是山东人闯关东的源头。闯关东是民间说法，实际上就是被生活所逼，从山东往东北大规模的持续移民。史料上记载，到民国初年，山东人闯关东人口总数就已经超过1800万，其中来自登州府、莱州府的，约占山东人闯关东总数的80%。所以，闯关东的山东人其第三代、第四代人，都习惯说自己是山东登州府、莱州府人，而今天东北人讲的所谓"大𥻗子话"，也深深地烙着山东登州府、莱州府这一带的乡音。可见中国人走到哪儿，走多久，走多远，认祖归宗和落叶归根的意识深深地扎在心里。

多年来，马卫山在和成虎聊天中，说了许多他的经历，包括他们马家是怎样闯关东的，而这些，是马卫山的爷爷、父亲和母亲还在世时，断断续续地讲给马卫山听的。马卫山的爷爷和父亲是闯关东的亲历者，他们的亲身经历没有文字记录，而以口口相传的方式，在马家一代一代地传下来。

其实，今天定居于移民城市深圳的马家，实际上从清末开始，就一直在一代一代地移民，在中国的大地上，从南到北，又从北到南。到了马家的第四代，又走出了国门，到了美国，然后像先辈一样，又转身回来，一代接一代地，用自己的脚印书写了一段历史变迁。

中国历史上，发生大的移民迁徙，不是战乱，就是饥荒。人们为了生存，不得不拖儿带女长途跋涉，千里移居，移民迁徙，其实就是在寻找，寻找能够活下去的地方。

清末的时候山东闹饥荒，马卫山的爷爷就带着自己的儿子去闯关东，那时叫去东北找活路。他们从山东半岛的蓬莱乘木帆船渡海，穿过渤海湾，在辽东半岛的大连旅顺一带登陆。登陆以后，发现这儿已经有不少先他们而来的山东人在谋生，他们生活并不易，于是父子俩继续往北走。

走了很久很久，穿过辽宁，进入黑龙江，仍然继续往北，走到人迹罕至，走进了大雪皑皑的冬天，就再也走不动了。人迹罕至的地方哪里还有吃的，尤其到了冬天，一切都被冰雪覆盖着，连野果子都找不到。父子俩随身带的干粮就是玉米饼，只是比今天人们煮的"大糙子"粥的原料碾得要细一点，否则做不成饼。不下雪的时候，父子俩还捡得到柴火，将玉米饼熬成粥，每天还能喝到一口热粥。雪大了就只能啃一口玉米饼，抓一把雪吃，连一口热水也喝不上。可走着走着，连玉米饼也吃完了，父子俩再也走不动了，躺在雪地上直喘粗气。

眼看就要冻死在冰天雪地里，却突然听见一阵狗叫声。在山野里，听见狗叫就表明有人家，父子俩不禁强撑着抬起头来向周围张望，果然在不远处的树林里，有一个冒着白烟的帐篷。

父子俩抱着求救的心理走进了帐篷，看见了一位赫哲族的打猎老人，正在熬着从江面上凿冰钓来的鱼。在没有人烟的地方，赫哲族老人见到了生人很热情，虽然说的话他们听不懂，但却明白老人的意思，是请他们父子俩喝鲜鱼汤。这鱼汤几乎是救了他们的命。老人见他们撑不过这茫茫的雪原，于是便热情地留他们住进帐篷里度过这寒冷的冬天。于是，他们跟着赫哲族老人学凿冰钓鱼，在雪地上打野兔子，就这样熬过了冬天。

春天来的时候，他们才知道，已经走到了松花江的下游，这个地方叫"富克锦"，好像是赫哲人的发音。在这里，仅居住着极少的以渔猎为生的赫哲人。

冰雪融化以后，他们惊喜地发现这儿有着大片大片黑油油的土地，而且水源充足。有地，又有水源，农民就有活路了，马卫山的爷爷和父亲，决定不走了。后来他们发现也无法往前走了，前面就是俄罗斯的西伯利亚了。

成虎后来为了写好这本书，专门来东北搜集资料，也实地走访过这个地区，这儿是东北的三江平原。"三江"就是松花江、乌苏里江和黑龙江，这三条大江浩浩荡荡地汇流于此，逐渐冲积形成了这块平整的沃土平原。三江平原水资源丰富，其西南部是中国最大的沼泽分布区，它的西边就是小兴安岭，这块地方到二十一世纪的今天，人均耕地面积仍然是全国平均水平的5倍。

在马卫山爷爷和父亲到达这儿的时候，三江平原是以狩猎和捕鱼为生的满族、赫哲族的生息之地，因沼泽遍布，人烟稀少，当年有一句话叫作"棒打狍子瓢舀鱼，野鸡飞到饭锅里"，说的就是这个地方，它还有一个我们耳熟能详的名字，叫"北大荒"。

马卫山爷爷和父亲遇到那位赫哲族老猎人的地方，主要生息着的就是赫哲族人，"富克锦"其实就是赫哲人取的地名。赫哲人善渔猎不善农耕，所以，这儿的土地肥沃，但耕田稀少，于是马卫山的爷爷就决定在这儿定居下来。父子俩先在这儿种大豆，闲暇时，就往周边地区探查，发现这儿东边是乌苏里江，北边是黑龙江，紧挨着旁边的那条江是松花江，再往前，东北边就是他们称为"老毛子"的俄罗斯了，俄罗斯那儿更是人迹罕至。那时候是沙皇时代，西伯利亚由于边远寒冷，变成了沙皇流放革命党人的地方。

这儿沿江水源充足，他们又试种大米，因气温低水温低，水稻生长周期长，一年只能种一季，产量少，但种出了东北的优质大米。土地实在多，只要人勤劳，土地就不负肯吃苦的耕种人，逐渐他们就衣食无忧了。随后，渐渐又有闯关东的人到来，不仅有山东来的，还有河北来的，那时叫直隶，于是，人手就多起来了，马卫山的爷爷口袋里渐渐地有了一些积蓄。

在闯关东多年以后，父子俩回了一趟山东。这次回山东不仅仅是回家乡探亲，还要给马卫山的父亲娶亲。结婚后，农忙的季节不等人，东北的土地更是离不开人，富克锦这儿一年里有半年是冬天，耽误了季节，就会误了一年的收成，父子俩又匆匆回到东北。直到马卫山两岁以后，父亲才再一次回到家乡，把母子俩接到东北，此后由于家庭的变故，就再也没有回过家乡。

至于这儿为什么叫"富克锦"，马卫山没读过书，不知道来源，只是听父亲说，他们到来时，这儿就被称为"富克锦"。

成虎从史志中查到，其实"富克锦"是赫哲语，意思是"高岗"的地方。这儿由于是冲积平原，地势低洼，人们居住的地点都会选取相对高一点的地方，所以赫哲人称它为"富克锦"，它就是今天黑龙江省的县级市富锦市。

祖上闯关东的人，经过千山万水来到这儿，带来了大豆和高粱，也带来了水稻的种植技术。成虎今天在当地走访时发现，他们当年种下的大豆和水稻，经过几代人的辛勤耕耘，如今发展成了这个地区的农业支柱产业，今天的富锦有着"中国大豆之乡""中国东北大米之乡"和"北国粮都"的美誉。

可在马卫山成长的时代，在他的印象里，满满的都是穷得总是吃不饱饭的日子，甚至差点饿死，因为他们家后来破产了。这也是逼迫马卫山参加抗联的原因，在当年抗联的队伍里，绝大部分都是吃不饱饭的穷人。

其实，马卫山的爷爷带着儿子在富克锦通过起早贪黑地劳动，开垦了一片一片的土地，通过辛勤的劳动，面朝黑土背朝天，多年后也盖起了一座"马家大院"，当地的地名甚至就叫马家屯。

后来，闯关东到这儿的人逐渐增多，马家因此开始雇长工，日子慢慢地富足起来。可这儿是一个天高皇帝远的地方，因此官府管制力不从心，"匪患"就开始产生了。一些从旧军队里跑出来的人和吃不饱饭的穷人，占山为王，成为当地老百姓称为"马胡子"的土匪，经常夜间来骚扰。后来又有苏联十月革命中被红军打败的沙俄旧军队残部——老百姓称为"红胡子"的洋土匪也过江来抢劫老百姓的财物，搞得民不聊生。

当时的官府没有能力保护老百姓，也维持不了整个社会的治安，于是，不少地方大户有钱的地主就开始自己组织护院家丁，社会民团就逐渐产生了。一些民团的首领也心术不正，白天是民团，晚上就扮成土匪去打劫一些弱小的屯子；民团和民团之间也火拼，整个社会动乱不已，老百姓苦不堪言。

马家虽然有一个"马家大院"的名声，其实也只是白手起家的中等偏上的富裕人家，并不是财大气粗的大财主。在马卫山的记忆里，小时候家里的日子过得还是不错的。他说，记得那时候家里有一张照片，是他在满三岁的时候，父母亲特意抱他到哈尔滨照相馆照的。从富锦到哈尔滨就是今天修得笔直的高速公路，也有530多公里，而哈尔滨当年已经是东北地区最繁华的城市。不是富裕人家，怎么可能跑那么远去拍一张照片，而且照片在当年也是一件稀罕物。马卫山说，这张照片是一个穿着绸布棉袄、戴着刺绣的虎头帽胖乎乎的小男孩，站在穿着旗袍的母亲旁边。那个时候，能穿绸布衣，还能到哈尔滨去照相，一定是家财殷实的人家。

可在那个兵荒马乱的年代里，他也不知道是什么原因，家道就渐渐中落了。历史上，几乎每一次兵荒马乱都是让富人变成穷人、让穷人活不下去的世道。

家道中落的一个重要标志，是家里不断地卖地。当年在爷爷手上开垦置办的田地，被一块一块地卖了出去以抵欠债。中国的农民，失去了土地，就失去了基本财富，也失去了生活的依靠，因为对于一个真正的农民来说，所有的一切都来自土地的收获。

可田地卖完了，债务好像还没有还完。马卫山记得，小时候总有人到家里来要债，一拨又一拨的，这个人走了，那个人又来了。后来，马卫山在和成虎聊到这一段历史时说，他记得当时爷爷已经不在了，父亲的身体变得很不好，总在床上躺着，日夜咳个不停，可要债的人还是不断堵上门来。父亲就说，我家里还有什么，你们就拿什么吧，结果家里连桌椅板凳都让人拿完了，马卫山的家也就基本一贫如洗了。马卫山说，还记得后来家里吃饭连个桌子都没有，就把一个竹筐翻过来扣在地上，以其底当桌，上面也只有一碗清水煮的野菜。

破产了的农民，生活真的很惨。当时已经是民国了，关内是军阀混战，你打过来，我打过去，打得民不聊生。关外，虽然是有点像山高皇帝远的地方，但也是地方军阀和土匪的天下，老百姓的日子一样很苦，更没有人会帮助破产了的农民。

马卫山的人生就在这里彻底拐弯了。一个原来虽不能说是锦衣玉食，但却是一个可以穿绫罗绸布、过着衣食无忧生活的小少爷，命运急转直下。

8岁的时候，父亲在穷苦和疾病的折磨下去世了，也许是父亲多病的原因，马卫山没有弟妹，母亲一直守寡带着他。马卫山这个原先的小少爷，如今为了生存，8岁就开始给屯子里人家放猪，几家人的猪合在一起由他放。马卫山说，他还记得放一头猪，总共6个铜板。后来，逐渐地长大了，他又放牛、放马。因此在屯子里他被人们一会儿称为小猪倌、一会儿又称为小牛倌、一会儿又变成小马倌，久而久之人们就干脆叫他"三倌"，"三倌"就变成了他的名字。就这样，在半饥半饱中一直放到15岁。

马家的小少爷变成了屯子里最穷的小子，没有读过一天书，和寡母相依为命，过着饥寒交迫的日子。后来，连屯子也渐渐地不再叫马家屯了。

如果命运不再发生变化，马卫山可能一直就是一个"三倌"，为人养猪养牛养马，或者变成一个长工、一个雇农，然后找一个和他一样贫苦的姑娘结婚，再生下几个儿女，跟着他一样过着半饥半饱的日子。如果世道太平，又有着几年的风调雨顺，可能还会有梦寐以求地几个几个铜板地积攒着，期盼着还能买上几分薄田，过上能吃饱肚子的日子。

那个时候，马卫山说，他外出放马的时候，常常坐在山边的小树林里，望着屯子里大户人家烟囱升起的袅袅炊烟，肚子里饥肠辘辘，心里却想起他娘告诉他，那个最大的房子，就是他爷爷当年盖的，他娘带着他千里迢迢从山东来到富克锦时，就是住在那个大房子里，如今都因抵债成了别人的家。马卫山只盼望着有一天，自己还能盖起一个可以容身的房子，然后在里面结婚生子为他娘养老。

马卫山和所有的穷人一样，心里也有着一个盼头。日子就这么一天一天过着，盼头就一直在心里存着。

写到这里，当成虎再次从稿纸上抬起头来时，已经是中午了。早晨已经停了的淅淅沥沥的春雨，这时又突然像憋足了劲似的从天而降，整个世界都哗啦啦响成一片，雨下大了。他透过窗户极目望去，远处是一江春水东去的长江。以千万条线交织着的雨水，落在那条发源于"世界屋脊"——青藏高原的唐古拉山脉，又一路奔腾了6千多公里的江水里,却没有一点声音。

成虎想,对于历史而言,普罗大众的个体苦难,也像这雨水落进长江里一样,消失无痕。而这些记忆对于苦难的个体来说,是刻骨铭心无法忘记的。所以,无论是马卫山,还是成虎的母亲,虽已年迈,但总是想和别人说过去的事情,就是希望下一代不要忘记过去的苦日子——这好像是老人们的共同愿望。

成虎想,其实马卫山的命运,差不多是他那个时代穷苦人共同的命运。成虎的父亲和外婆苦难的一生,以及父系和母系的家庭都是这样的。父亲的家庭,按毛泽东的《中国社会各阶级分析》一书中的划分,原先应该是一个下中农家庭,家里有着十几亩田地,靠着自己的辛苦劳动,可以保证温饱,农闲时再去做点小生意,赚点油盐柴米钱,虽谈不上富裕,但基本可以吃饱穿暖。

可就是这样的日子也被战乱所摧毁。这个战乱,就是太平天国起义,太平军占领了安庆城,与曾国藩的湘军在这块土地上拉锯战打了好多年,而当年的湘军对安庆城采取围而不打的策略,围困了很长时间,这样更遭殃的自然是老百姓。父亲的老家离安庆城只有十多里,就在战场的边缘上,湘军、太平军只为自己打仗,都不保护老百姓,土地自然就无法耕种,最后首先破产的就是这些靠种地自给自足的中农。再后来父亲的家,到划分成分时,就已经是一个标准的雇农了,比贫农还要穷,因为没有了土地。成虎的父亲后来不得不进城做苦工,变成了一个城市贫民。

而成虎外婆的家,虽然躲过了太平天国战争,在城里有一小片商铺和一个渔行,买卖长江里的渔获。外婆小时候的家和马卫山的家,富裕程度可能差不多,虽然成虎没有见过外婆小时候穿绸布的照片,但成虎小时候上学时外婆教过他写毛笔字,原来外婆小时候上过私塾。那个年代女孩子上私塾,除了父母亲思想开通,还要家里有一定的经济基础,否则绝对不会让一个女孩子去读书。

可兵荒马乱又来了,这一次是日本人的入侵。1938年,日本军队从南京逆江而上占领了安庆。那时日本人在南京烧杀淫掳的消息,早已经通过国民党的溃兵和往长江上游"跑反"的人,传到了安庆,所以在日本人到来之前,整个安庆城里的人几乎都跑光了。外婆一家不得不关了店铺,抱着当时才几岁的成虎母亲,跑到乡下去躲日本人。在那个兵荒马乱的年代,又失去了基本求生的手段,一家人在乡下也无法长期生活。一年多后,外婆一家才敢回到城里,可家里的生意已经无法做下去了。

这时候，外公又患了肺结核。那个时候患了肺结核等同于今天患上了癌症，无药可治。治疗肺结核的特效药，音译"盘尼西林"，又叫青霉素，直到20世纪40年代中后期才出现，而且当时贵得如同黄金，哪里是穷人用得起的。肺结核这个病，不会立即危及人的生命，却慢慢地消耗着人的身体，如果不是家财殷实的人家，肯定会被这个病拖垮。马卫山在他的回忆里也说到，他父亲身体很不好，总在床上躺着，日夜咳个不停。这极有可能也是肺结核病。已经是贫穷人家，如果再患上这种慢性病，那一定是雪上加霜了。曾经学过中医，并且已经开始行医的成虎外公，也治不好自己的病，拖了好多年以后，最终还是吐血而亡。

那时成虎的外婆才30多岁，不仅变成了一个寡母，而且整个家庭也陷入了赤贫。什么叫赤贫？就是没有任何经济来源。为了养活自己的一儿一女，有着一双标准"三寸金莲"的外婆，不得不背着一个小布袋，每天清晨乘渡船去安庆的对江乡下，收一点农产品，装在布袋里，然后踮着小脚，来回走几十里路，背回安庆城里贩卖，以此赚取一点小钱，来养活自己的孩子。

就是这样辛苦，也根本解决不了家里的温饱。因此，在成虎母亲的心里也和马卫山一样，都是满满的饥饿记忆。母亲和成虎讲得最多，也是成虎最难以忘怀的一件事，就是一年大年三十的晚上，竟然没有饭吃，外婆早早地躺在床上，而母亲饿得怎么也睡不着。

记忆里满满的都是旧社会里的饥饿经历，这种感觉是成虎的母亲和马卫山他们那一代绝大部分人的共同感受。

这时，只听母亲在喊："吃饭啰！"这一声呼喊，把成虎从沉思中拉回现实。成虎边收拾着桌上的书稿，边高声地回答母亲："来啰——"

这一声"吃饭啰"和一声回答"来啰"，与过去的饥饿相比，何尝不是最幸福的声音。

吃饭的时候，成虎告诉母亲自己明天回深圳，还有重要的事没有完成，为了写好这本书，还要再去东北。

母亲见儿子有重要的事情，尽管想儿子在身边多留几天，但也没说什么。

第三章

　　中午时分，马小军在医院里照顾父亲马卫山吃完饭以后，安顿老人睡下就准备回家了。离开病房时，他又回头看了一眼已经入睡了的父亲，只见他平静地躺着，可马小军心里总有一种放不下的感觉。此时，马小军只有一个念头，要和成虎一道去东北，再一次去寻找母亲的下落。

　　走出医院的大门，马小军抬头望望天，天上是一轮灰白色的太阳，耀眼得他睁不开眼睛。不知道是自己心中焦虑，还是气温就是这么高，这才刚刚进入四月，深圳的太阳就火辣辣的了。

　　带着一脑门子心事的马小军，站在医院的门口排队等出租车。很快，一辆出租车停在他的面前。上车坐上后座，"啪"的一声关上了车门，把噪声和燠热都关到了车子的外面，一切就安静下来了。马小军此时心里想着父亲可能不久于人世了，好多事需要马上做，他又没有把每一件事都想明白，就那样静静地坐在出租车的后座上。

　　这时，出租车司机问："请问去哪儿？"

　　马小军这才回过神来，正欲回答，突然思维卡住了，一个熟悉得不能再熟悉的地名就在嘴边，张开了口却说不出来，脑子瞬间僵化，一片空白。

　　司机师傅见乘客没有回答，就从驾驶座上扭过身子，回头又问："先生，请问去哪里？"

　　马小军还是想不起来自己家的地址，劲使得都满脸通红了，那个居住了几十年的地名，就是无法从口中清晰地说出来。突然，一个地名脱口而出："猫颈田。"

司机一脸的发蒙，因为他不知道猫颈田在哪儿，就问："对不起，猫颈田是哪里？"

这时，马小军脑子才亮了一下，说："哦，就是景田。"

司机一听是景田，立即一踩油门，因为那个地方司机都知道。

如今在深圳，除了本地的原住民或者搞地方志的，已经没有几个人知道猫颈田在哪儿了，其实它就是今天深圳的景田。猫颈田这个地名对于马小军来说，是一辈子无法忘记的，就是在今天一下失忆的情况下，它也会一下跳到嘴边，因为它是马小军后半生耕耘生活的地方，也是深圳经济特区的一个缩影。

1982年深圳经济特区建立之初，当时的马小军是基建工程兵一个团的副团长，他们的团在湖北的一个战略后方基地，参与建设水上机场。后来他被任命为团长，奉上级命令带领着这个基建工程兵团来到深圳，参与经济特区的建设。到达深圳以后，部队驻扎的地点，就是这个叫猫颈田的地方，其后几十年都没有离开。那个时候，这个猫颈田是离深圳市区比较远的一片荒岗。

其实，那时深圳是一个"墟"。"墟"这个地名，是很让马小军费解的，因为在汉语里，"墟"是指有人住过而现已荒废的地方，例如废墟。但深圳在很早的时候实际上就是一个集镇了，到建立特区时，深圳集镇里已经有2万多人口，那为什么又叫"墟"呢？

马小军曾就这个问题问过成虎。成虎也是深圳的新移民，又是记者，因此探究了这个"墟"的来历。他发现其实一个地名，它形成的时候是受方言影响的，当地人一种习惯的称呼，然后被人们广泛地接受了，就会成为一个地名。而在深圳墟这个地方，历史上居住的主要人口为客家人。在客家方言里，墟，读shi，就是小集市的意思，这可能是"墟"的来由。其实，在广东许多客家人居住的地区，都有叫"墟"的地名，例如深圳还有观澜墟，邻近的惠州有淡水墟，客家人居住最多的梅州，有华城墟、岐岭墟、潭下墟。因此，当时的深圳墟就是一个镇。后来因为它在广九铁路的交通枢纽上，与香港相连的罗湖口岸也在这儿，解放以后就成为宝安县治所在地，建立特区时已经不仅仅是一个小渔村了，所谓的小渔村，指的是罗湖口岸深圳河旁边的一个叫作渔民村的地方，这是一种形象的称呼，并不是确切所指。

而猫颈田这块地方离当时的深圳墟，有10多公里，相当于当时深圳的远郊，只有一条乡间土路相通。由于是荒岗，除了桉树、茅草、灌木丛和星星点点的孤坟，没有一户人家，也没有一幢房子，只有岗下远处才有村落和水田。也正是因为如此，才能把一个团的基建工程兵部队安排在这里。

马小军他们部队在这个荒岗上驻扎下来的时候，营房是自己搭建的竹棚，吃水是自己开挖的水井。甚至这个地方连邮路都不通，因为它没有一个正式的地名，邮递员不会来投递报纸信件，更别说有一部电话了，部队到达后的一段时间里，竟然需要用电台与外联络。后来，部队只好向邮局申请了一个集体信箱，每天派部队通讯员到十几里路外的一个邮电所取报纸信件。

那时的深圳，就是这样的。马小军差不多就把下半辈子扎在这儿了，成为深圳经济特区最早的一批"开荒牛"。何为"开荒牛"？就是一切从头开始。因此，"开荒牛"这个称呼，在深圳是极受尊重的最早的一批特区建设者。

马小军直到今天还是住在这个地方，但当年的猫颈田如今早已翻天覆地，这块地方今天在深圳已经是寸土寸金的市区了，现在它属于深圳的中心区——福田区。

马小军到深圳的时候，刚刚成立的深圳经济特区，只有罗湖区、上步区、南山区和蛇口工业区，而没有今天的福田区。后来，在原上步区的基础上，建立了如今是深圳中心区的福田区。马小军和他所在的基建工程兵部队集体转业后，参与了深圳福田区最初的部分城市基础建设。

随着深圳经济特区的飞速发展，整个城市一路往西开发，城市中心由当初的罗湖区发展至福田区，猫颈田就在福田区的西面。政府在重新规划这个地区的时候，规划人员觉得猫颈田这个荒岗的地名太难听了，在新规划中取新地名时，去掉了一个"猫"字，取其谐音，改名叫景田，这一改感觉大不一样了，现在它是深圳中心福田区的一个大片区，所以出租车司机一听就知道这个地方。

几十年来，马小军几乎是一天一天地看着它的变化，变得让他有些眼花缭乱，有时甚至不相信自己的眼睛，甚至担心哪天回家认不得路了。

例如，在马小军他们当年驻地的旁边，冈下低洼处有一小片水塘，下雨的时候积了一塘死水，冬天水塘旁边都飞满了蚊子。当年缺水的时候，士兵们还到那儿去洗澡，可回来以后会浑身发痒，马小军还一度制止战士们去那儿洗澡，怕他们染上皮肤病。可就这么一小片水塘，它几乎是深圳经济特区建设的一个缩影，后来积累起无限的财富。人们对它进行了改造，变成了一小片人工湖，然后在它的旁边建起了一个高档住宅小区叫"水榭花都"，非常有诗意的名字，那个"水榭"就是当年那一片飞满蚊子的水塘。如今这个被改造为一片人工湿地般的当年水塘的旁边，盖起了一排排连体别墅和小高层公寓，每幢别墅的价格，都是让人咋舌的天价。

在这片水塘边玩耍长大的马小军二儿子马正，如今是一个成功的股票投资人，曾做过一个形象的比喻。他说，如果将这片水塘周边所创造的财富全部变现，换成百元的人民币，把它一捆一捆地堆在那儿，当年的那个水塘恐怕已经装不下了。这一切，都是在马小军一天一天的目睹下实现的，而且马小军参与了这个建设。他带着当年工程兵转业的基建队伍，参与了这一片地区的城市基础工程建设，就是所谓的"七通一平"。现在这一片的道路、管网、下水道，包括城市绿化等工程的一部分，是马小军他们当年的基建工程兵转业后的队伍干的，所以，马小军对这一块地方特别有感情，也是他一直不愿意离开这儿的原因。

他看着当年那个曾经飞满蚊子的水塘，变成了一个美丽的人工湖，看着水塘旁边一幢一幢地起新楼，看着曾经人迹稀少的荒岗，变成了一个一个高档住宅区，一边感叹资本和市场的力量，一边感叹自己也被迫经过市场经济九死一生的"折腾"后，脱胎换骨地从一个基建工程兵的团长，逐渐蜕变成一个大型国企的管理者。他说自己真的是蜕变，不仅换了一层"皮"，连脑子的思维方式也彻底改变了，原来是一个按照计划完成工程的基建工程兵的团长，后来变成了一个成天讲利润和效益的所谓企业家，这也是资本和市场的力量，是他参与经济特区建设后的根本改变。

马小军有一句口头禅："都是被市场逼出来的。"

如今，马小军虽然已经离开工作岗位退休了，但还仍然住在这儿。不过他住的地方与那个豪宅区"水榭花都"，中间隔着一条马路。可别小看这条几十米宽的马路，马路的两边可是两重世界。马小军住的房子，是当年他们自己开发建设的、连电梯都没有的六层普通住宅楼。他之所以对这儿有感情，是因为这一片都是他们自己建的。

当年的那个荒岗变成如今的景田,这个地名,现在是一个较大范围的概念了,已经是一个高楼林立的大片区。他们盖的那些房子,今天已经变成都市里的村庄,正在计划通过旧城改造,一步一步地进行拆除更新了。其实这儿,也是整个深圳市的缩影,当年那个只有2万多人口的深圳墟,如今已经成为有2000多万人口的中国四大一线城市之一,这中间仅仅经过40年的发展。深圳,这个城市真正能体现什么叫日新月异。

所以,现在马小军说景田这个地名,司机只能当作一个方向,而不能当成一个具体地址,因此司机边开车边问:"请问,景田的哪里?"

马小军说:"你往景田开吧,到了我告诉你。"

司机是一位40多岁的中年人,显然很有耐性,他往景田方向开去。

坐在车里的马小军沉默下来,他的情绪变得更低落,心情更加懊丧,一开始还在想着老父亲的事情,想着如何跟成虎一道去东北寻找母亲,现在又在想着自己怎么连家的地址都想不起来了?!

难道自己也已经老了,老得要糊涂了?马小军担心的就是这个,因为他知道如今有一种无药可治的病——老年痴呆症。

马小军这一年虽然74岁了,可是他并没什么大病,身体自我感觉还是不错的。如今生活好了,早已过了"人生七十古来稀"的时代,70多岁,说老也不算很老。马小军有不止一位丧偶的老同事,70岁还在找老伴呢。

但不可忽视的一个事实是,近期马小军确实感到记忆力下降明显,真正知道什么叫丢三落四了,他非常担心自己患上了老年痴呆。因为老父亲还在,他就不能老,他仍然还是一个儿子,尤其像他们这样的一个家庭,只有他一个儿子,家里还有事他没办完,还有好多事他放心不下,特别是抱着最后的一线希望去寻找母亲的安葬之地等,这不仅是父亲今天的交代,也是他一直以来的希望。这都是让他放心不下的事情,他还不能老糊涂,许多事,他都还没有安排好。

最重要的是,老父亲还在,怎么可以在父亲去世之前老糊涂呢?特别是今天在医院里,父亲在他耳边交代自己的后事,这让他心里有了一种从未有过的紧迫感,所以这时他急匆匆地往回走,却把家的地址给忘了。

马小军自然情绪低落,平常坐出租车时,他还喜欢和司机聊聊,今天一声不吭，静静地坐在后座上。

司机载着马小军继续往西开，车上很安静，此刻的马小军全神贯注地看着车窗外，窗外的景物一一闪过，在帮助着马小军寻找回家的路，他的脑子里逐渐变得清晰起来。那宽直的马路、路旁的建筑、已经根深叶茂的榕树，以及马路两边的笔架山和那矗立着邓小平铜像的莲花山，一一在他脑海里出现，仿佛都是昨天。因为，这一段马路是他领着人修的，马路下的排水管道是他领着人铺的，两旁不少的建筑也是他领着工程兵转业的基建队伍盖的。还有，最让他自豪的是，那矗立在深圳城市中心——莲花山山顶上，已经成为一个时代标志之一的邓小平铜像，也是他带着人亲自安装的。这些，都一一地、清晰地出现在他的脑海里，包括那些日子，一点都没有忘记。想到这儿，家也就清晰地在脑海里浮现了。

这时，出租车已经到了景田的范围了，马小军突然想到了一个人，想到了她就想起了家里座机的号码，那8个数字一下跳到了他的眼前，他才想起应该打一个电话。于是掏出手机把这8个数字输了进去，拨了家里的电话，一下就通了。

马小军对着电话说："桐芳啊，我回来了，你到门口道边来接我一下吧。对，就到莲花医院的门口。"

然后心里一亮堂，家就在莲花医院的后面，于是对司机说："往左转，朝莲花医院开。"

莲花医院虽然只是一个小医院，但马小军对它太熟悉了，因为它的前身曾是马小军所在的基建工程兵团的卫生队，是他把这支卫生队带到深圳的，马小军的妻子是这家医院的医生。后来随着部队的集体转业，原先的团卫生队也在改革中，转制成了一家企业医院，取名叫莲花医院。因此，莲花医院虽小，但它建立的历史也不短了，它的位置已经变成了景田这个地方的一个标志，所以出租车司机都知道它在哪里。

车还没到莲花医院，缓缓地往坡上爬，马小军远远就看见一个熟悉的身影，已经站在莲花医院的门口，正朝着他来的方向张望，这就是家中的保姆桐芳。桐芳跟着马小军已经20多年了，一个保姆在一位雇主家中干了20多年，差不多也就是这个家庭的一位成员了，所以看到桐芳，马小军的心一下就踏实了。

车到跟前，看到桐芳是个中年妇女，40多岁的样子，和马小军的大个子不同，桐芳个子小小的，但身材结实，圆圆胖胖的，很有精神。脸盘长得很周正，一双大大的黑眼睛，厚厚的嘴唇。桐芳的脸上有一个特点，就是什么都浓，头发浓，眉毛也浓，四十来岁了，上嘴唇上仿佛还有一丛浓浓的汗毛，一看就是劳动妇女出身。

马小军这些年已经习惯看到桐芳就知道到家了，连忙对司机说："停车，停车。"

司机把车停了下来，马小军拉开车门就下了车，然后朝桐芳走去。司机急喊："老先生，老先生，车费还没给呀。"

这时桐芳看见马小军下了车，也听到司机在喊，急步上前忙问："师傅，多少钱？"

司机看看表，说："36块5毛。"

桐芳从自己口袋里掏出钱，付了车资，转身看见马小军呆呆地站在那儿，然后转身往家里走。桐芳默默地跟在后面，她发现马小军出了好多汗，衬衣紧紧地贴在后背上。桐芳跟了马小军这么多年，知道马小军一着急后背便容易出汗。

可现在是深圳的4月，还是春天呢，清明刚过，虽然气温确实不低，今天最高温度已经有28℃，这就是亚热带的气候特点。

马小军住的这种房子，是深圳建立特区以后，在20世纪80年代中，盖起来的一批公寓楼，是急匆匆地盖给那些从全国各地而来没有住房的早期特区建设者住的，因此，这些公寓楼的设计和建设的标准都不高，只有6层，没有电梯，马小军的家住在第三层。如今几十年过去了，已经老旧残破了，这个当年的"新村"，显然已经变成了一个都市里的旧村了。

深圳是1979年11月改为地级深圳市，到1980年8月设立经济特区，1981年3月，升格为副省级城市的。当马小军他们基建工程兵到达的时候，深圳经济特区成立才两年多，而整个经济特区内的2万多人口，主要还是本地人为主，外来人口较少。马小军他们当年提前来深圳考察时，在回去写的考察报告中，还专门列出了一个困难，就是满大街讲的都是粤语，他们一句都听不懂，担心到来以后交流困难，可见当年深圳外地人很少。

当年与马小军他们在差不多同一时间到达深圳的，一共有8个基建工程兵团,两万多人,现在赫赫有名的华为公司创始人任正非,也是这两万基建工程兵中的一员。这两万多人,来自全国各地,因为当年基建工程兵也是在全国各地招兵。所以,仅马小军这个团的官兵,就有湖南人、湖北人、江苏人、安徽人、上海人、东北人,其他工程兵团还有其他省份的兵源。你现在在视频上听任正非讲话的口音,能听出他是贵州人。所以,两万基建工程兵到达深圳后,就让这个城市交流的语言发生了变化。外来人听不懂本地粤语,可本地人除了老人一般都能听得懂普通话,这样,慢慢地就让这个城市的语言改变了。深圳这个城市,可能是全国普通话普及得最好的城市,虽然普通话讲得并不标准,带着各地的方言尾音。这也就奠定了深圳作为移民城市的开始。

这么多的人到达深圳,当时的深圳市根本没有办法解决他们的住房,只能给他们划几块地方,这些地方肯定都不在当时的市区内。马小军他们团就划在这个荒岗——猫颈田。当时政府也只是用推土机推平了一小块地方,让部队来了以后,好有一个地方落脚。

其实,马小军也是临危受命,当时所有的官兵对于到深圳来,都抱有疑虑,都当成是一次领受新的艰巨任务,用他们后来的话说,做梦都没有想到,深圳会变成后来这个样子。

马小军被父亲从东北农村接到广州时,已经8岁了。

父亲马卫山随东北野战军一路南下,解放武汉以后,部队就沿着京广线一直往南,接着占领了广东的门户韶关,这时已经到了1949年9月下旬。中央派叶剑英和陈赓指挥解放广东战役。叶剑英和陈赓于1949年9月28日,下达了《广州外围作战命令》。10月2日,广东战役打响,马卫山所在的第四野战军部队,一共有三个军一路南下,先后占领了清远、花县、从化、增城,从东面、北面、西面三面包围了广州。

这时,负责广州防守的是国民党华南军政长官余汉谋,余汉谋本人就是广东人,他见人民解放军力量强大,就放弃了抵抗,沿西江逃窜了。

1949年10月14日,解放军进入广州,广州解放了。

马卫山说,他随先头部队进入广州时,已经是傍晚6点多了。由于余汉谋和国民党部队放弃了抵抗,所以广州基本没有遭到战火的破坏。城市里当时只有国民党残部和军警人员少量的枪支，部队进入后主要维持治安。当时上级对部队军纪要求很严，不得骚扰老百姓和商铺。所以，当天晚上，他们部队就睡在广州特有的那种街边骑楼里——所谓骑楼就是临街楼房伸出去一个长长的走廊，可以遮风避雨。马卫山记得，那个时节广东多雨，但好在气温高，睡在外面一点也不冷。

马卫山所在的部队在广州短暂驻防了十几天，然后继续往南，追击国民党的残部，一直追到湛江一线，最后参加了解放海南岛的战役。

解放了海南岛以后，这时已经到了1950年的5月。马卫山既没在海南岛驻扎，也没回广州，而是被抽调到湖南，参加湘西剿匪了。

剿匪工作结束后，马卫山被转入成立不久的中南空军，先当了一个湖南航空站的站长，后来调去当了一个工程兵营的教导员，主要负责带人修建被国民党撤退时破坏的旧军用机场。

到1953年，马卫山被调往广州空军，仍然负责修机场的工作，这时，马卫山才抽出时间向组织告假，回到东北去找妻子和儿子。

马卫山在依兰没有找到妻子的确切葬身之地，但在一个小山村里找到了儿子，这时儿子已经8岁了，完全不知道自己还有一个父亲在广州部队。马小军的养父母见8年来都没有他们的信息，也没见有人来找，以为他的父母都不在了。所以，当马卫山到了村里时，儿子正在外面给人放猪，和他小时候一样，也是一个小猪倌，马卫山心里就感到一阵阵的痛。

在征得养父母的同意后，马卫山把自己所有在部队发的津贴和积蓄，都给了马小军的养父母，然后就带着儿子回广州了。因为他现在只剩下这个儿子了，这是妻子兰兰的血肉，也是马卫山唯一的对妻子的念想，他要把儿子养大成人。

从那时开始，马卫山一个人带着孩子，从此没有再结婚。当时部队领导和战友都劝他再找一个，再成立一个家。但，马卫山一生未再娶。

到了马小军成人以后，一次父亲在浴室里摔倒了。马小军进去扶他起来时，发现父亲的小腹处有一个拳头大的伤疤，这是父亲身上最大的一块伤疤，比他腿上那个枪伤要大好多。这时马小军才想起来，小时候父亲带自己去浴室洗澡时，就曾看见过这块伤疤，但那时太小不懂事，而父亲总是习惯性地用一块毛巾遮住自己的腹部，马小军后来就忘记了这块伤疤。

马卫山是喜欢和儿子讲自己受伤的故事的，那时家里就父子俩，马卫山在广州除了战友，没有一家亲戚可以走动，所以，下了班以后，唯一可以说说工作以外话的就是儿子了。在部队大院里有很多老同志，由于参加过战争，经历过枪林弹雨，见过太多生死，再加上许多老同志文化程度也不高，所以，大部分不习惯和士兵以及自己的儿子耐心地讲道理，因此，他们当中好多人对子女的教育方法都比较简单甚至粗暴。

马卫山是一个标准的东北汉子，因为家里破落，自小没有读过书，自己人生最重要的成长期，主要是在东北山林里的抗联岁月，因此其性格豪放，到老了说话都很大声，经历过太多的生死，特别是东北抗联那八年岁月，他常挂在嘴边的一句话就是，活到今天是命大了。因此，在这样一个只有两个男人没有女人的家庭里，父子关系相处是有一定困难的。

但，出人意料的是，也许是马卫山把对妻子兰兰的思念，和对儿子童年那8年受苦的愧疚，全部转移到今天对儿子的抚养和教育上，他对儿子表现出少有的耐心和细腻，平时连大声训斥都很少。他承担了一切妈妈应该做的事情。马卫山在部队是管后勤的，食堂归他管，他闲暇时会到食堂里和老炊事员学炒几个菜，就是为了给周末回家的儿子改善伙食，虽然未必可口，但到后来马小军吃父亲做的菜也吃习惯了。马卫山甚至学会了针线活，也是为了给儿子缝补衣服。很多人都会有小时候看到母亲在油灯下为自己缝补衣服的情景，而且一辈子记在心里。马小军也有这样的记忆，不过记忆里却是父亲在灯光下戴着老花镜为自己缝扣子。

有了这样的父亲，马小军也比一般孩子早熟，他自小就经历过8年农村孩子的贫苦，他很早就知道父亲的不易和没有母亲的艰难。还有重要的一点，马小军父亲和母亲的家族都没有人了，他知道这个世界上，父亲是与自己唯一有血缘关系的亲人。也许，自小就缺乏安全感的原因，马小军没有一般孩子几乎都有的叛逆期，一直都比较听父亲的话，哪怕是自己不感兴趣的事，也静静地听父亲说，这是自小就养成的习惯了。

一般家庭里，父子之间的话都不会太多。可这个家庭就是父子俩，马卫山回家要说话，只能和自己的儿子说，马小军理解这一点，不管自己感不感兴趣，他都听着，直到自己也成为父亲和后来成为爷爷，仍然能静静地听老父亲说话。

而老父亲最喜欢讲的就是自己的战争经历，讲得最多的就是腿上的那块枪伤，因为他一直认为，如果没有兰兰的相救，他会死在那个雪地里，也就没有后来的马小军。其实，这是他对妻子无法忘怀的思念。

马小军知道，父亲身上不同的伤疤，就是父亲不同的履历。父亲身上有不少伤疤，除了枪伤，还有摔伤，那是在抗联时期于小兴安岭夜行军时摔伤的，还有不少冻伤伤疤，那也是在东北抗联期间在冰天雪地里留下的印记。每一块伤疤，父亲都喜欢和他讲，讲这些伤疤的历史，就如同父亲摆弄自己的勋章奖章一样，有一种自豪感。

但父亲从来没有和他说过小肚子上这个伤疤是怎么来的。也许这块伤疤在私密处，不便展示给儿子看。那次在浴室摔倒后，马小军将父亲抱起来，擦干他身上的水以后，帮他穿起短裤，也伸手摸了一下这块伤疤，还是硬硬的。

马卫山躺到床上以后，也许知道自己已经渐渐老了，就和儿子说了这块伤疤的故事。父亲告诉他，这是在1946年5月，参加四平战役时，一发迫击炮弹在身边爆炸，一块弹片打进了自己的小腹部，那时他以为自己一定会死了，血流了一地。

四平战役是抗战胜利后，在东北与国民党打得最早也是牺牲最大的一场战役，几进几出，战场上到处都是尸体。当时，还不叫东北四野，而叫东北民主联军，那一战牺牲了上万人。

父亲说，当时中弹后躺在战场上，血从被弹片击破的裤子里汩汩地往外冒，流了一地，部队正在撤退，战友们也许认为他已经死了，一个一个从他身边经过，没有人来扶他。马卫山说，昏迷过去之前，他以为自己这次必死无疑了。但，几天后醒来，发现人已经在战地医院里了。原来，四平保卫战失利后，部队主动撤离了四平地区，转至松花江北岸休整。在最后部队离开阵地时，有人发现马卫山还活着，就将他背了下来，一直随着部队到了当时东北民主联军在东满建立的根据地。在这个根据地里，九死一生的马卫山养了好几个月，竟然又一次活过来了。他自己说，又一次捡回来一条命。但……说到这儿，马卫山欲言又止，没有把话再说下去。马小军后来才知道，这次负伤，伤了父亲的"根本"，父亲一生未再娶，与这次受伤也有关。

从这一点来看，马卫山对儿子的付出是充满着复杂感情的。因为贫困，因为战争，马卫山的家，只留下他这样唯一的根，如果没有兰兰，他不仅活不下来，也不会有后来和兰兰生下这个唯一的儿子。接下来，先是兰兰的死，接着是自己受伤不能再婚，因此，这个儿子既是马家的根，也是兰兰赵家的血脉，而且是唯一的，因此，他把所有的心血都放在儿子身上，真正地又当爹又当妈。无论是给儿子烧可口的菜，还是为他缝补衣裳，既是为了儿子，也是为了兰兰，更是为了马家和赵家的唯一血脉。

这一点，竟然让马小军在很小的时候，就似懂非懂地放到了心里，所以，他理解父亲，从不叛逆，直到渐渐老了，老父亲仍然是他心中最重要的那一块。

了解了这个背景，我们就会理解当年马卫山从东北那个山村里，找到儿子以后的那个心情。他们从东北回广州的路上，8岁的儿子不哭不闹也不说话，他还不能适应这个突然出现的父亲，也不知道自己将去何方。养父母告诉他，跟着亲生父亲要去很远的南方，到那儿去过好日子。他并不留恋养父母，因为养父母家孩子很多，他是多出来的一张吃饭的嘴。他也不留恋那个山村，因为沟沟坎坎的，实在太穷，他总是吃不饱饭。但，从未走出过山村一步的马小军，不知道自己要和这个穿军装的人去哪儿。他，就那么跟着，一路上坐硬座的绿皮火车，坐了几天几宿，一会儿醒，一会儿困，一路脱衣服，因为越往南，气温越高，脱下衣服的他，显得更加瘦小，父亲心疼地一会儿摸摸他的头，一会儿拍拍他背，夜里有时会把他揽在怀里，让他睡在自己的腿上。就是在跟着父亲去广州的火车上，他平生第一次吃到父亲买的苹果。父亲说，那是他们家乡山东的苹果，虽然有些酸，但，却是他第一次吃到苹果。也正是这一次，父亲告诉他，要记住，我们老家在山东登州府。

到了广州，他才第一次正式有了名字，父亲给取名叫马小军。马小军8岁才上一年级，所以初中毕业后要去参军，但年龄还差一年，正好原来和马卫山同在空军工程兵部队里的一位战友，那时调任一所工程兵学校任副校长，马卫山就把儿子送去了工程兵学校，读了两年，毕业后就自然进了工程兵部队，这时已经到"文革"前夕了。

"文革"时期，到处"破四旧"，开批斗会，斗老干部，对军区大院也敢冲击。这个时候，马小军在工程兵部队安安心心地当兵。

工程兵在部队里是一个比较艰苦的兵种。他们的工作基本性质和基建工程公司差不多，空军工程兵主要就是修机场，都是繁重的体力劳动。而且，工程兵是哪里有工程就调到哪里，一干多年，工程完了，又调往别处，他们的生活基地和营房都不是稳定的，工程在哪儿，部队就调到哪儿，然后就在工程所在的地方建营房、建设生活基地，所以，生活基础条件就差，连同家属孩子受教育都受到这些条件的制约。而且，当把一个地方营房和生活基地建得好一点时，工程也快完了，部队又要调往他处。所以，一开始马小军被分到工程兵，干这么辛苦的兵种时，心里也是很不稳定的。

马小军之所以在工程兵部队一直干下来，也和父亲有关。父亲虽然资格老，但在部队职务并不高，也没有那个权力帮他调到更好的部队去。而且父亲根本不干这种事，他还是那个老腔调，现在的工程兵哪里能和他当年吃的苦比，再加上马小军毕竟是工程兵学校毕业的，所以在工程兵部队里是专业人员，是工程师，是工程兵部队的技术骨干。反过来，马小军也是受父亲影响，他也觉得吃苦是一个人摆脱不了的，只要工作总会辛苦的。所以，马小军在工程兵部队留了下来，而且认真地工作，因此，也一天一天地进步，从一个工程师，到排长、副连长、营长，一级一级往上走，到调往深圳前，已经是一个分管技术工作的副团长了。

当时马小军所在的基建工程兵团驻扎在湖北，经过多年的建设，已经有了一个比较完善的部队基地。这时，马小军早已成家，有了两个儿子，大儿子马立14岁，在上初中，二儿子马正那时才6岁，正准备上小学一年级。妻子曾秀云为了照顾他，也为了一家人在一起，前两年才从广州调到湖北。而当时马小军只是主管工程的副团长，团长因为到龄准备退休了，马小军被任命为团长，带领部队调到深圳了。

在部队出发前的半年，马小军就曾被部队派到深圳考察过，为大部队的到来打前站。考察当时的深圳，马小军真的是一言难尽，用一句话概括就是：什么都没有。部队甚至连睡觉的营房都没有，只得自己动手搭竹棚。

每每说到这事，马小军就心里难过。这也是马小军至今不愿离开景田这块地方的原因。父亲退休后从1985年开始就和自己一起住在这套房子里，人们说，老人老窝老友，即老年人喜欢住在熟悉的地方，父亲在这儿住了20多年，他不喜欢高楼。还有重要的一点，妻子曾秀云病故前也一直就住在这套房子里，妻子的病故是马小军心里一个最大的痛。

当年妻子跟着自己从湖北来到深圳后，一直住在临时的竹棚里，直到1984年转业后才开始建房。1986年搬进这套房子，妻子在这套房子里住了10年，1996年妻子就病故了，那一年妻子刚刚50岁。马小军认为妻子来到深圳，一天好日子也没过上，一直跟着自己受苦，日子刚刚开始好起来了，她就生病了，接着是痛苦的治疗过程，最后还是撒手西去，马小军心里充满着对妻子的愧疚。

所以，马小军也不愿意搬离这个至今还有妻子气息的地方。

回到家里，马小军首先去了一趟厕所，这差不多是这些年的一个习惯了，一进家门就感到有点尿急，第一件事就是进厕所，然后洗手。可进了厕所也就那么几滴，而且还要滴好一会儿，才感觉尿尽了。其实，上午在医院里陪父亲基本没怎么喝水，可没喝水也有尿意，这种情况已经出现好几年了，马小军觉得这实际上就是渐渐变老的表现。后来听医生说，随着人的年事渐高，膀胱会越来越松弛，人憋尿的能力也就差了，这时人会变得容易有尿意，可每次又尿得不痛快。

马小军就想起自己的父亲，父亲离休后从广州来深圳和儿子一起住，在一起生活。一天，妻子告诉他，发现父亲常一个人躲在洗手间里自己洗短裤。马小军以为父亲不好意思让媳妇帮自己洗短裤，就跟父亲说不要紧，跟家里衣服一起用洗衣机洗，可父亲还是坚持自己洗。后来，家中请了保姆，但父亲仍然自己洗短裤。再后来，妻子发现马卫山有漏尿的习惯。

马小军就在自己去看病时，顺便问了一下医生父亲漏尿的问题。医生跟他说，老人因为年纪大了，膀胱会像一个橡皮气球一样慢慢松弛，就会有这方面的问题。但，那时父亲才60多岁，还不算太老，怎么就会有漏尿的习惯，马小军担心父亲身体有病，就要带父亲去医院检查。马卫山不愿去，马小军说有病一定要检查，这时马卫山才告诉儿子，自己漏尿已经几十年了，过去不在一起生活，所以家人不知道。原因仍是在四平战役中受的那次伤，当时年轻还不严重，年纪大了以后，就变得越来越严重了。

现在的老父亲已经开始穿老年"尿不湿"了，就是和小孩一样，在屁股上兜着个纸尿裤。一开始，父亲还不干，觉得不舒服。后来，年纪越来越大，漏尿也越来越严重,马卫山行动也不便了,不能再坚持自己洗短裤,而总让保姆桐芳洗也不好意思,马卫山这才穿上了老年"尿不湿"。

这也让马小军没有想到,衰老对于一个男人,竟然是从尿不痛快开始的。而自己的父亲因战争受伤,从很年轻的时候就开始漏尿了,一辈子如此,他的这个痛苦直到自己也年纪大了才体会到。

世界上许多事、许多痛苦,我们总是一眼而过,只有自己亲身经历了,才会有真正的切身体会。

马小军更深地感到,父亲的这一生多么不易。

第四章

　　马小军之所以看见了保姆桐芳就有到了家的感觉,这与他们这个家庭目前的状况有关。

　　马家虽然已经有了四代人,可目前在家里生活的却是四个男人。老爷爷马卫山,父亲马小军,和两个儿子马立、马正。四个男人,但住在家里的只有马卫山和马小军。

　　马立是一家大型上市公司的老总,另有住房,但马立已经离婚,前妻在美国,唯一的女儿琴琴在美国留学,和她母亲在一起。马立离婚后,一直没有再结婚,所以平时马立也是一个人,只要不忙就回家吃饭,因为放心不下家里的两位老人。父亲马小军在马立的眼里,也是一位老人了。

　　二儿子马正是一位成功的股票投资人,他是只谈恋爱不结婚的"不婚主义者",虽然在马路对面的"水榭花都"买了豪宅,但,家里没有女主人,就不像一个家,偌大一个房子空空荡荡的。马正一定要爷爷和父亲搬过去住,说是孝敬老人家的。那时候,老爷爷还不到80岁,腿脚都还比较灵便,脑子也好使,但也是害怕寂寞的时候,住进马正的新房子还新鲜了一阵子。

　　但住了一段时间后,马卫山嫌房子太大,用他的话说"大得能装鬼",没有一点人气。楼上楼下,住在里面都找不到方向,一点都不像个人家。老爷爷有漏尿的毛病,对厕所的要求是近。可马卫山住在一楼,不是主人房,厕所在客厅里,第一天晚上老人家一下没及时找到厕所的门,就把尿漏在裤子里了。

　　马正买的是豪宅,小区环境幽雅,绿树成荫,房屋建筑容积率低,一家一户的,自然比他们住的那个公寓楼清静很多。家家户户都关着门,有时能听到有人在说话，却看不到人影，这对于老人来说，就感到太寂寞了，想出门找个人说说话都没有。偶然遇到一个人，有礼貌的会点点头，没礼貌的仿佛没看见一样，两人擦身而过，感觉隔着十万八千里。住在豪宅里的人，非富即贵，仿佛害怕别人知道他有钱似的，隐私感极强，不愿与陌生人搭讪，马卫山感到一个个脸上好像都蒙着一层皮，一点人情味都没有，难道这就是人们所说的都市里的冷漠？

其实，老爷爷年纪大了，跟着儿子住在现在这个公寓楼里20多年了，老人习惯于"老窝老友老地界"，马卫山在这儿住习惯了，也住熟悉了，出门遛弯，闭着眼睛都能走回来。回到家里，进门一眼就可以看到家里有人没人，喊一声"我回来了"，全家人都能听到。穿过饭厅就是自己的房，转身就进了洗手间，熟门熟路，晚上起来小便，闭着眼睛都能摸得着厕所。

出外散步，遇上的都是儿子公司里的熟人，大家都知道他是个老抗联的，喊的都是："老首长好！"孩子们也非常喜欢这位特能讲战斗故事的老军人，见着了都是马爷爷长马爷爷短的，马卫山就感到心里舒服。

楼下过道里就是一个棋摊，几位老棋友虽然比马卫山年轻得多，但全都是当年基建工程兵转业的，同为军人出身，对于这位打过那么多仗的老首长，那自然十分尊重，经常还有人向他行军礼，这就让马卫山感到自己还在部队里，还是一个首长。马卫山不会下象棋，只会下比较简单的军棋，大家只要见到他来了，就撤下象棋陪着老人下军棋，还总会让他赢几盘，赢了他就哈哈哈地笑，笑得周身都舒坦。

住在儿子的公寓楼里，虽然有点破旧，虽然没有电梯，虽然房子窄小，虽然渐渐地有点爬不动了，但这儿热闹，受人尊重，处处透着暖暖的人情味。

马卫山搬进孙子马正的豪宅时，正是那一年的元月。深圳这座城市虽然是一个不下雪的地方，每年元月气温最低也会到5℃，由于濒临南海，空气中的湿度高，冷空气不容易散去，所以，这个时候气候就显得阴冷阴冷的。而深圳的房子是没有暖气的，马卫山住在马正宽敞的大房子里，就觉得格外冷。另外，马卫山对这种楼上楼下、有着许多门的房子，虽然感到宽敞明亮，但他一下找不到方向，使他总觉得住在这样的大房子里，感觉不到是家，像是宾馆。

特别是小区人情味淡，人与人之间来往少，马正对门那家姓什么、干什么的，都不知道，住了一段时间别说见面打招呼，老人从来没看到这家有人进出，可晚上灯却是亮的,给人一种神秘感。那个时候,老人身体还好,常常一个人在小区里散步,却经常迷路。他说,他像个影子似的,一个人在林荫道上飘来飘去的,然后回转身就找不到家了,因为小区里的房子都是一模一样的,最后只好求小区的保安送他回家。

特别是很长时间都没有听到"老首长好!""马爷爷好!"的招呼声了,这就感到特别寂寞,心里冷。老爷爷马卫山不干了,坚决要求搬回公寓楼,他冲着自己的儿子马小军发火说:"住在这样的大房子里,我有一种等死的感觉。"

老父亲这样说,马小军不得不重视了。那时,马小军还没有退休,单位工作很忙。妻子曾秀云也还没有患病,还在医院上班,并且是一个副院长,所以工作也很忙,大家都感到忽视了老爷爷的感受。于是,马小军把两个儿子都叫回家,商量这个事。

最委屈的是老二马正,他因为忙于炒股,也是白天不着家,晚上回到家中,就关在自己的房间里,研究股票和股评,根本没有想到爷爷是这种感受。回来听到爷爷这样说,他急得脸都白了,想解释几句,就被父亲马小军制止了。

老大马立能理解,那时他虽然有自己的住房,但前妻和女儿都去了美国,他也是一个人独自住着空荡荡的房子,他能感受到爷爷的寂寞和孤独。所以,他赞成把爷爷搬回来。

这样,马卫山就又回到了公寓楼,马小军和妻子曾秀云也一同陪着回来住了。从此,马小军夫妇俩就一直住在公寓楼里,陪着老父亲。所以,"水榭花都"那套200多平方米复式的豪宅,至今只有马正一个人住,整个大宅子,住得没有一点人气。马正又基本泡在证券公司里整天不着家,家里只有钟点工定时做卫生,一个男人自然不会自己烧饭,所以,平时除了应酬,马正都以回来看爷爷的名义回家蹭饭吃。吃完饭,一抬脚,跨过马路就回自己的家了。

马小军的妻子曾秀云后来患肺癌去世的,已经20多年了,那时马小军才50多岁,如今他都年过七旬了。但,公寓楼虽然简陋,虽然窄小,虽然上下爬楼梯都已经不方便了,但这是马家四个男人都公认的家。

维持这个家正常运转的有一个重要人物,那就是保姆桐芳。桐芳在马家已经干了20多年了。其实,不仅仅是两位老人马卫山和马小军离不开桐芳,马小军已经是看到了桐芳就感觉到家了,而马小军的两个儿子马立、马正,也认为桐芳是家里的重要一员，如果没有桐芳，这个家，四个男人连饭都吃不上，还像个家吗？

那么，桐芳又是如何进入马家的呢？准确地讲，是如何融入马家的呢？

桐芳原是马小军公司里的一位工勤员。其实工勤员这个岗位在马小军的公司里，一般是指技术工人，或者机关里的水电工、司机、通讯员、打字员等。而桐芳没有一技之长，就是一个搞卫生的，应该叫保洁员，但她是属于公司办公室的人，办公室没有专门保洁员这个岗位，因为在深圳，一般公司机构单位都是将保洁工作外包给保洁公司的，或者是物业管理公司，所以桐芳的岗位就定为工勤员。她平时的主要工作，是专门负责打扫公司里几位主要领导的办公室，余下的时间就在办公室里打杂，有什么活临时去帮着干一干。

桐芳是一个来深圳的打工妹，家在江西赣州的农村，到深圳时才20岁，她是当年千千万万个涌向南方的打工妹中的一员。只是那年她已经结婚，跟着丈夫一同来深圳的。

桐芳算是一个苦命的孩子。2岁的时候，父亲为挣钱养家，跟着同村里的人一道去山里挖高岭土。高岭土是一种非金属矿物，主要用于做陶瓷的原料，他们挖出来的优质高岭土，就是卖到景德镇去的。优质的高岭土质地松软，是一种白色的黏土。桐芳父亲去打工的并不是正规采矿公司，只是个包工头，采用的也不是机械开挖，而是人工刨出来的。这样，就在一次塌方事故中，桐芳父亲被埋了。后来虽然被抢救出来了，但沉重的黏土块压断了他的腰，下半身就没有了知觉，瘫痪了。

雇工的是个小包工头，哪里负担得了桐芳父亲的治疗和赔偿，扔下一点钱就一跑了之了，桐芳父亲就此一直瘫痪在家里。家里本来就穷，突然失去一个主要劳动力，还要给父亲买药治病，自然是负债累累，一贫如洗，全靠桐芳母亲支撑着家。所以，桐芳很小的时候，就帮着家里干活，家里家外、田里地里，什么都干，是属于那种把吃苦不当苦的孩子。由于家里交不起学杂费，桐芳只念到四年级就辍学了，因此，在桐芳的童年里，全是生活的阴影。

桐芳长到19岁的时候，家里就将她许配给人了，一位丧偶的比她大10多岁的名叫陈元清的男人，因为男方家里给了三万块钱的聘礼，这在那个时候的农村，是一笔不小的钱，母亲要用这笔钱还债。

婚后不久，桐芳的男人陈元清就带着她来深圳打工。他们有一个老乡，在深圳开了一家保洁公司，夫妻俩也没有一技之长，双双就都进了这家保洁公司，桐芳做了一名保洁员，她丈夫陈元清由于年龄大一些，做了管保洁员的小经理。这个保洁公司就是负责打扫马小军公司办公楼的。

当时，在保洁员当中桐芳是最年轻的，其他保洁员都是一些年龄比较大的大嫂大婶，可桐芳却是干活最踏实的。夫妻俩就是这么辛苦地干着，一点一点地积攒着工资。桐芳要把自己每个月的一半工资寄给母亲家用，为此丈夫常常不满，说她已经结婚了，有了自己的家，而且自己的家也不富裕，给娘家一点钱可以，但不能每月都给一半工资。

但桐芳坚持说，她家特殊，父亲瘫痪在床，自己不给家里寄钱，父亲怎么活？她宽慰丈夫陈元清说，等我们有了孩子再说吧。这句话，让丈夫无言以对了。

桐芳的丈夫陈元清虽然是丧偶的，但与前妻也没有孩子，如今30多岁了，一心想要一个儿子。当时，在深圳的住宿条件非常差，保洁公司是一个微利企业，租不起像样的公寓，他们只租用了马小军公司以前建的简易房。这种简易房像如今工地的工棚一样，十几个人，住在大通铺式的房间里，那些大嫂大婶就睡在这样的大通铺上。

桐芳他们是一对夫妻，住在这样的工棚里很不方便，可为了节省在外面租房的钱，她丈夫陈元清就在工棚的最里面，拉了一块塑料布作为夫妻房，和桐芳睡在一起。这样的夫妻房，别说隐私，连动一动床架子都响，让人十分尴尬。可尽管白天工作辛苦，但由于男人陈元清特别想要孩子，又正是"三十如狼"的时候，所以陈元清几乎是夜夜求欢，这让桐芳很痛苦。

那时，桐芳既年轻又不懂，还十分难为情。工棚里睡着那么多大嫂大婶，而且就隔着一块塑料布，大家几乎就在一张大床上，磨牙放屁的声音都听得清清楚楚，这样怎么和丈夫一起过夫妻生活，别说尽兴，动一动床都响，这让本来就腼腆的桐芳，心里就特别抵触。

再加上白天工作又累，工棚里冬天冷夏天热，本来就很难休息好，可刚一入睡，男人就爬上了身子，弄得床架子吱吱响，桐芳不愿意就拒绝，男人就硬来，桐芳又怕那些就睡在旁边的大嫂大婶笑话，因此只能强忍着。这样的夫妻生活，桐芳不仅感受不到一点愉悦，而且每一次仿佛都在受刑，只盼着快点结束。

这样，就在桐芳的心里对夫妻生活产生了很大的阴影，她对丈夫强行进入自己的身体，本能地排斥，全身都绷得紧紧的，甚至牙齿都咬破了嘴唇。可这却反过来让丈夫感到更加刺激，所以，求欢的次数更多。桐芳在感到很痛苦的时候，忍不住就呻吟，这又惊动了旁边的那些大嫂大婶，结果，他们夫妻之间的事，就变成了白天大家开心的笑话。

其实，在早期的深圳，由于物质条件所限，特别是住房的困难，打工者夫妻生活问题，是十分压抑的。就是那些全家来了深圳的人，由于没有住房几家人暂时住在一套房子里，夫妻之间的尴尬事也比比皆是。

那些大嫂大婶，虽然年龄比桐芳大，但同样有夫妻生活的困扰，他们夫妻还不能住在一起，有的丈夫在老家，有的丈夫在其他的公司，因此，就常把桐芳的事当作意淫的话题，反而把桐芳描述为要求高无法满足的人。她们作为已婚女人认为，男人要，是天经地义的，但作为女人不能要求太高。她们把桐芳痛苦呻吟的事，当成黄色笑话来说，这就让桐芳更加痛苦，因此夜里反抗更激烈。所以，夫妻俩为此事总是弄得不开心，矛盾也越来越大。

自然桐芳的丈夫陈元清也不满足，男人在夫妻生活上的不满足，会在白天把气撒到老婆的身上，桐芳也只能默默地忍着，她从来不和丈夫争吵，生气的时候，就不说话，默默地干活。

这样过了一年多，生活逐步发生了一些变化。

深圳这个地方，几十年的发展，之所以让人们来了就不愿走，其中一个重要原因，就是你只要肯干、能吃苦，坚持下去，生活总会给你机会，只是机会大机会小的区别。那些踏踏实实干下来的人，总会在不断的坚持中，改变着自己，改变着生活，也会改变命运。

生活也给陈元清带来了一个机会。他们所投靠的这家小保洁公司老板，在为马小军的市政工程公司服务中，也寻找到了一个机会。

当时马小军的市政工程公司经营状况在不断好转，他们承接的市政工程也不断增多，市政工程正如同人们眼见的那样，开挖的活比较多，公司也干不过来。于是就将一些技术含量低的工程，例如土石方的开挖搬运、下水道、排水沟和线网沟的开挖，外包给社会工程队来做。

保洁公司的老板看到了这个机会，因为保洁公司是一个简单劳动，技术含量低，只是一个用人头的事，所以利润率也不高，辛苦一年，也赚不到几个小钱，他见包工程比干保洁赚钱多，于是，就组织包工队去干包工头的事了。

他走了以后，就把无暇顾及的保洁公司转给了老乡陈元清。这也是深圳这个社会一个良性运转的特点，你找到一个机会，你手上的事，可能是另一个人的机会。陈元清接过了老乡手上的活，从一个经理变成了一个小老板。他比较轻松，因为他直接接过了马小军公司的保洁工作，继续干就行了。

陈元清赚的钱自然就多了一点，于是他从工棚里搬了出来，另租了一个一室一厅的单身公寓，和桐芳搬了进去。这样晚上折腾桐芳就再也不需要像在工棚里那样压抑了，但也增加了桐芳更多的痛苦。

桐芳仍在默默地反抗着，所以常常晚上睡不好。长期这样，桐芳抵触，陈元清也谈不上愉快，夫妻关系就进入了恶性循环。接着，桐芳发现了一个很不好的倾向，回应了那句话：男人有钱就学坏。

桐芳的丈夫还根本谈不上有钱，只能算是开始衣食无忧了，可衣食无忧对于一个从江西山里面出来进城打工的农民来说，那就是很大的改变。口袋里有了几个小钱，也足以激发他心里压抑太久的欲望，让他现在的自我感觉也是一个小老板了。

原先是一个穷人，特别是一个穷男人，手头上有了几个多余的零钱，他一定会想要尝尝有钱的感觉了。而这种"尝鲜"的欲望，往往有苍蝇逐臭的特点，特别是文化程度不高、没有精神追求的男人，就容易染上恶习。而男人最基本的恶习无非两点，一是赌，一是嫖，桐芳的丈夫都沾了一点。为什么说他只是沾了一点？是因为他钱还不多。

他会经常去打麻将，输赢虽然不会很大，但不赌钱打麻将有什么吸引力？而且打麻将也像打游戏一样，是要"升级"的。"升级"有两个特点，一是时间越打越长，甚至常常打通宵，麻将打通宵，那一定是赌博，否则，你哪有那么大的精神头坚持下来？二是，输赢的钱也会升级，输赢的数目会越来越多。慢慢地，桐芳只要看到陈元清回家的状态，就基本知道他是输了钱，还是赢了钱。兴奋地回家，那可能是赢了一点钱；满脸阴沉，脾气暴躁，那一定是输了钱，脾气越大，一定是输钱越多。

他还常常喝得醉醺醺地回家，说是为了公司的业务去应酬。一个小保洁公司，做的又是前面那个老板留下来的业务，又能有多少应酬？

有一天晚上，陈元清又喝得醉醺醺地回家了，回来后吐了一身，桐芳在给陈元清换衣服时，发现衣服上除了酒臭味，还有一种女人的味道，实际上就是一种廉价香水的味道。当然桐芳不懂香水，但沾到自己丈夫身上的香味，一定是女人的，可对于这样没有多少钱的小老板，他身边的女人也不会是多高档的。

果然，由于陈元清在桐芳的身上得不到满足，于是，精力旺盛又有了一点小钱的他，就时常光顾发廊、按摩室等一些化着浓妆、身上也洒一点香水的小姐的地方。

桐芳对这些怀着"眼不见为净"的心态，不管也不过问，每天只是照常上她的班，干她的活，就是晚上更不愿让丈夫碰她了。

对于丈夫陈元清的变化，桐芳也无奈，现在这是自己的小家，而江西农村的家也回不去了，她只能默默地忍受，软软地反抗，不能也不想把丈夫的所作所为弄个明白。

想了好久，为了维持这个家，她突然改变了心态，觉得也许怀上了孩子，把孩子生下来，丈夫可能就收心了，然后两人带着孩子一块过小日子。有一点小钱，一个小家，丈夫每天回家，就行了。

其实，这就是一个客家女的基本心愿。客家姑娘，尤其是那些从乡间山区里出来的女孩，她们和许多城市里的姑娘不同，心并不大，并不一定想发大财。她们只希望有一个顾家的老公，有几个健康成长的儿女，有一个能把她们放进去的"窝"（住房），她们就很满足了，她们只想过上安稳的日子。

想明白了这些，桐芳突然发生了很大的变化，她不再用冷冷的面孔对着丈夫陈元清，晚上也不再拒绝丈夫的折腾，她只希望早点怀上儿子。

陈元清直接感觉到最大的变化，就是晚上睡在一张床上，桐芳的身体不再那么僵硬了，不仅不再抵抗，而且开始配合他了。

陈元清问她为什么。

桐芳说，我也想要孩子了。

陈元清自然欣喜不已，客家男人对家的概念是根深蒂固的。在外面找小姐只是玩玩而已，满足欲望满足虚荣心，也舒缓生活上的压力，但生儿育女还是得家里的"黄脸婆"。因此，客家男人有"外面红旗飘飘，家里大旗不倒"之说。

对于陈元清，一切都没有比生个儿子更重要。他都30多岁了，在农村孩子早都上小学了，可自己还是无儿无女，这让他内心充满着焦虑。现在桐芳突然开始配合了，也想要孩子，这让他也收心不少。于是，一段时间里，麻将也少打了，发廊按摩室也基本不去了，他说他要养养自己的精血，准备生儿子了。

这段时间是一段比较消停的日子，桐芳配合着丈夫努力地造孩子。可半年过去了，就是没有动静，每次桐芳例假来的时候，陈元清都沮丧得不得了，自言自语地说："怎么搞的？怎么搞的？怎么搞才能怀上呢？"

于是，丈夫就出门了。找中医，找民间偏方，买来一些中草药，让桐芳煎，然后大碗大碗地喝那苦水，说是补精壮阳的。

然后，又试了半年，什么方法，什么姿势，甚至什么时辰，都试过。有一次，桐芳上午在上班，他神经兮兮地来找桐芳，悄悄地说："我刚才找大师看过了，大师说，上午巳时是我们容易怀孕的时辰，我们回家去试试吧。"

桐芳哭笑不得，可也想怀上孩子，不得不听丈夫的话，大白天的两人悄悄地回家造孩子去了。

桐芳为了生活，为了保卫自己的一个小家，像变了一个人一样。但，老天不遂人愿，桐芳的肚皮仍是瘪瘪的。

陈元清越来越失去了耐心，结婚两三年了，自己又辛勤地耕耘了一年多，可一次都没发芽，老婆的肚子始终没动静。男人感到有问题，他首先怀疑的是桐芳，于是，就带着桐芳去医院检查。

检查的结果竟然真是桐芳有问题，她的双侧输卵管都堵塞了，桐芳的卵子根本无法出来和丈夫的精子结合，因此无法怀孕。这个原因击垮了丈夫内心的希望，也让桐芳的命运又一次转折了。

陈元清先还是带着她去看医生，花了不少钱，也受了不少罪，每一次去做疏通输卵管治疗时，都让桐芳痛得一身冷汗。做完了治疗一段时间以后，陈元清就想要试，那更是让桐芳感到几乎在受刑，因此桐芳的身体已经不是像原先那样僵硬，而是条件反射般地抵触了。但，桐芳还在忍，可忍着的桐芳还是怀不上。医生说，患上双侧输卵管堵塞，一般采用宫腹腔镜联合下输卵管堵塞疏通术，可以解决输卵管堵塞的问题。但是，也有疏通术解决不了的，桐芳就是属于这种解决不了的。做了两次这种疏通术后，陈元清就彻底放弃治疗了。

桐芳毕竟是一个农村女人，而丈夫本来就是一个丧偶而没有孩子的男人，娶了年轻的桐芳自然是希望她早日生下儿子，还要生几个儿子，结果，她连怀都怀不上，这个如同破屋的家，就很难保住了。

很快，没等离婚，丈夫就和别的女人搞上了，这个女人也是保洁公司的，和桐芳还是老乡，可她是一个有夫之妇，丈夫在老家，自己独自一人出来打工挣钱。这个女人比桐芳大一点，但也只有27岁，跟着前任老板一起出来的，因为是老乡，前任老板就照顾她做保洁公司的人事管理。那时千万打工者外出打工，不仅工作辛苦，生活艰难，而且精神生活也很枯燥。每天两点一线，上班下班，回宿舍睡觉，久而久之，就会出现一些"露水夫妻"。桐芳的丈夫就和她成了"露水夫妻"，但并没有想和她结婚的打算。所以，对于风言风语，陈元清在桐芳面前矢口否认。

桐芳发现他们的事，是一个偶然。

一天中午快要下班的时候，办公室的袁大姐给了桐芳一袋荔枝。荔枝是四五月份上市的水果，而四五月份往往是深圳又热又潮的季节，桐芳的丈夫陈元清喜欢吃荔枝，可荔枝只要一捂就会黑了，实际上就是坏了。桐芳早上上班晚上回家，中午就在公司食堂吃饭，一般都不回家。那天，桐芳为了让丈夫吃上新鲜的荔枝，就准备中午将荔枝送回家，放到冰箱里冰镇，这样荔枝更好吃，也不会坏。同时，桐芳感到自己的例假今天可能要来，可早上出门匆忙忘了带卫生巾，所以中午回家一并拿上。

当时租住的那间小公寓，就在马小军公司的大院旁边，所以从办公室走过去并不远。中午的时候，整个公寓楼都是空空荡荡的，租住在公寓里的人都是打工的，这个时候都去上班了。桐芳上了楼，掏出钥匙打开了房门，进门以后，她就感到有点异样。

这种公寓是一房一厅，所谓的厅就是进门有一个烧饭的地方，然后中间有一道门，门里面就是卧室。由于房子太小，平时中间这道门都是开着的，进门就可以一眼看到房中的床，可今天这道门却关着。桐芳记得很清楚，早上和丈夫一道出门时，明明这扇门是开着的，难道陈元清回来了？可里面没有一点声音。

桐芳有一种不好的预感，不由得下意识地放轻了脚步，走近以后，轻轻地推开了房门，竟然看见丈夫和一个女人躺在床上。可能是刚刚辛勤"劳作"过的原因，床上一片狼藉，两个人半裸着身子都睡着了。可恶的是，丈夫就是睡着了，一只手还紧紧地握着那女人的乳房，一副贪婪的样子。这个女人就是传言中的那个老乡，丈夫竟然把她带到家里，活脱脱地推到桐芳的面前。

这对桐芳的心理冲击自然是巨大的，她愣在那儿两条腿突然不听使唤了。对于这一切的到来，她既感到突然，又不感到意外，因为丈夫自从知道她不能生育，早就不怎么在她身上耕耘了。原先几乎夜夜求欢，现在一周半个月才那么一次，丈夫甚至嫌弃她说，和她在一起就像奸尸一样。而她也知道，丈夫不仅想要孩子，而且是一个性欲强的男人，早在和她结婚前，村里就有人说过，他的前妻是被他折腾死的。可一心想把桐芳嫁出去，好用聘礼去还债的母亲却说，女人只有生孩子生死的，哪有被男人折腾死的，胡说八道。

可桐芳与丈夫结婚后，确实特别害怕和丈夫同房。她后来之所以积极地配合丈夫，是她强忍着想怀上孩子。当知道自己不能生孩子以后，桐芳这方面的情绪早已大海落潮了，再也没有了兴趣。丈夫不折腾自己，她觉得是自己的解脱，也让她可以多睡几个好觉了。

但无论如何，今天突然看到自己的丈夫和别的女人睡在一起，桐芳首先的反应自然是震惊，震惊使她双脚失去了知觉而无法挪动，用一个词，就是顷刻目瞪口呆。

桐芳由于自小家庭贫困，父亲又瘫痪在床，母亲一个人支撑着整个家，辛苦劳累和日子没有盼头，使绝望又个性极强的母亲，脾气变得十分暴躁。一个农村妇女没有什么文化，满腹的怨气无处可撒，就变成喜欢成天骂人，骂瘫痪在床的丈夫，骂婆家人不管不问，骂那个小包工头不见人影，骂邻居欺负她家，甚至在喂猪时，也能对着猪骂半天，骂它们吃得太多。

桐芳作为母亲的一个出气筒，自然成天挨骂，骂得桐芳都不敢进家门。可桐芳不回家，母亲更生气，于是见面抬手就打，手里拿着什么，就用什么打，常常打得小桐芳浑身青一块紫一块，鼻青脸肿的。打急了，桐芳就跑，可邻居们也不敢收留桐芳，因为大家都害怕桐芳母亲没日没夜地骂人。桐芳就跑到田野里，跑到甘蔗地里，跑到小树林里，一躲就是一夜。因此，桐芳自小就是在这种环境里长大的，她对自己的家没有一点温暖感，家，对于她也是一个阴影。所以，有人给她介绍对象时，尽管对方年龄有点大，而且是个丧偶的，还有些闲言碎语，但见面时对方说，结了婚就带她去深圳，她的心立即就明亮了，她答应了这门婚事，是因为她从内心深处，就是想离开自己的那个家。

来到深圳后尽管生活艰苦，可对于桐芳来说，根本就不算什么苦，比在家里好多了。尽管只有一个塑料布隔出的空间，那也让她感到有了一个自己的男人，就是有了一个自己的家。她也希望早点生个孩子，有了孩子就是一个完整的家了，所以，她痛苦地忍着。

可当发现自己无法怀孕后，桐芳的心里就十分害怕，害怕失去这个家，她变得像个犯了错的小媳妇，对自己的男人小心翼翼地。可担心的事，还是来了。此时，她感到家的梦已经破灭了。

当她面对着这一对男女躺在自己床上的样子，就有一种失去了一切的感觉，悲痛和绝望，她仿佛没有了知觉，就那么呆呆地一动也不动地杵着。

此时，对于桐芳最大的冲击，不是一个女人和自己的丈夫躺在床上，而是，她知道家要没有了。

少顷，桐芳突然感到从心底涌上一股气，不是愤怒之火，而是仿佛迅速打通了她的全身血脉，使她顿感七窍都通了的轻松之气，她竟然觉得这可能是自己的一种解脱。想到这儿，脚就可以动了。

接下来，桐芳轻轻地将门关上，她不想惊动这一对沉睡的男女，转身离开了家。桐芳这个人本来走路就轻，这是自小养成的习惯，这一次离开家时更加蹑手蹑脚地，好像是她害怕惊动了那对男女，她仿佛是离开了地面，毫无声响地飘走了，一直飘到楼下，然后逃命似的拔腿想跑，这时才发现那袋荔枝还提在手上。此时的荔枝已经变得像丈夫陈元清一样让她厌恶了，她顺手就扔到路边的一个垃圾桶里。然后想，往哪儿去？只能回公司，去继续干活。卫生巾的事，早已让她忘得一干二净。

就在桐芳轻轻地关上门以后，也许是那门搅动了房间里的空气，也许是心灵的感应，那个女人醒了。其实她睡得并不沉，毕竟是在别人的家里，毕竟是在偷情，怎么可能睡得安稳？她感觉到桐芳可能回来了，可房间里没有人影，但门后挂着的那件旧衣却在微微地晃动，她立即起身，推醒了那猪一样沉睡的男人。

离开自己那伤心的家，桐芳无处可去，在深圳她举目无亲，除了保洁公司这几个老乡熟人，再也不认识其他的人，她只能回到自己工作的马小军的公司里。一路上，她低着头，深一脚浅一脚地往前走，害怕遇上熟人，好像刚刚是她做了错事。

进了公司的办公楼，大家都去食堂吃饭了，走廊上静悄悄的。平时这个时候，大家吃完饭会回到办公室休息一下，保洁公司的工作人员没有办公室可以休息，天凉的时候，她们会聚到顶楼的平台上晒太阳；天热的时候，她们就坐在办公楼消防楼梯过道上休息。今天桐芳没有吃饭，她不想回到那些保洁公司大嫂大婶中去，她害怕她们说这说那，可她又无处可去，于是趁人不注意打开了公司堆放保洁工具的小仓库，一头钻了进去。

堆放保洁工具的小仓库，是一个很小的隔间，没有窗户，里面堆满了扫帚、拖把、洗涤净、小垃圾桶等保洁工具和易耗品，这里不但没有空调，连通风口都没有，把门一关，就是一个封闭的空间，所以充满着一股塑料和垃圾的味道。桐芳是管保洁工具的保管员，她有这儿的钥匙，知道这里不会有人来，就把自己关在这里平静心情。

进门以后，关上了门，她没有开灯，小仓库里一片无边的黑暗，黑得没有一丝光亮，仿佛是此时桐芳的心境。在这样的黑暗中，睁开眼和闭着眼，没有区别。桐芳就一屁股坐在地上，紧紧地闭着眼睛，但仍挡不住眼泪挤出眼眶。挡不住就任它流吧，否则绝望中的桐芳会被憋死。

小仓库就在走廊上，这时桐芳听到吃完饭的人们已经陆续回到办公室，走廊上不断地有脚步声和人们的说笑声，因此，桐芳不敢哭出声来，就拼命憋住自己的哭声。可哭泣的过程，实际上是呼吸的一种异常状态，憋住哭泣，就要憋住呼吸，这让她仿佛要窒息一般。

哭，是一种情绪的宣泄，是内心悲痛的释放，但，总是要停止的。强忍着的哭泣，比高强度的劳动还会使人感到疲惫。

在一个痛苦的释放般的深呼吸以后，桐芳像打了一个寒噤一样抖动了一下身子，终于停止了哭泣。这时，她感到浑身都瘫软了，顺着墙滑到了地面，然后就是那样无力地躺在地上。此时，似有知觉，又没有感觉，就这么躺着。没有吃饭，又受了如此的刺激，此时的桐芳实际上是处在低血糖的状态，就这么昏昏沉沉地躺着。

也不知道躺了多长时间，外面的走廊上人声又起，到下午的上班时间了，吃完中饭休息了一段时间的人们，又要上班了。这时桐芳知道自己要出去了，因为下午她还要打扫洗手间，这是每天例行的保洁工作，她支撑着自己爬了起来，打开了灯，拍干净身上的浮灰，整理了一下头发，然后打开了门，装作若无其事地走了出去，她要干活去了。

虽然在心里桐芳好像是想通了，感觉解脱了，但最大的冲击是自己可能没有这个家了，没了家的自己能去哪里存身？江西山里的那个家，还回得去吗？想想那瘫痪在床十几年已经半人半鬼的父亲，想想那只向自己要钱，从不过问女儿日子过得怎么样的母亲，桐芳就浑身发冷。

今后怎么办？这是现在桐芳满脑子怎么也挥之不去的问题。

整个下午，桐芳都像是掉了魂似的，办公室里的那位送她荔枝的袁大姐，在走廊上看到桐芳面色发黄，就关心地问她是不是病了，要不要去莲花医院看一下。桐芳笑着摇摇头说："没事，没事，就是头有点晕。谢谢你关心。"

桐芳在公司里属于干活勤快说话少的姑娘，大家都挺喜欢她的，所以袁大姐格外关心地伸手摸了摸她的额头，发现并不发烧，但仍觉得她的脸色太难看，正要说什么，这时有人喊袁大姐办事，她只得急匆匆地离开了。

没想到，这事不仅对桐芳心理的冲击大，对身体也有冲击，本来桐芳的例假应该是这一两天，但她的例假总是延后，那天只是有点来红。可也许是受到刺激太大了，也许是中午在小仓库的水泥地上躺的时间有点长，不知道为什么，那天下午就突然涌出来了，可由于桐芳魂不守舍，自己竟浑然不知，拿着一个拖把在洗手间里机械地一来一回地拖着，一直就这么低头在干活，心思不知飞到哪儿去了。

生活中有些巧合，好像是命运安排的。

那天马小军的妻子曾秀云来公司办事，也正巧进洗手间方便，从厕所隔间里出来的时候，看到桐芳弯着腰背对着她在拖女洗手间的地。曾秀云在洗完手以后，一边从洗手间的纸盒里抽出纸来擦手，一边扭头看了一眼仍在弯腰拖地的桐芳，这时发现桐芳的裤子后面湿了一块。但桐芳穿的是深色的裤子，一开始曾秀云还没有看出是血。但曾秀云是一名医生，本来就是基建工程兵团卫生队的一名女军医，她知道桐芳是公司的保洁员，所以，基于一个医生职业化的习惯，就对桐芳说："你裤子怎么湿了？"说着顺手就将手上的卫生纸，在桐芳的裤子上擦了一下，发现是红色的。

桐芳这时直起了腰，曾秀云看见她面白如纸，连眼睛都发黄了。她伸手摸了一下桐芳的额头，试试发不发热，结果却是冰凉的，摸了一手冷汗。

无论是作为一个医生，还是作为一个女人的本能，曾秀云立即就把桐芳拉到了女洗手间里的隔间里，对她说："你别动，我去给你找件衣服，马上回来。"说着，转身离去。

曾秀云匆匆地去了办公室，找到办公室那位袁大姐，但两个人找了半天一时也没找到合适的衣服给桐芳换。曾秀云突然想起，丈夫马小军的办公室里有一件蓝色的风衣，她立即去取了出来，马小军正在办公室，不解地问她："干什么？"

曾秀云说："你别管。"

和桐芳母亲差不多大年龄的曾秀云，像照顾女儿一样，拿着马小军的风衣急急地走进了女洗手间。此时，桐芳不知道发生了什么似的，呆呆地坐在马桶盖上。屁股后面的血，已经把马桶盖弄红了。曾秀云进来，将风衣披在桐芳的身上，说："孩子，跟我走。"

桐芳转身抽了隔间里的卷纸，仔细把马桶盖上的血擦干净，才和曾秀云一起离开。

曾秀云一生生了两个儿子，马立和马正，一直想有一个女儿，可后来国家开始计划生育了，当时她和丈夫马小军都在部队里，作为一个军人和军人的家属，当然不能再生了，曾秀云后来做了节育手术。可不知为什么，曾秀云一看到桐芳那弱弱的样子，心里就生出一股浓浓的母性。这个桐芳，看起来比自己的大儿子马立还要小一点，她以前曾在公司里见过，总是在默默地干活，一刻都不闲着，从来听不到她说笑，一看就是一个诚实能吃苦的孩子，在现在的城市里，像这样的年轻人有多少？这让曾秀云对她有一种怜悯之心。当发现这种尴尬的场面，又见桐芳好像病了，这让曾秀云突然母性泛滥，心里升起一股像照顾自己孩子一样的心情。

我们中国人喜欢说，物以类聚，人以群分，有时候两个性格相合的人，常常会有一种自然的亲切感。曾秀云和桐芳这两个萍水相逢的人，真的，有一种相同生活背景下的亲切感，主要是曾秀云对桐芳，自然而然地透着一股母爱。

她首先把桐芳带到她所在的医院里，给桐芳做了一个检查，量了量体温，发现没有发烧，又给她验了一下血，各项指标都是正常的。曾秀云见桐芳坐在那儿浑身无力，身体软软的、凉凉的，还是不放心，就又把桐芳带到了自己的家里，就是现在马小军仍然住着的这个公寓楼，因为离马小军公司和曾秀云的医院都不远。然后，将桐芳领进洗手间让她洗了一个热水澡，把身上的经血洗干净，又拿出自己的衣服和回来时顺道买的卫生巾，放在洗手间里，让桐芳换。

自小受苦，在母亲的谩骂声中长大的桐芳，从来没有感受过这种母爱，她从一开始就像是一个小女孩跟在母亲的身后一样，一切都顺从地听着曾秀云的安排。她知道曾秀云是公司董事长的妻子，可此时她就感到像自己的母亲，所以，曾秀云叫她干什么，她就干什么，此刻她在洗手间里终于忍不住眼泪伴着热水直往下流。

桐芳此时的哭，和中午在小仓库里的哭不同，有委屈也有感动。但，这毕竟是董事长的家，她不能在这里哭出声，她强忍着哭声，身体不断地抽搐，抽搐得浑身发抖，抽搐得让自己都无法站住。后来她就蹲下身子，双手抱着头，任由花洒里喷出的水，冲在自己的身上，中和了泪水。可她不能发出声，怕人听见，她强忍着不要哭出声来。

声音是忍住了，可泪水还是让桐芳的眼睛红红的，当她从洗手间出来的时候，曾秀云知道这孩子一定受了什么大委屈，可她不愿说，曾秀云也不强问。她让桐芳坐到客厅的沙发上，自己走进了厨房。

这毕竟是在董事长的家里，桐芳没敢坐到沙发上，而是用半个屁股坐在一张凳子上，直着腰，一动也不动。

这时，她看见一位老人从房里走出来，头发花白，细长高个，穿着一身旧军装，手上端着一个玻璃杯，杯里装着热茶。桐芳连忙站了起来，只见老人一脸慈祥地走到她的面前，将那杯热茶递给她。这是当年的马卫山。

马卫山老人将热茶递给桐芳后，充满关切地说："姑娘，喝，喝口热茶。"

桐芳双手捧着这杯热茶，送到嘴边，喝了一口。从早上上班到现在没有喝一口水的桐芳，仿佛忘记了饥渴，此时这口热茶成了人间甘泉，一进口就湿润了她的心田。热茶从口中经过喉咙，一路滑到胃里，暖暖的，暖透了她的心。

桐芳眼睛又湿了，说不出一声："谢谢！"这口热茶一直留在她心里，留在她永远的记忆中。

马卫山并不知道这位姑娘是谁，可见是儿媳领回家的，一定是单位的同事，又看到姑娘怯怯的、面色苍白，坐在那儿手足无措的样子，就觉得一定是受了什么委屈。老人不会说什么，他就将自己房间壶里的热茶，用玻璃杯满满地斟了一杯，送给了这个姑娘。

这时，曾秀云从厨房里走了出来，她给桐芳泡了一杯红糖水。

也就是在这次接触中，桐芳发现曾秀云也是客家人。只是桐芳是江西赣州的，而曾秀云是广东梅州的，虽然说话间稍有一点区别，但都透着浓浓的客家口音，似乎五百年前是同宗。

广东方言主要分为三种，一种是以广州地区为中心的称为广府话，也就是人们所说的粤语，香港和澳门人讲的主流语言为广府话；一种以潮汕地区为中心的叫潮汕话；一种以梅州为中心，一直延续到深圳的，就是客家话。

成虎初到深圳时，听不懂广府话和潮州话，却基本能听懂客家话，这让他有点不明白，同在一个地方生活的人，讲的话为什么有这么大的区别？为此，成虎对此进行了探究。

成虎了解到，客家话是客家人的语言，但客家人并不仅仅只在广东。据统计，全国共有5000多万客家人，生活在广东的约占一半，其余主要分布在江西、福建、广西等地，台湾也有500多万客家人。

成虎告诉曾秀云和桐芳，客家人的源头在北方，传统的观点认为是在河洛地区，河洛指的是以洛阳为中心、黄河与洛水交汇处的广大地区，也就是中原的核心地区。那么，客家人是怎么来到了江西、广东的呢？战乱。这个时间跨越了千年，从五胡乱华开始，中原人饱受战争的摧残，颠沛流离，举家携儿带女，跨过黄河、越过长江，万里迁徙，天远路长。因此，从北方迁来的中原人，到了南方以后被称为客家人。

至宋朝逐渐南迁的汉人在赣江、梅江、汀江冲击而成的三江平原上，形成了今天的客家民系，发展成了赣州（桐芳的家乡）、广东的梅州（曾秀云的家乡）和汀州（今天的福建）等客家主要聚居地。因此，客家人虽然生活在不同的省份和地区，甚至世界各地，但都保留着自己特有的语言，即客家话。经过千年的延续和继承，客家话甚至能与古代韵书记载的发音对应，保留着大量的文言文字眼，是古代汉语的活化石。

因此，曾秀云和桐芳虽然分属两个省份，如果按照中国的"十里不同音"方言的特点，别说两个省份，隔着一条小河，河东河西的人，说话都不同。可由于同属于客家民系，两个客家人的口音，竟有着惊人的相似，只要一开口，就知道同属客家人。

曾秀云因为当兵后在部队，平时讲的基本都是普通话，客家的口音并不浓。但来深圳后，深圳有很多客家人，大家在一起讲话，不由得就会相互感染。另外，随着年龄的增长，人的语言慢慢会有一种所谓的"返祖"现象，即在不经意间冒出小时候说的家乡话。而桐芳基本不会说普通话，曾秀云一听到桐芳说着浓浓的客家话，自己也就自然而然地说起客家话来，两个人就感到更亲近了一步。

这样，曾秀云就和桐芳熟悉起来了。

也是在这一次，桐芳认识了慈祥的老爷爷马卫山，她一见马卫山就有了一种特别的亲切感。桐芳虽然认识马小军，但那时马小军是公司的董事长，她感到与他距离太远，只能仰视一眼。

桐芳虽然有一种遇上了曾秀云，就像遇上了亲人一样的感觉，但本分忠厚的她，并没有把今天发生的事情告诉曾秀云，因为她觉得太丢人了，无法启齿。同时，她知道曾秀云是董事长的妻子，她还担心自己丈夫这种丑行，会让他丢了公司的保洁工作,丈夫丢了公司的业务,她就更无处容身了,所以,她不敢说。桐芳不知道下一步该怎么办,所以,尽管一肚子的委屈,但她什么都没有说。

洗完澡以后,换了衣服,曾秀云一定要留小老乡吃饭,自己就进了厨房。可桐芳是个勤快的孩子,一刻也闲不住,立即就跟进了厨房,陪着曾秀云一块做饭。

曾秀云医学院毕业以后,就参了军,做饭并不是她擅长的事。但由于是两个孩子的母亲,还有老人要照顾,也必须下厨房。桐芳见此,立即卷起袖子,帮助曾秀云做饭。没想到,桐芳做的客家菜,让曾秀云想起了小时候的味道,特别喜欢,就放手让她做。

那天,马小军在公司里有应酬,晚饭没有回家,大儿子马立在上大学,二儿子马正在上中学,也在住校,周末才回家。这天就是老爷爷马卫山和曾秀云,加上桐芳三个人吃的饭。老爷爷马卫山由于一直吃媳妇做的饭,今天突然变了口味,直夸桐芳菜做得好,一家人其乐融融地吃了一顿晚饭。

吃完饭后,桐芳立即和曾秀云一道收拾碗筷,当曾秀云在厨房里洗碗的时候,她就动手收拾屋子,做保洁员的,打扫卫生很熟练,一会儿就把家里收拾顺了。

桐芳就这样在自己几乎绝望的时候,走进了马家。善良的马家人,让桐芳的命运转了一个弯,不仅帮助她,最重要的是让桐芳感觉到家的温暖,虽然这个家不是她的。

晚上,桐芳拖着疲惫的身子不得不回到那个有着自己噩梦的家,因为,除此以外无处可去。回到家中,丈夫不在,可能又去打麻将了。白天那女人告诉陈元清可能桐芳回来了,他不相信,他知道上班的时间桐芳从来不会回家的,因为那叫"脱岗",桐芳是一个相当遵守规定的人,她绝对不会白天脱岗,所以他才敢大白天把女人带回家来睡觉。而且,就是桐芳知道了他也不怕,因为,自从确定桐芳不能怀孩子以后,陈元清已经不把桐芳放在心里了。他想,与桐芳离婚是迟早的事,因为他不能一辈子无儿女,只是现在还没有找到合适的,如果桐芳知道了闹事,那他正好就汤下面,和她离婚。在他的心中,和一个不能生育的老婆离婚是天经地义的事,何况,他料定桐芳离开了他,也无法生活,所以,陈元清仍像没事一样，又去打麻将了。

回到这个破屋一样的家里，孤灯伴着桐芳的弱影，弱影在昏黄的灯光下像个孤魂一样游离。桐芳在房间里走来走去，不知道自己该做些什么。

陈元清说得没错，离了这个破屋，现实中和心理上都是"破"了的家，桐芳又能怎样？这个世界上什么叫作弱者？对于自己的命运无能为力，对于不公没有反抗之力，就叫弱者。桐芳面对如此现状，她无能为力，连个反抗的力量都没有，从现实到心理都是这样。作为一个客家妹，不能为丈夫生下一儿半女，又怎能理直气壮地去做人家的老婆？又怎能指责丈夫再去找别的女人？桐芳觉得自己理不直，也没有能力反抗。她知道反抗的结果就是离婚，可自己离了婚就无家可归了。桐芳不知道自己还能做什么。

她像一个没头苍蝇一样，在狭小的房间里转来转去，一会儿想干干这个，一会儿又想干干那个，觉得自己如果不做一点什么，胸口就要爆炸了。这时，她看到那白天被两个男女折腾得狼藉一片的床铺，一下扑了上去，把床单被子都拆了，全部换了干净的，包括枕头。做完这一切，她瘫软得像一摊泥，一下倒在干净的床单被子里，放平了自己的身子，她抬起头看着自己扁平的肚子，此刻是多么渴望它能鼓起来，只要鼓起来了，就能保住这个家，尽管家是破的，她绝望地闭上了眼睛。

桐芳太累了，身体心理都很累，她睡着了。

第二天早上6点半，桐芳照旧按时醒来，因为每天都要在公司正式上班前把保洁工作做完，公司是9点上班，所以，她们保洁公司是上午7点半就要上班。桐芳每天早上还要帮丈夫做早餐，所以都是6点半就起床。

她不知道丈夫昨夜是几点钟回来的，现在猪一样地趴在旁边打着呼噜。桐芳起床洗漱后，仍然照旧帮丈夫做好早餐放在锅里，然后悄悄出门上班去了。

桐芳要装出一切都不知道的样子，这样才能继续生活。

认识曾秀云以后，桐芳也没有主动去找她套近乎。她是一个从江西山村里走出来的穷孩子，又是一个自小没有家庭温暖、没有亲人呵护的苦孩子，她不懂什么叫自卑，可她认为自己就是一个打扫卫生的，不能因为去了一次董事长的家，他们家人又对自己特别好，就再去打扰人家，她认为那是高攀。

特别是在丈夫出轨以后，她担心这种家丑外传，如果让董事长的家人知道了，不仅自己的脸不知往哪儿搁，还担心自己和丈夫不能再在公司里待下去。因此，桐芳没有再主动去联系曾秀云，更不敢在公司里和董事长马小军打照面，见到马小军就远远地绕开。

马小军的妻子曾秀云是随着基建工程兵团集体转业的，她们卫生队也转成了企业医务室。因在深圳经济特区改革开放的前沿，必然要对体制进行改革，随着公司的逐步扩大发展，企业医务室变成了一家企业医院，主要是为企业员工服务。再加上公司在猫颈田这个地方，那时离市区较远，周边的老百姓有个小病小灾，也习惯来这儿看病，所以这家企业医院也面向社会。但它毕竟是企业医院不属于公立医院，因此没有国家的拨款，靠企业补贴运营。可那些年，企业经营非常困难，最困难的时候，连工资都发不出来，所以对医院的补贴也越来越少。这样就倒逼着医院必须再进行体制和运营机制的改革，使医院不得不走向社会，自己谋求出路。曾秀云作为医院领导之一，自然压力巨大。在外忙得心焦，回到家里还要照顾年迈的公公马卫山，还有一个在上海、一个在深圳读书的儿子。因此，曾秀云也就顾不上再关心一下那天见着的桐芳了。

过了一段时间，曾秀云到公司总部开会，想起了桐芳，就去看看她，可遍寻不见，就问办公室管保洁后勤工作的那位袁大姐，袁大姐告诉她，桐芳请假回家了。曾秀云也没放在心上，认为请假回家，不久就会回来的。

这样日子一天一天过着，元旦过后，慢慢就快到春节了。年前，曾秀云又去公司办事，再次想起桐芳，当再问到那位袁大姐时，袁大姐告诉她，桐芳一直没回来，好像家里出事了。

曾秀云关心地问："出了什么事？"

袁大姐说："我也不清楚。"

曾秀云就让袁大姐问问桐芳的那个保洁公司。袁大姐说："桐芳所在的那个保洁公司，已经不在我们公司做了。"

桐芳的丈夫吃喝嫖赌，无心管理保洁公司，他们和马小军公司的保洁服务合同已经到期，现在马小军已经换了另外一家物业公司负责保洁工作。曾秀云听后，"哦"了一声，就没有说什么离开了，可脑子中一时又没有将桐芳放下。

曾秀云有意无意地寻找了几次桐芳都没见着。其实人的一生中，常有这种偶然相遇，又擦肩而过的经历，然后在茫茫人海中遍寻不见，却有点牵挂。于是，曾秀云和桐芳"萍水相逢，尽是他乡之客"，也随水漂泊，就此别过了。这也是深圳这个移民城市的特点，它不像内地传统城市，生于此，长于此，平时走错了路，可能都会遇上熟人。在深圳这个地方，今天认识一个人，明天可能就再不见了，大家各自东西，各自奔波，各自寻找机会。有人找着了机会，可能会大富大贵，有人失败了，从此销声匿迹，大家都在忙，小人物小忙，大人物大忙，忙，就是表明这个城市有机会。所以，深圳有句话很形象，叫作：相见容易再见难。

曾秀云随基建工程兵集体转业，当年的部队变成了企业，这是一个脱胎换骨的变化，自己虽然是一名医生，不怎么和市场打交道，可丈夫马小军已经是这个企业的领导，不管她愿不愿意适不适应，都要投入到市场的大海扑腾，来来往往看到太多的人，因此，人来人往，今天很熟悉，明天就再没见着，曾秀云也不奇怪。只是，她偶尔会想起那个让她心疼的桐芳，但，时间一长，慢慢地也就淡忘了。

第五章

　　从医院回到家里的马小军,把自己关在书房里,心里一团乱麻。

　　马小军的家大约120平方米,有四个房间,因此每间房都不太大,最小的一间,只有6平方米,给桐芳住了。另外,马卫山住的是主卧室,里面有一个洗手间,这间主卧室曾秀云在世时是和马小军一起住的,曾秀云去世后,马小军见父亲年纪越来越大,起夜不方便,就让给父亲马卫山住了,自己住到父亲原来住的那一间,还有一间做了书房。另外有一个厨房和一个客厅,客厅里有一个洗手间,都比较小。书房这间通阳台,阳台外面就可看到那个现在的豪宅区"水榭花都",当年建这个房子时,窗外是一片荒岗。

　　马小军除了晚上睡觉,白天只要在家里,喜欢待在这间书房里。他给成虎打完电话后,就想给大儿子马立打电话。他想把父亲马卫山今天交代的后事和自己想去东北的事和大儿子商量一下。电话是通的,但是马立却没有接。马小军内心焦虑,他一着急,就容易出汗。

　　此时马小军心乱,想的还是寻找母亲的事。

　　尽管他知道寻找母亲的下落希望渺茫,可自成虎去了东北以后,带回来的一点一丝的线索,也慢慢地有了一个寻找的方向,这使他的心里燃起了一点希望的火花。他想,医院里的老父亲随时可能撒手西去,自己也74岁高龄了,如果再不去寻找,希望就会完全破灭了,马小军不甘心。

　　回头想想,就觉得几十年来,总在忙,总在忙,错过了寻找母亲的最佳时机,自己和父亲都是这样。当年父亲把自己接到广州部队,就把心思全放在抚养马小军的身上了,虽然后来也一直在托战友们打听,托地方组织了解,但没有结果以后，再也没去东北寻找了。马小军长大后，先是读书，后来到部队，跟着工程兵到处施工，然后结婚生子抚养自己的孩子，也没顾得上去东北寻找母亲。后来到深圳，自己的孩子也渐渐地大了，家里家外，日忙夜忙，永远有做不完的事，日子就这么一天一天过去了。然后是儿子也结婚了，接着孙女出生了，那更是一个忙。忙到一个段落，妻子患病了，住院开刀到去世，折腾了好几年，根本没空想再去东北寻找母亲了。再后来，自己退休了，应该有时间了，父亲又离不开人的照顾了。回头看看，自己的一生，也就这么过来了。岁月，有点像汽车加速，越开越快，等到自己想停下来的时候，已经过了千山万水。

想着想着，马小军突然充满着愧疚，不知母亲在东北的哪一块地方长眠着，坟头的枯草一定没有人去拔呀！可母亲是有儿子有孙子有后人的，后人有责任找到她。

特别是今天听到父亲的话，让他产生了强烈的愿望：去东北寻找母亲。他想趁着现在自己身体还好，跟着成虎去一趟东北，不到黄河心不死啊！但这件事要和家里人商量，他首先想到的是大儿子马立。

马小军的两个儿子，大儿子马立是1968年出生的，二儿子马正，1976年出生的，两人相差8岁，名字都是老爷爷马卫山取的。

马小军是马卫山的独生子，因此两个孙子出生后，马卫山对他们的教育极为重视。马卫山很小的时候就没有了父亲，一个寡母在屯子里带着他，那又是兵荒马乱的年月，因此马卫山没有读过一天书。后来，他的文化是在部队里扫盲的时候学的，顶多也就是小学六年级的水平，所以后来马卫山虽然资历那么老，职务却升不上去，一直都在管后勤一类的岗位上，这也和他文化水平低有关。

马卫山当了一辈子的兵，因此给孩子取名，都跟他的军人职业有关，例如儿子取的名字叫马小军，给两个孙子取的名字老大叫马立，老二叫马正。他说，并不是叫孙子们像战士一样，看到他就立正，而是要他们做"立得正的人"。

这两个孙子应该说都很争气，学习成绩都很优秀，让老爷爷马卫山很长脸，这也是晚年的马卫山非常欣慰的事。他自己几乎是一个半文盲，儿子马小军读了一个工程兵技术学校，只是中专，可两个孙子在深圳读的中学，后来都上了大学。马立上的是上海同济大学，学的是建筑设计，研究生主攻的是城市规划。老二马正上了中南财经大学,学的是金融学专业,研究生攻读的是金融投资。两个人,也许是老大马立比老二马正大8岁,显得成熟稳重,老二思想天马行空,好高骛远,心思比哥哥大。家里,无论是马卫山还是马小军,都对这个老大满意,认为他的道走得"正"。反而是老二马正,好走偏锋,心大胆大,总让父母担心,自小就是大人喜欢的,他不喜欢。可他也很聪明,学习也一直不错,最终也考上了重点大学。

马立后来随着父母一同来到了深圳,在深圳上的高中,然后考的大学。大学毕业后就回到深圳,进了国企,一路走来,不仅成为一名高级工程师,一位市政规划方面的专家,而且,成为一家大型国企的老总,目前五十来岁,正是年富力强堪担大任的时候。经济特区深圳,马上就是四十周年的生日,无论是中央规划的"粤港澳大湾区",还是后来"社会主义示范区"的定位,都让像马立这样的国企当家人,为落实这样的规划,肩上担子沉重,因此工作非常繁忙。

电话打到第三通的时候,马立回电了。他知道父亲一连打了好几个电话,家里一定有事,所以在电话里问:"爸,有事吗?我在前海自贸区开会呢,有关大湾区建设规划的会。"

马小军一听是关于"大湾区"建设规划的会,就知道一定是一个非常重要的会议,难怪儿子马立没有马上接电话。

马小军虽然已经退休多年,但作为深圳经济特区最早的"开荒牛",看着深圳一天一天地发展起来,自然十分关心深圳的未来,他对"大湾区"建设并不陌生,也曾应邀参加过此类的座谈会。今年2月,他从报纸上已经看到中央下发了关于"大湾区建设"的发展规划纲要,因此,他知道这不仅是深圳市,而且是国家将来发展的一个重大战略部署。这个规划包括了广州、深圳、香港、澳门及整个珠三角地区的未来发展,因此它的全称叫《粤港澳大湾区发展规划纲要》。

马立所在的这家集团公司,虽然主要也是搞市政建设的,但和马小军当年的市政公司已经不可同日而语了,它所做的市政工程,包括道路、桥梁和地铁的规划施工,同时也做市政规划和房地产开发,是一家总市值超过300亿的大型集团公司,同时还是一家国有控股的上市公司。因此,在当前大湾区的建设中,是市政规划中一支中坚力量,自然要承担不少市政建设方面的任务。这一天,马立就是在深圳前海自贸区参加一个重要的关于规划方面的会议，所以，在会场上不方便接父亲的电话，后来见父亲打了好几次，担心家里有急事，就从会议室出来给父亲回了电话。

马小军心想，现在人们都在忙，经济特区建设总是这样热火朝天的，几十年来都是如此，他知道这才是希望，而整个国家也是这样，如果人们都不忙了，那就说明发展停滞了，尤其是自己这个大儿子，作为一家国企上市公司的老总，身上担子不轻。可是，国事，家事，都是事，家里的事，他也只能和这个大儿子商量了。

马小军在电话里对儿子马立说："你爷爷可能不行了，你晚上回家吃饭，有些事我要和你商量商量。还有，你赶快给琴琴打一个电话，叫她尽快回国，就说老爷爷快不行了，回来晚了怕见不上。"

琴琴是马立的女儿，1993年出生的，也是马家的第四代，现在美国留学，当然也是老爷爷马卫山最喜欢的孩子。马卫山过了80岁以后，变得沉默寡言，不太爱说话。可只要看到了曾孙女琴琴，脸上那沟壑一般的皱纹，就会舒展开来，露出一脸慈祥的笑容。当琴琴在妈妈的强烈要求下，去美国留学以后，老爷爷的最大快乐就没有了，变得更加沉默，常常一个人久久地坐在阳台上，一言不发。可只要琴琴从美国打来电话，喊一声"太爷爷——"马卫山脸上的皱纹就会立即舒展开了。

马小军虽然有两个儿子，但两个儿子却走了不同的路，用世俗的眼光来看，一个是国企的高管，一个是资本市场的投资人，应该说都很有出息，但马小军最信任的仍然是这个大儿子马立，家中一切大事小事，要商量，首先想到的就是大儿子马立。

马小军一直觉得老二马正号称资本市场的投资人，其实就是一个炒股票的，整天琢磨的就是如何赚钱，而且要赚大钱。还有最重要的一点，让马小军既头痛，又担心，又生气的，就是马正四十来岁了，也不结婚，对人家姑娘还挑三拣四的。马小军认为老二虽然叫马正，但路一点也没哥哥走得正，觉得他成天琢磨赚钱，不是人的正道。

这一点他和父亲马卫山的看法是一致的，老爷爷最信任的也是马立这个大孙子。实际上，马立成了这个家的主心骨。可马立太忙了，回家的时间越来越少，陪伴爷爷的时间也就越来越少。一家大型国企老总的工作压力，是一般人不能体会的，同时马立在专业方面的成就也很突出。这一点马小军是理解的，因为他就曾是一家国企的老总，他所经历过的深圳经济特区早中期建设中的困难，虽然和今天不同，但每一步都是压力巨大，因此，自然理解儿子的忙碌，所以非必要，他也不会给儿子打电话。作为父子，虽同在一个城市，他们有时甚至一星期都见不上一面。

马立在电话里听到父亲说爷爷快不行了，虽然心里早有准备，但也知道事情重大，父亲叫他给女儿琴琴打电话，但他知道洛杉矶与中国的时差是15个小时，现在已经是洛杉矶晚上的10点多了，有点晚，他在犹豫着是现在打，还是晚上再打，中国的晚上是洛杉矶的早上。

马立犹豫着要不要马上打电话，还有一个原因，是因为女儿琴琴和她妈妈住在一起，马立已经和妻子离了婚，而妻子已经再婚，找的是一个美籍德国人，马立觉得晚上打电话并不是很方便。

说起来，话有点长。

马立虽然事业上比较成功，但婚姻并不顺利。

他的妻子麻君婷是其中学的同学，可以说是青梅竹马了。马立在上小学的时候，妈妈曾秀云带着他从湖北搬到广州和爷爷住在一起，那时爷爷需要人照顾。当时，马小军所在的基建工程兵部队，驻地在湖北，马立也在湖北上小学，而马正还在上幼儿园，于是马小军就让妻子曾秀云带着孩子们从湖北搬到了广州，一边照顾老父亲，一边让马立、马正在广州上学。

马立搬到广州后，转入了广州的一所小学，当时已经六年级了，所以是插班生。马立在湖北生活了那么久，讲话带着湖北口音，第一次上课老师让他做自我介绍时，他刚开口说："我叫马立。"班上同学们立即哄堂大笑起来，笑得马立脸红到脖子根，以为同学笑话他的湖北话。

其实，是因为班上有一位叫麻丽的女同学，听起来两人的名字一模一样，所以同学们哄堂大笑，然后齐刷刷地把目光转向坐在课室中间的一位女同学。

这位叫麻丽的女同学，没有脸红，却非常生气，竟然拿眼睛瞪着马立。

下课以后，麻丽走到马立面前，有点欺生的感觉，说："你一个男同学叫什么马立？听着像女同学名字一样，不怕丢人！"

这句话，让马立有点无地自容。

她接着命令说："快点把名字改了，别让人喊着恶心。"说着，扭头而去。

结果是马立没改名字，因为爷爷不同意，而麻丽把名字改了，她本来就嫌麻丽这个名字不好听，她尤其不喜欢姓麻。但姓改不了，只有改名字，麻丽后来将名字改为麻君婷。

改完名字以后，就小学毕业了，两人分进同一所中学，这才发现，原来两人都住在广州空军大院，麻丽，现在的麻君婷，父亲也是部队大院干部，他的职务比马卫山高。马立、麻君婷两人虽然常在上学路上相遇，但，马立并不喜欢麻君婷，因为她总笑话自己说话带着湖北话的尾音，难听。麻君婷的父亲是承德人，承德在河北。很多人不知道，其实承德人讲的话，才是真正的纯粹普通话。承德人讲的普通话，跟北京人讲的普通话，有一个最大的不同，就是承德人没有北京人的儿化音。南方人总以为北京话就是普通话，就是这个儿化音让北京话充满着一股胡同的味道，而承德普通话没有儿化音，就显得纯净多了，也好听，讲起来，字字句句很清晰，不像以往北京公共汽车上的售票员阿姨，一报站名，儿化音听着像两个鹅卵石在口腔里打滚，让外地人听不明白。麻君婷全家人讲的普通话都十分纯净。在广州虽然普通市民讲的是粤语，也叫白话，但在学校，特别是部队大院附近的学校，讲的基本都是普通话。广州本地人讲普通话怎么也讲不准的，所以广州人开玩笑自嘲说，这叫"广普"。广州普通话，它最大的特点，是舌头拐不过弯来。所以，地道的广州人，不仅讲不好普通话，就是硬着头皮说，说得也很辛苦。麻君婷受家庭影响，讲着一口标准的普通话，自然是全班同学以及老师都很羡慕的，学校里找同学代表发言，往往都找麻君婷，所以她有一种天生的自豪感，再加上她在家是最小的女儿，受父母宠爱，自小就像是一个小公主一样，她笑话"广普"，也笑话马立带着湖北口音的"湖普"，当然就瞧不上马立，平时也不和马立说话，两人就这么擦身而过，所以，两人的交集并不多。

后来，马立随着父亲转业，全家都来了深圳，麻君婷仍留在广州上学，两人就此分别了。马立上高中，再上大学，基本就把麻君婷忘记了。如果不是后来发生的事，也许马立与这位骄傲的小公主就各自一方了。

马立后来考上了上海同济大学，在新生入学欢迎会上，看到一位女同学弹了一首吉他，是前南斯拉夫的电影《桥》的插曲《啊，朋友再见》，技巧并不是很高，但弹得入神。这位谈不上很漂亮，但却自信爆棚的女同学，竟然是麻丽！那时，马立还不知道她把名字改了。

想到他们在中学时的不愉快经历，再加上马立的个性并不喜欢像麻丽这样的女孩子，所以他就不想主动上去打招呼。可没想到，这位麻君婷同学径直朝马立走来，伸出一只手，欢快地叫了一声："马立，马立同学，你好！认识我吗？还是这么女性化的名字，一直没改？我改了，我现在叫麻君婷，君子的君，亭亭玉立的亭加个女字边，美好样子的意思。"

马立不好意思地碰了一下麻君婷的手，但并没握住，说："这么巧，咱们俩上了一所大学，还在一个系？"

于是，马立与麻君婷这对冤家，就这样认识了。一开始，麻君婷并没怎么和马立套近乎，平时遇上了只是客气地打一个招呼，因为建筑设计系男同学多、女同学少，多才多艺的麻君婷变成了一个香饽饽，到哪里，都在男同学们的视线里。

但，麻君婷突然发现马立可能是继承了爷爷马卫山的基因多一些，个子长到一米八，为人沉稳，做事谨慎，学习优秀，是一位不可多得发展全面的男同学，而且马立的稳重逐渐体现出了一种领袖的素质，后来成了系学生会主席，在学校各方面都很突出。这下和在中学时的情况翻了一个面，麻君婷同学被马立同学吸引了。再加上，现在的马立讲话的口音，十分纯正，再也没有一点"湖普"的尾音，这是因为马立生活的深圳，是一个移民城市，虽然大家来自五湖四海，但大众基本讲的都是普通话，而马立和爷爷马卫山在一起生活，久而久之，也改变了马立带湖北方言的口音。

于是骄傲的麻君婷同学，寻找一切机会接近马立，关心马立同学的生活，经常给马立送吃的，甚至给马立买衬衣。一位女同学给男同学买衬衣，在那个时代就表明是一种求爱的方式了。

起先，马立把一切精力都放在学习上，他变得越来越成熟，也越来越优秀。后来，麻君婷和马立好，在同学们当中已经是共识的时候，马立还基本被蒙在鼓里。

一天，麻君婷给马立送来广式香肠，也就是腊肠，她知道马立喜欢吃这个。当时，他们在上海上学，上海的香肠和广州的香肠口味不同，上海的香肠晒干以后，颜色偏暗口味偏咸，而广州的香肠，口味偏淡偏甜，颜色红红的，很诱人。当年马立从湖北到广州，对这种红彤彤的广式香肠就特别喜欢。麻君婷知道以后，就让家里人给她寄，说自己喜欢吃。其实，家里人挺奇怪的，麻君婷自小吃东西就很挑嘴，并不喜欢这种广式香肠，怎么一上大学口味就变了？但家人还是给她寄，只是她要得有点频繁。

那时，大学快毕业了，麻君婷就约马立出去走走。其实，她是有心的，一是想明确与马立的关系；二是想明确以后，也好确定大学毕业后的发展方向。

麻君婷约马立外出，并不躲躲闪闪的。那时同学们别说手机，就连传呼机也没有，当时传呼机还是稀罕的物件，就是像麻君婷、马立这样家庭条件比较好的同学，也不会有传呼机。到了夏天的时候，男女同学在宿舍里都是单衣薄衫的，已经不方便随便进入对方的宿舍楼了。男同学宿舍虽然不会像女生宿舍那样，在大门口贴一张告示"夏令已至，男性止步"，但女同学们在贴出那张告示后，也明白到男生宿舍同样不方便了。所以，麻君婷就站在马立宿舍的楼下，朝着马立在三楼的宿舍窗户大喊："马立，马立，你出来，我是麻君婷，你伸伸头。"叫喊声让整座宿舍楼都能听见。

马立没有伸头，麻君婷就继续喊："马立，马立，你伸伸头。"

结果从马立宿舍窗户里伸出头来的是同宿舍的同学，他见麻君婷不停地喊，就口不择言地大声说："马立伸不了头，他的头在图书馆。"结果引起其他宿舍在窗户边看热闹的同学大笑。

从此，直到大学毕业，"马立，马立，你伸伸头"就变成了同学们之间的一个笑话段子。在课余时间，有同学就会冲着马立说："马立，你伸伸头。"然后，引得课堂上哄堂大笑。

可麻君婷不觉得难为情，她曾经在课堂上站起来，指着开玩笑的同学，大声说："你要是再开玩笑，我就到你的宿舍楼下喊，叫你伸伸头。"结果，还真的把同学吓唬住了，因为谁都害怕自己被人看笑话。

但在班级毕业晚会上，还是有几位同学专门编了一个"活报剧"，名字就叫

《马立，马立，你伸伸头》，表演时让同学们腿肚子都笑抽筋了。

这个笑话的结果是，几乎全班同学都知道，马立是麻君婷的男朋友。也是从那时开始，再没有女同学打马立的主意了，这一点不知道是不是麻君婷故意造成的结果，反正她本人时常就出现在马立的身边，以马立的女朋友示人。

马立对此反应是迟钝的，他是一个十分勤奋的学生，当时在集中精力学习，父亲马小军已经和儿子商量过，虽然马立本科学的是建筑设计，但家里希望他研究生学城市规划设计。马小军虽然只有中专学历，但他一辈子都在搞工程，无论是在基建工程兵时，还是集体转业后，变成一家地方工程公司领导，都是在做城市工程，大的城市基础建设，例如道路、管道、涵沟等城市基础设施，小到盖大小楼房。马立大学要毕业时，已经到了20世纪90年代初，在深圳已经干了七八年建设的马小军认为深圳这座城市要腾飞，需要城市规划设计方面的人才，因此，他希望本科学建筑设计的马立，从微观转向宏观，学城市规划设计。马立接受了父亲的建议，正在准备这方面的考研资料，所以总泡在图书馆里，对于麻君婷的追求，有点反应迟钝。

而有心的麻君婷也是想要先和马立确定关系，然后再规划两人大学毕业后的去向，可马立一直没有和麻君婷明确谈过两人的恋爱关系。因此，这天周末，她约马立出去玩玩，其实是想和马立谈谈。

正在准备考研的马立，那些日子也被学习弄得头昏脑涨的，所以，麻君婷约他出去转转，也就答应了，两人一同离开了学校。

其实，上海这个城市别看它特别大，除了逛街购物，真正好玩的地方并不多，也就豫园是人们的首选。麻君婷说，她想吃豫园的宁波汤圆，甜甜蜜蜜的，马立就答应了。

两人乘公交车来到了上海豫园。这个地方永远是人满为患，到处都是人。其实，外地人很容易把这个地方弄混，认为城隍庙是豫园里面的，所以，麻君婷也习惯于叫豫园城隍庙。

马立和麻君婷都是学建筑设计的，但马立非常崇拜他们学校的陈从周教授。陈教授是学中文的，可他却是同济大学建筑系的著名教授，并且是一位中国著名古建筑园林艺术家。马立喜欢听陈从周教授的课，尽管他一口杭州话，但把建筑艺术特别是中国古典造园艺术，讲得文采横溢引人入胜。后来，马立在学校图书馆里找到一本1957年的杂志，上面有陈从周教授当年写的一篇介绍豫园的文章，叫《上海的豫园与内园》，陈从周教授参加过上海市对豫园的保护和修复，也把豫园的历史考察得清楚明白。为此，马立还专门来豫园考察过，所以，这一天他就边领着麻君婷参观，边给麻君婷讲解上海豫园的历史。

马立首先告诉麻君婷说："这里是先有城隍庙，后有豫园。这个城隍庙早在明朝永乐年间就有了，是上海道教正一派的主要道观之一。而豫园始建于明朝嘉靖年间，它紧挨着城隍庙而建，是当时原籍上海的四川布政使潘允端，为其父亲修建的，取'豫悦老亲'的意思，所以叫豫园。"

马立讲得有条有理，又领着麻君婷深入其境，指着那些历史建筑解说，麻君婷听得很入神。

马立见麻君婷听得很认真，自然讲的兴趣更大，他继续说："豫园和城隍庙一样，历史上因战火，屡建屡毁，历代都有修复，现在的豫园和城隍庙都是解放以后重新修复的，而且是多次修复。"

马立深入浅出地讲解城隍庙、豫园的历史和建筑风格，引得一些外地来的游客也跟在后面听得津津有味。

麻君婷不由得从心底涌上一股对马立的崇拜感，他们都是学建筑设计的，她没有马立的知识面广，马立讲得如此引人入胜，她不由自主地挽起马立的胳臂，仿佛在告诉人们，这是我的男朋友。

两人走到九曲桥旁边，就看见了麻君婷最爱的"宁波汤圆"店，麻君婷特别喜欢吃这儿的汤圆。两人坐下以后，马立去买了两碗汤圆，然后坐下来吃。

麻君婷问马立："马上要毕业了，你是怎么打算的？"

马立想都没想，就回答说："我准备考研。"

麻君婷一听，忙问："你准备考什么专业？还考上海的大学吗？"

马立说："我准备就考本校的建筑与城市规划学院。"

麻君婷听后有点失望，就问："为什么不考虑回广东呢？"

马立说："城市规划设计专业，恐怕还是同济大学最好。我想学完了，再回去。"

"哦。"麻君婷若有所思地沉默了。

马立见麻君婷不说话了，就问："你毕业了有什么打算？"

麻君婷脱口而出："我的打算建立在你的规划中。"

马立正将一只汤圆送进口中，听到这儿，也若有所思地口中含着汤圆想了想，然后说："你也再读一个学位吧，趁着年轻多学一点。学我们这个专业，大学本科是不够用的。我父亲让我学城市规划，他说，深圳这座城市发展的速度马上会越来越快，需要城市规划和建设方面的专业人才。"

麻君婷马上说："我本来是想出国留学的，那我陪你再读一个学位。"

这时候，麻君婷说陪着马立再读一个学位，就把两人的关系挑明了。

马立因为事先没有想好这个问题，也还没有和父母亲商量，所以，他没有立即接麻君婷这个话，而是低下头来吃碗里的汤圆。但，他心里想，今天晚上就打电话回家，和父母亲商量这件事。

马立虽然有主见，但一直是个听话的孩子，他个人的事基本上都和父母亲商量，有的事，还和爷爷商量。他对这个家自小就有一种责任感，并非仅仅因为他是家中的长子，而是自小他就受了这种教育。

麻君婷见马立没有明确表态，脸上有点不高兴。但转念一想，马立也没有拒绝，她认为这就是默认了。她觉得不能让马立这种比同龄人沉稳的人立马明确表态说"我同意"。但，他没有拒绝，就是同意。想到这儿，麻君婷的心情又好了起来。

吃完汤圆，两人从"宁波汤圆"店里走了出来，外面就是九曲桥，自然是人山人海，麻君婷就自觉不自觉地学着上海人的样子，挽起了马立的胳臂。

马立没有拒绝。虽然他还没有征得父母亲的同意，明确和麻君婷的关系，但他从心里已经接受了麻君婷，甚至在心底是喜欢她的。毕竟她原先是班上公主型的人物，哪个班上的公主不是同学们暗恋的对象，只是大部分同学不愿说出来而已。于是，两个人从那天就开始了恋爱的征程，但结局，并不美满。

大学毕业以后，两人又一同读研。读了两年取得硕士学位后，就一起回了深圳。马家人就觉得，两个人从小学就是同学，又一同上了大学，已经谈了这么长时间的恋爱了，两家又知根知底，再加上麻君婷是父亲50多岁时生的最小的女儿，父亲的年龄和马立的爷爷马卫山差不多大，身体又不好，也希望小女儿早点结婚，所以曾秀云说，可以考虑结婚了。在征求了麻君婷家人的同意后，1990年底，马立与麻君婷在深圳结了婚。

婚后，麻君婷并不想马上生孩子，因为她心里有一个长远的规划，这个规划的核心就是，要和马立一起去美国留学。

毕业以后，回到深圳，麻君婷就一直做着去美国的准备。原先，她不敢提出来，因为她曾暗示过马立，而马立好像没有这个想法。马立说，我们是学城市规划的，世界上恐怕找不到比深圳更能发挥自己专业才能的城市了，因为这是一个崭新的城市，相比一个传统的城市，在规划和设计方面，有更多的施展空间。去了美国只能多学一些知识，但美国在城市规划设计方面，绝对不会有深圳的机会多。

可麻君婷不这样认为，除了她觉得美国不仅是世界上最发达的国家，美国的大学也是世界一流的以外，她觉得生在这样的一个时代，不去美国看一看，那太落伍了。她认为马立的理由是表面的，实际上是马立作为马家的长子，他觉得不能离开这个家。

马立是不太想去美国，但麻君婷却是铁了心要去美国。为此，夫妻俩经常口角。麻君婷就找统一战线，她分析了家里的形势，觉得找老爷爷马卫山不行，因为他一定不希望孙子离开自己。找公公马小军也不行，马小军那时还在工作岗位上，自然知道深圳当时非常需要像马立这样的人才。她最后找的是马立的母亲曾秀云，原因很简单，哪一个母亲不希望自己的儿子有更好的发展前途？

麻君婷说服婆婆曾秀云的理由就是，马立应该出国深造，以后才能有更好的发展。麻君婷知道自己讲话的分寸，她只把自己的意图说了一半，即去美国是为了将来有更好发展的机会，她不敢说，她要和马立两人将来在美国发展。

曾秀云自然希望自己的这个大儿子，有更好的深造机会，所以，就站到了儿媳的一边，一起说服马立争取出国深造，学有所成，再回国发展。曾秀云有了这个意见，马卫山和马小军当然也同意，于是，家里的形势就一边倒地支持麻君婷的意见了。

这样马立就不好再表示不同意出国深造了。但马立是一个有主见的人，他认为自己的看法是对的，而妻子麻君婷要到美国去深造，其实内心深处是为了满足自己的好胜心，因为，麻君婷大学同宿舍的两位女同学都去美国留学了，而且其中一位一直和麻君婷关系不太好，这反而刺激了麻君婷，她觉得自己不比别人差。因此，马立觉得麻君婷并没有明确的方向和目标，是为了出国而出国。但现在全家人都希望他出国深造，他也不能硬表示反对，就先拖着，说让他再考虑考虑。

但麻君婷岂是一个善罢甘休的人，她用自己的方法来斗争。首先，她坚决不想怀孕，甚至在一段时间里拒绝和马立同房，态度非常坚决，她说在美国留学两年，拿到一个学位，就回来生孩子。然后，她又软攻婆婆，说马立和她的年龄都不太年轻了，要趁早去美国深造两年，再回来生孩子，否则走晚了，年龄大了，对生孩子不利。麻君婷这一手很厉害，她明里表示想早点去读书，两年后就回来生孩子，暗里实际上是向婆婆表示，不去美国留学，她就不想生孩子，这抓住了婆婆的软肋。

曾秀云作为母亲当然希望儿媳早点为她生个孙子，可媳妇想去美国深造的理由，是不好反驳的。因此，她只能坚决支持媳妇，动员儿子早点去美国，早点回来生孩子。于是，曾秀云找儿子正式地谈了一次。

那天，曾秀云专门约儿子在外面吃了一顿饭，其实是为了便于两人说话。

曾秀云对马立说："马立，君婷说去美国留学，不是没有道理。她态度这样坚决，你不去，两人就僵在这儿了。"

马立说："妈，我现在在深圳工作很好，发挥专业知识的空间很大，单位又特别重视我，这个时候，离开岗位去美国，就是学两年，回来还有现在的条件吗？再说，爷爷年龄越来越大了，你身体又不太好，夜里总咳嗽，爸爸又是那样没日没夜地忙，我觉得这个时候离开家，真的不放心。"

曾秀云了解自己的儿子，马立自小就有一个习惯，想事情总比弟弟马正多，觉得自己对这个家的责任也大，所以，他总会站在家庭的角度考虑问题。

曾秀云说："儿子，妈妈知道你心里是怎么想的，你已经在职读同济大学的博士学位了，再去美国，意义到底有多大，妈妈也明白。但，君婷这样铁着心要去美国，两人这样僵持着，一天一天地拖着，还不如趁早去，读两年书就回来，也好给妈妈生个孙子，家里事业也两不误。现在家里的事，不用你太操心，还有马正嘛，妈妈身体没什么问题，早去早回，比现在拖着好。"

马立看着母亲那样焦虑，也不忍再拒绝，于是做了一些妥协，他没有马上同意和麻君婷一起出国，他说："君婷可以先去，我稍等一等，把单位和家里的事安排好，如果君婷在美国一切安定了，单位和家里的事都处理好了，我再去美国也不迟。"

曾秀云觉得儿子的考虑是周到的。

下午，马立去了父亲马小军的公司，想和父亲好好谈一谈。因为在家里当着麻君婷的面，有些话不好讲。

在办公室见到了父亲，因为事先马立打过电话给马小军，马小军正在等着他。马立就把中午母亲找他的事，说了一遍。

马小军说："你妈妈和我商量过这件事。我们觉得虽然你俩年龄不算很小了，但，君婷要去美国深造，作为父母不能不支持。所以，我们只能同意。"

马立说："爸，我不觉得美国是我所学城市规划这个专业能发挥的地方。美国这个国家土地基本私有化，资本驱使着城市建设。它的那些高楼大厦，基本都是资本催生的，以利润最大化为前提，当然他们也有法规限制。但不像我们国家，土地是国家的，这样做起城市规划来才能有大手笔、大规划、大成果，所以，我们的城市能如此欣欣向荣。这在全世界，目前也只有我们国家能做得到，所以，我觉得留在国内，对于一个规划师，更有发挥专业才能的机会。"

马小军说："我当然同意你的这个观点，百分之百地希望你留在国内，留在深圳发挥才能。而且，有一个更大的机会恐怕就要到来。小平同志刚刚视察完深圳，发表了'南方谈话'，这些天，我们都在传达学习。细细读了小平同志的讲话，我觉得又一个改革开放的大发展就要到来了。深圳经济特区作为改革开放的前沿、国家的试验场，小平同志在视察中要求我们步子更大一点，速度可以更快一些。我想，下一步一定有更大的改革措施出台。这些天，我也参加了一些城市建设规划方面的会议，深圳整个城市都要扩大，一定会规划新的城市中心，所以，你所学专业施展的空间会更大。但从另一个方面考虑，正是深圳需要你，国家需要你，你也要不断提高专业水平，趁着现在去美国学习两年，回来能更好地发挥你的才能，这也是我和你妈妈支持君婷的原因。"

父亲的话，马立都明白，可他有一句话没有说出口，以他对麻君婷的了解，她不是做的学两年就回国的打算，她是想长期留在美国的。这是马立一心不想去美国的内在原因，可麻君婷口头上不这样说，马立也就不好以这个理由反对，同时，他也担心说出来，父母亲会更担心。

马立说："爸，爷爷年龄越来越大了，特别是近些年，不太爱说话了。妈妈老咳嗽，身体也不好。马正还在上高中，马上就要高考了，你工作又太忙，成天也顾不上家，我们家里也不能没有人。"

马小军看着自己这个从小就很懂事的大儿子，眼睛里涌出满满的欣慰，他在椅子上抬起身，前倾着对马立说："马立，我知道你心里想着什么，你自小就比同龄的孩子成熟，爷爷的事、家里的事，总在你心里。但，你才20多岁，还是学习的时候，去美国学两年，再和君婷一同回来，生个孩子，我们家就完美了。我身体很好，我会照顾好你爷爷，安排好这个家，放心去吧，早去早回。"

马立和父亲马小军商量到这个份上，知道他们最担心的还是他和麻君婷的夫妻关系，麻君婷如此坚持要去美国深造，而他俩这样僵持着，不仅耽误生孩子，父母亲还担心会影响到儿子夫妻俩的感情。马立只能同意父母亲的意见。

马立离开父亲办公室时，马小军看着儿子的背影想，自己这个大儿子自小就是懂事得让大人心痛的那种孩子，老二马正有一半像他哥就好了。

马立回到家里，告诉麻君婷自己的新想法。麻君婷听到马立松了口，自然欣喜若狂，于是，立即做去美国的准备，那段时间，夫妻关系也变得和谐起来。其实，麻君婷早就在悄悄做准备了，她在美国的同学帮助下，已经联系好了美国的大学，正在准备去美国的签证资料。

三个月后，麻君婷从广州美国领事馆拿到了去美国的留学签证，然后就出发了。马立专门请了假，亲自送麻君婷去美国，录取麻君婷的大学在美国洛杉矶，马立把麻君婷在美国的一切安顿好以后，才回深圳。

马立走了一个多月后，麻君婷发现了一件事，把她在美国的一切计划都打乱了。她的例假没有按时来，开始以为中美两国时差日夜颠倒，她以为人的生物钟也要适应，刚来美国折腾的事又太多，可能例假不会准时，再加上麻君婷本身就有例假不准的习惯,所以就没有放在心上。可两个月后,例假还没来,到医院一化验,坏了,自己怀孕了。

其实,由于麻君婷一心想来美国,所以她对于怀孕一直是严防死守,采取了严格的避孕措施的,不知什么原因,就在这个刚来美国非常不适合怀孕的时候,她却怀孕了。

麻君婷确认自己怀孕以后,一时慌了手脚。自己刚到美国举目无亲,又是来留学的,才上了一个月的课,却怀孕了,怎么办?

肚子里的孩子在一个不该来的时间里,到来了,她一时没了主意,到底怎么办?

第六章

麻君婷在惊慌了数天以后,慢慢地让自己平静了下来,知道自己要好好想一想,好好分析一下目前的状况,才能决定下一步怎么做。她非常明白,自己现在如果走错了一步,之前所有的努力和将来的计划目标,恐怕都得改变。

所有的女人,第一次怀孕恐怕都是惊慌失措的,恐怕都会在第一时间告诉自己的爱人。可麻君婷没有给马立打电话,因为她知道,只要马立得到这个消息,第一时间肯定是告诉婆婆曾秀云。她想,好不容易说服婆婆作为自己的统一战线,最后成功地支持她来到了美国,其实就是利用了婆婆想早点有个孙子的心理。婆婆支持她,是想让她早点留学,早点毕业,然后回到深圳给她生个孙子。现在,自己突然怀孕了,如果告诉婆婆,那么马家所有人的,以及自己的家人,恐怕都会是统一意见,要她把孩子生下来。原先是没有怀上孩子,可以计划晚点生,现在有了,那是一定要生下来的。从这个角度考虑,如果让婆婆知道了,那么自己就没有回旋余地了。而马立知道了,就会让婆婆知道,所以,她在没有考虑好前,不想把这个消息告诉丈夫马立。

可如果要把孩子生下来,那就要回国,生孩子前后总要一两年,生完孩子以后,再来美国的可能性有多大?麻君婷不知道。她思来想去,总觉得好不容易来到了美国,现在再要回国去生孩子,她一万个不愿意。她甚至觉得,这样自己所有的计划都要泡汤,甚至有可能再也不能来美国读书了,而留在国内带孩子,这是麻君婷绝对不愿意的事。

那段时间里,麻君婷六神无主、心烦意乱的。一种念头来自母亲的天性,突然肚子里有了一个小生命,这是自己和马立的骨肉,多么想生下来,甚至在睡梦里都梦见自己怀里抱着一个可爱的宝宝，这种感觉是多么幸福。另一种念头却又时刻在提醒她，这个孩子来得不是时候，如果生下来，一定会改变自己好不容易来到美国后的方向。思来想去，权衡再三，麻君婷做了一个决定，不能要这个孩子，只能等到自己在美国稳定下来以后，才可以考虑生孩子。

麻君婷的决定很大胆，她想在不告诉马立和其他任何人的情况下，在美国悄悄将这个孩子流掉，只想将这件事，留在她一个人的心里，成为她一个人永远的秘密。

做了这个决定以后，麻君婷知道这是在美国，而不是在当时提倡计划生育的中国，美国有些地方人工流产是不合法的，她通过在网上查询，知道在加州的洛杉矶人工流产是合法的，但也有具体要求。例如，怀胎12周以内，是不加限制的，可12周后，也就是三个月以后，就必须有医生签名。而到24周后，是绝对不允许人工流产的，因为那个时候，孩子已经成形了。所以她知道，现在自己要抓紧时间。

麻君婷以前没有过流产的经历，所以，她对自己一个人服药流产，也很害怕。于是悄悄联系了一家洛杉矶华人开的妇科诊所，请求医生给予指导，希望就在诊所里让医生为自己做人工流产。

那天，她通过电话预约，来到了洛杉矶那家华人开办的妇科诊所。

到达以后看到，这里不仅医生、护士、工作人员，基本上都是华人，而且候诊的妇女，也一个个都是黄皮肤的华人，要不是领的那张表格是英文的，她还真以为这里就是中国的一个诊所。

麻君婷坐在那儿候诊的时候，看到旁边有一个孕妇，由于肚子太大，直着腰斜靠在椅子上，年龄显然比自己还要大，这已经算是一个高龄产妇了。她一边候诊，一边在用手机悄悄地打电话，虽然说话的声音压得很低，但麻君婷听到她讲的竟然是上海话，这让麻君婷有点好奇。

麻君婷虽然是在广州长大的，但她毕竟在上海读了那么多年书，虽然学校里平时讲的都是普通话，但时间久了麻君婷也能听得懂上海话，并且还能说上几句，所以这名孕妇讲的上海话，就不知不觉地飘进了麻君婷的耳朵里。

这名孕妇好像是和她在上海的母亲通电话。麻君婷听出，她竟然是从国内来的，专门到美国来生孩子的。从国内专门到美国来生孩子？这让麻君婷有点好奇。接着她发现，那些来检查的华人孕妇，竟然大部分都是从国内来的，有上海的，有浙江的，有福建的，竟然也有从深圳来的，甚至还有和老爷爷说着一样"大碴子话"的东北人。她就更好奇了，这些人挺着一个大肚子，为什么要漂洋过海来美国生孩子？这不仅十分不方便，而且也太折腾花钱太多了。从国内到美国至少也要坐十个小时的飞机。而且，她们都要提前好长时间来到美国，然后在美国租一个房子住下，叫待产，还得有家人陪同。为什么要这么折腾？

麻君婷是一个从不怯生的人，她为了解开自己的疑团，立即一副自来熟的样子，用自己在大学时学的上海话，和旁边那位刚刚在打电话的孕妇搭讪起来。

上海人在外地只要听到讲上海话的，就有一种自然的亲切感，他乡遇故知了，两人很快就熟络了起来。

麻君婷问她："家里在美国有亲戚吗？"

上海孕妇回答说："没有。"

麻君婷不解："那为什么要到美国来生孩子？"

上海孕妇也不解地望着麻君婷，反问道："你怎么也来美国生孩子呢？"

麻君婷说："我是来留学的，意外怀孕了。"

上海孕妇就笑着问："是自己老公的吗？"

麻君婷回答："当然是。"

上海孕妇说："那是好事呀！"

麻君婷说："什么好事？愁死我了，这个时候哪是生孩子的时候？我今天就是来流产的。"

上海孕妇一听，麻君婷马上就要打掉这孩子，下意识地一伸手，夸张地护着麻君婷的肚子，急忙说："别别别，我为了要到美国来生个孩子，可遭太多罪了，好不容易才怀上的。你怀上了，中'六合彩'了。"

麻君婷不解："怎么是中了'六合彩'呢？"

那上海孕妇一脸的门槛精似的，说："根据美国现行法律规定，只要是在美国生的孩子，无论父母有没有美国国籍，这孩子都可以自然地入美国籍，父母也就可以有16年在美国的监护权，美国人就不能赶你回国了。"

也许刚才的动作有点大，挺着大肚子的上海孕妇有点累了，她又转回身子直着腰靠在椅子的背上，想想又用上海话对麻君婷说："你知道了吧，在美国生下孩子，实际上你就是一个美国人的母亲了，就有了在美国的居留权。"

说着，她把手悄悄地指了指那些候诊的华人孕妇，说："她们差不多都是从国内来的，你问为什么漂洋过海地来美国折腾，为的就是想把自己的孩子生在美国。孩子一出生就有了美国国籍，将来孩子可以享受美国的福利和教育，特别是教育。"

上海孕妇的一席话，一下让麻君婷如醍醐灌顶，她眼前一亮，没想到，自己果然是中了"六合彩"。本来，麻君婷的规划是自己先来美国留学，然后马立再来，两人再在美国找工作，经过多年的努力，争取入籍美国，成为一个美籍华人。麻君婷的这个规划，她计划用8到10年来实现。没想到，如果在美国生下一个孩子，孩子一出生就有了美国国籍，父母亲就有了在美国的监护权，有了美国国籍的孩子，在美国读书、找工作，就不是问题了。

这么一想，果然不是中了"六合彩"吗?！一到美国就有了留在美国的机会，听到这儿，她有点欣喜若狂了。

麻君婷弄明白以后，脸都兴奋得发红，她在椅子上坐不住了，突然有了一阵尿意。于是，她起身走进了洗手间，坐在马桶上，但忘了脱裤子，就那样坐着，脑子飞速地转动着。今天约了医生要进行流产的，怎么办？她必须迅速做出决定。

如果决定把孩子生下来，那么她目前的一切都要重新规划了，这些，恐怕要和马立商量了。正在这时，她听到外面护士在叫她的号。

麻君婷逃也似的从妇科诊所里跑了出来，她也不管洛杉矶与深圳的时差了，只想立即给马立打电话。这个时候是洛杉矶的上午11点，在深圳却是深夜两点钟，麻君婷就在诊所外面的路边，找到了一个公用电话亭，直拨深圳家里的座机，她知道这个时候，马立一定在家里睡觉。

沉睡中的马立，被床头柜上轰然而响的座机惊醒了，人还没有清醒就拿起了电话，只听见电话里传来一声："马立，我怀孕了啦——"

马立听后一个激灵坐了起来，立即清醒了，知道电话里是妻子麻君婷，忙说："什么？别急，别急，慢慢说，慢慢说。"

麻君婷知道深夜里的这个电话，一定把马立吓得不轻，就又急又好笑地说："慢慢说个屁，你听好了，我再说一遍，我——怀——孕——了——"

那时候的马立也才25岁，任何一个男人第一次听到妻子怀孕的消息，恐怕都先是手足无措不知如何是好，他问了一些无关紧要的问题："确定吗？你怎么知道的？"

立即被麻君婷打断了，麻君婷说："怎么办呢？"

马立一听："啊？什么怎么办？"这时才想起妻子刚去美国留学，现在怀孕了怎么办？他有点慌了神，连连说："我问问我妈妈，我问问我妈妈。"一连说了两遍。

麻君婷知道这事对于马家自然是一件大事，马家的第四代就要出生了，就说："你赶快问吧，问完了给我回电话。"说完就挂了电话。

马立放下电话，先让自己回回神。他结婚后，家里给他另买了一处房子，也在景田，离家并不远，1990年的时候这儿的房价才几千块钱一平方米，所以，马立并不和父母住在一起，这时他就想给母亲曾秀云打电话，可看到床头柜上的座钟是深夜2点20分，就把电话放下了。

马立走进洗手间，洗了一个冷水脸，然后回到床上就再也睡不着了。他不知道这是一个好消息，还是一个不好的消息。虽然，他还没有立即做父亲的思想准备，可当知道有一个小生命孕育了，内心就有一种本能的欣喜，他知道，无论是爷爷，还是父母都是希望自己早点有一个孩子的。可麻君婷刚去美国，刚刚才入学上课，这个时候生孩子必然会影响学业，麻君婷会同意吗？

马立有点六神无主了。想着想着，脑子就有点木了。天快亮的时候，马立又不知不觉睡着了。

到了早上7点半，马立又准时醒来了，这是他每天起床的时间，马立从小学起，爷爷马卫山就让他养成了按时起床的习惯，这个时候醒来，已经是自己身体生物钟准时的反应了，他赶快洗漱出门。

上午，单位有一个重要的规划会，马立不敢迟到，赶到单位准时走进会议室，在后排找了一个座位坐了下来，会议中间马立实在忍不住走了出来，给妈妈打了一个电话。

对于母亲曾秀云来说，这自然是一个喜讯。她接到电话后，连医生的白大褂都忘了脱，拔腿就往丈夫马小军的办公楼跑。

在办公室门口看到马小军正要出门，曾秀云拦住了他，然后关上了办公室的门，告诉了他这个喜讯，马小军自然一下乐得合不拢嘴，他的第一反应竟然是："走，回家，告诉老爷爷去。"

公司办公室离家并不太远。夫妻俩急于想把这个喜讯告诉马卫山。回到家，看到马卫山一个人正坐在楼下和别人下军棋。马小军上前拉起老父亲说："爹，走，回家。"

老爷子说："等等，这盘我要赢。"

马小军说："回家我有事告诉您。"

马卫山正在兴头上："什么事？等我下完这盘。"

马小军说："好事，快回吧。"

马卫山听说是好事，就抬起了头，看见媳妇也站在旁边，知道可能不是小事了，于是有点不情愿地站了起来。

一进家门马小军就朝父亲大声地说："爹，你要做太爷爷啦！"

马卫山先是没有听明白，他用手罩着耳朵急问："等会儿，等会儿，你说什么？"

儿媳曾秀云上前说："你孙媳君婷怀孕了，马立要做爸爸啦！"

马卫山听后，满脸都是笑啊，那幸福感像雨露一样浸润着他那脸上沟壑一般的皱纹，一下全部舒展开来，他大声地说："马立在哪儿呀？快去接君婷回来呀！"

马卫山的话，让马小军夫妻俩一下明白了，还有很多现实问题要解决呢。

那天是一个周末，晚上马立回家了，老二马正也从学校回到家里，他当然对哥哥要做爸爸是没有什么感觉的，说了一声："哦，我要当叔叔了？"然后，就回到房间做作业去了，他已经高二了，要准备高考。

一家人在一起欢欢喜喜地召开了一个家庭会议。会议的主要内容就是让马立马上请假去美国，把麻君婷接回来。其实，马立从美国回来才两个多月。

马立回到自己的家里，想给麻君婷打电话，但知道这时是洛杉矶的半夜，麻君婷一定在睡梦里，就没有打，一直等到晚上11点了，是洛杉矶的早上8点钟，马立估计麻君婷应该起床了，于是，就把电话打过去了。

这时麻君婷的心态已经完全稳定了，前段日子因为意外怀孕愁得吃不下、睡不着，但昨天经那位上海孕妇的点拨，一下让她的心态从烦恼变成了欣喜，绷紧的神经全部松弛了，心情松弛以后，晚上就美美地睡了一个好觉，到早上8点也没醒来，直到马立的电话打过来。

马立在电话中显然多了一份关心，他说："爷爷让我马上请假飞过去，接你回国。"

麻君婷早已胸有成竹，她充满着睡意的声音问："回国干什么？"

马立说："回来生孩子呀！"

麻君婷说："刚怀孕，到生孩子还早呢，我就回国在家里等着生孩子？"

马立说："不等着生孩子，还能干什么？"

麻君婷就有点生气地反驳道："马立同志，别忘了，我到美国是来深造的，你让我意外怀孕，又让我回国去当专职妈妈吗？"

马立说："现在已经怀孕了，不回来怎么办？"

麻君婷觉得，现在就把自己的意图和计划告诉马立，时间还有点早。她没有信心马立一定支持她把孩子生在美国，因为马立对来美国一直不积极，而且美国好像对他吸引力不大。麻君婷心里一点把握也没有，因此，她不敢急于把自己的意图告诉马立，她只能一步一步来。

麻君婷说："从现在到生孩子还有8个月，美国大学是学分制，这段时间，到临产前并不影响我上课，我抓紧这段时间先修几个学分，到生孩子的时候再办一个临时休学手续，生完孩子我再继续把学分修完。这样既不耽误为你们马家传宗接代，也不耽误我的学业，只是时间要往后推一推，这不一举两得吗？"

马立听后，无法反驳，他知道麻君婷这个人，一是有主见，二是有了主见后，你是无法改变她的。同时，他也觉得麻君婷的这个计划，是有道理的，于是，只好说："那你一个人在美国谁照顾你呢？妈妈一定不放心。"

麻君婷这时没好气地说："你是担心我呢，还是担心我肚子里的孩子？"

马立说："这不抬杠吗？担心谁，还不都一样？"

麻君婷想了想，她要把一切掌握在自己的计划中，不想和马立斗嘴了。同时，她知道马立担心也是真的，于是就说："我作为一个女人我知道，女人怀胎十月，艰苦的是后面几个月，早期应该没有大问题，我会很小心的。而且，现在有两个多月了，我好像没什么妊娠反应，也没有呕吐的感觉，可能是我体质好。你现在不用来，因为你也请不了太长时间的假一直陪着我。过几个月，等我身体变化大了，你再来。"

"那你暂时不准备回来了？"马立问。

"暂时不回去了，我要继续读书，等到临产前再说。"麻君婷回答得很坚决，实际上，她根本就没有回国的打算。

马立说："那妈妈和爷爷都不放心的，爷爷恨不得让我明天就把你接回来。"

"明天，我给妈妈打电话，我会讲明白的。好了，不多说了，我起床了。"她说着就把电话挂了。

麻君婷知道关于她生孩子这件事，家里拿主意的当然是婆婆曾秀云。而她一直就非常小心地与婆婆搞好关系，将来，把孩子生在美国，仍然需要婆婆的支持，所以，她必须和婆婆沟通好。

当天晚上，麻君婷特意把时钟定在凌晨四点，给家里打电话，这个时候正是深圳吃晚饭的时间，婆婆曾秀云因为要照顾老爷爷，此时一定在家。

电话响了以后，接电话的果然是婆婆曾秀云。婆媳这时通电话，又多了一份亲热。麻君婷在电话里把和马立说的理由，又和婆婆说了一遍。果然，婆婆觉得麻君婷安排得有道理，自然答应了麻君婷的安排。

这样，一切就都在麻君婷的掌控之中了。

从这个时候开始，马立三天两头就要给麻君婷打一个电话，而麻君婷在电话里尽量装得一切都无恙的样子，她不想让家里人太担心，家人如果太担心，就会让马立尽早接她回去；她不能过早地把自己的意图让家人知道，因为她知道像马立这样的家庭，是不会为了入美国籍而同意她把孩子生在美国的。所以，她要尽一切努力尽量把时间拖到快要临产时，而不得不在美国生了。为此，麻君婷要克服自己怀孕的困难，一个人承受着孕妇所有的痛苦。

为了能留在美国，麻君婷真的很拼，确实吃了一般孕妇难以忍受之苦。

5个月以后，肚子就逐渐显出来了，好在美国的大学女学生上学期间怀孕的并不罕见，因为是学分制，怀孕的女学生会一边怀着孕，一边还坚持修学分，所以，大家也见怪不怪的。

　　随着肚子一天比一天大，麻君婷很多妊娠反应就出来了。例如，她常常在上课中突然尿急，那是因为婴儿在肚子里越来越大，胎盘挤压了她的膀胱，使她尿意频频，有时候甚至来不及而漏在裤子里。可她一直在坚持上课，还参加考试，希望尽可能多修一个学分。再后来，肚子大到无法弯腰，鞋带松了，也无法弯腰系，她就不敢再穿系带子的鞋子了。怀孕到一定的时候，腿和脚都会水肿，硬的皮鞋也穿不进去了，只能穿宽大的休闲鞋，可鞋子一宽大就不跟脚，走路更是吃力。再加上洛杉矶又是一个公共交通不很发达的城市，美国人都是自己开车，一些留学生也买二手旧车开，而麻君婷怀着孕，自然无法自己开车了，只好蹭同学们的顺风车。总之，麻君婷为了把这个孩子生在美国，真的是遭了很多的罪，吃了很多的苦。而且是有苦还不能说苦，因为担心马立他知道后会马上来美国把自己接回去。为了造成自己无法再回国生孩子，她让马立把来美国的时间一推再推。

　　麻君婷不仅是一个很有主见的人，也是一个行动力很强的人。在这个时间里，她实际上已经把在美国生孩子的事，都一一安排好了。她还是准备在那家华人开的妇科诊所里生孩子，并且定期到那儿检查，建立了自己的孕妇档案。然后通过那个妇科诊所，找了一家也是华人开的月子中心预订了床位，准备生完孩子后到月子中心来坐月子。

　　这时，麻君婷才发现，其实来美国生孩子而取得美国国籍，在华人世界中，尤其在中国内地已经是一门秘而不宣的很火的"生意"了，因为利润空间不小，为此有专门的机构或者公司做这个生意，形成了一条龙服务链条。即有人在国内接单，找有需求的孕妇；有人在美国接国内的单，安排妇科诊所或医院生孩子。孕妇到美国以后，从接机到待产，再到生下孩子接到专门的华人月子中心，全程服务。月子中心有华人厨师、华人保姆、华人司机，提供中式的坐月子服务，整个月子中心里说的都是中国话，当然收费不菲。不过想到美国来生孩子的中国人，自然不会是穷人，而且中国人把传宗接代又看得无比重要，所以，花这样的钱，他们是乐意的。

麻君婷发现这个生意的钱真好赚。因为，这种服务是在灰色地带，所有来美国的孕妇其目的就是取得美国国籍，所以，一是肯花钱，二是也不敢多挑剔，从国内各地来的人都有，而且都是有一定经济基础的，否则承受不了这个费用。

麻君婷的情况不同，因为她本身就在美国，不需要接机和安排待产吃住，连妇科诊所都是她自己找的，她只需要生下孩子后，到月子中心去住一段时间，所以，在费用方面相对要少一些。

麻君婷怀孕6个多月的时候，马立再也不愿等下去了，就飞到美国来了。见到妻子以后他吓了一跳，怎么也想不到，身材本来比较苗条的麻君婷，变得这样的臃肿，而且面容憔悴，脸上长了好多孕斑。马立很是心痛，他见到麻君婷后就不由自主地伸手摸麻君婷的大肚子，不知所措地说："怎么是这样？怎么是这样？"

麻君婷本来还想撒撒娇，结果却忍不住笑了，说："你觉得应该怎样？"

马立也不知道说什么："怎么会变成这样呢？"

"这才6个多月，肚子还会要长大一些的。"麻君婷说。

马立说："我们马上回国吧，明天就走。"

没想到，麻君婷却表现得很坚强。她首先吓唬马立，说："医生说，怀孕到这个时候，是不适宜坐十几个小时飞机的，因为担心途中出意外，无法处理。航空公司恐怕也不会让我这样的孕妇上飞机，他们害怕承担责任。"

马立一听傻了眼，说："那怎么办？时间越长，肚子越大，更坐不了飞机了，还怎么回国？"

麻君婷这才亮出底牌，说："现在最安全的办法，就是留在美国生了，生完了再回国。"

马立一点思想准备都没有，听后就问："啊？在美国生行吗？"

麻君婷趁机把所有想法都说了出来："怎么不行？我已经打听过了，洛杉矶有专门给华人生孩子的月子中心，国内有许多孕妇还专门来美国生孩子呢。"然后把自己的安排和联系好了妇科诊所和月子中心的事，都一一告诉了马立。

这时，马立才知道麻君婷根本就没打算回国生孩子，她又是一个人自作主张地做好了全部规划安排，心里就有些隐隐不快。但，细想一下目前除此以外也没有其他办法了。而且麻君婷的安排也不是没有道理，但他觉得这事要和母亲曾秀云商量。

马立给家里打了电话，告诉了麻君婷的近况，首先让家人放心，然后说："君婷身怀六甲，肚子已经好大了，已经无法坐长途飞机回国了，航空公司不会让这样的孕妇上飞机，害怕路上出意外。"

听到"害怕路上出意外"这句话，其实家里就没有第二种选择了，从老爷爷马卫山到父亲马小军，再到母亲曾秀云，第一反应就是，千万不要长途折腾了，就在美国生吧，生完了再回国休养。

一切又都在麻君婷的谋划中，她安排的这个结果，就知道是无法改变的。马家人一定会担心她的身体，特别是她强调的一个孕妇坐在一万多米的高空上，十几个小时中万一出意外，那真的是叫"叫天天不应"了，因此，马家人一定不敢坚持要她回国生孩子。

这样，麻君婷就可以安心地在美国生孩子了。

接下来，她就心情愉悦地待产了，因为她觉得自己下了一盘人生的大棋，终于安排好了一家人今后的前程，下半辈子，就是在美国的美好人生了。

麻君婷要在美国生孩子，把家里所有的计划都打乱了，曾秀云已经做好了媳妇回来生孩子的一切准备，包括在哪家医院生都事先联系好了，连照顾月子的阿姨也托人找好了。这下，媳妇不回来了，要在美国生，曾秀云一下慌乱了手脚，她立即和丈夫马小军、老爷爷马卫山商量，该怎么办？

马卫山最着急，不仅因为马立是他最喜欢的大孙子，而且马上马家的第四代就要出生了，很久没有比这个消息更让他高兴的事了，他着急地对儿子马小军直喊："你、你，你拿个主意，赶快去一趟美国吧！马立一个男孩子，怎么会照顾一个孕妇？"

马小军虽然是一家大公司的董事长，可对于家里这种照顾儿媳生孩子的事，也是手足无措，他直看着妻子曾秀云，不知如何是好。

毕竟曾秀云既是母亲又是婆婆，此时，还是她拿主意。她静了一下心后，说:"现在是怀胎6个月,到真正要生孩子时还有三四个月,君婷现在除了按时去孕检,其他不需要做什么。君婷的肚子一天比一天大,身边不能没有人,先让马立在美国照顾她一个月,马立就要当爸爸了,也要让他锻炼锻炼怎么照顾人,将来还要带小孩呢。但现在马立单位很重视他,工作十分繁忙,不能在美国一直待到君婷临产,时间太长了,会影响工作的。一个月后,恐怕要回来。君婷她母亲年纪已经大了,不适应出国了,也无法照顾君婷。马立回来前,我去美国接手照顾君婷。到快要生的时候,马立再去美国,生孩子的时候,马立一定要在,否则,君婷要不高兴了。等到把孩子生下来,待身体恢复到一定程度,就将君婷和孩子接回国休养。"

此时,家中的主心骨就是曾秀云了,马卫山也最信任这个儿媳妇,她总能把家中的一切安排好。因此他听后,就直点头。马小军更没有意见了。

接下来,曾秀云电话遥控指导麻君婷如何保胎、如何休息、何时去孕检,每一次孕检后,都要把结果详细地告诉她,因为她毕竟是医生出身。同时,她也电话遥控着指导马立怎样照顾一个孕妇的生活,吃什么,穿什么,甚至每天要陪麻君婷散步多少时间,都一一指教。

看起来是曾秀云在指挥着这一切,实际上是麻君婷把整个马家给调动起来了。麻君婷自己的父母年纪都大了,无力到美国去照顾她,哥哥嫂子更是无暇顾及自己的妹妹,所以,一切都靠马家,靠自己的婆婆。

余下的事情,麻君婷都安心地听家人安排了。因为只要把孩子生在美国,拿到了"出生纸",入了美国的籍,领到美国的护照,一切就万事大吉了。麻君婷的理想实现了,到那时马立再也没有理由不来美国了,因为女儿在美国,一家人不能分居两国。

一个月后,曾秀云请假去了洛杉矶接替马立照顾儿媳妇,让马立回深圳上班。三个月后,马立再来美国陪产。麻君婷顺利生下一个女孩,然后转入事先预订好的月子中心坐月子。

这中间,麻君婷让马立到医院拿女儿的出生证,并且自己做主给女儿取名叫马丽。这样明地里姓了马家的姓,实际上暗合了她早先的名字麻丽,主要是她觉得叫马丽这个名字,用英文更方便,而且像是一个外国人的名字。但麻君婷没有把这件事告诉婆婆曾秀云。

麻君婷的月子坐得很愉快，有了一个可爱的小女儿，这个女儿真的给她带来了幸运。更重要的是，她觉得一切都在按照她的规划顺利地进行，所以她的心情特别好，吃得饱，睡得也好，奶水充足，而且小女孩一哭，立即就被婆婆抱走了，哪怕是在半夜，所以，生产前又黄又瘦的麻君婷，很快变得又白又胖。

可麻君婷这个得意的规划，把马家人折腾得够呛，特别是婆婆曾秀云。

曾秀云见儿媳妇远在美国为马家生了一个孩子，娘家人又不在，所以对麻君婷特别尽心，生怕委屈了儿媳妇，真的比对待亲生女儿还要贴心，照顾得非常周到。可曾秀云本人对美国、对洛杉矶并不适应。首先不适应的是时差，洛杉矶的白天，是深圳的黑夜，她等于在日夜颠倒着生活。曾秀云毕竟快五十岁了，这种日夜颠倒的生活，让她始终头昏脑涨的。更痛苦的是，白天打瞌睡，夜晚睡不着。她甚至在给孙女冲奶粉的时候，由于精神不济，把开水倒到了手上，烫伤了自己。因此一段时间里，曾秀云手上一直包着纱布。

第二个不适应的是气候，洛杉矶属于温带地中海型气候，夏季炎热干燥，降雨主要在冬季。全年的降雨量只有370多毫米，因此十分干燥。而曾秀云生活的深圳，属亚热带季风气候，长夏短冬，雨量充沛，年降雨量1900多毫米，两个城市降雨量相差巨大。因此，洛杉矶干燥，深圳湿润，在湿润的环境里习惯了的曾秀云，突然生活在这种特别干燥的气候里，给她带来一个很大的痛苦，就是皮肤干燥瘙痒，而且不是一般的瘙痒。晚上躺下来，本来就难以入眠，睡不着的时候心情就烦躁，于是全身上下，一会儿这里痒，一会儿那里痒，痒得无法入睡，总像有蚂蚁在身上爬，皮肤都让曾秀云挠破了，也止不了痒。而且也睡不好，只要孩子一哭，曾秀云马上就要起床。就这样，又是照顾产妇又是照顾孩子，曾秀云累得变了形，又黑又瘦，体重竟减少了十几斤，还常常伴有咳嗽。

马立又一次来到洛杉矶时，看到母亲瘦成这样，心痛得眼泪都差点掉下来了。他拉着妈妈的手，直问哪儿不舒服。曾秀云说，没什么，就是不适应这里的日夜颠倒。

麻君婷转入月子中心满月以后，马立一定要母亲先回深圳，他留下来照顾妻子，他觉得妈妈都快要累得倒下了。可曾秀云又坚持了半个月，直到麻君婷完全可以下床活动，生活基本能自理后，才被马立硬送到机场。

在洛杉矶照顾媳妇4个多月的曾秀云，上了飞机以后，只感到浑身的架子彻底散了，她昏昏沉沉地在飞机上睡了10多个小时，不吃也不喝，把空姐都吓坏了，几次把她拍醒，几次她又睡过去了。

飞机降落在香港机场，马小军来接机，又黑又瘦的曾秀云走在人群中，马小军差点没认出来。从香港机场坐车回深圳的路上，曾秀云又睡着了。

那种累，就是自己生孩子的时候也没有过。

半个月后，马立领着麻君婷带着女儿从美国回到了深圳，整个马家那是欢天喜地，虽然生了一个女孩，但无论是老爷爷马卫山，还是爷爷马小军，都喜欢得不得了，你抱过来，又被他抢过去了。马家阳盛阴衰，马小军生了两个儿子，却没有女儿，马立没有结婚前，整个马家除了曾秀云，全是男人。现在第四代生了一个女孩，那是真正的千金，谁不喜欢，包括那个还在念高中的马正，也是把小侄女抱在怀里，喜欢得不愿放下。

由于家里马小军和孙子马立、马正的名字都是老爷爷马卫山取的，所以在马立还没有回来前，对父亲十分尊重的马小军，就对高兴得合不拢嘴的父亲说："爹，您给曾孙女取个名字吧。"

马卫山说："我早就想好了，这是咱们家到深圳后，出生的第一个孩子，而深圳又是你们参与建设的，这个城市今后不可限量，我们马家今后就都定居在这儿了，这孩子就叫深深吧。"

所以，麻君婷回到深圳后听说老爷爷给女儿取了名字，就不好再说她已经在美国给女儿取了一个洋名字，因此，家人就开始叫孩子深深。

可麻君婷嘴上没说什么，心里却一直觉得"深深"两个字，既直白，寓意也不好，女儿是她的心肝宝贝，名字取不好，心里就一直有个不痛快的结。

她多次跟丈夫马立唠叨这事。马立说："爷爷取的名字听起来还不错啊。"

麻君婷噘嘴说："什么不错？给你爸取了一个小军，到今天都50多岁的人了，还小军小军地叫，听起来像个小孩的名字。给你取了个马立，听起来像一个女孩的名字，还和我的名字撞车，让人笑话还少？"

马立笑着说："没有啊，马立也是一个顶天立地的名字嘛。"然后哄麻君婷说："老爷爷取的，改了不好，别伤了他老人家的心。"

马立这样一说，麻君婷就不好再说什么了，她知道老爷爷在家里的地位，全家大小都尊重他，她作为一个孙媳妇，可不敢例外。

可麻君婷这个人，就像她一心想去美国留学和计划今后留在美国一样，对上心事有一股锲而不舍的劲儿，总是放在心里琢磨，那段时间，她一边带着女儿，一边也总在马立面前叨叨个没完。

马立就想，名字的事也是一件大事，爷爷和妻子隔着两代人，想法是不一样的，女儿的名字挂在嘴边最多的就是母亲，你让麻君婷总觉得自己女儿的名字叫着别扭，也不是一个事。马立这个人，个性当中就有总在寻找稳妥的思维方式，因此，他想找一个办法，既不让爷爷生气，也让妻子能接受。于是，马立就想到学文科出身的成虎。

一次，成虎来家里看他的女儿，离开时马立送成虎下楼，就将女儿取名字的事请教成虎。马立觉得老爷爷和爸爸都尊重成虎，如果由成虎出面给女儿改名字，老人们可能容易接受一些。另外，成虎有文化，一定会想出一个老人家和麻君婷都能接受的名字。成虎一听，就笑道："哎呀，这个任务不轻，得让我好好想一想。"

以成虎和马家的感情，加上马立把这么重要又挠头的事交给他，他真的把这件事当成一个很重要的事来办。他想，首先得想好一个合适的名字，然后再征求马家的意见。可是没有想到，写文章写书都不在话下的成虎，发现给人取一个合适的名字，还真不容易，他想了好多天，也没有想到一个自己满意的。于是，一有时间就翻字典，他甚至找来《康熙字典》翻看，可《康熙字典》是清朝康熙年间编的，是繁体字竖排版，给女孩找名字好像不太合适。

成虎同时还要考虑到，这个新名字要老爷爷和麻君婷都满意，这就更困难了，因为这是完全不同的两代人。其实，找一个字给女孩做名字不是很难的，有很多字他都觉得合适，难在老爷爷已经给曾孙女取了名字，如果硬把它换了，首先得说服老爷爷。苦思冥想之中的成虎，一天脑子突然灵光一闪：能不能找一个同音字把"深"换了，听起来是一样，但意思变了，这样老爷爷和麻君婷都容易接受。

这个字还真的让成虎找到了，他首先在电话里征求马立的意见，马立一听就觉得太合适了，这个字就是"棽"。"棽"与"深"完全同音，但"棽"，是繁盛茂密的意思，和那个"深深"，给人感觉深不见底的意思完全不同。成虎找到这个字，马立告诉了麻君婷，麻君婷非常喜欢。于是当天晚上就跟父亲马小军说了，马小军也觉得这个"棽棽"比"深深"好，而且很难重名。但马小军说，先别急，让成记者来给你爷爷解释一下。

于是，马立就请成虎再次来家里，给爷爷马卫山解释这个字的意思。在马卫山的眼里，成虎是最有学问的人，他也喜欢、信任成虎，所以，本来担心他不高兴的事，结果他一听到了"棽"的意思后，立马就同意了，而且是高高兴兴同意的，并用东北话说："就这么的了，就这么的了。"

马立做事就是这么周全，他征得爷爷同意后，再去和母亲曾秀云说。母亲听说是成记者帮着改的名字当然没意见，这样马立女儿的名字就这么愉快地改了。从这件事，我们也可以看出，马立这个人，办事就和他做学问一样，不求激进，只求扎实。可麻君婷就笑话他："你怎么有点像巴金长篇小说《家》里面的那个大少爷？"

成虎帮着改的这个名字，却在后来给女儿带来麻烦，棽是一个少用的生僻字，一般人都不认识，特别容易念成了琴。上小学一年级的时候，第一天上课，班主任老师点名时，就叫马琴琴。棽棽以为班上还有一个叫马琴琴的同学，就没有答应。老师点了好几遍，马琴琴，谁叫马琴琴？见没人应答，就继续往下点名。结果全班只有棽棽没有被点名，老师问她，你怎么不答应？棽棽站来说："老师，爸爸告诉我，那字不念琴，念棽，我叫马棽棽。"

开学第一天，一位小学一年级的学生，纠正了班主任老师一个错字，弄得班主任有些尴尬，自然也不高兴，就说："有的家长，给孩子取名字用生僻字，这是很蠢的，因为会造成你的孩子一生总是被人叫错名字，像今天的马棽棽，就会被人叫作马琴琴。大家注意，她叫马棽棽，不叫马琴琴。"然后才对还一直站着的棽棽说："你坐下吧。"

从此，棽棽每一次向别人介绍自己的时候，就习惯性地补充一句："我叫马棽棽，不是马琴琴，棽，是繁盛茂密的意思。"

半年以后，身体完全恢复了的麻君婷，要回美国继续学业了。她知道这个时候是不好叫马立和自己一同去美国的，因为孩子太小，要丢在深圳交给婆婆带。虽然自己很放心，但夫妻俩丢下孩子，一同去美国这样并不好。但一心想去美国的麻君婷，不会改变自己的初衷，所以，她只好再一个人先去美国，继续她的学业。

有了女儿，马立去美国的想法更淡了。而家人，老爷爷马卫山根本不想长孙去美国，母亲曾秀云也渐渐改变了看法。当初支持麻君婷去美国，她是想着儿媳妇早去早完成学业早回来，然后夫妻俩赶快生一个孩子。现在，孩子出生了，怎么可以把这么小的孩子带去美国？因此，曾秀云再也不在马立面前提去美国的事了。

而马立当初就没想去美国，现在，深圳自邓小平南方谈话发表以后，迅速掀起了又一个建设高潮，整个城市生机勃勃的。学城市规划的马立，觉得自己在深圳有很大的施展空间，没有必要再折腾去美国。在对美国的看法上，马立与麻君婷的态度截然相反，马立并不喜欢美国，而麻君婷太喜欢美国了，这个分歧埋下了他们夫妻感情破裂的危机。

为此，不准备去美国的马立，在国内考了同济大学城市规划专业的博士学位研究生，并且被顺利录取了，他在职读书，边工作，边攻读博士学位，虽然辛苦一些，但很充实。

马立受自己军人家庭的影响，考虑问题多元，在他的心里，家的位置，尤其是自己爷爷的分量很重。他觉得爷爷的一生太苦了，是一个为国家奉献了一切的老人，尤其是爷爷马卫山对他的妻子，一辈子放在心里的这种坚守，让马立很敬佩。他觉得爷爷虽然没什么文化，不会那种年轻人的卿卿我我，恐怕一辈子都没有说过一句"我爱你"，但，爷爷对奶奶的这种几十年的思念，整个心里只装了一个女人，恐怕是天下最好男人的表现。马立总结出这样的男人身上，有一种非常可贵的责任感。深受爷爷影响的马立觉得，男人最可贵的品质，就是有责任心。

马立在家里不仅受爷爷的影响，也受父亲的影响。爷爷的故事是听父亲说的，可父亲的艰难是马立亲身感受的，那时马立跟着父亲一同来到深圳，父亲在部队集体转业后走向市场的艰难岁月里，马立已经上高中了，所以一切都是耳闻目睹，他也看到了父亲从爷爷身上继承的责任心。

马立对母亲也是非常尊敬的,母亲也是一位军人,她跟随着部队和父亲一同来到深圳集体转业后,同样经受了市场的考验。让马立体会最深的是母亲对家庭的担当。母亲在这个家庭里,实际上是照顾着四个男人:爷爷、父亲和马立、马正。尤其让马立最感动的是,母亲作为一个媳妇,对爷爷的照顾是无微不至的,爷爷一生受了那么多的伤,挨了那么多的饿,吃了那么多的苦,却能活得如此长寿,这和母亲的精心照顾是分不开的。作为一个婆婆,母亲照顾她的儿媳妇麻君婷也是无微不至的,特别是在美国的那些日子,马立想想都心痛。

母亲可以说是做媳妇的典范,也是做婆婆的典范。马立结婚后,母亲非常小心地维持着婆媳关系,既迁就儿媳,也坚持着她的原则底线,使个性独立任性的麻君婷,对婆婆也是尊敬三分,不敢放肆。马立觉得,母亲表现的也是一种责任心,做媳妇的责任,做妻子的责任,做母亲的责任,做婆婆的责任,这一点对马立的影响也是潜移默化的。所以,马立觉得做一个人,尤其是做一个男人,责任心是最重要的。

马立的责任心不仅是表现在对待家庭上,对工作,对单位,对他人,他都觉得要有一种责任感,他认为,不是一切责任你都是可以担当的,但只要你把这件事承接了,你就要负责到底,哪怕失败,你也得坚守。他始终坚守的就是这样一种责任心。

可麻君婷不同,她自小就没有这种责任感,她出生时父母亲的年纪已经比较大了,哥哥已经上中学了,姐姐也上小学六年级,大家对这个意外得来的小女儿宠爱有加,几乎是百依百顺,因此,麻君婷是在谁都让着她的环境里成长的。长大后的麻君婷,个性要强,人很聪明,学习又好,而且求新求异求变,有时候早上一个想法,下午又是一个主意。但是麻君婷这个人和一般女性有不同的地方,虽然想法多,但一旦一件事她认定了,她就要坚持到底,别人拉不回来。

麻君婷在美国生下女儿以后,一开始并没有将女儿已经取得美国国籍的事告诉马立。她打的如意算盘是,自己继续在美国读书,让婆婆先把女儿带到三岁以后,这时,她在美国的学业也该完成了,孩子也大一些了,再让马立来美国。她是想在马立去美国领馆签证前,再告诉马立女儿已经有美国国籍了,这样签证就方便多了。可马立在女儿出生后,根本就没有去美国的想法了,为此他考了博士研究生,由于专业对口,单位也支持他,不仅为他报销了全部学习费用,还给他时间去学校上课，实际上他享受的是在职培训的待遇。

生下琴琴以后，每年寒暑假麻君婷都会回国，每一次回国都在动员马立去美国，为此，两口子总为这件事吵架。

马立强调，正在调整发展的深圳，能够提供给他施展专业的环境，而且自己在单位干得相当不错，并且已经在读博士学位了，为什么要在这个时候放弃这一切，而远渡重洋去美国读书。他说："我现在在中国读得很好呀。"

可麻君婷在坚持，她说："中国哪有美国好？美国是世界第一大国，什么都比中国先进，将来我们的女儿也可以读最好的美国学校。"

马立说："我不否认美国好，但中国明天会更好。"

麻君婷听后笑了起来，说："你脑子变木了，那是口号。我也相信中国明天会更好。但是，中国比美国至少落后50年，等中国发展到现在美国的水平，我们都老了。为什么不现在一步跨过去，享受已经先进的美国的一切呢？最关键的是，我们的女儿可以接受世界一流的教育。这样，明天才会更美好。"

马立听到这儿就有点生气了，他说："美国我已经去过好多次了，这两年我公差也去过两次美国，美国真的一切都好吗？美国人是在美国文化下长大的，我们是在中国文化下长大的，我不去比较两种文化的优劣，但，黄土地上的种子，放到美国红土地上去生长，就一定能长得好吗？"

麻君婷也来劲了，她提高了嗓门说："没读过达尔文的著作吗？优胜劣汰，适者生存，你到现在这个道理都不懂，还怎么赶上时代的潮流？赶不上，不就是一个落伍者？你这么年轻，怎么就像一个小地主一样，守家奴，不思变，还得意得很？"麻君婷这一番话说得就有些重了。

马立这个人，在生活中养成了一个习惯，每当对方生气口不择言的时候，他一般不会立即反击，他认为这时两个人已经不再是理智地讨论问题，而是在斗气，很快就会变成相互攻击了。所以，他采取暂时回避的方法，说："我们都想一想吧，找时间我们再讨论。"转身出去了。

而麻君婷的性格恰恰相反，总觉得马立这种态度是在逃避，反而火气更大，她狠狠地把手上的抱枕扔向马立。

抱枕摔到了马立的后背上，马立转身将掉在地上的抱枕捡起来，又放到了麻君婷的手上,让她继续抱着,然后,仍然出门了。

这让麻君婷没有了脾气。

那时,琴琴一直由奶奶曾秀云带着,住在奶奶家里。麻君婷每年寒暑假回国,每次在家里顶多也只住上两周,她白天也待在婆婆家中,和女儿在一起。晚上,才回到自己的家中。婆婆曾秀云为了让久别的小两口好好在一起处处,再加上那时还很小的琴琴,也不愿离开奶奶回自己家里睡觉,所以,晚上的时候,就是麻君婷和马立独处的时候,也是他们吵架的时候。

麻君婷说服不了马立,马立也说服不了麻君婷,所以,一旦两人吵起来的时候,马立往往就采取回避的策略,一个人就躲了出去,可这更让麻君婷受不了。

等到马立再回到家中,麻君婷就把卧室的房门锁上,不让马立进屋睡觉。她以为马立会求她开门,可马立见门锁上了,连门都不敲,一个人就在书房里看书,然后就到客房里去睡觉,第二天一早麻君婷醒来,马立已经上班去了。

接下来就是几天的冷战,这种冷战让双方都觉得很烦,心情都不好。麻君婷每次回来,两人大部分时间都在冷战,其实也影响夫妻之间的感情,矛盾在一点一点地升级。

那段时间,马立不仅很烦,也是最辛苦的时候,他一边在读博士学位,一边在工作,学习和工作都十分繁忙。好在母亲带着女儿,基本不让他操心,可他下班一回到家中,看到日渐消瘦的母亲就特别心痛。父亲那时还在岗位上,作为一家国企的老总,身上的担子非常沉重,每天也是很晚才回家。回到家中,当然最大的快乐是孙女琴琴,可父亲马小军常常是一边逗着孩子,一边就累得睡着了。琴琴这孩子也特别懂事,可能是受到这个家庭的影响,当她看到爷爷睡着了,不吵不闹,悄悄地从爷爷身上爬下来,还会给爷爷拿一块毛巾被盖上。其实,她这都是跟着奶奶学的。

这天心情很烦闷的马立回到家中,进门就看到这一幕,爸爸坐在沙发上睡着了,女儿懂事得让人心疼地静静守候在爷爷身边,看到爸爸马立进屋,还像个小大人似的,伸出一只小手竖在嘴巴上,示意爸爸别出声惊醒了爷爷。马立看到母亲一个人在厨房里忙碌烧饭,此时天已经黑了,爷爷还一个人坐在阳台上,爷爷总喜欢一个人静静地坐在阳台上,看日出日落。

看到眼前的情景，马立就心里沉甸甸的。

父亲、母亲和爷爷都年事渐高了，特别是爷爷一天一天在变老，有人说老人有时容易伤感，马立就觉得年龄越来越大的爷爷，时常沉浸地怀念他英年早逝的妻子之中，因为妻子牺牲后，没有留下任何东西，更别说留一张照片了，所以，爷爷的怀念只能在心里，在回忆中。他常常静静地坐在阳台上，有时一动也不动，硬是把自己坐成了一块顽石一般，而且话越来越少。

马立回家的时候，经常看到爷爷这样一个人坐在那儿，好像在想什么，形只影单的，就觉得自己作为长孙，没有尽到责任。母亲全身心地照顾着小琴琴，爷爷其实有点被忽视了。白天，琴琴去上幼儿园，父亲、母亲去上班，爷爷一个人在家里就更孤独了，这个时候如果离开爷爷、离开家去美国留学，马立总觉得非常不舍。

父亲马小军的工作和马立一样忙，常常是无法按时回家，公司如果承建大工程，遇上问题，甚至台风来临时，父亲深夜都会在现场，留下母亲在家整夜地担心他。

母亲曾秀云的身体也在一天天地变差，时常咳嗽，吃了药也是时好时坏，她的单位是一所企业医院，效益一直不好，她作为副院长也是日夜辛劳。马立觉得，这两代人，一生都在吃苦，无论是爷爷，还是父亲、母亲都吃了太多的苦，而且都属于那种吃了苦不觉得苦的人。自己就想让他们哪一天退下来，在家里好好地颐养天年，过上几天舒畅的日子。自己如果去了美国，谁来照顾他们呢？

可现在与麻君婷把关系弄得这样僵，他们中间还有一个女儿，这是马家的第四代，马立感到夫妻的感情也被这种去不去美国弄得越来越淡。而且，从长远来看，不只是马立去不去美国，而是麻君婷学成以后回不回来的问题。如果自己不去，麻君婷也不愿回来，那么一个家庭不就拆成两半了？自己的小家变成这样，也会让爷爷和父亲、母亲担心的。

马立在两难之间，不知如何取舍。他在想能不能有第二种方法，自己去美国读一个学位，读完后，过两三年和麻君婷一道回来？

那么，这段时间里，家应该有一个人来照顾。这时，马立想起了弟弟马正，可马正还在上大学。

第七章

  马正虽然是和哥哥一起长大，但和哥哥的个性完全不同。随父母到深圳的那一年，马立14岁，还在广州上学。可那时马正才6岁，就知道贪玩，在当时的猫颈田满荒岗地跑，妈妈一直担心他会遇上蛇。马正还跑到水塘里去抓鱼，让曾秀云吓得嘶哑着嗓子喊马小军把他抓回来，狠狠地揍了一顿，不许他再去玩水。到深圳后不久，就遇上一次超级台风，台风大到把当时住的简易棚屋的屋顶都给掀掉了，当时是夜里，爸爸马小军在工地上领着人抢险没有及时赶回来，马正却躺在妈妈的怀里睡着了。

  马正由于与哥哥相差8岁，小时候特别崇拜哥哥，哥哥个子高，长得英俊，学习又好，是一个优秀的孩子，总受到老师的表扬。那时候，马正有一个很深刻的印象，初中高中时，总有学校漂亮的女同学到家里找马立。马正不行，虽然一母所生，但马正的个子不高，还瘦瘦的，总吃不胖，和哥哥站在一起，矮得不止一截。全家出去玩，人多的时候，挤着挤着，马正就不见了，总是哥哥到处找他。马正贪玩，兴趣广泛，学习不用功，只靠自己的小聪明，在这个家里，马正从小就觉得家里有爸爸和哥哥顶着就行了，没他什么事，他只管玩。

  一般的家庭，像这样的两兄弟，一定会不停地吵架干仗，可他们不同，由于两人年龄相差比较大，马立懂事优秀，也很照顾弟弟，马正又一直很佩服哥哥，所以，他们俩很少吵架。小事上马立总是让着马正；大事上，马正总听马立的。那时，马正和哥哥住一个房间，睡上下铺。马立把下铺让给弟弟，自己每天上上下下地爬。每天哥哥不但收拾自己的床铺，还帮马正铺床叠被，并且变成了一个例行服务，收拾屋子打扫卫生都是哥哥的事。马立自己作业做完以后，都要帮着马正把作业检查一遍，久而久之，竟然把不怎么用功的马正学习也带起来了。

每天早上，兄弟俩有说有笑地一起出门上学，马立带着弟弟，一路上，调皮的弟弟都会规规矩矩的。这两兄弟的相处，让左邻右舍羡慕得不得了。由于是马小军公司的宿舍楼，住的基本都是原基建工程兵转业的老熟人，他们两兄弟的表现，甚至无形之间提高了马小军和曾秀云在单位的威信。人们在教育自己孩子的时候，就会说："你要像人家马总家的孩子那么优秀，爸爸妈妈睡着都笑醒了。"

其实，一个孩子的成长，很重要的一点是家风，家风就是孩子成长的环境。小兴安岭的松柏耐寒，南海之滨的榕树抗风，这都是环境使然。

马立开始和麻君婷闹别扭的时候，马正还在上中南财经大学。他在中学时的成绩一直没有哥哥好，但他聪明，他只用哥哥的三分之二时间学习，其他时间看很多课外书。可在高考结束以后，马立帮他估分，结果发现成绩可能还很不错。于是，马立就鼓励他报一个好的学校。

那时候，马正在家里经常看到爸爸马小军因为公司缺资金，在银行里求爹爹告奶奶到处找人贷款而苦恼不堪，他就少年不知愁滋味，填了一个中南财经大学的金融学专业，他说毕业以后，进大银行，以后爸爸贷款就不用求人了，可以来找他。马小军听后，虽然觉得他这有点不靠谱，但还是高兴地笑了起来，觉得这个平常看起来没有哥哥懂事的老二，长大懂事了。

但哥哥马立有点担心，因为中南财经大学是重点大学，特别是会计学、财政学和金融学专业的学生，毕业后很抢手，而且都是进大公司、财政局和国家大银行，因此想考的人特别多，可能并不好录取。可最后马正居然被录取了，全家人都很开心。现在，马正也是学校放寒假，回到深圳的家中。

这天，马正从外面回来，手里提着个袋子，袋子上印着"深圳免税店"。那时免税店一般都是卖进口产品的，自然价格不会便宜。妈妈曾秀云就问："马正，你又乱花钱，买了什么东西？"马正自小就比哥哥会花钱，每次家里给的零花钱，最早花完的一定是他。

这时，马正嬉皮笑脸地抱起小侄女琴琴说："琴琴，你猜，叔叔买了什么？"马正最喜欢这个小侄女。

才4岁多的琴琴奶声奶气地说："我不知道。"

马正就从袋子里拿出一个精致的铁盒子，原来是一盒瑞士进口的巧克力。

他对妈妈曾秀云说："妈，这是我自己勤工俭学赚的钱，我还给爷爷买了一瓶酒。"说着，从自己的行李箱中拿出一瓶湖北产的白酒"稻花香"。

马正现在上大四，明天夏天就要毕业了。所以，马立想和他谈谈毕业后的打算。马正毕业后在哪儿工作，也是马立在考虑的一个问题，如果家里有一个人可以照顾爷爷和父母，他身上的压力就会小一点，也可以考虑去美国花两年时间读一个学位，否则和妻子麻君婷的矛盾没法解决。

那天晚上回家，爸爸马小军因为跑单位工程的事，晚上又没有回来吃饭。马正回到家里见嫂子麻君婷也没回来，就问："嫂子在哪儿？"

马立说："可能在家里。"

于是，马正就给嫂子打电话，让她赶紧来吃饭。麻君婷虽然在与马立怄气，但她拂不开马正的面子，还有那个一直辛苦地为自己带孩子的婆婆曾秀云，所以接完电话后一会儿也赶回来了。

一顿饭中，几乎都是马正在说话。他一会儿给爷爷斟酒，一会儿给嫂子斟酒，还时不时地给母亲夹菜，有点左右逢源的样子，马正责任心不强，但人机灵。母亲信得过老大马立，但更喜欢老二马正，毕竟是小儿子，而且马正会哄人，会察言观色。马正感觉到哥哥嫂子之间在怄气，而母亲仿佛也知道这一点，但不说话，一顿饭吃下来，气氛有点冷，马正就不停地说话，不停地和哥哥嫂子两人你一杯我一杯地劝酒，想让气氛缓和一些。

老爷爷马卫山年纪渐渐大了，曾秀云不让他多喝，每顿也就是给他准备两小杯。马卫山喜欢喝一点酒，但不贪杯，媳妇给他两杯，他就只喝两杯。这时候的马卫山已经76岁了，吃得不多，他不管两个孙子还在喝酒，只管自己把碗里的饭吃完，仍然是那个多年不变的习惯，要把碗里每一粒饭都吃干净，然后，还会把面前桌上掉的饭粒菜叶认真地一粒一片地捡起来，全部塞到嘴里，这才离开饭桌。老爷爷这样做，小曾孙女琴琴也有模有样跟着这样做，捡自己掉下的饭粒塞进嘴里。

马立并不喜欢喝这种白酒，他为了向妻子麻君婷示好，就和她一起喝"白兰地"。麻君婷见老爷爷已经吃好了，就喝干了面前的酒，然后起身去帮着琴琴洗澡睡觉。曾秀云一个人在厨房里收拾。

当着麻君婷的面，马立当然无法和弟弟马正深谈。他就让麻君婷先回去休息，自己约马正再一起坐坐。

给琴琴洗好澡，安顿到床上睡好后，麻君婷又到厨房里帮婆婆收拾，曾秀云不让她动手，把她从厨房里推了出来。这对婆媳一直维持着表面上的和平，但婆婆已经感觉到媳妇与儿子的矛盾。麻君婷见此就一个人回自己的小家去了。

马立见妻子走了，就约马正到楼下走走。

到了楼下，马正说："我们找一家咖啡厅坐坐吧。"

景田片区，那时还比较偏，不是商业闹市，找不到一家像样的咖啡厅，兄弟俩就找一个小茶馆，坐了下来。

马正坐下后，就问马立："哥，你和嫂子怎么了，好像在闹别扭？妈妈都看出来了，平时妈妈吃饭时，可不是这样沉默不语的。"

马立说："先说说你吧，你今年夏天就要毕业了，你是怎么打算的？"

马正脱口而出："进银行呀！我学的是金融专业，就是为了进银行的。现在，各大商业银行都在扩张，需要大量人才，已经有银行到我们学校里招人了。"

马立说："那你回深圳吧。"

马正说："当然回深圳了，深圳是经济特区，我们许多同学都想来深圳。我们家又在深圳，我回深圳，将来在银行也好帮助爸爸和你呀。"

马立就笑着说："你以为银行是你开的，想帮助我们就可以帮助我们？银行有严格的信贷规定的，你就是到了银行工作，那也是金融重地，不可胡来的。"

马正说："这我当然知道，不然在学校4年白学了。哥，求你一件事，过完年，我们就参加实习了，能帮我找一家银行实习吗？最好大银行，实习完了就申请留下来。"

"好，我去问问，哪家银行需要人。"马立说。

马正把话题拉到自己关心的问题上来："哥，你到底怎么了，和嫂子闹别扭？又要和我谈谈？"

马立说："我和你嫂子闹别扭，仍然是你嫂子要我去美国，你看我们家目前这样子，我能去美国吗？再说，我始终不觉得我能在美国有多大发展，深圳多好，全世界也找不到一个像深圳这样新兴发展的城市，让我们这些搞规划的有用武之地，你嫂子就不停地和我吵，每一次回来，都是为这事吵。"

马正就说："嫂子这样也有嫂子的道理，她觉得在美国可能学得更好，她还鼓励我去美国留学呢。"

马立说："我们俩都去美国，家，谁来照顾？你看爷爷年纪一天比一天大了，爸爸和妈妈那么辛苦，迟早也要退下来。那么谁来照顾他们？"

"学完就回来嘛。"马正说。

"我担心的就是这一点。你知道你嫂子把小琴琴入了美国籍吗？"马立一急，就把自己担心的事告诉了弟弟。

马正是第一次听说，就问："为什么要把琴琴入美国籍？"

马立回答："我担心的就是这一点，你嫂子想永久地留在美国。"

"哦，是这样啊，家里人知道吗？"马正对这一点没有思想准备，就惊奇地问。

马立说："妈妈和爸爸都知道，但他们也不好说什么，他们坚持琴琴至少要在国内读完初中，把中国文化底子打好，才考虑到美国读书。"

马正听到他最喜欢的小侄女最终要走，要去美国，就有点不情愿了，说："琴琴不能走，琴琴走了，别说爸爸、妈妈和爷爷，我都要想死了。"

马立说："这就是我担心的事。可麻君婷九头牛都拉不回，铁了心要留在美国，因此和我没完没了地吵。我想，这样吵下去也不是办法，所以，就在想一个折中的方法。"

马正问："想出来了吗？我也担心。你看今天吃饭的气氛多冷，弄得全家人都不说话，我们家历来吃饭的时候都是很热闹的。"

马立说："我在想，实在不行，我就去美国花个两三年时间，读一个学位，然后就回来，这样麻君婷就没有理由吵了。"

"这也是个办法。"马正说。

于是马立就把今天晚上找马正谈话的重点说出来了："那这两三年里，你就要多照顾一下家了，特别是爷爷。这是我今天晚上想和你谈谈的核心的事。"

117

马正听后，想了一会儿，说："我今年8月就毕业了，我想回深圳，自然是要住在家里，可我能照顾家人吗？这么多年，一直都是家里人照顾我。"

"所以，我要认真地和你谈一谈。人总是要长大的，总要学会照顾家，不仅是我们的大家，将来你还要恋爱结婚，也要成立你的小家，学会照顾家，是很重要的。"马立很认真地说。

"我根本没想过结婚的事，我还太年轻，如果早结婚，是一点经济基础都没有的，那就每天为了油盐酱醋茶而奔波了，这种生活我不想过，我得先把经济基础打好。"马正说。

马立接过话头，说："经济基础和学会照顾家，并不矛盾，两者可以并行，两者都重要。"

马正一脸严肃地说："哥，你的想法是可以理解的，嫂子那儿的矛盾，还得你自己去解决。反正，我今年就回来了，我可以一边实习工作，一边多照顾照顾家，不就是多陪陪爷爷吗？你快去快回，这个家最终还得你来顶，我顶不住，我个子都没你高，也没有你的耐心。"说着，马正还下意识地用手比了比自己的个子，态度认真，样子有点可笑。

"那好，我们就这样说好了。"马立站了起来，他知道不能回去太晚，因为麻君婷一个人在家里，回去晚了，她更容易生气。

马立有自己的原则和规划，但他不希望麻君婷生气，因为麻君婷一生气就会把坏情绪带到家里，而马家历来都有一个要求相互尊重的家风，家人都认为麻君婷在美国，不远万里回家应该多关心她一些。可麻君婷和马立争吵，回到家里，就一副气鼓鼓的样子，让做婆婆的曾秀云和爷爷马卫山看在眼里，不知说什么好，因此个个都小心翼翼的样子，这就让平时很和谐的家庭氛围，变得很拘谨。今晚吃饭个个都少说话，这是马立不愿看到的，他有些心痛爷爷和母亲，所以，他想着要设法改变一下这种情况，才想到妥协，准备去美国读两年书，因此，找马正兄弟俩好好商量了一下。

马立回到家里，麻君婷已经睡下了，但是今天晚上卧室的门没有锁，可马立不知道，他又进了书房。集团公司要参加一个大型市政工程项目的招标，标的总额有9个多亿，是公司上下的一件大事，董事长和总经理都对马立寄予了厚望，把起草《投标书》的任务交给了他。他已经起草完初稿，明天公司要开会研究这份《投标书》。这是马立第一次独立负责这么重要的投标任务，能不能拿下这个项目，标书做得如何很重要，所以马立一点都不敢松懈，只顾埋头在电脑前校改标书，这一改就到了凌晨一点多才睡下。

第二天一大早，马立就起床去公司了，他要提前为今天的会议做好准备，出门的时候，麻君婷还没有起床。

会，一开就是一整天，会上大家对标书进行了非常细致的研究，提了不少补充意见，那一天，马立都不知道时间是怎么过去的，他埋在标书里，逐项修改增补，到散会时，天都黑了。他一抬头，嘴巴"呀"了一声，赶快回家，因为麻君婷回来了，弟弟马正也回来了，家里每天都要在一起吃饭，家里一定会等着他吃饭。

马立匆匆赶回家，却没有见到麻君婷，就问妈妈。

曾秀云在厨房里忙，说："君婷下午从幼儿园把小芩芩接到你们家去了，可天已经黑了，怎么还不回来吃饭？"

老爷爷马卫山有一个到点就要吃饭的习惯，此时，也坐在客厅里等着。

曾秀云就对马正说："去，接一下你嫂子，让她和芩芩赶快回来吃饭。"这时听到门外一阵嬉笑声，麻君婷带着小芩芩回来了。

麻君婷进门的时候，就喊了一声："妈，我们回来了。"

马立就上前接过女儿说："怎么这么晚才回来，天都黑了，爷爷要准时吃饭的。"

曾秀云马上接过话头，说："快，去洗洗手，马上吃饭，今天晚上有你喜欢吃的红烧牛腩。"

麻君婷知道婆婆在为自己打圆场，就带着女儿芩芩进卫生间洗手去了。

麻君婷对自己的婆婆曾秀云一直是充满感情的，她知道婆婆真的像妈妈一样爱护自己，特别是在洛杉矶照顾自己的那些日子，婆婆的尽心，都在麻君婷的心里。

晚上吃饭的时候，麻君婷一改这两天的坏情绪，一直陪着婆婆曾秀云说话。马小军依然是因为公司有事，没有回来，马立就陪着爷爷喝酒。马立不胜酒力，喝不了多少，而爷爷马卫山平时也不多喝，但和孙子一起，就要求多喝一杯，喝的是马正带回来的"稻花香"。马正一直在逗梦梦玩。

一家人看起来，也其乐融融的。

但，婆婆曾秀云看得出儿子和儿媳之间的不开心，可她也不问。曾秀云是一个开明的婆婆，她的观念是，儿子儿媳的矛盾他们自己解决，长辈不介入，清官都难断家务事，何况是最容易产生矛盾的婆媳之间。曾秀云是个客家女儿，客家人的隐忍和能吃苦的特点，在她的身上表现得很突出。她自己也是儿媳妇，她对公公马卫山和丈夫马小军，都尽着一种责任。儿子结婚后，她发现儿媳麻君婷是一个有主见、个性又要强的人，再加上麻君婷的父亲曾是公公马卫山的上级，种种关系，都让她很有心地处着婆媳之间的关系。她觉得婆媳之间就是一层纸，捅破了，就补不好了。婆媳关系还是维持得和和气气的最好。因此，她不过问儿子与儿媳之间的事，可她不知道，儿子和儿媳之间的不开心，恰恰是关于家庭的事。

吃完晚饭，麻君婷又进到厨房里要帮婆婆收拾碗筷，但婆婆不让，要她去和梦梦玩一会儿，因为婆婆发现由于麻君婷不在身边，一年只回来几天，梦梦已经和她有些生疏了，因此让媳妇多陪陪梦梦。

这时马立进了厨房，主动帮母亲洗碗。趁着这个时间，曾秀云问儿子："马立，又吵架了？"

马立不愿意让母亲担心，就说："没有，妈妈。君婷的个性，你又不是不知道。"

曾秀云以一个过来人的体会，对儿子说："儿子，夫妻相处如同牙齿和舌头的关系，总会有打架的时候，但，牙齿离不开舌头，舌头也离不开牙齿，离开了就不是一家人了。我和你爸爸当年在部队时，哪里有工程，你爸爸就到哪里去了，我带着你住在基地里，晚上安静得只听到猫在打架。我想吵架，可你爸不在身边，跟谁吵呢？你看你爷爷的一生，想找个人吵架都找不着。吵架也是夫妻生活的一部分，有时是没有什么道理可讲的，都讲清楚了就不是夫妻了。君婷在美国，一年才回来几天，你们要好好相处，不为别人，也要为了孩子梦梦。"

马立低头帮着妈妈在洗碗，母亲的话一句一句都进了耳朵，想想父母亲的一生，想想爷爷的一生，他觉得心里堵堵的，不知不觉眼睛就湿了。

曾秀云从马立手上拿下碗筷，推了推他说："去，陪着君婷散散步，两口子多聊聊。琴琴我来哄她睡。"

马立和麻君婷一同走出了家门，顺着马路边的树荫道，往自己的小家走去。

猫颈田变成景田后，经过10多年的建设，已经看不到当年荒冈的影子了。虽然这儿当时还不能像罗湖那样繁华和充满着现代都市的商业氛围，可如今的景田已经是高楼一栋接一栋地立起，就是在夜晚也是不停地传来工地的打桩声。

一眼望去，最大的变化就是当年荒冈上稀稀拉拉的桉树林早已不见了踪影，替代的是人工种植的南方最让人感到生机勃勃的榕树。南方的榕树生命力极为旺盛，当年栽下它们的时候，马立刚上大学，他放假回家看到马路两边，歪歪扭扭地竖着一排小榕树，如今它们不仅根深叶茂，而且这边的树冠，已经长得在空中伸过手去，握住马路另一边的树冠，形成既遮阳又挡风还能净化空气的林荫道。现在马立和麻君婷就走在这样的林荫道上。

麻君婷自然是知道婆婆用心的，但她此时仍然是不说话，只等着马立开口，摆出一副自己有理的样子，她总想占上风。马立一时又不知道从何说起，因此，两个人就这么默默地往前走着。可能是觉得气氛有点冷，麻君婷就无聊地走到了马路牙子上。马路牙子很窄，为了保持平衡，她张开了双臂像走在平衡木上，夸张地摆动着两臂，马立也只好无聊地跟在后面。麻君婷今天穿了一双半高跟的皮鞋，走上马路牙子无异于走在独木桥上，没走几步就失去了平衡，突然两只手张牙舞爪地在空中乱抓，但她无论怎么努力也无法使自己立稳，不由得尖叫起来。马立急忙上前，但还是来不及扶住她，结果她一屁股摔在地上，嗷嗷直叫，一个劲儿地埋怨马立没有扶她。

马立把麻君婷拉了起来，伸手拍拍她屁股上的灰尘，两只手就一直搀扶着她。麻君婷并没摔重，此时也顺势像大学时代一样，紧紧地挽住了马立的胳臂，她突然觉得这样紧紧地靠着马立，才有一种说不清楚的安全感。

两人就这样挽着手走了几步，马立见气氛有些缓和了就开口："君婷，我想了想，你看这样好不好，美国我还是去。但是，我已经考上了同济大学的博士研究生，我用两年时间把这个学位读完，然后，我带着琴琴一道去美国，去读个博士后，你看好不好？"

马立突然的妥协让麻君婷一下子愣住了，她停下了脚步，转过身来，借着路灯望着马立，心里突然升起一股奇怪的感觉，她想，此生选了马立是对还是错？

作为一个女人，作为从小学时代就和马立几乎是一起成长的青梅竹马，她太熟悉马立了。马立英俊、勤奋、诚实、好学，无论是在中学还是在大学，都是同学中的佼佼者。无论从哪一个角度来看，马立都是一个优秀的男人，甚至可以说十分优秀。作为一个丈夫，马立太自律、太细心、太周到，凡事都要想一圈，但这到底是优点，还是局限他不敢去冒险的缺点？不敢冒险的人，会不会没有太大的成就？麻君婷想，如果一个人太拘泥于常规，替别人考虑得太多，那么留下来改变自己的机会还有多少，他的生活会有大的变化吗？

可同时麻君婷又为马立思考得周全而感动，他总是这样把很多事放在一起考虑，尽最大努力去寻找一个大家都能接受的方法，尽可能把大家的需求都考虑在他要做出的决定之中，这样的人是不是太追求完美了，会不会就没有了自我？

麻君婷也知道，马立这个人并不是墨守成规，也不是追求安定，其实他从大学起就是有目标的，而且一直在朝着这个目标一步一步地很扎实地往前走。本科、硕士，现在又在读博士，目标很清晰，一直在城市规划这个领域里学习提高，几乎一步都没有耽误。可是，麻君婷就是不明白，马立为什么不愿意跟着她去美国，到世界上最发达的国家去努力？

麻君婷知道，其实从大学快毕业的时候开始，马立就在寻找适合自己的发展之路，可在他的寻找中，始终是把兼顾大家放在其中的，寻找把家人的需求考虑在其中的妥善办法。其实，麻君婷觉得每个人都在寻找，她选择去美国，也是一种寻找，她认为这是一条捷径，可马立为什么就不认同？

麻君婷想不明白，她的心情很复杂，作为妻子她爱马立，作为一个一心想在美国有所成就的女人，她又害怕不能和身边的这个男人去实现人生的目标。他们为什么总是达不成共识？

这时，麻君婷转过身来，看着身旁的马立，似乎认识，似乎又不认识了。

透过昏暗的路灯光，斑驳的树影落在马立的脸上，此时的马立一脸愁容，麻君婷看在眼里，心头突然一下就软了，一个理智的声音在告诉她，马立目前所做的决定，已经是对她最大的迁就了。这样一想，虽然自己不是很满意，但也是眼下最理性的决定了，恐怕没有再比这个决定更周全的办法了。麻君婷又想，他的博士学位才刚刚开始读，放弃了太可惜，还有就是女儿琴琴还太小，现在带到美国也不太合适。

麻君婷望着马立,说:"问我有什么好不好的?你考虑问题,就像你精心设计的图纸一样,线路图都画得清楚明白,别人改得了吗?"

就这样,这一次夫妻之间消除了危机。马立继续边工作边读他的博士学位,麻君婷回到美国,也要继续完成她的学业,她在美国因为怀孕生孩子,学分修得比较慢。好在美国的大学,宽进严出,进大学比较松,但要把学分修完才能毕业。虽然麻君婷因为在美国生了女儿,可以有陪护居留权,但是没有取得工作签证,没有拿到绿卡,仍然不能合法地打工。她只能一直努力保持着自己的留学生的身份,才能继续留在美国,所以,她也不急着毕业,而且一边读书一边等待着马立父女两人的到来。

很快马正从学校回来了,在哥哥马立的帮助下到深圳发展银行实习,这是深圳一家地方股份制银行,在全国也是大名鼎鼎的,它有一个代码叫:深发展000001。一说到深圳的股市,第一个就会想到它,因为它是深圳证券交易所第一家上市的商业银行股份公司,1987年底就成立了,它是深圳改革开放的产物,因此其内部机制自然比国有大型银行灵活,再加上深圳是改革开放的试验区,所以,马立觉得马正在这儿可以得到更好的锻炼。

马正在深圳发展银行实习结束后,就被留在这儿了。由于他是科班出身,又毕业自名校中南财经大学,很快就被提升为银行客户经理,主要负责服务大户,而马正服务的都是个人大户。个人大户,无非做两种生意,一种是实体经济,开工厂商场贸易进出口公司等;一种是金融投资,其中有些是做股票的。

马正在服务这些个人大户时,发现一个现象,即做实体经济的,基本都总在缺钱,总在找银行贷款。而做股票投资的,只要不被套住,往往现金流比较多,因为做股票,今天把它抛了,明天就有现金。这些大户需要的服务,不是银行给他们贷款,银行一般也不会给他们贷款,国家绝对不允许银行贷款炒股票的,他们需要的是资金灵活进出的服务。

时间长了,马正看到做实体经济的艰难,辛辛苦苦干了一年,到年底可能还是亏的,于是欠货款,欠水电费,欠工人工资,当然也欠银行的贷款。欠了银行的贷款就要追,于是,他这个客户经理就要去追贷款了。

有一次在追贷款中所看到的,给他留下了很深的印象。

他到深圳龙岗区横岗镇的一个工业园区,去找那位从银行贷了40万逾期未还的老板。所谓工业园区,就是地方政府或原来的乡镇政府盖的一些厂房,提供给一些加工制造企业租用的,政府也会相应提供一些优惠政策,例如租金比较低,同时还有税收优惠。深圳早期的"三来一补"企业,就是这样发展起来的。

马正大学毕业后去银行工作的这个时期,由于特区的发展速度不断加快,特区内的厂房租金也不断上涨,这些"三来一补"企业就向"关外"转移。所谓"关外"就是当时的特区管理线外,也叫"二线关"外。因为深圳人习惯把与香港的边境管理线,称为"一线关"。中央在批准深圳建立经济特区时,并不包括当时深圳所有区域,还有如宝安区和龙岗区不在经济特区范围内,而当时特区内外的税收政策不同,因此,深圳建立经济特区之初,用一道铁丝网把特区内外隔开了,当时称为"特区管理线",这就是所谓"二线关"的来历。那时,没有深圳户口的人,进出"特区管理线"是需要公安机关颁发的边境通行证的。

特区内高速发展起来以后,一些中小型的加工企业承受不了厂房租金以及其他成本的上涨,于是就搬到相对成本低一些的关外工业区,因此,当时的宝安、龙岗都建了不少这样的工业园区。在一个工业园区里会有许多工厂,一般规模都不太大,有的一个工厂只租用一座厂房,厂部办公室都在简易房里,那些简易房是用轻质材料,像搭积木一样搭起的房子。后来,随着深圳特区的发展,关外工业园区也饱和了,这些企业又向紧邻着深圳的东莞转移。东莞政府紧紧抓住这个历史机遇,接收了大量从深圳转移出去的工厂,最后把东莞办成了一个著名的"世界制造之都",这就是改革开放以后,在南方企业发展的一个背景。在这种变化之中,一些企业发展起来了,也有大量的企业在竞争中倒下了,消失了,这就是市场。马正在银行当客户经理时,看到好多,也感慨好多。

那天,马正到了这个工业园区,在一排简易房里找到了那家企业的办公室。一位小姑娘知道他是银行的就告诉他,老板就在隔壁的车间里。这是一家制造出口皮包的工厂,车间里充满着皮革的味道,马正到了车间一问,有工人指着一位穿着一件破旧的汗衫,趿着一双人字拖鞋,正在一台机器前缝制皮包的中年人,说,那就是老板。马正第一次遇到这种和工厂里师傅一样劳动的老板。可就是这样,由于激烈的竞争,出口利润逐年下降,到了最近已经开始亏损了,可就是亏损，你签了字的订单，还得供货。所以，辛辛苦苦干了一年，不但没钱赚，甚至连银行贷款也还不上了。

已经是中午吃饭的时间了，那位老板在镇上一个大排档里请马正吃饭，结账的时候，老板在左口袋里右口袋里掏了半天，掏出皱皱巴巴的100多块钱买了单。然后老板自嘲地说了一句让马正一直记着的话，他比喻自己开工厂是：年初开进了一辆桑塔纳，年底推出一辆破单车。桑塔纳在当年是一种小轿车，而破单车则是满街都是的旧自行车。这句话，在马正的脑子里停留了很久。

那是马正第一次到欠贷款的企业去催要贷款，第一次感受到干企业是这样艰难，当然，后来他就见怪不怪了，因为这几乎是一种常态。

马正从横岗回城以后刚到办公室坐下，就进来一位中年男人，这个人他熟悉，也是他服务的一位客户，名叫朱又七，是最早进入深圳的包工头之一。他的老家在广东陆丰，陆丰属于潮汕地区，讲的就是一般人根本听不懂的潮汕话。虽然现在朱又七撇着嘴讲"广普"，但听着就让马正感到嘴巴里好像含着两个玻璃球，边说话，边有两个玻璃球在嘴巴里打架，一旦说快了，就根本听不清了。

潮汕地区传统观念就是多子多福，因此，历史上潮汕女人生孩子，一般都是生到不能生育时为止，普通人家有七八个孩子都不足为奇。朱又七的母亲一生就生了七个孩子，他就是老七。朱又七的父亲是一名跑海上运输的船员，朱又七出生一个多月后他才从海上回来。那时海上根本没有通信工具，父亲走进家门以后，掀开小被子看看朱又七，就说了一句："又多了一张吃饭的嘴。"

老婆就说："还没有给孩子取名字呢？"

丈夫想了一会儿，也没想出一个合适的名字来，潮汕人习惯把小孩子叫作"崽"，他说："这是第七个崽，就叫又七吧。"

从此，朱又七就有了一个这么怪怪的名字。朱又七经常向人讲他名字的由来，而且他在和别人讲的时候，还常常伴随着一些肢体动作，例如，他会自然而然地模仿他父亲掀被子的动作，右手掀起被子，伸头一看，脸上也表现出父亲当时波澜不惊的样子。

朱又七从不避讳讲自己家里穷，他自嘲地说，自己之所以这样瘦，就是因为从小吃不饱。朱又七家七个孩子，饭都吃不饱，更别说读书了，他连小学都没读完，就跟在哥哥们的后面干农活。陆丰是一个人多土地少的地方，朱又七家濒海，村里的男人们基本都到海上去寻活路。在海上寻活路的不是渔民，就是船民，渔民要到外海去捕捞，船民就是跑运输，主要跑香港和广州，朱又七的父亲就是一个船民，长年在海上跑运输。

可这样的活路，也不是你想干别人就要你的。朱又七好像没有发育好，精瘦精瘦的，个子又小，一般船老大都不想要他，认为他干不了海上的重活，甚至担心一阵风就会把他吹到海里。可朱又七机灵，爬上爬下快，再加上陆丰人能吃苦，脑子活络，会设法到处找钱，后来朱又七找了一个适合他干的活：搭棚。

搭棚，一般就是用竹子搭建一些临时的棚子，一开始是给农村办红白喜事用的，也给一些临时建筑搭建工棚。后来听说深圳要建特区了，一时没有那么多的房子住，脑子活络的朱又七就邀了一帮人成立了一个搭棚队，来到深圳。果然，接了许多搭棚的活，一时间，陆丰搭棚队在深圳还干出一点名气来了，一般人想搭棚都会首选陆丰搭棚队。因此，朱又七赚了一点小钱，当然这个小钱，是辛苦钱、汗水钱。

朱又七到深圳的时间比马小军的基建工程兵来得还早，他是1980年底就来了。他和马正后来混得很熟，还有一个原因，朱又七听说马正的父亲是基建工程兵转业的，就套近乎地对马正说："当年你爸爸他们部队到猫颈田时，最初的竹棚就是请我带着搭棚队去搭的。后来，他们部队为了省钱就自己学着搭了，都是跟我学的。"

再后来随着特区的建设逐渐上台阶，搭竹棚的活越来越少了，搭棚队干不下去了，朱又七又充分发挥自己能爬上爬下的灵活劲，转而做搭工地上的施工脚手架，施工脚手架要比搭工棚高多了，收入也高不少，但是一个有危险的活。再后来，他也承包工程，挖水沟，挖地基，搬运土石方，凡是力气活都干，当起了真正的包工头。总之，朱又七逐渐成为一个为适应市场变化而不断变化自己的小老板，一块一块地赚着自己的血汗钱，这与他顽强的生命力，和不怨天不怨地只求自己改变的潮汕人个性有关。这也好像是广东人的个性，因此历史上，广东就一直是一个市场经济活跃的地方，人们的适应性强，为了生存，想各种办法"找"钱。

深圳这个地方，自从成为经济特区以后，就一直处于市场经济的高速发展中。但高速发展并不是所有人都能发展得好，市场经济下竞争激烈，就会有人倒下，而且倒下的人不比仍然站着的人少，例如那个开着桑塔纳进去，推着破单车出来的工厂老板。只是人们看到的永远是站着的人多，例如这个在发展中抓住机会的朱又七。所以，人处在这种环境中，一半是命，一半是干。命，是机会；干，是能不能抓住机会。

朱又七后来做工程，但做的都是一些小工程，一点一点地积累，有了一点钱，就再投进去，反正手上总是没现金，因此总是在银行里求爹爹告奶奶申请贷款，久而久之，朱又七只要见了银行里的人就点头哈腰的，这变成了一个习惯。

当工程做到一定的时候，朱又七也想干个大的，不满足于一辈子当个包工头。于是，有一个熟人搞了一个不太大的地产项目，地批下来了，银行贷款却一直没有批下来，朱又七想拿下这个工程，就提出由他垫资先做。所谓垫资就是开发单位没有钱，施工单位出资进施工材料先开工。

朱又七几乎把自己所有资金都垫进去了，只等着房子卖出去以后回款。可房子建的位置有点偏，开发后却卖不动，朱又七垫的资，开发商一拖再拖就是没钱付给他。

朱又七的所有身家都投在这里面，其他工程也没资金接了，到银行里去申请贷款，银行已经听说了他的现状，自然不敢把钱贷给他。那段时间他急得吃不好、睡不着，本来就瘦，现在只剩下皮包着骨头了。

最后开发商没有办法，只好把卖不掉的房子抵给他。朱又七本来不想要房子，可是不要就什么都没有了，再加上当时抵的价格相当低，是打了一个可观的折扣抵给他的，否则朱又七根本不会接受。

朱又七拿到房子以后，他也没有好办法把它卖出去，那个时候正是深圳房地产市场的低谷，政府为鼓励人们买房，一段时间里还实行过买房子上户口，不过是有区别的"蓝印户口"。"蓝印户口"，是城市里一种介于正式户口与暂住户口之间的户籍，现在已经没有了，它是区别于普通城市户口的，一般户口只有盖了公安部门的户籍章才是合法的，而户籍章都是红色的，这种户口盖的户籍章，是蓝色的。因此，中国的户口种类，在城市户口、农村户口之外，又多出了一个"蓝印户口"。"蓝印户口"是被视为城市户口的，因此在一段时间内房子卖不动的时候，被政府拿出来鼓励购买积压的商品房。

房地产市场，可不是鼓励政策一出就立竿见影，一刺激就上涨，一打压就下去的。那时尽管政府推出了鼓励买房的政策，房子还是卖不动。此时的朱又七还不如那位开工厂的老板，工厂老板还能推一辆自行车出来，朱又七什么都推不出。

一筹莫展的朱又七，没有资金，无事可做，就回了陆丰老家造孩子去了，在那段时间里，朱又七两年内生了两个孩子。

那时，朱又七接到朋友的电话，都会自我调侃地说："在老家种田了。"

朱又七突然接到他安置在售楼处的一位经理的电话，售楼经理悄悄地告诉他，很久没人光顾的售楼处，这几天来看房的人突然多了起来，他说："朱老板，这几天突然来了不少人，说要买房，有人甚至预订了。"

精明的朱又七马上警觉起来，问："人多吗？"

售楼经理说："不是很多，但每天都有。"

朱又七就说："你帮我盯着，看他们是买房，还是仅仅来看看的。另外，打听一下，有没有什么新政策要出台了。"朱又七知道，政策才是最主要的。

当天晚上，朱又七连夜开车回了深圳，只用了一天时间，朱又七就搞明白了，为什么有人来看楼。

那天晚上，朱又七高兴地说："我刚刚生了一个儿子，给我带来好运了，我有钱缴超生的罚款了。"那时仍在实行计划生育国策，朱又七早先已经有两个孩子了，后来生的两个孩子属于超生，根据规定政府要罚款。

朱又七开心，是因为他打听到一个消息，政府计划在他那个项目附近，规划建设一所外国语学校，这个学校准备和北京的清华附中合作办学，校长也是从北京清华附中聘请来的，传说中的选址，竟然就在他们小区马路对面那片空地上。

这样他卖不动的小区，一下变成了学生可以中午回家吃饭的学区房，难怪先知先觉的人来看房了。

朱又七知道，终于等来机会了，当天夜里他用一个"888"牌的电子计算器算了一夜，算一算这些年他的资金压在房子上的成本，也算了一个在什么样的价格下，自己可以赚多少钱，当然这个账只放在他自己的心里。

第二天一大早，7点半他就到了售楼处，召集所有售楼经理开会，因为现在小区已经是属于他的了，前面那个开发商把房子抵给朱又七后，自己就完全退出了，他们抵房子的方法是把整个开发公司转给了朱又七，因此现在是朱又七说了算。

朱又七鬼精鬼精的，他算了一夜，也想了一夜，想出了一个营销的办法，他对售楼经理们说，先捂楼，即暂不放盘，让所有售楼员把消息放出去，告诉潜在客户，一定要悄悄地告诉，不要大张旗鼓，让人们都觉得自己是先得到消息的人。然后，根据目标客户的情况，一套一套地将房子往外抛，每一套房子的售出都必须由朱又七批，一定要造成房子不够卖的感觉，吸引炒房客来炒，只有炒房客来了，才会把房价往上推高一截。

果然，房价"噌噌噌"地往上涨，狡猾的朱又七掌控着整个售楼的过程，不到三个月，基本上把积压的房子都卖出去了，不仅朱又七垫资的钱全回来了，还赚了不小的一笔。

这时，朱又七又兴奋起来了，他发现小区里还有未开发的土地，因为当年小区本来就是做两期开发计划的，一般开发商都是打着这样的如意算盘，先开发一期，然后回笼资金，涨价再开发二期。但因为后来楼卖不动，就停下了。

朱又七知道这个信息后，就立即开始跑政府，他不仅要启动二期开发，还希望政府能扩大容积率。扩大容积率是什么意思？简单一点说，就是在相同面积的土地上，建更多的房子。那时候，深圳关外土地绝对没有像今天这样寸土寸金，再加上当时的房地产市场处在一个低谷期，政府也需要从房地产市场收到更多的财税，所以，朱又七通过疏通政府相关部门，最终批下了扩大容积率的指标。这样，朱又七将房子卖出的钱，给政府补了地价，让小区内未开发的土地，可以合规开发了。

建房子可不是像我们想象的那么简单，就是容积率批下来了，中间还有很多环节都要政府部门批准，而且不止一两个部门，那段时间朱又七几乎就在各个政府部门上班，他把政府的一些部门混得面熟，楼盘开工手续已经一个一个让他办得差不多了。

可就在这个过程中，突然发生了一件事，差点让朱又七的如意算盘鸡飞蛋打。

朱又七安排在售楼处的那个心腹经理，见老板把楼炒得风生水起赚了大钱，他也眼红，竟然也想炒楼，但是炒出事来了。他向朱又七申请了一套房，朱又七见他鞍前马后地做了不少事，就批了一套房给他，这套房不仅价格优惠，而且允许他延后付款，其实就是想让他多赚一点钱。没有想到这小子心太大，因为不用及时付款，他一直将这套房捂在手上，等到小区里的房子已经卖得差不多了，他一房多卖，一套房子竟然收了三个人的订金，然后想抬价，像搞拍卖一样价高者得，结果没想到其中一人把这事捅到报社去了。

本来朱又七这个楼盘的炒楼风，在社会上就产生了不良影响，已经引起媒体的注意，于是报社就让成虎去了解一下情况。成虎是一个很有经验的记者，他觉得一个原先卖不动的楼盘，能炒起来是因为它成为学区房，可成虎查了政府一直没有正式公布过这所学校的规划，于是就去了区规划局了解这个小区开发的背景，然后写了一篇《一房三卖，炒楼成风》的批评报道。

成虎本是一个有影响的记者，报道立即引起了区里有关部门的高度重视，朱又七跑批件的进度就慢了下来，这下朱又七知道事情搞坏了。

开发房地产是离不开银行贷款的，那时朱又七为了小区二期开发已经在跟各银行打交道，也认识了已经是客户经理的马正。这天，从区规划局碰了一鼻子灰的朱又七，垂头丧气地去了马正在银行的经理室。一坐下来，就无精打采，唉声叹气的。

马正也看到了那篇报道，于是就笑着说："怎么了？朱老板，钱赚多了，乐极生悲啦？"

朱又七瞪着一双眼睛望着马正问："怎么？你也知道了？"

马正说："我怎么不知道？写这篇报道的成虎记者，是我爸爸多年的朋友，我小的时候就认识他了，他经常来我们家，最喜欢和我爷爷聊天。"

朱又七听说马正认识这位成记者，立即眼睛一亮，他看了看手上那块劳力士金表已经快到下班时间了，就对马正说："走走走，晚上一起吃饭。"然后把头伸向马正放低声音，"我在'唐宫'等你。"说着先起身走了，朱又七是不想让银行里的人知道他请马正出去吃饭了。

"唐宫"是当时深圳一家知名度很高的高档酒楼，就在红岭路上，离马正所在的发展银行并不远，所以，马正下了班走不了十分钟就到了。

现在的朱又七有钱了，变成房地产开发商了，房地产开发商至少是包工头的

"衣食父母"，没有房地产开发商给工程，包工头到哪儿赚钱？因此现在的朱又七身份提高了，所以从行头到请客吃饭的地方都升级了。例如现在的手腕上就换了象征老板身份的价值十几万的金灿灿的劳力士金表，今天晚上请马正吃饭，尽管只有两个人，也开了一个包间。

马正到了以后，两个人也无所谓谁坐主宾位了，朱又七叫了一瓶洋酒，马正不太能喝，只能做做样子。

"唐宫"主要做粤菜，顶级的粤菜就是燕鲍翅了，朱又七把它们都叫全了。首先上一人一份干鲍，用刀叉一片一片地切着吃，马正吃完一个大鲍鱼，肚子就饱了。接着又上了一份炒翅，用新鲜的豆芽炒的鱼翅，鱼翅看着就像粉丝一样，但吃着却有一种别样的味道。然后，进来一位戴着高高厨师帽的厨师，来现场做鱼羹汤。他先点燃了一个瓦斯炉，在一个黑色的瓦盆里倒入白色的高汤。所谓高汤就是先熬制好的浓汤，待汤烧沸，再将一盘已经切好的薄薄的石斑鱼片倒入滚汤中，那鱼片显然是刚刚从活鱼身上片下来的，仿佛鱼肉还在动。师傅说，这叫"滚汤"，所谓"滚"，就是鱼片倒入汤里滚一下就要捞上来，以保证鱼肉的鲜嫩，接着厨师把一碗浓浓的白白的鲜美鱼羹送到了朱又七面前，朱又七示意先给马正。其实这个时候，吃了前面的鲍鱼和鱼翅以后的马正，已经不能很好地品尝出这碗鱼羹的鲜美了。到这儿，马正不是吃饱了而是吃撑了，可最后还来了一份冰糖燕窝，配了好多种甜味的调料，这种典型的暴发户吃法，把马正肚子撑鼓起来了。

马正拍着自己的肚子一连声地说："吃不下了，吃不下了。"

朱又七说："没什么，一会儿我带你去桑拿，蒸蒸就消食了。"

马正没说去，也没说不去。

这时朱又七朝马正伸过头来，说："马经理，求你点事。"

马正一听就有点紧张了，他以为是贷款的事，因为银行贷款其实马正只是一个经办人，他的权力并不大。

可是朱又七却说："你和那位大记者很熟，能不能帮我疏通疏通，让他手下留情，别再往下追了。"

马正一听是这事，就松了一口气，说："行，明天我去找找他看。"

成虎的报社离马正的银行并不远，都在红岭路的两边，乘出租车一个起步价就差不多到了。第二天，马正先给成虎打了一个电话，知道中午的时候成虎在报社食堂吃饭，于是约好时间就来报社了。

　　成虎刚从食堂出来，就约马正到编辑部坐坐。编辑部是一个大通间，中午的时候，大家吃完饭都在休息，马正觉得说话不方便，成虎见此就将马正领到一楼的报社接待室。马正开门见山地说："你写的那个《一房三卖，炒楼成风》的批评稿，楼盘老板是我的银行客户，他担心会影响他项目的审批。他说，他接受批评已经把那位经理炒了，希望你能抬抬贵手，不要再深究了。"

　　成虎觉得自己的稿子主要是批评炒楼，听到已经处理了炒房的经理，觉得这也是舆论监督的一个效果，就说："这是个正面消息，我再报一个后续新闻，对读者有个交代，然后，这个事就可以结束了。"

　　马正听了觉得可以给朱又七一个交代了。

　　成虎在送马正出门的时候特别叮咛道："告诉那个老板，不能再打着所谓的学区房卖楼了，那建学校的事八字还没一撇呢。马正，你们银行批贷款的时候，也要注意这一点。我在采访时问了区规划局建学校的事，一套房三个人争，就是因为是学区房而起的。区规划局领导告诉我，学校规划的事还没有定，有不同意见。"

　　马正将去报社的情况和朱又七说了，并且特别叮嘱不能再以学区房炒作了，这是成记者特别交代的。没想到精明的朱又七听到这句话以后，立即本能地警觉起来了。

　　他在跑规划设计的过程中，变成主要留心打听关于学校规划定位的事，这件事已经变得比其他的事更重要了。他发现那个一直喊着就在小区对面要建的外国语学校，其实在选址规划上还没有确定下来，这使朱又七多了一个心眼。他想，这个消息传出来已经快一年了，教育事业政府一直是放在主要位置上的，一个重点学校的选址，为什么迟迟定不下来，这中间可能有变数。

　　虽然没有读过什么书，朱又七却有一种市场敏感度，这是他在生活中，在做包工头的市场竞争里，被逼出来的。朱又七在心里默默地算一笔账，他想，自己虽然把积压多年的房子都卖出去了，收回了成本，也赚了一大笔钱，可又基本填到地价上去了，下一步还要在银行里贷一大笔钱开发。房子不是一天两天就可以建好的，它有一个建设周期，而且时间不会太短，马正带回成虎记者的话，是让他不要再用学区房的名义骗购房者，却让朱又七敏锐地想到，如果这个学校的最后选址不在小区的对面，那么再建起来的房子势必又难卖了，自己会不会刚刚从泥坑里爬出来，又掉到更大的泥坑里去了呢？所以，朱又七觉得马正带回来的这个信息远比成虎答应不再深究的事重要多了，只是马正没有意识到。

经过一段时间的琢磨，他不动声色地在做着另一种打算，他决定要胜利大撤退了。如何撤？他想到了一个人。

原来，那个早先把他拉到泥坑里的开发商，见房子卖得这样好，心理自然不平衡，又回来找到朱又七想和他重新合作，因为他们对小区里还有土地没有被开发的情况知根知底，知道还有赚钱的机会。朱又七当然不愿意，他想，我好不容易熬出来的成果，你们又想来摘，没那么容易，所以朱又七很快就把地价给缴了。现在，有了这个担心以后，他就准备转移风险引人上钩了。

朱又七来到了售楼处，故意在原先那个开发商留下来的一个经理面前，装成很兴奋的样子，说："规划设计很快就要批下来了，这样开工手续就办得差不多了，你们都要做好准备，我们又可以大干一场了。"

果然，下午原先的那位开发商就把电话打过来了，请朱又七晚上吃饭。朱又七故意推辞，表示这两天酒喝得太多了，胃不舒服，晚上回家喝粥。可到下班时又故意在售楼处拖着迟迟不走。等到已经7点多了，他才慢悠悠地走出售楼处，一出门就看到那位开发商的车就在门口等着。这样，他装出一副碍于面子不得不答应去吃饭的样子。

朱又七精明狡黠，一步一步地把他们又拉进来，但表面一直是不太情愿的样子。别人也理解，因为这个项目现在卖得这么火，肉已经在朱又七的口中了，现在等于是在别人的嘴里夺食。但，他们也有他们的道理，当初的小区可是他们建下来的，以前的一切手续都是他们求爹爹告奶奶办下来的，他们可是功劳苦劳都有，只是运气不好。意思是，你朱又七可是捡了一个大便宜，如今不能吃独食。就这样，几个回合下来，朱又七要到了很高的利益，还装成忍痛割爱的样子。

于是，朱又七成功地把风险转嫁了一大部分出去，然后通过和原开发商的合作，先期收回了一大笔资金。他还留着一部分股份，是想边走边看，可是直到项目要开工了，朱又七还是没有等到学校选址最后结果，他觉得学校选址拖得这么久，变化的可能性就更大了，于是他找了一个机会，把自己的小区所有股份全部转让出去，拿到了一大笔利润。

等到小区的新楼都已经盖得差不多了，学校选址才公布，果然不在小区对面，小区的房子自然又不好卖了。

生意场就是如此，一念天堂，一念地狱，可朱又七成功出逃了。

这时的朱又七等于是抓住了两个机会，赚了几手，口袋里就不只是鼓鼓的了，而是装不下了。典型暴发户的朱又七，不知从哪儿搞了一部二手的走私奔驰车，而且是600豪华型的，自己开着走东闯西，得意扬扬的。不过让人看了感觉怪怪的，因为这辆车竟然是很少见到的暗红色，一个男人怎么会买暗红色的车？所以，每当人们看到一个长得黑瘦黑瘦的包工头，从一辆暗红色的奔驰车里出来，就觉得有点滑稽想笑。

相信风水的朱又七，却没有想到自己与那辆暗红色的奔驰车是不协调的。他不懂。不协调就是不和谐，世间万事万物，讲的就是一个和谐，不和谐了，总会有报应的。

这时，正如老子所说："祸兮，福之所倚；福兮，祸之所伏。"朱又七的"福兮，祸之所伏"来了。说着，说着，就临近春节了，朱又七买了一些年货，准备回家过一个肥年，还特意从银行里取了10万元现金，因为家乡有过年包红包的习俗，而且还有一些家乡长辈要应酬。

那天，他一个人开着那辆暗红色奔驰车，行驶在深汕公路上，往家乡的方向开。想到去年的这个时候，还是一筹莫展，今年就突然暴发了，朱又七的心情从来没有这样好过。他想回家后首先要去拜山——广东人的拜山就是祭祖，感谢老祖宗的保佑。

这时，车走到一个前不着村后不着店的地方，看到停了一辆面包车，打着双闪灯，好像车出故障了。朱又七知道这一带社会治安不好，就想绕过去，却见一个人站在公路中间拦车，他不得不把车停到路边，然后从车窗里伸出头问："怎么啦？"

只见那个拦车的人朝他走来，边走边用潮汕话说："不好意思，不好意思，车电瓶没电了，打火打不着，借老板的车过个电。"

朱又七见是讲着自己家乡话，就放松了一点，知道车没电需要借用他车的电瓶，给前面车发动机点火，虽然一万个不愿意，但也无奈，就把自己的车靠上去。只见此时，突然从前面面包车里跳出两个人来，其中一人手上竟然拿着一把手枪指着，大声呵斥着："想活命的就赶快下车！"

朱又七心想坏了，遇到劫匪了，他一下吓愣了，想跑也跑不了，因为自己的车就顶着前面车的后备厢。这时，拿枪的匪徒朝着他脑袋就是一下磕，朱又七一下就晕过去了。

等到朱又七醒来，不知道自己在什么地方，因为双眼被胶带纸蒙住，两手也被胶带绑在身后。醒来后的朱又七一动不动的，他想先听听有什么动静。一会儿，就听到劫匪说话，其中一个说："他妈的，开着一辆暗红色的奔驰车，我开始以为是个阔太太，没想到是一个黑不啦唧的包工头。"

另一名匪徒说："可能有点钱，你看这劳力士表是金的。"

"金的表不好出手，换不了几个钱。拉了一车不值钱的年货。"

这时，朱又七才发现手腕上的表不见了，同时，他也知道匪徒翻了他的车，但没翻到藏起来的现金。朱又七是穷人出身，凡是穷人恐怕都有一个习惯，有点钱，不论多少，喜欢藏着掖着，生怕别人知道。朱又七买了这辆奔驰车以后，什么都没动，包括没有将那暗红色的油漆重新喷上别的颜色，除了因为他经常要用现金，而且不是少数，于是在副驾驶的座位下装了一个暗格，有了大额现金就放在那个暗格里。今天上车时，他就将那捆10万现金，放到暗格里了。匪徒搜他的车，并没找到，他不由得心里一阵暗喜，可一会儿他就喜不起来了。

这时，又听到其中一个匪徒说："老大，这个人怎么办？"

另一个可能是匪徒头的说："他妈的，本以为是一块肥肉，可只有一块表、一堆年货，没搞到钱。"

"不是还有一辆车吗？"

"那辆车是少有的暗红色，女人开的，特别显眼，一看就是来路不正的，你把它开上路，恐怕就有人盯着你，你销给谁？谁敢要？弄不好就栽进去了。"

"老大，那怎么办？"

"等他醒来,再榨一榨,榨不出油水,就连人带车都扔到山里算了!"

朱又七听到这儿浑身汗毛都竖起来了,知道自己凶多吉少了。

这时,听到匪徒说:"去,看看他醒来没有。"

朱又七赶紧继续装死。这时,他感到有人用脚在踢他,他仍然不敢动。突然,一股热热的液体浇在自己的脸上,然后闻到了一股尿臊味,原来这匪徒朝他脸上撒了一泡尿。朱又七不能再装死了,只好坐起了身子。

"老大,醒了。"撒尿的匪徒在喊劫匪头。

这时,朱又七听到一个人走了过来,用脚扒了扒自己的腿,说:"兄弟,我们图财不害命,你总得给兄弟们几个回家过年的盘缠,我们只要现金,给了现金,就放你走。"

朱又七这时清醒了,他想,不给钱,自己可能要死,那么藏在车里的钱,又有什么用呢?不如主动把钱给他,以求活命。于是说:"兄弟,都是谋生活的人,我有4个孩子,还有70多岁的老母,你要是杀了我,就弄不到钱。我现在给你们钱,求你放我一条生路,以后说不定山不转路转,大家还有相互帮助的时候。"

劫匪头说:"给多少钱?"

"10万!"朱又七说。

那时是20世纪90年代中期,10万现金不是一笔小数目。劫匪听后一阵窃喜,刚才还为没劫到钱而懊丧,现在突然冒出10万现金,简直有点欣喜若狂了。

"那好,你拿出10万现金,我们放你一条生路,并且将你的女人车也还你。"

"兄弟,说话算话?!"朱又七几乎在祈求。

"兄弟我在江湖上,讲的就是说到做到。"

朱又七抱着一线求生的希望说:"那好,你带我到车上去。"

这时,只见劫匪割断了绑在朱又七腿上的胶带纸,然后一边一个架着朱又七朝停在外面的奔驰车走去。走到车边,朱又七说:"请打开副驾驶座的车门。"于是,听到一声车门被打开了。朱又七又说:"座位下,有一个暗格,你拉一拉。"

只听见暗格被拉开了:"老大,一捆钱,正好10万。"

叫老大的劫匪用手捅了捅朱又七："还有没有？"

朱又七说："兄弟，你在江湖上讲的是说到做到，我是包工程的，也是要有信誉，你再在车上搜，哪怕你把它拆了，如果再找到100块钱，我一条命都给你了。"

朱又七这种豪气，让劫匪也愣住了。他想了想，然后用潮汕话说："那好，我也言而有信，放你一马，但是如果你报警，你就麻烦了，我们会盯着你。"

朱又七知道这个态度自己要表，马上说："兄弟放我一马，我绝不报警，如果报警，死我全家。"

这样，劫匪就把朱又七绑在身后的两条胳臂上的胶带纸用刀割断了，又将它绑在身前，但没有撕下他眼睛上的胶带，然后将他推到车前驾驶座上坐下，朝他手里塞进了一个小刀片，说："从现在起，你大声从一数到五百，要让我们听见，然后就可以用这个小刀割胶带，记住从一数到五百，数不够，你就危险了。"

于是，朱又七就开始大声数，突然脸上被人打了一巴掌，喝道："叫你数，你再数。"

于是，朱又七就停下了。接着，他听到一阵汽车发动机的声音，知道是劫匪发动了他们的面包车，然后听到一声："开始数。"

朱又七就"一、二、三、四、五……"大声往下数，一边数，一边竖着耳朵听汽车走远没有。等到数到二百时，他觉得汽车走远了，但为了保险起见，他仍然大声数，可手上已经在用小刀割胶带了。

不一会儿就割断了，他小心地撕下眼睛上的胶带，这让他很是痛苦了一下，胶带粘在脸上往下撕很痛。

睁开眼以后，朱又七觉得自己又回到人间了。他知道此地不可久留，发现车钥匙就插在车上，立即打着火，然后朝公路上开去。

开上公路后，朱又七决定不报警，花钱消灾是他们这些老板的共识，何况劫匪基本没有为难他，除了那泡尿。

回到家乡后，朱又七没有向任何人说起此事，对老婆都没说，他觉得这是一件很触霉头的事，想想都后怕。只是在整个春节期间，他的情绪一直蔫蔫的，心里始终存着一股阴影。几个都在深圳做生意回乡过年的老乡约他一块打麻将，打到一半，他去上厕所，从厕所出来，由于心里装着事，竟然径直回家倒头就睡着了，将其他几个人三缺一地晾在那儿。

这件事过后很久很久以后，朱又七一次喝酒喝多了，才和马正说起。

过完正月十五又要回深圳了，由于心有余悸，这次他约了好几个同乡坐他的车结伴而行。

回到深圳后，朱又七低调了一段时间，他不敢一个人住，将在他公司打工的侄子找来和他同住，晚上回家都有点疑神疑鬼地东张西望，连走路的脚步声都比以往低。他甚至还专门去了好几次深圳仙湖公园里的弘法寺烧香，求菩萨保佑，然后往那大殿的功德箱里，塞进厚厚的一沓钱，仿佛钱塞得多，心才安一点。

就这样过了一段时间后，朱又七的情绪才慢慢地松弛下来。

心情逐渐恢复常态后，他又开始设法赚钱了。穷透过的人，觉得有了钱才安全，这一次如果没有那10万块钱，他可能小命都没了，所以，他还要继续赚钱。其实，朱又七此时已经赚了不少钱，可他觉得远远不够。在生意场上就是如此，小老板想变成中老板，中老板要变成大老板，大老板想成为超级富豪，就这么永无止境地往前走。可成为超级富豪这个机会跟买"福利彩票"差不多，也有很多人生意失败后一贫如洗。

此时，朱又七的腰包里已经有了七八千万，这已经是一笔巨款了，可这笔钱如果想独自搞房地产开发是远远不够的，所以他又到处去寻找合作伙伴，寻找赚钱的机会，因此人们又开始看到他出现在政府的规划部门、正在筹建的楼盘工地和各银行的信贷部门，晚上不是在酒楼，就是在歌舞厅，仍然是开着他的那辆暗红色奔驰车东奔西走，寻找赚钱机会。

过了三四个月，一天，朱又七开着他的那辆暗红色奔驰车，刚刚出了小区的门，只见一辆小车顶住他的车头，车上下来几个穿便衣的人，上来敲他的车窗，叫他下车。那段时间深圳治安形势有点恶化，发生了好几起绑架案件，甚至有孩子被绑匪杀害了，朱又七也有耳闻，此时他脑子轰的一声，坏了，又被人盯上了。当几个便衣拉他的车门，叫他下车时，他慌里慌张地伸手从包里掏出几万块钱递了过去。只见一位便衣哭笑不得地从口袋里掏了一张工作证亮给朱又七看，原来是检察院反贪局的。

因为那辆暗红色奔驰车太显眼了，反贪局的办案人员让朱又七开回自己的小区，然后坐他们的车去检察院。

朱又七突然又失踪了，连他的家人、公司里的人，都不知道他去了哪里。检察院只是允许他给他的侄子打了一个电话，说他外出办一点事。

这一次，朱又七是被检察院关在办案的工作地点上，一关就是四个多月，原因是涉及行贿。后来命大，又被检察院放了。放出来的时候胡子长得一寸多长，头发也花白了，脸上的皮肤像个80岁的老太一样，耷拉了下来。至于是什么原因被抓，朱又七出来以后，一直不愿说，因为他把受贿人供出来了，他担心自己在江湖上没法混了。他把所有原因归咎于那辆暗红色的奔驰车，他说自己和红色犯冲，是那暗红色的奔驰车克了他。

那天，从检察院出来的时候，他在路边给自己的侄子打了一个电话，让侄子开车来接他，结果，侄子又把那辆暗红色奔驰车开来了，朱又七看见后气不打一处来，上前先踢了侄子一脚，然后又踢了暗红色奔驰车一脚，怎么也不肯坐，在路边拦了一辆的士回去了。

后来，朱又七就特别忌讳红色，一见红色就条件反射。有一次他约马正去唱歌，在歌舞厅挑选小姐的时候，马正看上了一位穿着红色连衣裙的小姐。朱又七那一个晚上都不自在。这个小姐歌唱得不错，是唱民歌的，马正就让她唱一首听听，她上来就点了一首《大红灯笼高高挂》。穿了一身红色，还要唱《大红灯笼高高挂》，把朱又七听得心里七上八下的。听完以后，他把小姐拉到门外，掏出200元塞给她，让她有多远走多远。这事让马正知道后，笑了好久。

从检察院出来以后，朱又七性格大变，他把所有的生意都停了，从人们视线里消失了好久，他跟别人说，又回乡下种田去了。

其实没有，朱又七一直在做生意，只是现在做的生意，不是包工程，也不是企业实体，而是在悄悄做投资。朱又七确实赚了不少钱，成了一个隐形富翁。但他再也不想抛头露面地做工程了，他开始悄悄炒股票了。他说，他要低调做人、低调做事，做股票，不张扬，没有多少人知道，也不需要和方方面面的人搞关系，这样就减少了许多不必要的风险。股票的风险在市场上，这个风险只要用的是自有资金，就是可以承受的。这是朱又七的理论。

因为做股票需要银行账户周转，这样，朱又七仍然是马正的大户。

其实，朱又七在做包工头时，就把多余的资金用来买股票了，只是那时买卖不大，主要精力还是包工程。

中国早期的证券经纪业务大多在银行里，后来才慢慢分出去。原先和朱又七熟悉的人，随着证券业务的剥离，离开银行到证券公司去了，朱又七在银行的账户，这才转由马正负责，因此，朱又七和马正就慢慢地熟络起来。

后来，马正转告成虎让朱又七不要再以学区房名义蒙购房者的话，等于无意间帮了朱又七的大忙，不仅让他回避了一个重大风险，而且还赚了大钱。马正不知道这件事，因为后来朱又七干的事是不能告诉任何人的，但朱又七心里是很感激马正的，他和马正的关系也变得更亲密。

朱又七有一句常挂在嘴边的话，叫"有钱大家赚"，这是一句精明圆滑也蒙人的话，但确是他这些年来在生意场上的一个深刻体会。他清楚地知道，任何一桩赚钱的生意，恐怕都无法一个人独自完成，需要各种关系，所以，朱又七喜欢东奔西走，喜欢到处建立关系，喜欢交朋友，他交朋友的方法就是请人吃饭唱歌。

这天，朱又七又走进了马正的办公室，说晚上请马正一块吃饭。

晚上，他在深圳罗湖口岸边的香格里拉大酒店的"香宫"请马正吃饭。香格里拉是超五星级的宾馆，"香宫"更是其品牌酒楼，当然是非常高档的，吃的仍然是高档的粤菜。

其实，朱又七现在和马正搞好关系，并不需要马正帮他批贷款，朱又七找马正主要是为了提取现金方便。因为，在银行提取现金是有一定限制的，特别是对提取大额现金。在朱又七炒股的那段时间里，国家对现金的管理特别严，可朱又七不知是什么原因，常常要提取大额现金。马正因为是服务于这些大户的，所以是尽量帮朱又七解决。为此，朱又七很感谢马正，常常请马正出来坐坐。坐坐，选取的地方，不是酒楼，就是歌舞厅。马正最初进入的高档消费场所，差不多都是朱又七请的。

也许是上次检察院找朱又七，把他搞怕了，他这个人并不小气，可他对马正除了请吃饭唱歌，再不往前走一步，这也间接地没有让马正犯大错。可像朱又七这样的包工头出身，心里十分明白，人与人之间就是利益关系，没有利益不能长久。特别是马正上次帮他找记者成虎，无意间帮了他的大忙，这件事朱又七一直记在心里，一直想回报马正一把，但他不想担风险，也不想和马正牵扯得太紧，他在等待时机找一个风险极小的机会，来帮马正一把。

今天晚上，他就是为了这件事来找马正的。

朱又七吃完饭后才慢慢开口，他边用牙签剔着牙，边说："马经理，你现在一个月拿多少工资？"

马正说："你问这个干吗？我只是一个银行小经理，一个月能有多少工资？"

朱又七把剔出的菜叶划到餐巾上，说："也是哦，不算多，如果今后要买房结婚可能是不够的。"

马正就开玩笑说："干什么？你想搞扶贫啊？"

朱又七收起了他那一贯谦恭的笑脸，正色道："我是想搞扶贫，不过，一、你要相信我；二、这个钱要赚得安全，我不能害了你；三、我也不能打百分百的包票，有时还要看天。"

马正一看，朱又七是认真的，于是自己也认真起来："朱总，有什么好建议，说来听听。"

朱又七把牙签往桌上一放，说："你这个名校学投资的，怎么就不想想把死钱搞活呢？"

马正说："什么死钱？银行里的钱，你敢动吗？我也动不了呀。"

"那当然不能动，一分都不能动，你还年轻，绝对不能路走不正。"朱又七一脸严肃。

马正急了，说："朱总，别绕了，快说吧，有什么好建议？"

朱又七见火候差不多了，就把身子往前伸，轻声地问："你现在有多少积蓄？"

马正说："差不多8万多块钱吧。我才毕业两年，工资不高，存得不多。"

"好，你把这8万块钱拿来买股票，买什么，我告诉你。买了后，我叫你抛，你才抛。不出意外，争取让你翻番。但我必须说明，不出意外，让你翻番，因为，中国的股市你是明白的。"

原来，最近朱又七正和几个人集资，搞了一个个人风投基金，开始做一只股票。他自己已经建仓完成，正在等待拉升时机，一是也需要别人跟风，以抬高股票价格，二是他也确实想利用这个机会回报一下马正。朱又七觉得，马正充其量只能算一个小小户，让他跟着赚一点，既安全，也算还了一个人情。因此，趁今天比较闲，就来约马正吃饭，然后把自己的想法告诉了马正。其实，朱又七只讲了一半，他并没有直接告诉马正他在做这只股票，但，这一点是心照不宣的。

马正虽然年轻，但并不幼稚。在家里，父亲和母亲经常敲打他，在银行工作要把持住自己，特别是父亲马小军，因为他在与银行打交道中，看到那时银行里的一些歪风，所以经常告诫提醒马正。再加上银行也经常开展学习教育。也就在马正到银行上班前，曾经有一位和马正年纪差不了多少的银行信贷员，因为将一大笔银行资金违规贷给自己的同学，结果同学携款失踪，资金追不回来。这件事，被银行领导常常提起，作为教育银行里的工作人员的一个反面教材。

马正自然知道轻重，因此，他除了和朱又七出来吃吃饭听听歌，其他不会逾越。因此，听了朱又七的话，他沉思了一会儿，然后说："我考虑考虑，但，我明白你的心意。"

当晚，马正并没有给朱又七明确的回答，这一点倒是表现出了马正还不至于那么幼稚。

但马正在银行里服务着的那些大户，特别是小学都没毕业的朱又七，看着他们挣了那么多的钱，而自己读了那么多年的书，仅仅靠着死工资，到哪一天才能实现真正的"温饱"？

马正想了几天，觉得用自己的钱去买股票，这并不违法。而朱又七不是证券从业人员，就是一个做股票的，他透露一点自己做股票的信息，对于马正来说，也不算内幕交易，这是马正做股票的机会，而且也不会引人注意。于是，就在没有告诉父母的情况下，他悄悄答应了，因为他知道如果告诉父母，包括哥哥马立，他们都会反对的。

朱又七让马正先去证券公司开户，然后等着他的消息，其实，这是朱又七在放烟幕弹，这时他已经建好仓了。

过了一星期，朱又七买的这只股票价格调整，股价往下走，朱又七这才告诉马正股票代码，让马正立即买进。

马正一看，这是一只深圳本地股，但却是原深圳关外的一只农业股，上市后虽然也搞了多种经营，但公司的效益很一般，目前价位在16块左右，可它是从9块多涨上来的，已经涨了这么多，还能有多大的上涨空间？一只深圳的农业股会有多大的效益，支撑它现在已经涨了差不多100%的情况下，还会继续上涨？学金融投资的马正就有些犹豫了。

果然，第二天这只股票又跌了，跌到了15.7元，第三天又跌到15.3元，马正就更犹豫了，一直不敢买。

就在这时，朱又七又到银行来办事了，看见马正就问："买了没有？"

马正犹豫地问："这只股票有戏吗？一直在跌。"

没想到朱又七有点不高兴地说了一段不像朱又七说的话，声音不大，但字字清晰。他说："我说过，你要相信我，但我也不打百分之百的包票，你自己看着办吧。"

朱又七这个人，由于出身贫寒，又是从一个小包工头做起，平时做事处处求人，久而久之养成了一个见谁都点头哈腰恭恭敬敬的样子。马正甚至在歌舞厅里见到他给小姐们派小费，也是习惯性地点头哈腰，一个小姐派一张百元钞，嘴里却不停地说着"不好意思"，好像他欠小姐们的钱。马正总笑话他，可朱又七却说："礼多人不怪，礼多人不怪。"因此，今天朱又七突然变得底气十足，反而让马正对他刮目相看了。

马正就在15.3元的价位上，将8万块钱全部买入，一共买了5200股，这是马正平生买的第一只股票，然后，就等待着朱又七告知他卖出的时候。

那时，在股市上有许多散户都是这样，喜欢听消息买卖股票，可消息有真有假，而马正的消息是可靠的，因为朱又七本人就在做这只股票。

然而，马正买进这只股票后，它又跌了，跌到15.2元左右，这就让马正很为难了，卖吧，一买进就亏了，虽然它也只亏了一毛钱。不卖吧，又怕它继续跌。后来这只股票就在这个价位上长时间地上下一毛钱趴着不动，这让马正很难受，天天盼着它涨，它就是不涨。那些日子里，马正每天的主要精力就是看这只股票的变化，后来它涨了一点，但也只涨了几毛钱，就在15.5元的价位上下起伏，马正说天天看着像织渔网。

这让马正很煎熬，卖吧，只赚了1000多块钱，太不甘心了，不卖，又怕它跌下来。因此，卖，还是不卖，马正天天都在犹豫。可那些日子马正又看不到朱又七，心里更焦虑。

过了约10天，马正终于忍不住给朱又七打了一个电话。

朱又七接到电话只说了一句："沉住气。"就把电话放下了。

马正怎么沉得住气？好在和朱又七通过电话以后，这只股票一直就没有怎么跌，否则，马正极有可能忍不住抛了。

又过了四五天，市场传来一些传闻，说这家上市公司要转型搞高科技，由农业股变成科技股。科技股？这给市场留下了无限的想象空间，也就是从这个时候开始，这只股票就开始往上走了，而且不回头。

这段日子真的是马正的快乐时光，每天股市收市后，马正就用一个小本本记一笔，今天股票赚了多少钱，天天都在赚，也是这时候马正才体会了什么叫"数钱数得手发软"。那时候，还不是钱，是股票，但在计算股票上涨的时候，感受的就是数钱。马正在银行工作，接触现金的机会比别人都多，因为他每天都在经手钱，数钱的感觉比旁人真实。那段日子，晚上他躺在床上，闭着眼睛在虚拟的世界里，幻想着把那些股票卖了以后，提出全部现金，数钱的时候，一张，一张……一定会数到手软。这时，马正就在想，如果自己有更多的钱该多好，那样就可以多买一点这只股票，最后数钱就会更爽。

马正后来说，人在好运的时候，你一热，就会有清风徐来。就在这个时候，有一天晚上，母亲曾秀云走进了马正的房间，悄悄递给马正一个银行存折，说："马正，这是妈妈这么多年的奖金和加班费、夜班费，我一点没花，存到现在一共有20多万，全在这个存折里，明天就到期了，你去把它取出来存在你的户头上。你哥哥结婚已经买了房，将来你结婚也要买房，就算妈妈给你凑的买房首付，如果不够，到时再说。"

马正自小一直跟在母亲身边长大，虽然马家公认老大马立最优秀，但母亲曾秀云对这个小儿子总是心疼得多一些，她觉得马正比哥哥小8岁，读书工作都要迟一些，积累也会少一些，所以她要多关心一点。而且她知道马正在银行工作，心里总有点担心马正整天和钱打交道，希望他在钱上要拎得清。另外，老大马立结婚买房，也是家里帮助付的首付。所以，正好她的这笔私房钱也不少了，她就悄悄全部给了小儿子马正，这也是做母亲的对小儿子的一点偏心。

这笔钱，虽然并不算很多，但已经是曾秀云的那些年全部的加班费、夜班费和奖金了，这也许是冥冥中的一种预示，因为它成了曾秀云给马正唯一的一笔大钱。这笔大钱在马正这儿，像一只母鸡，后来下了很多蛋，几乎是马正所有财富的源头。

马正自然欣喜若狂，大学毕业工作了好几年，也只存了8万块，现在突然有20多万，简直是一笔巨款。马正平生第一次有了一种有钱的感觉。他从床上爬起来，抱着妈妈亲了又亲。

曾秀云推开他，正色地说："别嬉皮笑脸的，要长大了，要知道如何对待钱，特别是在银行工作。这笔钱，你不能随便动，要办大事的。"

"知道知道。妈妈，你怎么总觉得我没长大呢？儿子将来挣大钱让你享福。"马正半认真半开玩笑地说。这句话，后来实现了一半，马正果然有钱了，但曾秀云没有享受到。

曾秀云说："我不要你挣大钱，我要你平平安安的，像你哥哥那样。"说完，曾秀云就回房间了。

马正把这个存折放在枕头下面睡了一夜。

第二天，马正从银行里把钱全部取了出来，连同利息一共有22万多元。回到自己的办公室，打开电脑第一时间就是看股市行情，他的股票又涨了，涨到了20.2元，马正脑子突然产生一个念头，他马上把那笔钱全部存到自己的股票账户里了，到快收市时股价到了20.3元，他把所有的钱全部买下了，一共买了10800股，加上原有的5200股，他就拥有了16000股这只股票。

余下的日子，马正更是全神贯注地每天都盯着这只股票，连上班都不安心了。

过了3个多月，这只股票已经涨到了24.9元了，这时马正终于又沉不住气了，脑子里总有一个声音：落袋为安，落袋为安。因为从理论上，没有只涨不跌的股票，那时，报纸和电台上，都有股评节目，那些所谓股评专家用形象的话说，要保卫胜利的果实。可也有股评人士看好这只股票，说它是新兴科技股，是朝阳行业，还远没到它应有的价位。

马正觉得，自己一共30多万块钱进去，不到4个月时间，已经涨到了40多万了，盈利已经非常好了，就担心股价会跌下来，"胜利果实"又丢失了，就想落袋为安。

马正又给朱又七打了一个电话，朱又七仍然是那句话："沉住气。"

这句话，虽然没有让马正安心，却又刺激了马正的胃口，于是，他决定相信朱又七，再忍忍。

忍，有两种心理感受，一种是忍痛，揪心的痛，咬碎了牙地忍；一种是忍痒，小猫挠心的痒。忍痛，要考验人的意志；忍痒，最让人不能自持。

由于前段时间的股票上涨，今天朱又七的又一句"沉住气"，让马正充满着想象，而且股票确实仍在一天天地涨，又过了两个月，股价竟然最高涨到了44.5元了，马正的利润已经翻一番，远超过投进去的30多万元的本了。可在股票上涨的每一天里，马正都是在抛还是不抛的小猫挠心中的煎熬。最终，马正觉得该抛了，该落袋为安了。

就在这个时候，马正家中出事了，马家的顶梁柱要倒了。

第八章

　　那天马正准备把已经赚了不少的股票全部抛掉的时候，突然接到哥哥马立的电话。马立在电话中急切地说："赶快来一下市人民医院急诊科，妈妈今天突然咳得吐血了，已经被送来急诊。"马正一听，脑子嗡的一下，放下电话就朝市人民医院跑去。

　　在马家，如果曾秀云病倒了，无异于家里倒了一根支撑的大梁。而马正是小儿子，一般人家，奶奶喜欢大孙子，妈妈疼爱小儿子，而马正又比哥哥小8岁，所以在家里一直和妈妈比较腻，也就是和妈妈最亲，一听说妈妈咳出血来，他就觉得是天大的事了，所以拔腿就往医院跑。

　　其实，妈妈感到身体不舒服已经有一段时间了，刚开始只是咳嗽，隐隐地咳，不是很厉害，曾秀云没当一回事，因为她早有咳嗽的毛病，在美国伺候麻君婷生孩子的时候，就常常在夜里咳嗽，吃点止咳的药就好一点，所以，曾秀云并没怎么放在心上。后来嗽咳之外还有低烧。低烧还是马小军发现的，他常常在夜里睡觉时，碰到了身边曾秀云的身体，感觉她身上有点热，然后让曾秀云到医院去检查一下。曾秀云本身就是医生，她也没太在意，上班后，抽血做了一个化验，各项指标没有异常，以为是天气冷暖变化，年纪大了，身体适应性不够，吃了一点感冒的药，症状就消失了。

　　直到这天咳嗽加重了，感觉喉管有痰，清清嗓子，吐出来的痰液竟然带血。曾秀云刚开始以为是支气管炎，上班后就到本院看了一下，但本院的医生有点不放心，建议曾秀云到市里大医院去做一个全面的检查。

　　曾秀云听后答应了，可起身后突然一阵眩晕，一屁股坐到了地上，面色苍白，浑身冒冷汗。人们急忙将她扶起来，赶紧给马小军打了一个电话。马小军的办公室离医院不远，他立即赶了过来，马上用自己的车把曾秀云送去了市人民医院。

在市人民医院医生做了初步检查，认为病人的眩晕是因为低血糖引起的，曾秀云体质比较弱，加上夜间咳嗽睡不好，早上又没有吃早餐，血糖低而引起眩晕。医生说，这个没有大碍，补一点糖分就好了。可咯血，却引起了医生充分的重视，他建议曾秀云住院检查，并且立即给曾秀云办了入院手续。

陪在一旁的马小军见医生让妻子住院，就感到可能病情不一般了，他立即给老大马立打了一个电话，让他来一下医院。马立在来医院的途中，又给马正打了电话，马正放下电话就往医院跑，因为在他的记忆中，还从来没有见过妈妈生病住院。

医生让曾秀云住院，作为也是医生的她，职业的敏感让她心里也感觉不太好，凡须住院检查的病，应该都不是小病。此时，她躺在病床上微微闭着眼睛，虽然人是静静的，但脑子里开始翻江倒海了，她首先想到的不是自己的病有多重，而是这个家老的老、小的小，晚饭都没人烧了，老爷爷马卫山和小孙女琴琴，吃什么呢？特别是孩子还那么小，她就开口让坐在床边的马小军回去，她没事。马小军让她别操心那么多。

一会儿，马立火速赶来了医院，随后马正也来了。医生对他们说，因为病人咯血，需要做一系列的检查才能最后确诊，以他的经验不太像是支气管扩张引起的咯血，但愿肺部不要出什么问题，如果是，就需要马上手术，这些检查都需要家属签字的。

马小军的汗都下来了，急切地问："医生，到底怀疑是什么病？严重吗？"

医生看着马小军说："我们怀疑是肺癌。但需要一系列检查后才能最后确诊。如果最后检查结果是确定的，手术是最好的选择，如果是早期的，手术效果会比较好。"

从医生办公室走出来，马小军的腿就软了，一下靠在墙上站不稳了，马立急忙扶住了父亲。

马立相对比较冷静一点，他扶着父亲劝慰道："爸，爸，先别急，医生只是怀疑，还没最后确诊呢。"对也呆在一旁的马正说："马正，快扶一下爸爸，妈妈现在在病房，我们去看看，马上就要做检查了，我们可一定要保持冷静啊，不能在妈妈面前有惊慌失措的样子。"

父子仨来到病房，曾秀云已经换上了病号服，安静地躺在病床上，护士已经根据医嘱在给她输液，曾秀云脸色有点发白，神情却显得很平静，她见马小军、马立、马正父子仨走进病房，开口就是："你们都来了，幼儿园的小琴琴谁去接？老爷爷的晚饭谁来做？"

马立急忙说："妈，不用操心，马正马上去幼儿园接琴琴，爷爷的晚饭，马正会搞定的，你安心做检查吧。"

马正就点点头，曾秀云却不放心地说："马正这个小崽子，哪里会烧饭？"

马小军就说："秀云，别操心了，家里的事，会有人管，你安心检查吧，检查完了，就回家。"

马正说："妈，我已经是大人了，你就放心吧，我马上去幼儿园接小琴琴，接完小琴琴，我会带着爷爷到家附近的那个'北方饺子馆'去吃饭。爷爷和琴琴都喜欢吃饺子，你就别操心了，安心检查吧。"

下午接着做检查，马小军和马立两人一直陪着，到快下班时，曾秀云又回到了病房，还有一些检查要第二天再继续做。曾秀云还是一直不放心家里的事，主要是不放心马正，因为马正在家里从不做家务，更别说烧饭了，还担心老爷爷和琴琴这一老一小，晚上别饿着。

这时，天色渐晚，马立就让父亲马小军先回去，他在医院陪着母亲。

曾秀云说："我身体没什么，不头疼不脑热的，要什么人陪？你们都回去吧，看看老爷爷和小琴琴。"

马小军也不放心家里，他也担心老二马正照顾不好家里的一老一小，这个时候，更让他感到曾秀云是家里的顶梁柱，没有她，家里人真的连饭都吃不上。

马小军让老大马立在医院陪着母亲，自己就回家了。

急匆匆回到家中，推开门一看，妈呀，整个房间里已经乱了套。一进门就听到小琴琴在叫，一口一个"我要奶奶，我要奶奶"。老父亲马卫山，一手拿着一块饼干，一手拿着水杯，跟在琴琴身后哄。房间里的桌上、沙发上都撒落着琴琴的课本和小人书。厨房里，只见马正手忙脚乱地在下面条。

149

马卫山见儿子马小军回来了，转身就问："怎么样？"满眼都是急于想知道媳妇病情结果的关切。

马小军说："爸，别担心了，还没检查完。"说完，就进了厨房，对儿子马正说："我来吧，你去哄哄琴琴。"

弄得满头是汗的马正见爸爸回来了，第一句话就是："妈妈还好吧？"

马小军说："还好，明天还要继续检查。"说着从马正手上接过筷子问："不是说去吃饺子吗？怎么又回来了？"

马正边把厨房交给爸爸，边说："我从幼儿园接完琴琴回来喊爷爷一块去吃饭，爷爷说要在家里守着电话等妈妈的消息，所以，就在家里下面条了。"说完就走出厨房哄琴琴去了。

一家人坐到桌前吃饭时，已经8点钟了。

吃完饭，马正要收拾碗筷，马小军让他去辅导琴琴做作业，自己进厨房洗碗，洗好碗又把客厅稍稍收拾了一下。平时家里所有的家务都是妻子曾秀云做，马小军别说做饭，就是收拾一下屋子，也很多年没有伸过手了。妻子心疼他工作太忙、压力太大，每一次回家一杯热茶端到他手上，就让他坐在那儿闭目养神，等着吃饭。

今天，不仅仅是感到家务多，而且没有妻子的家，太空，心里空落落的。

马小军又害怕父亲担心，就走进了父亲的房间，他给父亲的茶杯续上了热水，坐了下来。

马卫山看着儿子，说："情况不太好吗？"

马小军说："医生说，还要继续检查。"

马卫山就不再问了，说："你早点休息吧，明天早点去医院，秀云这么多年，为了这个家，从来都没有停歇过。"

这时，马立从医院回来了，他首先到爷爷的房间里来，跟爷爷打声招呼，同时也对父亲说："妈妈睡了，医院给她开了安神的药，吃完就睡着了，我回来接琴琴回去。"

马卫山说："你吃饭了吗？"

马立说："我回去自己做点吃的。"然后就带着女儿琴琴回自己的家了。

琴琴安静地跟着爸爸回去了，边走边问："爸爸，奶奶怎么今天晚上不回来了？奶奶从来没有不回来过。"

曾秀云的最终检查结果出来的时候，一切都不好：肺癌，而且医生怀疑是中晚期！

当马立把这个结果带回家的时候，尽管大家事先都有隐隐的不安，但当知道消息时还是如同听到一声晴天霹雳，都接受不了。

马小军从马立手上抽过报告单，想自己再看一遍，但视力模糊，看不清报告单上的字，他面色苍白，手都在发抖，一句话都说不出来。

马正把头伸过来，但他看不懂，就扭头望着马立问："哥，真的吗？哥，真的吗？"

马立点点头。

马正就哭了，哭得像一个孩子，两只肩膀上下抖动着，哭声在喉管里打鸣。

小琴琴并不明白奶奶得的是什么病，她见二叔哭了，也跟着哭起来，边哭还边拿着纸巾不停地为二叔擦眼泪。

马卫山老人坐在那儿，听到坏消息后，不知所措地想起身，结果腿发软站不起来，又一屁股坐到了椅子上，吓得马立赶紧上前扶住爷爷。

其实，心最痛的是马立，他想起在洛杉矶的时候，母亲就不停地咳嗽，可还是坚持日夜照顾麻君婷和孩子，马立怀疑那时候母亲肺上可能就有癌病灶了，如果当时能检查出来，是不是还有治愈的机会？

马立在医院拿到报告单时，曾沉痛地问过医生。

医生说："趁早发现癌病灶，对于治疗当然会更好，因为现在癌症治疗的基本观点，仍然是早发现早治疗效果最好，一些癌症在早期发现是有治愈的可能。可是，我们现在还不能彻底地治愈癌症，因为我们还不能完全彻底地了解它。在医学上，我们已经知道癌症的基本成因，但我们还不是完全了解它成因的详细过程，因此，也就比较难以早期预防，有些癌症早期时几乎没有什么症状或者症状很轻微，很容易被患者忽视。例如，你母亲得的这种肺癌，在临床医学统计上，早期发现的概率极低。所以，你也没必要自责。我们现在还是把重点放在对症治疗上，根据我们检查的结果，仍然诊断这个癌症是中晚期，也就是还有手术的可能性。如果完全是晚期，那么就失去了最佳的治疗时间了，甚至连手术的意义都不大。我们现在建议尽快手术，通过手术还可以做一次病理切片，便于最后确认。"

这时，马立把医生的意见告诉了大家。一位亲人患病，特别是重症，家人恐怕只有一个愿望，尽一切可能治疗抢救。

于是父子三人第二天一早就赶到医院，和医生商量签字手术，可医生由于要查房，住院的癌症病人又是那么多，一直等到中午医生才回到办公室，一同商定以后，马立代表家人签了字。医生马上给手术室打电话，约好了第三天上午手术。

下午，又是一系列手术前检查，把一切都忙好了，扶着曾秀云回到病房时，就已经是傍晚了。

其实，人活着是活一个精神。曾秀云在医院里才住三天，医院总没有家里休息得好，再就是周围都是病人，自我感觉也是病人了，又担心着家里的事，她明显地消瘦了，而且觉得浑身无力。再加上老二马正心疼妈妈，恨不得把妈妈背在身上，走到哪儿都搀扶着，妈妈上厕所，他也跟到厕所门口，站在女厕所门口等着，直到妈妈出来再扶上。其实这时候的曾秀云还没有手术，可这样扶着扶着，就让曾秀云感到真的要人扶着走路了，从心理上她已经接受了自己是病人，精神就明显地变差了。

回到病房里的曾秀云，仍然在操心着家里的一老一小，尤其是她的小心肝琴琴，生怕他们饿着，一个劲地催马小军回去弄饭。

父子三人做了一个简单的分工，马立负责和医院方面联系沟通，安排手术。马正向银行请了假，这几天负责陪护母亲。马小军立即回去把家里一老一小安顿好，因为这几天家里已经乱套了；他还要把公司里的工作交代安排一下，公司发展正在爬坡阶段，由于他差不多就是这个公司的创办者，都是一同从基建工程兵集体转业而来的，艰难地走过了这么多年，因此公司也离不开他。

马立很不放心父亲，一直把马小军送到出租车上才转身回到病房。

在病房里，马立看到仿佛一夜之间母亲苍老了，她无力地躺在病床上，被单下面的身体是那样瘦小，虽然没有人告诉她真正得了什么病，但是医生出身的曾秀云，好像已经从家人和医生的脸上，看到了自己病情的严重性。

人生病，尤其是重症，其实最早的痛苦是心理上的，最怕垮下来的是精神。

此时的曾秀云经过几天来的检查折腾，在医院里各个科室来回穿梭，见识了各种检查仪器，闻到的都是医院消毒水的味道，虽然平时自己在医院里闻的也是这种味道，可现在以一个病人的角度，感受完全不同，心理上一次又一次地受刺激。甚至躺在检查机器的铁床上，铁床的那种冰冷和坚硬，让她突然想到很多年前在医学院上解剖课时，那解剖台上躺着的尸体，这种联想让人的心会战栗。

虽然曾秀云是一个医生，但医生在给别人看病和自己患病时，感觉是完全不同的。医生患病后，因为自己的专业知识，可能对病情和以后的发展了解更多，所以更难宽慰。现在，虽然家人和自己的主治医生都还没有明确告诉她到底患了什么病，但从马上要手术的角度，她知道自己病得不轻。可她看到丈夫儿子在医院里东奔西走，又不忍心让他们担心太多。因此，她不多问，她把自己交给了医生和家人，她也只能这样做。她一声不吭地躺在那儿，闭着眼睛，靠医生给她开的镇静剂维持睡眠。

此时的马正，像一个受惊的孩子，弯着腰坐在母亲的床边，一只手握着母亲的手，另一只手轻轻地抚摸着，好像在帮助母亲减轻痛苦。

马立看着这些，心情极为沉重。他跟随父母来到深圳，从住在猫颈田的那个临时竹棚开始，一直和父母一道经受着初到深圳的艰苦。父亲在外，为了那个基建工程兵团，为了集体转业后的市政建筑工程公司的生存和发展，根本无暇顾及这个家，是母亲一肩挑起了这个家，为家里的老老少少付出了一切，甚至为了儿子远赴美国洛杉矶，在语言不通、环境不熟的地方，伺候媳妇，抚育孙女，毫无怨言地默默付出，马立一直清晰地记着这些。现在，日子一天一天地好起来了，两个儿子都工作稳定，事业有起色，孙女已经上小学了，年迈的爷爷身体也不错，可母亲却一下病倒了，而且一病就很重。马立的心里像是压了一个铅块，连呼吸都变得沉重起来。

马正见哥哥进了病房，就说："哥，这两天都是你跑东跑西，你先回去休息，妈妈有我。另外，琴琴晚上也离不开人，你早点回去吧。"

听到说琴琴，一直闭着眼睛的曾秀云睁开了眼，立即对马立说："马立，你赶快回去，琴琴身边不能没有人。"

马立答应道："好，妈，那我就回去了。琴琴放在家里，爷爷一个人也带不了，我明天一早就过来。"

提到琴琴，马立也着急。

此时坐在回家出租车上的马小军，一边惦念着在医院里的妻子，一边又惦记着家里的一老一小。明天妻子就要手术了，马小军的心里七上八下的，可家里还有一老一小，也让他放心不下。所以，此时他只觉得回家的路有点长。

这时，深圳已经是华灯初上了，人们都在纷纷往回赶，马路上有些堵车，出租车行驶得非常缓慢。马小军担心着老父亲和小孙女饿肚子，心急如焚。

赶到家，推门进屋时，客厅里的桌上已经摆上烧好的菜，父亲马卫山坐在桌旁，连面前的小酒杯都已经斟上了酒。琴琴正在吃饭，看到爷爷回来了，急忙冲到了马小军的怀里，直叫唤："爷爷，爷爷——"

马小军看到厨房里有一个人影，正在烧菜，他急忙走进去，一看，是桐芳。他惊讶地问："你怎么来了？"

这里，得把桐芳的故事续上。

桐芳突然消失了，也一直没和马家人联系，曾秀云后来听说桐芳父亲病重，她回老家照顾她父亲去了，后来马家人也就再没有了桐芳的消息，慢慢曾秀云也就将这件事放下了。

桐芳没有消息一年多以后，有一天早上还不到7点钟，曾秀云和马小军都还没有起床，从外面晨练回来的马卫山，欣然领进来一个姑娘。

马卫山多年保持着早起的习惯，他差不多6点钟就起床，然后出去散步，遛一个弯儿，和一些早起的老人在一起活动活动，拉拉闲话，约一个小时后回家，顺便把家里早点买回来，几乎天天如此。

这天，马卫山一早出门时，看见公寓楼的楼梯上坐着一个人，于是就绕过去下楼。马卫山正往楼下走的时候，突然听到身后一个姑娘的声音："爷爷。"他回头看了一眼，正是那个坐在楼梯上的人，此时，她已经站了起来，朝他走来。

马卫山没有认出这位姑娘，就问："姑娘，你是谁？"

姑娘回答说："我是桐芳。"

马卫山一下没有想起来桐芳是谁，就走近看看。那年的马卫山才70多岁，脑子和眼睛都还好使，竟然认出了是那天儿媳妇领回家来的那位姑娘，因为她那天菜做得好吃。

老人忙说："哎呀，桐芳姑娘好久没见到你了，这么早，坐在楼道这儿干什么？来，来，跟我回家，跟我回家。"说着拉着桐芳就往楼上走，这才发现桐芳的身边，还有一个小小的行李箱。

这样消失了好长一段时间的桐芳，突然出现在曾秀云的家门口。马卫山老人把她领回家时，曾秀云、马小军都被惊呆了。

其实，桐芳真是屋漏偏遇连夜雨，发现丈夫出轨不久后的一天，接到同乡带来的一个口信：父亲情况十分危险，母亲让她赶快回家，晚了可能就见不上面了。

桐芳接到口信后，跟丈夫陈元清打了一个招呼，立即买了一张车票就往回赶。回到家里，父亲已经住在县医院里。卧床十几年的父亲，已经瘦得不成人样了，真正是皮包着骨头，皮下没有一点肉。鼻子里插着氧气管的父亲，已经说不出话来，他看到桐芳就两眼直流泪，似乎有许多话要跟女儿说，可一句话都说不出来。

医生告诉桐芳，病人由于瘫痪卧床太久，严重缺乏营养和必要的护理，浑身多处褥疮，长年无法愈合，有的褥疮已经深见骨头，造成深度感染，现在已经全身多器官衰竭，让家人最好做好准备。

做好准备，这实际上就是告诉家属病人可能活不久了。陪在一旁的母亲，已经被丈夫的病折磨得身心俱疲，她抱怨着，自己的一生就是被这个瘫在床上的男人毁了。桐芳看着才40多岁的母亲，已经满头灰发，从心里觉得母亲比自己还要苦，也就理解了母亲的脾气暴躁。

母亲没有文化，更谈不上修养，又在乡村，所以，她只能用骂人的方式来疏解内心的苦闷。此时的母亲，担心的并不是父亲可不可以救过来，而是那一天一天的医疗费。她问女儿："带钱回来了吗？"

桐芳搜遍了全身，拿出了8000块钱，这是她这些年全部的私房积蓄。母亲当着父亲的面，把钱扔在床上，说："这只够交这些日子的医疗费！"

父亲瞪大着眼睛，满眼都是求生的目光。桐芳找到主治医生，求医生尽量抢救，医疗费她去想办法。

无奈的桐芳还是要去求她的那个无良丈夫陈元清。桐芳给陈元清打了一个电话，说明了自己父亲病危，希望他能汇点钱回来救命。陈元清本来就有点心亏，加上这些年也有了一点小钱，桐芳要的是救命钱，他无法拒绝，于是，就汇回来两万块钱。桐芳拿着这个钱，又交了父亲的医疗费。

父亲长期卧床，目前主要是深度感染和营养不良的问题，医生做了抗感染的治疗后，又给他补充了营养液，几天后，病情明显好转，一周后，医生说已经脱离了危险，看桐芳家经济困难，建议再住几天观察一下，就可以出院了。

桐芳和母亲都松了一口气，尤其是母亲，她非常心疼一天一天在花的医疗费。住院十天后，医生告诉她们第二天可以出院了，并且开了出院单。

然而就在当天夜里，父亲又呼吸困难，于是又在医院观察了三天后，在母亲一再要求下，办了出院手续。临出院时，医生关照桐芳，病人身体太虚弱，长期卧床已经造成他多器官衰竭，因此要特别小心，增加营养，尽量让病人晒晒太阳。

回到家里住了半个多月，桐芳细心地照顾着父亲，父亲的体质已经完全垮了，大小便都不能自理，躺在床上，你上前抱他起来，都担心会把他的骨架弄散了，桐芳完全理解母亲这些年的日子是怎么过来的，所以，即便母亲整天牢骚满腹地骂骂咧咧，她也忍着。

桐芳回家已经一个多月了，父亲治病还继续要钱，自己这样长时间在家里也不是个办法，于是和母亲商量后，准备再回深圳。在准备离家的头天晚上，桐芳来到父亲的床前，告诉父亲自己要走了，父亲一听，就流泪不止。桐芳不舍，可也无奈。

第二天一早，桐芳临出门时再到床前看看父亲，不知道是不是舍不得女儿离开，父亲突然呼吸急促，面色苍白，手脚都僵硬了，吓得桐芳赶紧找了村里亲戚用拖拉机把父亲又送到县医院。到了医院，父亲就昏迷了，医院赶紧抢救，父亲在医院里足足支撑了四天，才咽气。

桐芳哭得死去活来，她不仅是哭父亲，她还在哭自己，她把心里所有的委屈，都通过哭声不由自主地释放了出来。母亲只是在父亲咽气的时候哭了几声，然后深深地舒了一口气说:"死的死了,活着的人还要活着,桐芳,赶快叫你老公回来一趟,得把你父亲的后事办了,还有这几天的抢救费用,我可是一分钱都没有了。"

这时,桐芳才想起来无人可以求援,只有自己的那个丈夫了。她虽然一万个不愿意,但也不得不给深圳的丈夫陈元清打了一个电话,通报了父亲去世的消息。

陈元清在电话里沉默了一会儿,然后无可奈何地说:"好吧,我回去一趟。"

陈元清第二天赶回来了。这时桐芳的父亲还停在县医院的太平间里。陈元清首先把桐芳的母亲叫到一边,和她说了一大通话,桐芳母亲听后,立即暴跳如雷,破口大骂。这时,陈元清将一张医院诊断书扔给桐芳母亲,转身就走了。

原来,桐芳检查出不能生育的事,陈元清已经告诉过桐芳母亲,但那时说还在治疗。后来治疗无效,这个事实母亲也知道,因为桐芳始终怀不上。现在桐芳父亲去世了,医院里还欠着一大笔医疗费,桐芳母亲是付不了的,女儿也没有钱,所以希望自己的女婿付这笔钱。她只有这么一个女儿,要女婿出,也是天经地义的。

没想到,她的这个女婿这次答应回来,是有企图的。

桐芳和她的母亲都不知道,在她回家照顾父亲的时候,和陈元清出轨的那个女人怀孕了,想儿子想得快要发疯的他,自然希望这个女人能把孩子生下来。可问题是,两个人都有家庭,怎么办?

那个女人愿意生,但要陈元清先离婚,她担心自己如果先离了,万一眼前的男人不要她,就鸡飞蛋打了,所以她威胁说,如果他不马上离婚,她就把肚子里的孩子打掉。

陈元清正在发愁怎么说这件事,毕竟自己出轨在先,有点理屈。正好这时,桐芳父亲死了,桐芳打电话给他,要他回来帮助办丧事。他本来不想回来,可转念一想,也许可能利用这事,花点钱,和桐芳把婚离了。所以,他对桐芳母亲提出,他可以去结医疗费,条件是,他要和桐芳离婚。而且陈元清还说得理直气壮,因为桐芳没有生育能力。

桐芳的母亲刚刚死了丈夫，下一步就想靠这个在深圳做生意的女婿了，可女婿突然提出要和女儿离婚，她怎么接受得了，绝望之下，就不由自主地大骂起来，骂这个女婿无德、没有良心。

陈元清好像有心理准备，见岳母大骂，也不回嘴，转身走了。

第三天，他不露面，打电话也不接。

这时桐芳父亲的尸体还停在医院太平间里，医院一个劲地要求拉走，因为县医院太平间冷冻尸体的冰柜不够用，桐芳父亲的尸体不能停留太久。

这对母女已经被逼得没有退路。而在农村特别是在比较传统的客家人社会环境中，女人不能生孩子，男人要求离婚也是天经地义的，不会受到别人的指责。再加上，人们还不知道桐芳的男人已经出轨，并且还是一个有夫之妇。

桐芳无奈，悲痛得有点叫天天不应、叫地地不灵的状态。作为一个农村走出去的女人，她也无法告知人们，丈夫出轨了，因为她还要脸面，而且她手上也没有证据，丈夫肯定百般抵赖，这时她还不知道那个女人怀孕了，因此变成是自己不能生育丈夫提出离婚，这在农村是站得住脚的，没有人会站到她这一边，为她说话。

可父亲还躺在医院的太平间里，没有钱安葬，就不能入土为安。桐芳和母亲都很无奈。于是，母女俩在半是要挟，半是无奈下，答应了离婚。可陈元清被那个怀孕女人逼得太急，他怕桐芳母女俩反悔，提出一定要先离婚，后给钱，为了自己能生儿子，做得有些无情无义了。

这样，桐芳与陈元清去乡民政所办了离婚手续，男人一手接过离婚证，然后去医院结了医疗费，最后还假充好人给了2000元的丧葬费，然后就消失得无影无踪。

当桐芳和母亲以为可以办丧事时，医院找到了她们，说还欠了2万多块医疗抢救费用。原来，桐芳的父亲医疗抢救费用一共是5万多块钱，桐芳的男人只结了3万块，然后就走了。

听到这个消息，在医院的走廊里立即爆发出一阵哭骂声，桐芳母亲边哭边咒骂那已经不见踪影的陈元清。

怎么办？无论是桐芳还是她母亲都无法筹集到这2万多块钱，因为父亲瘫痪已久，早期桐芳母亲把村里村外亲戚和乡里乡邻都借了个遍，如今是无法再借到钱了。桐芳拼命打陈元清的电话，打了一天也没有人接，她知道这个男人是彻底和自己分离了。

医院把她们母女俩请到办公室坐下，有专人陪着她们，实际上有点怕她们跑了。可往哪儿跑呢，父亲的遗体还在太平间呢。

开始的时候，由于桐芳母亲就在住院部的走廊上哭，还有一些病号和病人家属围观，后来人们也散去了。中午的时候，医院让人从食堂里给她们母女俩打来了饭，但意思也很明确，欠医药费的事情没有结果时，医院不敢放她们走，2万多块钱对县医院也不是一个小数目，如果她们走了，住院部是要负责任的。

桐芳和母亲都陷入绝望之中，想想家里也没有什么值钱的东西可以变卖了，找了几个亲戚，人们见桐芳已经离婚，担心这母女俩今后没有能力还钱，都拒绝了。

此时的桐芳，死了父亲，离了婚，还欠着医院的医疗费，她绝望得手足无措不知如何是好了。她的母亲从早到晚都在不停地咒骂，从桐芳的男人骂到桐芳的父亲，再骂到桐芳的肚子不争气，骂自己命苦，几乎见什么骂什么，骂累了，停一会儿，又骂，骂得嗓子都嘶哑了。

医院也着急，知道这家人已经山穷水尽了，可这个县本来就是穷困县，每年都有病人欠费的，这样长期欠下去，医院就无法开门了，科室主任苦口婆心地对她们说，希望她们再想想办法。

桐芳母亲说："如果有办法，我还在这儿哭？"

桐芳觉得很对不起医院，一脸羞愧地低头不语。

傍晚的时候，终于天无绝人之路，住院部一位老护士长找到桐芳，满脸兴奋地告诉她一个好消息。

原来，在桐芳父亲住院抢救的时候，同病房里也来了一位老人，因为脑中风也在住院抢救。后来，桐芳父亲去世了，这位老人却被抢救了过来，但留下严重的半身不遂，生活无法自理，需要有人照顾康复。

老人的儿子也在深圳承包工程，是一个建筑公司的老板，工程做得不小。他看到桐芳对父亲照顾得那样尽心，而且桐芳在照顾自己父亲之余，也顺便关照过旁边这床的中风老人，给他留下了很好的印象。所以，今天当他听到桐芳欠了医院医疗费而无法解决时，就找到了护士长，提出了一个建议。他的父亲因为半身不遂需要请人照顾康复，如果桐芳同意，他可以付桐芳每月2000元工资，并且一次性提前支付其一年的工资，供其缴付所欠医院的医疗费。另外，他还每月再提供桐芳500元的伙食费，条件是让桐芳至少要照顾他父亲一年，包括配合医生帮助父亲康复。

听起来这确实是个好消息，可桐芳却犹豫了，因为，此时的桐芳心在深圳。并不是桐芳还想去深圳找她的前夫，而是在她心里仍然装着曾秀云大姐，装着马总，装着马家那位慈祥的老人。她匆忙离开深圳，连一声招呼都没来得及打，然后回乡就被父亲的病困住了，一直也没和曾大姐联系。现在，她是打算安葬了父亲后还是去深圳，去马小军的公司里打工，公司办公室的袁大姐待她很好，这样还是可以在曾秀云大姐身边，他们家如果有什么事，自己还可以去帮一下忙。而且她听到陈元清这次回来说，马小军的公司已经没有和他的保洁公司续约了，这样，她就可以不用再见到那个让她伤透了心的男人。

可现在，自己已经陷入绝境，其实，是没有回绝余地的，何况人家是来帮自己的，感激都来不及。此时，她的母亲瞪大着已经哭红了的眼睛盯着她，仿佛她不答应，母亲就一口吃了她。

于是，桐芳只能答应了，留在老家照顾了这位老人一年多，直到老人第二次中风离世，这才逃也似的离开家乡，坐夜车回到深圳。她黎明时分到了马家的楼下，只好坐在楼道里等着天亮。

桐芳找曾秀云，一是深圳这座城市虽然很大，上千万的人口，可她感到只有曾秀云这一个可以投靠的人，她还想到马小军的公司去做保洁员，而曾秀云是董事长的妻子，也是这个公司下面企业医院的副院长，她能帮自己说上话。

那时还没有生病的曾秀云，已经很长时间没有桐芳的消息，突然一大清早见老爷爷领着桐芳进了家门，吓了一跳，夫妻俩急忙来到客厅，上下打量着桐芳，非常想知道到底是怎么一回事。

他们看到久已不见的桐芳已经瘦得有点变形，两个大眼睛布满了血丝，整个人失魂落魄的，像一只受惊的小鸟。曾秀云就猜出一定是家里出了事。

她还没开口问时，桐芳的嘴巴就变了形，像一个受了很大委屈的小孩，见到母亲就想号啕大哭，但看到马小军站在身后，又把泪水憋了回去，毕竟董事长在她的眼里，太威严了。

曾秀云对桐芳也许是缘分，自从上次偶遇后，她就对这个姑娘有一种特别的感觉，总觉得她前世是自己的女儿，她把桐芳拉到厨房里，边做早餐边问："怎么回事？这么长时间没有消息，不要急，慢慢说。"

桐芳一听眼泪就下来了，边哽咽着边回答："父亲死了，丈夫逼着离了婚，为了筹父亲医疗费，在家做了一年多的护工。"说到这儿，桐芳有点哭腔了，接着又说了一句："从家里逃出来的。"

曾秀云疑惑地反问："从家里逃出来的，为什么？"

桐芳说："母亲逼我再嫁人。我不愿意。"

曾秀云听后，沉默少顷，都是穷苦出身，都是能吃苦的客家妹子，她突然眼睛湿润了，把桐芳一把抱到怀里，说了一句："孩子啊，你怎么命这么苦？"

曾秀云心里想，一下子这么多的事情，全落在桐芳身上，这就是天塌下来了。

她对桐芳说："先去洗洗，然后吃早饭。吃完以后，我领你去找工作。"

吃早饭时，马卫山坐在一旁慈祥地望着已经好几天没怎么吃饭的桐芳，狼吞虎咽地喝着稀粥，喝完一碗，老人马上又给添了一碗，但一句也不问原因。老人经历过太多的饥饿，也见过太多饥饿的人，他见桐芳如此饥饿，一定是有着天大的难处。

马小军当天有个重要的会，没有吃早饭就上班去了。

吃完早饭，曾秀云让桐芳换一件干净的衣服，就领着桐芳出了门。她必须今天就要帮桐芳找到工作，因为眼前面临着一个现实，就是曾秀云家住得也很挤，家里无法安顿桐芳，所以必须尽快帮桐芳找到工作，然后给她安排一个集体宿舍，否则，桐芳无处存身。

其实，曾秀云此时心里的想法和桐芳一样，她还是将桐芳带到了公司办公室，因为这儿的人了解桐芳，也对桐芳印象好。再者，这儿的保洁工作桐芳完全可以胜任，人头熟，环境熟，也会干得顺手，而且除此以外，桐芳其他的工作还不一定会干。另外，这个充满着母爱的人，又不放心把桐芳介绍到社会上去，她怕桐芳去干一些服务行业，伺候人的事，会受人欺负。

到了办公室，大家不仅热情地欢迎桐芳回来，还对这么长时间没她的消息而关心地问这问那。很快，办公室就决定安排桐芳做工勤员，专门负责公司几位老总的办公室保洁工作，另外，给桐芳在公司集体宿舍里安排了一个床位，这个宿舍是两个人住。

这样，桐芳在曾秀云的亲自过问下，生活终于有了着落，人生的小船，漂来漂去又转了一个弯，她安心地在这儿勤勤恳恳地做着她的工勤员。

这几天桐芳在打扫马小军办公室时，发现董事长没有来。董事长经常开会出差，不在办公室是经常的事，所以头两天桐芳没有在意。今天下午偶然听到办公室那位袁大姐说曾大姐住院了，桐芳这才知道董事长家有事了。她下了班立即就到了马家，一看，只有老爷爷一个人在家里，桐芳先把屋子收拾了一遍，然后进到厨房，见厨房里已经几天不开伙了，冰箱里也没有新鲜的肉菜，她立即上菜场去买菜。回来时顺便去琴琴学校把琴琴接了回来，桐芳让琴琴先做作业，自己立即就在厨房里给老爷爷和琴琴张罗饭菜，然后一碗一碗地端上桌，让老爷爷和琴琴先吃。马小军回来的时候，桐芳在厨房里给他准备饭菜。

桐芳在厨房里回头看见是马小军，就说："马总，我下班时听办公室里的人说，曾姐生病住院了，我想家里可能没人烧饭，我就来了。怎么样？曾姐没什么事吧？"

马小军含含糊糊地说："哦，没什么大事，没什么大事。"他不想把妻子患重病的事现在就告诉桐芳，也暂时没有告诉公司办公室的人。他担心一旦大家都知道了，那些从湖北一同来到深圳并肩战斗过一二十年的老战友，一定会一窝蜂地去医院看望曾秀云，一来他毕竟是公司董事长，太多的人去医院探望影响并不好；二来也担心影响曾秀云的情绪，因为还没有把真实病情告诉妻子。

可他站在明显比昨天整洁多了的客厅里，感觉房间都明亮一些，心里就轻松了一点。他觉得，家里有了桐芳，一切就顺了，他没有想到这个平时不怎么起眼的公司工勤员，在这个时候，还真让他深深地舒了一口气。

桐芳端上为马小军准备的饭菜，让马小军趁热吃，自己去照顾老爷爷马卫山。桐芳再次回公司工作以后，平时经常在周末的时候来到马小军的家里，帮着曾秀云做一些家务，所以，桐芳对马家已经是熟门熟路了。

她照顾好大家吃完饭，又把碗筷收拾好洗完，就对马小军说："马总，今晚我去医院陪曾姐，把马正换回来，你们明天还要去医院陪曾姐继续做治疗。"

马小军觉得，也好，明天妻子要手术，家人都要去医院，如果马正今晚不睡，明天没有精神，所以就答应了。有了桐芳，乱了套的家又规整了，而且曾秀云和桐芳特别合得来，桐芳去陪她再合适不过了。

当晚，桐芳就去了医院，陪了曾秀云一夜。曾秀云知道桐芳去了家里，一颗心也放下了，因为她知道桐芳完全可以照顾好因为她病了而乱了套的家，特别是能让老爷爷和小琴琴吃上热饭热菜。

第二天，医生为曾秀云做了手术，手术后通过病理切片检验，仍然维持了医生最初的诊断结论——肺癌（中晚期）。

听到这个消息，最接受不了的是桐芳，因为她没有思想准备。桐芳是在公司办公室听到的，她瞬间觉得都要崩溃了，心痛得无法呼吸，又不好在办公室里面哭，只好一个人又悄悄地躲到那个小仓库里，哭得几乎要晕过去，因为她不能哭出声，心里的难过像一股气要往外出，又使劲憋着喘不上气来。她已经经历了一次父亲的死亡，她觉得现在这个世界上，自己最亲的亲人就是曾姐了，可曾姐又得了癌症。

那天晚上，桐芳没有去医院陪曾秀云，因为她哭得眼睛红肿，不敢让曾秀云看见。

肺部手术是比较大的手术，那时候微创手术还不成熟，医生仍然用的传统方法，创口比较大。病人手术后的痛苦往往不在病灶上，而在于手术后的创口愈合。手术进行了6个多小时，从手术室出来已经是下午3点多了，曾秀云还在麻醉中，她面如白纸嘴唇没有一点血色被推出手术室时，知道家人都在门口，她微微睁开了眼，可目中无光，又疲惫地闭上了眼睛。

手术后的第一个夜晚，是马小军和马正陪在身边，两人都通宵没睡。

那个跟着马小军南来北往吃了一辈子苦的曾秀云，因为消瘦深深地陷在病床里，不仔细听，都听不到呼吸声，她挺得过死神的威胁吗？

第九章

曾秀云住院期间，桐芳把照顾曾秀云、照顾马家，当作自己生活的全部，全身心地投入了进去。她白天在公司里上班，下了班就直接去马家，买菜烧饭，照顾老爷爷马卫山和小琴琴吃好饭后，再帮小琴琴洗好澡。虽然桐芳读书不多，但她会督促小琴琴做作业，直到马立回来把小琴琴接走。这时，桐芳再把洗好了的衣服晾上，然后把马小军或马正的饭菜弄好，放在电饭煲里热着，做完这一切往往已经是晚上9点多了，她再去医院把马小军或马正替回来，然后留在医院里陪护曾秀云，直到第二天早上。

曾秀云手术后的头几天，因为大小便不方便，每天晚上都是桐芳照顾，由于已经有在家乡照顾父亲和中风老人的经验，桐芳对曾秀云的照顾更是尽心周到。头三天，曾秀云刀口疼，小便也不畅，憋得她很难受。夜里她见桐芳太辛苦，所以尽量忍着不呻吟，可只要她稍稍一动，桐芳就醒了，好像有心理感应似的，马上就会知道她要尿尿，立即给她拿来便盆。那几天，一夜下来，桐芳睡不了几小时。

一开始她不觉得累，也不觉得困，夜里就挤在曾秀云的床边打一会儿盹，早上6点醒来，就去为马家买菜，送到马家，然后再去公司上班。中午的时候，小琴琴在学校吃饭，马立在单位，马小军和马正一般在医院，家里只有老爷爷马卫山一个人，桐芳就在公司食堂里打两个简单的菜，利用中午休息的时间，匆匆赶来马家给老爷爷送饭。反正老爷爷马卫山吃东西不讲究，一碗青菜，一个馒头，就可以了。然后，桐芳回到公司，又到上班时间了，下午下班后再赶到马家，为全家人烧饭。这样连着日子转，铁打的人也会困，也会累，有时候，桐芳只要趴到桌上，一会儿就能呼呼地睡着了。

　　一个周末，成虎去医院探视曾秀云，看到了桐芳，一开始以为她是马家请的陪护。可他晚上再到马家去看老爷爷马卫山时，发现白天在医院看到的那个陪护正在马家的厨房里忙活。成虎觉得这个人好勤奋，默默无声地总在不停地干活，就对马卫山说："你们家新找的保姆真勤快。"

　　马卫山说："哎呀，哪里是保姆哟，是小军他们公司的。自从儿媳妇生病，我们家就塌了半边天，亏得是这个桐芳姑娘顶了半边天，晚上还要去医院陪护秀云，就是铁打的人，天天这样哪行啊？"老爷爷很心疼桐芳。

　　马小军本来想将家事和公司的事分开，所以一开始根本没有想给公司添麻烦，什么也没告诉公司，后来妻子癌症确诊，又进行了手术，就越来越觉得自己公司医院家里来回跑，已经力不从心了。这时候，桐芳突然出现，那真是雪中送炭的感觉，他身上的压力一下减轻了一半。那段日子，马小军觉得如果没有桐芳，真的不敢想象，家会变成什么样子。

　　马立和马正都很感激桐芳，他们觉得桐芳真像家里人一样无微不至贴心贴肝，特别是对待母亲曾秀云就像对待自己的亲人。马立就和父亲商量，提出应该付桐芳一点钱，等于是加班费，不能让桐芳白干。马小军也觉得应该。

　　那天，马立将一个装有3000元的信封交给桐芳时，桐芳不知道里面是什么，当她打开信封发现是钱时，她就哭了。她说："曾姐待我比母亲还要好，我没有报答的机会，只做了这么一点点，出个力而已，还要给我钱，你们把我当什么了？"

　　马小军说："桐芳，这是你应该得的劳动报酬，你们家经济条件不好，你干得这么辛苦，怎么可以不给钱呢？这是你的工资。"

　　桐芳说："我有工资！公司不是每个月都在给我发工资吗？"

　　"那是你在公司的劳动所得，你在我们家干的是公司以外的，就应该有以外的报酬，收下吧。"马小军说。

　　桐芳非常执拗地说："不，我不能收，我坚决不收。"说完，把钱放在桌上，就去医院了。

　　后来，马小军跟马立商量，就按每个月3000元的工资，帮桐芳存起来，找个合适的时候，再交给桐芳。

自从曾秀云住进了医院，公司办公室和曾秀云所在企业医院都有人不断去医院探视，但只有桐芳每天下班后直接去马家，帮助操持家务，晚上还要去医院陪床。公司办公室知道尽管桐芳是自愿的，但这样白天在公司上班，晚上到马总家，时间长了，她身体再好，也是坚持不下来的。

这样，有公司其他领导提出，曾秀云是公司的老员工，而且是公司集体转业前的老工程兵，马总家里一家都是男人，并且上有老下有小，家中没有人操持不行。公司目前正处在爬升期，一切又离不开马总，虽然马总自己不说，但不能让马总家里家外这样透支身体，公司理应出面帮助解决马总家的困难。于是，公司领导让办公室安排一个专人去照顾曾秀云。

办公室主任知道，照顾曾秀云最合适的人选就是桐芳。于是，办公室决定干脆叫桐芳白天不要到公司来上班了，公司正式派她去马总家照顾曾秀云手术后的康复。

这样，桐芳算是正式来到了马小军的家中。

10天后，曾秀云出院了。她在住院期间最担心的就是，这一个都是老爷儿们的家，不知道会弄得怎样的鸡上灶狗上墙了。她知道桐芳会帮他们把饭弄到嘴里，但没有想到桐芳还会把家里弄得这样井井有条，甚至比她在家时还整洁。桐芳晚上在医院里陪护她，端屎导尿，一个晚上也睡不了几个小时，白天回来又把家里收拾得这样整洁，曾秀云非常感激地看了桐芳一眼，一只手一直握着桐芳的手，她感到桐芳的手心暖暖的。

桐芳扶着她到卧室里躺下。这次肺癌手术，是一个大手术，创伤不小。对于人的身体来说，开刀后伤口的恢复对体能的消耗更大，也使人在恢复的早期，显得特别虚弱，曾秀云躺到床上以后，一边感到还是回到家里让人踏实，一边也感到浑身真正散了架子了，就闭上了眼睛。

因为术后疼痛，又住在医院里，一直在担心家里的一帮人，曾秀云一直睡不好，回到家里就有一种又活过来的安定感，她想要好好睡一觉。这时丈夫马小军和儿子马立、马正都退了出去，曾秀云听见门被轻轻地掩上了。

曾秀云闭上了眼睛，可并没有马上睡着，视觉中一切都没有的时候，听觉就变得敏感起来。过了一会儿，她就感到门又被轻轻推开了，有一个人悄悄地进了房间，然后就听到床头的一把椅子"吱呀"地响了一声，她知道进来的人坐到床前的这一张椅子上，一声不吭，就那么静静地坐着。她以为是丈夫马小军，因为马小军在医院里就总是这样坐在她病床前，一声不吭地坐很久，把一份丈夫对妻子的关切和爱，全部表现在这一坐就很久的时间里。不过，在医院里，特别是在她手术后的那两天，丈夫是一直握着她手的，今天没有，就这么一直静静地坐着。丈夫坐在自己的床前，这让曾秀云觉得是一种守护，她的内心便增添了一份安定。她太累了，便没有睁开眼睛，她实在想睡，然后就睡着了，回家的第一天，她睡得沉沉的。

不知睡了多久，曾秀云醒来，睁开眼，天色已经暗了。她眨了眨眼睛，再看看仍坐在床前的人，发现不是丈夫马小军，而是老爷爷马卫山。曾秀云心里一暖，不由得喊了一声："爷爷。"她平时一直和孩子们一道喊马卫山为爷爷。

这个时候，马卫山是闭着眼睛的。儿媳妇生病以后，一开始家人是瞒着老爷爷的，只是说曾秀云病了。后来要做手术，而且是大手术，就瞒不住马卫山了，但也没告诉老爷爷是肺癌，只是说，肺上长了一个瘤子，要开刀切除。马卫山心里就明白了，不管是什么病，儿媳是生了大病，肺部开刀一定是大手术，他就感到家要乱套了，他太知道儿媳妇在这个家里的作用了。

老人什么也不问了，就坚持要到医院去看看儿媳妇，他担心儿媳妇有什么意外，家人劝他也劝不住，马小军只好让马正领着父亲去了医院。

曾秀云看见老爷爷来了，当然怕他担心，就装出一副很轻松的样子，告诉他没事，开完刀就好了。他听到儿媳妇这样说，才放心一些了。为了不让儿媳妇担心，就说，奶奶不在家，小芩芩也变得懂事了，不吵不闹，桐芳的菜做得特别好，特别是那客家酿豆腐。曾秀云自然知道是爷爷让她宽心。

凡关系处得和谐的家庭，一定是相互理解、相互尊重、相互谦让的。马家的关系处得如此和谐，就是因为翁媳关系处得好，给全家人做出了榜样，形成了让人称赞的家风。

动手术的那天，马卫山一定要到医院来。他一直从病房看着曾秀云被推进手术室，然后就坐在手术室的门口，也像今天这样，一声不吭地坐了6个多小时，中间除了去吃了几口饭，上了几次厕所，就一直在手术室的门口坐着，一定要等着儿媳从手术室里出来，家人怎么劝，他也不离开，就那么坐着。

那时的马卫山身体还算硬朗，但毕竟已经是近八十岁的老人了，坐在手术室门口的硬木椅上，家人都很担心他的身体。马卫山不是一个偏执的老人，但军人的作风使他决定了一件事，别人很难转变他。马立和马正担心爷爷坐久了吃不消，于是两个人一边一个地紧挨着爷爷坐着，用他们年轻的身体支撑着爷爷的身体。马卫山知道两个孙子的孝心，于是，就用他粗大的手，一边一个抱着马立和马正的肩膀。就这样，当曾秀云从手术室里被推出来时，马卫山还是由于坐的时间太长，一下站不起来，是马立和马正一边一个用力拉起来的。

马卫山的一生除了在东北抗联的"密营"里和后来成为他妻子的赵兰兰，在一起生活了半年多以外，他的一生，生活中几乎就一直没有女人。儿子没有结婚前，他一直是一个人过着单身生活。在部队时，后来配有勤务员，可勤务员也都是男战士，所以，马卫山在生活中一直都是十分简单，日子也过得比较粗糙。好在他吃惯了苦，不讲究，不觉得苦。

后来，儿子结婚，娶了一位客家女。马卫山虽然是山东人，在东北长大，标准的北方汉子，可他解放以后就基本在南方生活，后来就定居在广州，因此了解客家人的特点，他最喜欢的就是客家人的吃苦耐劳，客家妹一般不娇气，尤其是贫苦人家的女孩。可他没有想到，进了马家的儿媳妇曾秀云，为这个家撑起了一片天，家里家外操劳，不仅为马家生了两个健康的儿子，还把他们培养成优秀的孩子。不仅如此，曾秀云后来还是整个家庭的凝固剂，马卫山后来对儿子马小军说："没有秀云，绝对不会有今天的马家。"

离休后的马卫山，来到深圳和儿子一家住在一起，就是曾秀云到广州硬把他接来的，那时候，现在住的这个公寓楼刚刚盖好。此前曾秀云他们一家一直住在临时建筑里，刚到深圳时，还曾住过一段时间的竹棚，就是想接马卫山过来，也没地方居住。所以，新房子一盖好，曾秀云就把一个人在广州生活的公公马卫山接到深圳来了，一家人在一起生活。这是马卫山一生中，第一次过上其乐融融的家庭生活，曾秀云不仅对他尊重有加，而且把马卫山的日常生活照顾得井井有条。马卫山曾对部队来看他的老战友说，这是他一生中最安逸的日子，没有儿媳曾秀云，他就是一个老光棍了。

所以今天儿媳妇病了，生了大病，他觉得天都快要塌了。他一直放心不下，就那样守在手术室门口，等待着儿媳妇安全地从手术室里出来。

那天，曾秀云从手术室里被推出来以后，麻醉时间还没有过去，所以，睁了一下眼，就又闭上了，马卫山被两个孙子拉起来以后，就一直随着护士将儿媳妇推到病房里。曾秀云还一直在昏昏地睡着，到傍晚的时候，曾秀云才醒来，睁开眼，首先看到的也是像今天这样，老爷爷马卫山坐在病床前，一副关切的眼神，家里其他的人，包括小琴琴都围在床边。

那天，在医院里，马卫山直等到曾秀云醒来后，才答应和琴琴一块回家，其实，那一天他也没吃什么东西，马立只好一直站在他身后，特别担心爷爷晕倒了。

今天儿媳妇出院回家，马卫山感到一直悬在心里的一块石头要落地了，儿媳妇回到家里，这个家才像个家。当儿媳妇睡下以后，马小军又接到一个电话，因为公司有事，就急忙走了。马立那天单位里他主导的项目最后定标，他也匆匆地走了。只有马正留在家里陪着母亲，可这些日子马正也瘦了一圈，明显没有睡好，坐在那儿竟然打瞌睡，马卫山就让他到自己的屋里躺一会儿，马正几乎是头一挨枕头，就呼呼睡着了。

桐芳出去买鲇鱼去了，因为在他们家乡认为凡动手术的病人，都要喝鲇鱼汤。鲇鱼是一种主要产于珠江和长江流域的鱼种，这种扁头阔嘴无鳞长着四根胡子的鱼，肉质细嫩又少刺，熬成的鱼汤美味浓郁，没有鱼腥味，鲇鱼因为富含蛋白质和脂肪，营养丰富，尤其适宜体质虚弱和营养不良的人快速补充营养。

曾秀云开刀的第一天，桐芳就买来这种鲇鱼，用文火慢慢熬出白白浓浓的鲇鱼汤，然后拎着熟透了的鱼尾，抖一抖，鱼肉就掉进了汤里，她仔细剔去汤中的鱼刺，再放上几块豆腐，放一点白米饭，然后用保温桶装上，带上切好的葱花，送到医院里。在打开保温桶喂曾秀云吃的时候，再撒上葱花，鲜美的鱼汤，带着葱花的香味，弥漫在整个病房里，也让病友们十分羡慕。这种鲇鱼汤不仅让曾秀云有了食欲，而且其丰富的蛋白质，确实促进了伤口的愈合。在那段日子里，桐芳每天都去买一条鲇鱼，后来鱼档的小贩就专门给她留着，所以，曾秀云一回家，桐芳就匆匆去菜场买鲇鱼了，今天她要给曾秀云做红烧鲇鱼，变变口味。

留在家里的马卫山，不放心大病归来的儿媳妇，就一个人悄悄坐在床前，守在这儿，怕她醒来身边没人。但他毕竟是一位快八十岁的老人了，坐着坐着，眼睛就闭上了。这时，突然听到有人叫，他立即就睁开了眼，看见曾秀云醒了，十分关切地问："醒了，要喝水吗？"说着，将放在身边的一个保温杯拧开了盖子，递上他事先泡好的淡茶。

曾秀云看见坐在床前的不是马小军，而是老爷爷马卫山，心里就涌上了一股暖流。她接过杯子，喝了一口，一股暖暖的甘醇的茶水滑进了胃里，浑身都透着一股舒适感，她的眼睛湿润了，声音有点哽咽地说："爷爷，你不用坐在这儿守着，我好多了。"

马卫山看见曾秀云醒了，精神也好多了，就高兴地说："好了，就好，好了，就好。你是为这个家操心累的，你要好好休息，好好休息。"

马卫山也不知道对儿媳妇说些什么好。这时，他起身朝着门外喊："马正，马正，你妈醒了。"然后回头望着这个几乎为马家付出了一切的儿媳，心里涌上无限的关爱。作为一个公公，他的感慨就是，儿媳太贤良、太温顺，只知道为别人着想。

其实，在马家支撑着世上如此少有的和谐气氛，曾秀云真的是一个精神楷模。她嫁给马小军，进了马家，马家是这样的一种特殊结构，一进门，只有一个公公，没有婆婆，也没有兄弟姊妹和其他的家人。然后，她作为丈夫马小军所在的工程兵团卫生队医生，跟着部队也是南征北战，只是没有硝烟，只有开山碎石的放炮声。基建工程兵部队是哪儿有国防工程，就开到哪儿去施工，生活总是谈不上安定。而且国防施工工地，往往没有较好的后勤保障，连部队营房都要自己去盖，所以，他们总是住临时工棚，等到把营房建好了，往往又一个国防工程下达了，又要开拔，又要重新建设。他们开玩笑说，基建工程兵也是"打一枪换一个地方"，一直在调动中，没有安定。

后来，她怀上了孩子，生第一个孩子马立时，丈夫马小军还在身边。可生第二个孩子马正时，马小军因为参加一个重要的国防工程，调到广西去施工了，战备任务紧急根本就不能回来。本身也是军人的曾秀云明白，部队就是这样，一切以国家利益为重。

孩子逐渐长大以后，由于部队不停地调动，对孩子的学习很不利，中间有一段时间，曾秀云带着孩子到了广州，和马卫山在一起住了一段时间。再后来，马小军的基建工程兵部队调到湖北去修一个水上飞机场，在那儿相对稳定下来，曾秀云为了丈夫又带着孩子到了湖北。接着，大儿子马立又回到广州上学，和爷爷在一起生活。这样，曾秀云湖北广州两边操心，既要工作，又要照顾家庭，真的很辛苦。

直到部队调来深圳后，集体转业，这样全家才最后安定下来。这时，曾秀云首先把儿子接来深圳上学，然后等房子盖好后，马上就把公公接到身边养老。

如今儿子成才，孙女出世，深圳建设得越来越好，公司的发展也越来越好了，可曾秀云却病倒了。老爷爷马卫山怎么不心痛？

曾秀云回到家中，在桐芳的精心照顾下，在家人的关爱中，在孙女的欢声笑语中，身体慢慢恢复，马家生活中的一切，也逐渐恢复了正常。

邓小平南方谈话发表以后，改革开放又往纵深发展，深圳经济特区迎来又一个建设高潮，至此又经过七八年的发展，时间进入2000年，马小军的公司此时也进入了重要的转型期。

南方谈话发表以前，深圳经济特区的城市中心在罗湖。后来深圳热火朝天的建设高潮，也带动着城区的发展。由于深圳城区的东边，紧挨着罗湖的是一座面积达30多平方公里，海拔900多米，并且已经被国家批准为国家级森林公园的梧桐山。而紧邻梧桐山的是深圳重要的生活水源，库容量达4500多万立方米，集水面积达60多平方公里的深圳水库，这个水库还承担着向香港市民供水的重责，所以整个城市的中心往西发展，而西边就是马小军公司所在地猫颈田，这时已经改名叫景田的这一边。

城市进入了高速发展期，作为以承接市政工程为主的马小军的公司，必然迎来重大机遇。但深圳是市场经济，哪怕你是市属国企，机会也不会自动分配给你，必须你去抓，去竞争，去投标，所以马小军也是日忙夜忙，公司为适应市场的变化而进行内部改革转型，已把出身于计划经济的基建工程兵队伍，真正地改造成为市场经济下的现代企业，这有点脱胎换骨的味道了。

又经过七八年的发展，公司已经渐渐地转型成一家有一定社会竞争力的企业，而且规模也一天一天地在壮大。公司招进了大量大学毕业生和专业工程技术人员，员工从最初的1000多人，发展到现在已经有3000多员工了。马小军还在带着班子成员，努力地把公司改造成一个真正的现代企业，而现代企业是有许多量化指标的，要通过一项项的考核。因此，不仅公司上下压力巨大，马小军本人也在努力学习提高中。

此时，离马小军的退休年龄，也越来越近了，这更使马小军有一种紧迫感，他几乎日夜都泡在公司里，像一个运动员在做最后的冲刺，以努力争取公司有一个好成绩再把它交给下一棒。

深圳城市建设的大发展，给搞规划设计的马立，无论从其个人专业的发展，还是其所在单位，同样带来重大机遇。

经济的高速发展，必然需要资金，于是，银行也变成一部高速运转的机器，那时的马正虽然还只是一个普通的银行职员，但由于他是科班出身，而且来自名校，也逐渐受到单位的重视。再加上在深圳许多重要金融岗位都有他们的校友，所以，马正个人也是遇到了好的发展机遇，银行工作也十分繁忙。但马正后来放弃了这条路，这是后话了。

马家的人都投入到十分繁忙的工作中去了。于是，家里留下了一个老人马卫山、一个小孩琴琴，还有一个恢复中的病人曾秀云。曾秀云毕竟是一个刚刚动过大手术的癌症患者，已经无力继续照顾这家老小的日常生活了。

这时，支撑着马家的人是桐芳。

现在由桐芳操持着马家的家务，她不但要照顾病人曾秀云，还要照顾一老一小，成了马家离不开的后勤保障，所有人都觉得家里离不开桐芳了，桐芳甚至成了马家人在外安心工作的依赖。

可桐芳毕竟是公司派来照顾曾秀云的，现在曾秀云已经出院，马小军作为公司的董事长，认为不能长期让桐芳在自己家里照顾妻子，这样有点公私不分，影响不好，可家里又离不开她。于是，马小军和妻子、父亲以及儿子马立商量后，决定和桐芳谈一次，由桐芳自己做选择。如果桐芳愿意留下，就要辞去单位工勤员的工作，由马家来发给她工资。马家决定给桐芳比公司要高一些的工资。如果桐芳不愿意，那么桐芳就要回公司上班。如果桐芳说周末愿意来帮忙，马家要继续给桐芳加班工资，但根据马家目前的状况，他们要另请保姆，因为现在家里不能没有人。最后决定由曾秀云和桐芳谈。

曾秀云把这个意见告诉桐芳以后，见桐芳要张口说话，又关切地说："桐芳，你要好好考虑一下，虽然你现在不是一个正式工，但公司毕竟是一个国有企业，保障性应该会好一些，你不能因为感情来做选择。但你如果选择来我们家，我们也要给你力所能及的保障，例如，我们会继续给你缴社保，社保还是在公司缴，只是钱由我们出，可以保证你将来退休有退休金。"

可桐芳听后，连犹豫半会儿都没有，就说："曾姐，你的身体在恢复中，爷爷年龄大了，琴琴还那么小，现在家里哪里离得开人？我留下，不要工资都行，有饭吃有地方住就好了，一直到你恢复好为止，我再去找工作。"桐芳甚至有点激动，脸都涨得通红。

曾秀云听得出桐芳是有诚意的，真的有一颗滚烫的心，她伸手拉过桐芳的手，桐芳的手也是滚烫的，曾秀云将她紧紧地握在手中，心也被桐芳温暖了。

桐芳的手握在曾秀云的手心里，也感到了曾秀云滚烫的心。曾秀云对桐芳，和桐芳对曾秀云的感情，都是那么淳朴，不是一个雇主和保姆的感觉。

第二天桐芳就到公司里去办辞职手续。尽管她一直是临时工，可包括她早先在那个保洁公司，到后来进公司办公室当了工勤员，桐芳已经在公司里工作了好多年，她诚实、勤快、认真，给大家留下了很好的印象。还有一点是大家共识的，即桐芳这个人，人前人后一个样，再加上大家或多或少都知道她的一些经历，大家对她都有一份同情。除此以外，大家还都喜欢她，办公室里的同事都有些舍不得，纷纷拉着桐芳的手，让她经常到公司来玩。

最舍不得桐芳的是那位办公室副主任袁大姐，她是桐芳的直接领导，也最了解桐芳。袁大姐拉着桐芳的手说："过段时间就是春节了，节前你一定要过来，今年公司发的年货，我还会给你留一份。"

公司每年年末都会给每一个员工置办一份年货，这是公司员工的福利，也是多年的传统。办公室袁大姐这样说，就是表示我们还是把你当自己人。不仅如此，她还接着说："以后你要经常来，马总已经和我打了招呼，你的社保虽由马总出钱，但还在我们办公室里一起缴，公司里有福利，我都会给你留一份。"听得桐芳心里暖暖的。

桐芳又到她负责保洁的两位副总办公室交接和告辞，两位老总都舍不得桐芳，其中一位刚好领到奖金，他立马从中抽出1000元，放在一个红色的"利是"包里，对桐芳说："你辞职走了，今年的'利是'我要提前给你。谢谢你这么多年为我打扫办公室。"说着，硬塞到了桐芳的手上。

广东人有在过年的时候，给晚辈派"利是"的传统，不在乎多少钱，而在于一个美好的祝愿。现在在过年期间，基本每一个单位的大厅里，都会摆放一大盆结满果实的年橘，橘树上也会挂满红色的"利是"包。公司虽然是部队在深圳集体转业的，但也和深圳其他公司一样，入乡随俗有了这个传统，公司领导一般也会在新年的时候，从自己的奖金中拿出一点钱，放进"利是"里，然后派给公司里的员工。其实这个"利是"包里的钱并不多，早期一般是10元、20元，后来逐渐增加到50元，最大的也就100元，这主要是一种感情交流。桐芳在公司时，每年都能收到大家给的"利是"包。今天这位副总给的"利是"包有点大，他是为了表示对桐芳多年服务的感谢，一定要桐芳收下。可见桐芳在公司上上下下，对她都很喜欢。

中午，趁着大家午休时，桐芳一个人来到办公楼的那个小仓库，这个小仓库平时是由桐芳负责管理的，她要清点一下，好做一个移交，尽管里面放着的只是些扫帚之类的物品，她也要清点清楚。另外，她还有一点私人物品放在这个小仓库里，也只是几件旧衣服和工作服，她也要把它们清理出来。

走进这间小仓库，桐芳轻轻地掩上了门，没有窗户的房间立即是一片黑暗。她按了一下墙上的电灯开关，昏黄的灯光，使房间里分不出是白天还是夜晚。

桐芳站在那儿半天没有动弹，因为她恍惚一下失去了时间概念，想不起自己这些年是怎么走过来的。从最初住在集体工棚里，到后来检查发现自己不孕，再到后来丈夫将女人带回家，以及父亲的去世，等等，自己极其痛苦的时候，就躲进了这个小仓库。她没有家，没有亲人，因此也就没有诉苦的地方，只能一个人躲在这儿舔伤。没有人知道，在这个小小的没有窗户的仓库，曾经留下多少桐芳的眼泪。

虽然公司办公室的袁大姐对桐芳一直很关心，但她也不知道那些静静的午后，桐芳一个人躲在这儿哭泣，桐芳甚至还在这个小仓库里过夜，就睡在那一堆扫帚堆上。

直到遇上了曾秀云，直到自己走进了马家，不只是像母亲一样的曾秀云，还有那慈祥的老爷爷，还有那看起来严厉实际上内心温暖的董事长，还有这一家人，使她体会了这个世界上还有这样的好人。所以，当她走投无路的时候，当她从家乡匆匆逃出来时，投奔的也是曾秀云。

桐芳是怀着一颗报恩的心，义无反顾地辞去工作，走进马家的，对未来她没有想太多。她只是觉得，此时马家需要她，她就应该去。

桐芳在小仓库里流了一会儿眼泪，她知道自此离开后再也不会回来了，她把小仓库整理得井井有条，把每一件工具都做了登记，在物品清单上签了最后一个名，然后郑重地把它挂在墙上，一目了然，表明有一个叫桐芳的人曾经在这儿工作过，对仓库里的物品负责。最后，她掩上房门，悄悄地退了出来。

桐芳回到集体宿舍后，收拾了她简单的行李，也就是那个最后从老家出来时，带的黑色的帆布箱来到马家。

曾秀云已经做了安排，她将马正的房子腾出来给桐芳住，她让马正先搬去哥哥家住一段时间，反正嫂子麻君婷在美国，当时是马立一个人住三室一厅，能腾出一间卧室给马正。

桐芳走进房间的时候，床都铺好了，曾秀云给桐芳准备了新被子新床单。

当天晚上，桐芳躺在床上，盖着的新被子透着一股新鲜太阳的味道，她知道白天时曾姐专门晒过，所以她在被窝里暖暖的，特别像小时候父亲还没有瘫痪前，抱着自己晒太阳的感觉。

房间的床头柜上放着一张银行卡，这是马小军给她存的钱。上次给桐芳被拒后，马小军就一直存着。如今桐芳辞去了公司的工作来到马家，马小军就让曾秀云将这笔钱一起交给了桐芳，并且告诉桐芳，以后每个月会按时给她的卡里存进3000元工资。后来工资逐渐增加，到最后已经涨到每个月5500元了。每年的年节，马家人都会以奖金的方式，另外给桐芳一笔钱，另外给的钱，足够桐芳日常开销，如此，桐芳除了每月给母亲生活费，基本不动用存进去的工资。20多年后，这笔钱加上利息，已经足够桐芳养老了。

桐芳久久没有入睡，她感觉自己的人生变了。走进马家，不知道为什么，她感到这个世界上没有任何一个地方，让她心里这样踏实，总觉得马家就是自己的家了，心，好像有一种归属感。她在心里暗暗地说，一定要照顾好曾姐，一定要照顾好老爷爷，一定要照顾好小芩芩，就是这样默默地念叨着，睡着了，睡得很安稳。

第十章

马家逐渐恢复了。自从曾秀云出院回家,又来了桐芳,这个因曾秀云生病而乱成一锅粥的家,又走回了正轨。

桐芳知道自己是以一个保姆的身份走进马家的,但她心里是把马家人当成自己的亲人而尽心尽力的,特别是对被她称为曾姐、在心里实际上是当作母亲的曾秀云,桐芳几乎是注入了她的所有感情,照顾得无微不至,让曾秀云心里一直暖暖的,两个人的感情更深了一层。

曾秀云出院回家后的第二天,家里人上班的上班,上学的上学,家就安静下来了。每当桐芳忙完家中一应事情后,下午有了一点空闲,她没有歇着,而是走进了曾秀云的房间。这时,曾秀云虽然已经能下床活动,但毕竟大手术后身体虚弱,一走动头就晕,两腿也发软,只能在床上躺着。桐芳走到曾秀云床前说:"曾姐,我帮你洗洗头吧。"

曾秀云知道自己不能动弹,怕起不了身低着头洗头会头晕,就说:"不用了,过两天吧。"

桐芳说:"快过年了,天气越来越冷,趁今天太阳好天气暖和,洗洗吧,洗完到阳台上晒晒太阳,你都好长时间不见太阳了。"

曾秀云说:"不行啊,我头晕。"

桐芳说:"不要紧,我有办法,你只要仰躺着就行。"

说着,桐芳把小琴琴洗澡用的大塑料盆拿进了曾秀云的房间,又搬来一个木凳子,将凳子放在塑料盆里,然后让曾秀云仰躺在床上,把头搁在凳子上。她已经烧好了一大壶热水,将另一个小一点的塑料盆放在脚下,将热水兑成适度的温水，然后用一个小勺盛着水，一点一点地淋在曾秀云的头发上，一边淋一边洗，还不停地用壶里的热水，兑着盆里的水，始终保持着洗头水的温度。就这样，给曾秀云舒舒服服地洗了一个头，还轻轻地给曾秀云按摩了一下头皮。

洗得很舒服的曾秀云问桐芳："你从哪儿学会的洗头？怎么洗得这么舒服，像外面发廊里一样。"

桐芳笑笑说："没有结婚以前，我曾和村里的小姐妹一同出来挣钱，在家乡县城里打短工，在发廊里学过。"

洗完头以后，桐芳擦干曾秀云头发上的水，给她穿上厚衣服，然后将曾秀云扶到阳台上。老爷爷这时候出去和别人下军棋了，桐芳让曾秀云半躺在老爷爷马卫山平时喜欢的那张藤椅上，又在她的身上盖上一床毛毯，让她好好地晒晒太阳。

那天，是曾秀云手术以后感到最舒服的一天，浑身上下都透着一种轻松，术后的疼痛也逐渐消失了。她半躺在藤椅上，眯着眼睛，感受着太阳的温暖，阳光透过眼皮，使世界呈现出一种充满生机红彤彤的色彩。

生病以来，特别是手术以后，躺在医院里，吃着数不清的药，越吃越迷糊。推进手术室前，人就已经被镇静剂注射得迷迷瞪瞪的。躺到手术台上，麻醉以后，便是什么都不知道了，当然也不知道在手术室里待了多长时间。手术结束后仿佛听到主刀的医师说："好了，送回病房吧。"就觉得自己被医师和护士一道连同床单从手术台上移到推车里，然后又被推回病房。

麻醉药效力过后，人仍然是半迷糊半清醒，然后就是手术后伤口的钻心疼痛，由于刀口比较大，这种疼痛也就扩散到全身，一种无法忍受又必须忍受的疼痛。人，只能在疼痛中不时地进出呻吟，接着又被止痛药、止痛针弄得迷迷糊糊。

她在医院里，忍受着癌症对心理的冲击，忍受着手术对肉体的折磨，忍受着死神到底离自己有多远的精神压力，而对家中老的老小的小将来怎么办放不下，又让她顽强地活着。所以，总有一种世界都不真实了的感觉。

回到家中，回到亲人的身边，重新睡在睡了多年的那间房和那张床上，特别是老爷爷坐在床前的身影，小孙女"奶奶、奶奶"的叫声，两个儿子一人搀着她的一只手，还有夜晚丈夫又躺在自己的身边，这一切，使她还是不太清楚是噩梦醒来，还是仍在梦中。

只是在今天，在桐芳为自己舒舒服服地洗了一次头以后，然后又在如此温暖的阳光里，曾秀云才真真切切地感到自己又回到了人间，回到了家里，这个感觉是真实的。此时她想，管他还能活多久，都要好好地活下去，而且要把每一天都过好，因为这么多亲人把心都放在她的身上，她过不好，亲人们能过得好吗？她想，一定要把这个家维持得仍然其乐融融的。

这时，她看见桐芳在屋子里忙来忙去的，给她端来了一杯热牛奶，还不忘在牛奶杯里放一支吸管，因为在医院手术后，曾秀云无法起身，桐芳就把琴琴用的塑料吸管插在杯子里，让她可以躺着时吸着喝水，这也是她在老家医院里照顾自己父亲时学会的。

曾秀云将一杯牛奶喝完，浑身又感到一阵舒畅，她看着桐芳离去的背影，突然叹了一口气，脑子里闪出一个念头：我没有生下女儿，难道这是老天爷给我送来的一个女儿？

曾秀云不由得笑了笑。她年轻时就非常想有一个女儿，而且一直是藏在心里的一个遗憾。

人世间，人们总喜欢把人与人之间命运的耦合，称为缘分。实际上这是一种情感的相通，因为缘分不能把两个情感完全不同的人，耦合到一起。曾秀云和桐芳，这两位都是来自客家这个族群的女人，相同的文化背景，使她们之间有了一种缘分，一种人世间美好的缘分。

这种缘分，好像还有一种一报还一报的因果关系。先是桐芳在人生最困苦的时候遇上了曾秀云，后是曾秀云在人生最需要人照顾的时候，桐芳走进了马家，因而形成了一种人间美好的因缘。你曾经帮助了我，我就应该回报你，大家都是那种不带有任何功利的想法，都是那么自然而然，这也许就是人性本来应该有的样子。

桐芳走进马家，曾秀云虽然以保姆的待遇，每月给桐芳发工资，可在曾秀云心里就没有把桐芳当外人。自从那次桐芳帮她洗头发以后，她在心里更是把桐芳当作女儿。后来，随着曾秀云身体的逐渐恢复，她也像一个母亲一样，开始为桐芳洗头。

桐芳年轻，一头又黑又密的头发，而且可能是汗腺发达，她特别容易出汗，劳动量一大就是满头大汗。一天，桐芳在帮曾秀云洗头的时候，桐芳的长发撩到了曾秀云的脸上，曾秀云闻到了一股汗馊味，她洗完头以后，拉住了桐芳的手说："来，我也帮你洗洗头。"

桐芳一听，自然不愿意，心想曾姐怎么可以帮她洗头呢，就急忙推辞说："等到有空，我自己洗。"

曾秀云不容桐芳推辞，拉着桐芳的手，进了洗手间，打开了水龙头上的热水，调好了水温，像一个母亲一样，在洗脸盆上帮桐芳痛痛快快地洗了一个头。洗好以后，她让桐芳坐在马桶盖上，用电吹风帮桐芳一点一点地吹干了头发。看着桐芳一头乌黑浓密的头发，随着电吹风的吹干而蓬松起来，曾秀云忍不住将桐芳浓密的头发，抓了一把放到鼻子上，深深地闻了闻，一股好闻的洗发水的香味，她感到这其实是年轻人的味道。曾秀云从桐芳的身上看到自己年轻时的影子，她想，年轻真好，也越来越觉得桐芳就像自己的女儿。

可她不知道，此时低着头的桐芳满眼是泪，她已经想不起自己的母亲什么时候给自己洗过头发。曾姐要是自己的母亲多好。

后来，直到曾秀云再次病重前，她几乎是每周都要给桐芳洗一到两次头。虽然每一次桐芳都推辞半天，可每一次曾秀云几乎都是将桐芳的头按在盆里洗的，边洗边数落桐芳要经常洗头，曾秀云把给桐芳洗头当作一种母爱的释放。

因为有了桐芳的到来，使曾秀云在生命的最后日子里，有了一段美好的时光。

桐芳的到来，不仅使曾秀云手术后得到很好的康复，而且老爷爷马卫山和小孙女琴琴都得到了很好的照顾。

桐芳每天早上6点就起床，洗漱后就去给全家做早餐，做好早餐放在笼屉里保温着，然后大约7点钟去买菜。菜场离家很近，本来就是马小军他们基建工程兵团到达深圳时，由部队家属办起来的，然后逐渐演变成一个由政府主导支持的正规菜市场，周边的居民都在这个菜市场里买菜。

桐芳和许多商贩都熟悉，有时会在头一天预订一些新鲜菜第二天取。买好菜大约7点半回家，这时大家都已经起床了。早先的时候，老爷爷有早起锻炼的习惯，后来年纪逐渐大了，家人不放心他早上一个人外出。有时候，桐芳去买菜，就带着老爷爷马卫山，让他也早起活动活动。马卫山喜欢在菜市场里转悠，桐芳就让他挑自己喜欢吃的菜。因此，那段时间里每天早上跟着桐芳去菜市场，是让马卫山心情愉快的事情。后来，2003年非典疫情，那时有一种说法，非典病毒来自野生动物，菜场是个容易传播病毒的地方，于是，桐芳就再也不让老爷爷跟着自己去菜场了。再后来，马卫山年纪越来越大，行动不十分方便，也就不能早起外出了。

吃完早餐大家上班以后，上午的时光反而是桐芳比较轻松的时候，因为除了老爷爷和曾秀云，其他人都不在家吃中饭。只有晚上，大家都会回来一起吃饭，可是由于各自都很忙，马小军、马立，包括后来的马正，都不能每天晚上准时回来吃饭，所以，家里经常是只有四个人吃饭。但四个人，是四代人，各自不同，老爷爷是老人，曾秀云是病人，小琴琴是孩子，桐芳还要尽量兼顾到他们各自不同的口味和需求，因此，每天做饭，桐芳也是费了很多心思。

经过一段时间的休养，曾秀云的身体恢复得不错。手术一个月后，曾秀云在家里待不住了，她觉得自己一切都好了，一直在家里养着，就一直觉得自己是个病人，她要投入到正常的生活中去，她要去上班。这时琴琴已经越来越大，也不用再每天去学校接她。

学校离家很近，就在小区的对面。这所小学也是马小军他们基建工程兵团来了以后，部队家属的小孩没有地方上学，由他们自己建起来的子弟小学，后来政府接过去改为公办小学。老爷爷马卫山不能在早上外出，他就下午出去散步，算好时间，然后去琴琴学校门口接她回家。

上了一段时间的班，曾秀云就一切恢复常态了，她尽量忘记自己是一个刚刚动了大手术的病人，完全像生病以前一样地工作。

这时候，麻君婷要从美国回来了。

直到曾秀云出院以后，马立才将母亲得了癌症的消息告诉麻君婷，因为之前母亲一直不让说，她说君婷在美国读书，告诉了她，她也无法马上赶回来，反而让她为难。马上就要放寒假了，她会回来，到时再说。

麻君婷听到消息后自然着急，想到婆婆到美国来照顾自己生孩子的那些日子，以及女儿小琴琴这么多年来，一直都是婆婆带着，心里也非常内疚和着急，她要马上买机票赶回来。马立告诉她，母亲已经出院了，现在病情比较稳定，目前在家里养病，不用那么急着回来，等寒假吧。麻君婷也无奈，只好隔三岔五地往家里打电话问候婆婆。

这时的曾秀云已经开始每天上半天班了，今天她知道麻君婷回来，特意在家里等着儿子马立从香港机场把儿媳接回来。

麻君婷赶回来了，一进门看到婆婆明显地见老了，也比以前消瘦好多，头上出现了好多灰发，但精神还不错。麻君婷看着就有些心痛，她学着外国人的样子上前拥抱婆婆，可婆婆有点不习惯，身子有些僵硬。麻君婷从婆婆身上闻到一股浓浓的中药味道，表明虽然看起来恢复得不错的婆婆，仍然是一个病人。

这时，桐芳把小琴琴从学校接回来了。麻君婷每年才回来一两次，所以女儿琴琴每次见到母亲，一开始的时候总有点陌生感，她进门的时候看见麻君婷还是愣了一下，张开嘴，麻君婷以为是喊她，结果喊的却是"奶奶"。

曾秀云赶快说："还不快叫妈妈。"她这才怯怯地叫了一声"妈"，麻君婷赶紧将女儿拥到怀里，女儿回应得并不热烈，然后就悄悄地放下书包跟着桐芳进了洗手间洗手。从洗手间出来，桐芳将一盘已经切好放在冰箱里的哈密瓜端了出来，递给琴琴，琴琴拿了一块，然后很有礼貌地将余下的端到奶奶和麻君婷坐的沙发前面的茶几上。这时，曾秀云向麻君婷介绍说："这是桐芳。"

麻君婷已经知道家里来了一个保姆，马立在电话里和她说的。她看到桐芳把琴琴带得确实不错，家里人好像对桐芳都挺满意的，刚才从机场回来的路上，马立还特别关照她，不要说桐芳是保姆，这是妈妈交代的。麻君婷也看到家里多了一个桐芳，一切都显得井井有条的。桐芳和麻君婷打了一个招呼，就进厨房了。

女儿对自己的陌生感，让麻君婷心里有些隐隐不快，但看到琴琴给她端来了哈密瓜，又感到一丝欣慰。每次回来都看到女儿比上一次见长高了一大截，身材越来越像她爸爸，这么小就显得修长修长的，明显个子比同龄人高，人也聪明伶俐，一看就是一个讨人喜欢很懂规矩的孩子。她吃了一块哈密瓜以后，就进房间去写作业了，静悄悄的，没有一点声音。而自琴琴进门后，无论是婆婆曾秀云，还是老爷爷马卫山，虽然在和她唠着闲话，但麻君婷感到全家人的目光都在随着琴琴转，她知道琴琴是全家的核心。

说着说着，就到了傍晚，桐芳已经弄好了一桌子的菜，看得出来是特别为她回来准备的。短暂的接触，麻君婷的心里也对桐芳充满了好感。

晚饭后，曾秀云让马立和麻君婷早点带着琴琴回自己的家。

三人回到自己的家后，麻君婷立即将自己在美国给女儿买的礼物，有衣服、鞋子和玩具，一一拿出来给女儿比试。毕竟是母女，两人的陌生感很快就消失了，开始有说有笑有闹。从走进家门开始，麻君婷几乎就把所有的精力都放到了女儿的身上。试完衣服鞋子，她又从行李箱里拿出一瓶儿童用的香波和沐浴露，要帮女儿洗头。琴琴说："昨天桐芳阿姨给我洗过了。"麻君婷愣了一下，然后闻了闻琴琴的头发，说："不行，又出汗了，再洗一次，妈妈用美国的洗发水给你洗。"不管琴琴愿不愿意，拉着女儿到洗手间帮女儿好好洗了一次头。然后还要照顾女儿洗澡。琴琴已经二年级了，平时洗澡都是自己洗，她已经不习惯光着身子的时候有人在旁边。可麻君婷不但站在旁边，而且非要帮她擦后背、后腿和屁股不可，擦得琴琴嗷嗷地叫着反抗，母女俩在洗手间里嘻嘻哈哈地直到琴琴洗完。

马立见母女俩进了洗手间，自己就走进书房打开了电脑。他的博士论文最近准备出版，他要抓紧时间修改书稿。一会儿，听到外面琴琴已经洗好了，麻君婷正在用电吹风帮女儿吹干头发，然后麻君婷拉着琴琴走进书房，让马立看她给琴琴换上的从美国买的新睡衣。马立知道这些衣服都是美国大型超市圣诞的打折品，因为麻君婷就喜欢买这些东西，有时还会在电话里和马立说。

马立看看表，对琴琴说："琴琴，9点多了，作业做完了，就早点睡，明天还要上学。"然后对麻君婷说："你坐了十几个小时飞机，也快去洗洗休息吧。"

琴琴答应了一声，就进了自己的房间，过了一会儿，房间里的灯就关了。

麻君婷拿了自己的洗漱包进了洗手间，在刷牙的时候，突然发现洗手间里多了一支用过的牙刷，立即警觉了起来。她把整个洗手间翻了一遍，没有再发现其他女人的用品，就拿起这支牙刷看了半天。她和马立结婚多年，当然了解马立的生活习惯，包括马立的刷牙习惯，马立刷牙喜欢偏着刷，所以时间一长他的牙刷刷毛总一边倒，为此她还曾经说过马立，这种刷牙习惯不好，牙齿刷不彻底，可马立总也改不了。但这支牙刷看上去也用过不少时间了，它的刷毛并不一边倒，显然不是马立用的，难道家里曾经来过其他女人？

麻君婷的心情一下坏了，拿了这支牙刷进了马立的书房，"叭"的一声，将牙刷扔到书桌上。

马立正在埋头修改论文，吃惊地抬头问："怎么回事？"

"怎么回事？应该是你告诉我呀！这支牙刷是谁用的？"麻君婷看到马立张口要解释，又从手上拿出另一支马立用的牙刷，说："你别说是你用的，你看看，这两支牙刷一样吗？"

马立看了一眼，然后摇摇头，说："当然不一样，这支是马正用的。"

麻君婷一听，愣了一下，问："马正怎么在我们家里刷牙？"

马立就把桐芳来了以后，家里住不下，马正到这儿住了一段时间的事告诉麻君婷。今天因为麻君婷回来了，妈妈让马正到他同学那儿去住了。

这时，麻君婷听到马正住在自己家里，心里也有点不愉快，就说："马正住在我们家里，为什么不和我说？"

马立说："马正是临时住，他也就是晚上回来睡个觉，平时也不在家里。马正说，你回来后他就去住他们行里的集体宿舍。"

麻君婷本来和马正的关系不错，再加上家里来了一个保姆桐芳，也实在住不下，自己长年在美国，回国也只是住几天就走，所以想想也就释然了。她自我转弯地说："我回美国后，还是让马正来家里住吧，反正你迟早也要去美国的。"

马立看了看麻君婷，没有接她的话，又低头继续修改书稿。

麻君婷只好悻悻地拿起那两把牙刷走出了书房，本来久别的小两口渴望重逢的好心情，一下被这支牙刷给破坏了。她回到洗手间把两支牙刷放回了原处，调整了一下自己的心情，然后洗头洗澡，再回到卧室时，马立还没有从书房里出来。由于旅途太累，麻君婷没一会儿就睡着了，马立是什么时候进来的，一点儿都不知道，而马立也没有惊动她。

麻君婷一觉睡到第二天早上9点才醒，这时家里静悄悄的，马立已经送女儿上学去了，自己也去上班了。麻君婷上厕所时，看到洗手间的镜子上贴了一张字条，是马立写的：回家吃饭，妈妈在家等你。

麻君婷突然感到，整个屋子冷冰冰的。

第二天晚上，马小军在家附近的一家酒楼里专门订了一个大包间，全家都去酒楼吃饭，算是给麻君婷接风，马正也回来了，桐芳也去了，全家都到齐了。

麻君婷给全家每人都带了一件礼物，有帽子、围巾、手套等，给马正的是一双运动鞋，给婆婆的是一套宽松的睡衣，虽然都是美国超市圣诞打折的东西，但也是麻君婷的一份心。

吃饭间曾秀云敏锐地感到媳妇和儿子之间有点冷，麻君婷不怎么和马立说话，而马立也只是埋头吃饭。饭后，曾秀云就对琴琴说："琴琴，今晚和奶奶睡吧，奶奶想你了。"琴琴当然高兴，大声说："好！"

马立和麻君婷一起回到家里，马立知道今晚不能再进书房了，就先去洗澡。洗完澡从洗手间出来，看到麻君婷坐在客厅里，电视也没开，正等着马立。

马立笑着说："怎么，等我？"

"当然是等你，我都等了七八年了。"麻君婷话中有话。

马立只好在麻君婷身边的沙发上坐了下来，等着麻君婷有话对他说。

是的，麻君婷有话要和马立说，自然是去美国的事。这时马立的博士已经毕业了。麻君婷说："你怎么打算的？原先你说读完博士就去美国读博士后，可去美国要提前做准备，要找美国合适的大学申请，读博士后，不是太容易。还有签证的事，等等。"

这时，马立只说了一句话："你看妈妈刚得了这个病，我能丢开妈妈去美国读书吗？"

马立这一句话，声音并不高，却把麻君婷噎住了。婆婆得了这个病，于情于理，她都无法要求马立现在跟她去美国。马立这句话说的声音不高，麻君婷却从中听出一股没有商量余地的味道。她愣在那儿半天说不出一句话来，然后叹了一口气起身去洗手间洗漱了。

这次谈话后，麻君婷再也没有提马立去美国的事。但，她心里已经隐隐地有一种不祥的预感，一直在她脑海里一家人在美国其乐融融的设想，已经变得越来越模糊了。

春节过后，麻君婷闷闷不乐地回美国了，这次她走得心情很沉重，表面上是婆婆的病，其实心里想的是她和马立今后怎么办。现在婆婆生病了，又是如此的重病，使本来就不太愿意去美国的马立，根本不想去美国了。由于婆婆得的是癌症，使麻君婷也不好开口再与丈夫争吵，因为自己不占理了。那么，下一步怎么办？

马立不去美国，要维持这个家，那就只能是她回来。可她想，在美国吃了这么多年的苦，就是为了全家都能去美国，如果将这一切都放弃了，麻君婷非常不甘心。

那怎么办？

手术三个月以后，马小军和马立一起陪同母亲曾秀云去医院做了一次复查。医生说，恢复得不错，让她像常人一样地生活，到六个月的时候，再来复查。

那天从医院出来，马小军高兴得一定要庆贺一下，打电话给桐芳说不要做饭了，到酒楼要了一个包间。全家人除了麻君婷在美国外，全部到齐了，曾秀云让老二马正专门回家把桐芳也接出来了，大家围桌而坐。

马正专门买了两瓶香槟酒，又在酒楼里要了一瓶茅台，给父亲和爷爷喝。这段时间马正变得大方了，过去家里人在一起，他都认为自己是老小，很少主动花钱，而现在常常给妈妈买一些高档营养品回来，总被曾秀云骂乱花钱。

马小军和曾秀云觉得他在银行里工作，就有点不放心，时常提醒他不能乱来。马正有点指天发誓的样子，说："爸、妈，你们放心，儿子每一分钱都来路正当。"然后又补充道，"你们觉得我在银行里工作，天天接触钱，银行里的钱是多，但又不是可以顺手拿。我一个客户经理，碰都碰不着，我只能花自己的钱。"

而马正为什么会突然变得大方了，给人感觉手上的钱也多了，直到后来家人才知道。

吃饭的时候，全家首先敬了曾秀云，庆祝她的康复，大家不愿说重生。然后，马小军提议，全家人敬桐芳一杯，感谢她对妻子曾秀云无微不至的照顾。

桐芳慌慌张张地站了起来，语无伦次地说："谢……谢我什么？我谢曾姐、谢你们全家都谢不尽呢！"说着，眼眶就红了。

坐在旁边的曾秀云拉着桐芳的手说："桐芳，别流泪，今天是个好日子，你对我的尽心尽力,我最明白,我也不谢你了,我们把你当作自己家里的人。来,我们全家干一杯。"

桐芳是强忍着泪水喝下这一杯酒的,那杯香槟很甜很甜。

复查以后,曾秀云就把自己当作一个健康人了,她不仅正常上班,而且全力投入到当时医院的改革中去了。

曾秀云所在的企业医院改革力度很大,因为医院要脱离公司,独立运营,这就等于进入社会了,因此内部从人事,到架构,到科室设置,到管理运营,到股权结构,都要进行全方位的改革,所以变动的幅度很大。马小军知道一个单位要改革,必然会牵涉许多人的利益需要重新调整,这个企业医院的整体情况他作为当年的团长,自然是清楚的,因此也知道必然会有许多震动,他担心妻子的身体会承受不了,因此,他让曾秀云内退算了,以身体为重,不要再上班了。

可曾秀云不是这样想的,她说:"这个医院是我自基建工程兵卫生队在深圳集体转业以来,参与建设起来的,我对这家医院有感情。这场改革可能是我退休前最后一次工作机遇了,无论成功与否,对自己都是一次经历,所以,我要善始善终。"

老大马立站在爸爸一边,希望妈妈退下来颐养天年,他说:"妈,你这一辈子做过的事也算不少了,从广州到湖南,从湖南到湖北,从湖北到深圳,一路走来,做了多少事,该休息了,还是退了吧。"

老二马正当然更心疼妈妈,他说:"妈,你这一辈子最大的成就是生了我们两个儿子,两个儿子都为你争气,现在你又在为马家培养下一代,你根本不是退休,而是任重道远。"

曾秀云笑笑,伸手摸了摸她这个小儿子的头,说:"那等你结婚,给我生一个孙子,我就退休,一儿一女,我一块培养。"

说得马正语塞。

这时,马小军开口了:"体制改革,是最触动人的改革。医院里方方面面都会触及,矛盾会很多,就像我们公司这样,有许多人和事的利益都要调整,会很伤神操心的,你大病初愈,身体吃不消的,还是退了吧。"

曾秀云不为所动,说:"我知道我身患重病,但现在检查不是说恢复得不错吗？我才50多岁，不能就退回家中什么都不干了，如果什么都不干了，那我就真的只是一个病人了。我是一个医生，我知道这个病要养，但不能躺在家中养，让我去过一个正常人的生活吧，也让我最后参加一次真正的体制改革，我这一生岂不更有意义一些？"曾秀云的心里很清楚，她作为一个医生自然是知道中晚期癌症的凶险，但她不愿意待在家中等待着命运的安排。

马立是希望母亲不要上班了，可见母亲态度比较坚决，大家说服不了她，就对母亲说："妈，你再想想吧，我们再商量。"

那天，大家没有达成共识。

第二天的晚上，成虎到马家来看曾秀云，曾秀云在桐芳的陪同下，下楼去散步了，老爷爷也跟着一块去的。马小军、马立和马正都在家里，成虎进门就看到大家脸上一片愁云。

马立见成虎来了，就把母亲想上班的事和成虎说了，问成虎是什么看法。

成虎首先问了病情复查的结果，得知是恢复不错，没有发现癌细胞扩散。

成虎通过这么多年和马家人的接触，他是了解曾秀云的，虽然曾秀云很顾家，但曾秀云毕竟是大学毕业，又是一个医生，尤其曾秀云是从基建工程兵的一名军医随着部队走南闯北，又一手参与了这家医院的创建，虽个性温和，但意志坚硬的她，是不甘心被疾病击倒的，所以，她要工作，她的内心一定是觉得倒在工作台上，比倒在手术台上好。想到这儿，成虎谈了自己的看法。

成虎喝了一口茶说："有这样一句话，讲得有点极端，但不无道理。'癌症病人，一半是吓坏的，一半是治坏的。'"成虎说到这儿停了一下，其实他把这句话改了一个字，原话是，癌症病人，一半是吓死的，一半是治死的。他在马家人面前，避讳了"死"这个字。

成虎的话，立即吸引了马家的人，尤其是马立，大概知道成虎是什么观点，就对一脸愁容的马小军说："爸，我们听听成记者的意见，他是记者，见得多。"

成虎说："我理解这句话是，吓坏的，是病人认为这个病不好治，心理垮了，精神也就垮了。治坏的，主要是指癌症治疗的一些严重副作用，而癌症本身治愈率又低。所以，我觉得一个病人的精神很重要，曾姐既然恢复得不错，不如让她随着自己的想法去做，反而是比坐在家里好。一个人让她在家里总觉得自己是病人，没病也会生出病来。一个生了病的人，让她感觉像正常人一样地生活，无论对身体还是对心理，都会有好处，至少生活质量要高一些。但有一点，一定不要让她太劳累了。"其实，成虎的话虽然没有明说，其核心意思大家都听明白了。

马立说："我也咨询了医生，医生说，病人的心理状况必然影响治疗效果，一定要妈妈退休回家，她一定心情不好。"

马小军没有再说什么，他也觉得成虎的话有道理。可他心里很明白，妻子患的是中晚期肺癌，这个中晚期他咨询过医生，知道中晚期是一个比较模糊的界限，它介于中期到晚期之间，而无论中期或者晚期，肺癌的预后都不会太好，医学上根本没有治愈的把握。目前才三个月，虽然通过复查，没有发现癌细胞扩散的迹象，但癌细胞那么小，没有发现并不能保证就不会扩散。后期如何，其实大家心里都一直是有一种隐隐的担心。

今天白天马小军也私下里和儿子马立、马正商量，能不能就让你妈妈继续去上班，马正立即跳起来反对，他说："所谓改革，就是利益再分配，我们银行也是这样，最棘手的是人员的分流，矛盾大得不得了，根本无法协调，最后都是靠行政手段执行。妈妈是一个副院长，身体那么不好，投入其中，劳心劳力，出力不讨好，对身体一定不好。"

马小军看着大儿子马立，是想知道他的最后意见如何。

马立想了想，然后说："妈妈是一个闲得住的人吗？你劝她不要参与，她就会不参与？这个医院，妈妈从大学毕业就到了当时还是个小小的卫生队当了一名队医，到后来进入深圳发展成一个企业医院，她是创始人之一，作为一个副院长全程参与了，她对医院感情自然很深。她也一定知道，这个医院通过这次改革后，就会完全进入社会，今后，就不是当年的那个医院了。她对医院有感情，所以她想参加。"

马立停顿了一会儿，好像是在考虑下面的话要不要说，最后还是把它说出来了："妈妈是一个医生，她应该知道自己的身体、自己的病。她是不甘心回到家里等着……"说到这儿，马立停住了，眼睛也红了。

马小军和马正都不说话了。

马立让自己平静了一下，转而对父亲说："爸，我觉得成记者说得对，不要阻拦妈妈上班了吧，就让妈妈感到自己是一个健康人，然后我们密切关注着她的身体，让桐芳姐每天下午去接她下班，我们也隔三岔五地去医院接她下班，这样，既让她工作了，也在提醒她，她还是个病人。然后再找个机会，让她退休，可能会好一些。"

马小军觉得自己这个大儿子，考虑问题周到，他点了点头。

其实，曾秀云是一个医生，她怎么可能不知道自己所患的这个中晚期肺癌的凶险？但她更明白，既然已经患了这个病，并且做了手术切除，难道还要在家里继续等待着癌症的发展吗？作为一个医生，她觉得生命是一个过程，或长或短，罹患疾病是不由自己的，如果患上了，只能面对。现在，手术过后，只要身体还行，就要把自己当成一个健康人。这句话，以前她也曾对自己的病人说过。把自己当成一个健康人，就要如常地去生活去工作，不能待在家里等着病好，或者病的复发。

同时，患病以后，曾秀云有充足的时间去总结自己的一生，50多岁，生命就结束了，确实是一个遗憾，可自己自从大学毕业工作以来，就在这个医院里，目前面临着生存的改革，自己应该参与，这里几乎存留着自己的一生，这里也有着和自己一样大学毕业后就在这个医院里工作的战友，她觉得应该和他们一起面对，这才是活着的意义。

曾秀云也做了充分的思想准备，一旦发现癌细胞扩散，自己也会坦然面对，不让同事家人为自己痛苦，所以，她决定要好好地活过每一天，就如常地生活，如常地工作。

曾秀云是一个普通的人，却有一颗不普通的心。

这一点被丈夫马小军和儿子马立理解了，也被沉默寡言的老爷爷马卫山理解了，这个经历过无数生与死的老人，尽管十分心痛自己的儿媳，但却不反对儿媳去工作。

但是，马小军还是悄悄找医院院长谈了一次，还是希望他们不要将复杂和繁重的工作交给曾秀云，理由是，她随时有可能会离开工作岗位。院长当然知道肺癌的病症特点，他对老团长说："我明白了，您放心。"

曾秀云也知道这一点，她也明白自己随时可能疾病复发，所以她在工作中，参与班子的研究，提出自己的意见，却不对任何具体工作介入太深，以便于别人随时可能接手。

日子，就这样一天一天地过着。曾秀云好像活得很充实。

但病魔没有一点感情，它还是来了。

仅仅过了两个月，曾秀云感觉肝部有点疼，而且越来越明显，就去医院检查。医生看着CT片很久没有说话。曾秀云坦然地对医生说："医生，没关系，有什么话就直说。"

医生在斟酌着语言，然后说："肺部又出现了一些阴影，肝部也有了。恐怕还是要做化疗了。"

手术后，医生曾经建议可以考虑做一个疗程的化疗。但因为手术中没有发现癌细胞转移，曾秀云知道化疗的副作用太大，是把人体内的好细胞和癌细胞一同都杀了，她觉得不到万不得已，不想做化疗。现在，她知道可能已经是万不得已的时候了。

然后就开始住院化疗。第一个疗程结束后，曾秀云出院回到家里，化疗的副作用真的很严重，一开始只是呕吐，但吐得曾秀云连水都喝不进去，她虚弱得都无法迈出步子。桐芳陪在一旁手足无措，只得一会儿轻轻地拍拍曾秀云的后背，一会儿帮曾秀云揉揉肚子。

吐了几天，终于好一点了。那天，曾秀云突然对桐芳说："桐芳，头皮太痒了，帮我洗洗头吧。"

桐芳还是采取老办法，因为曾秀云虚弱得无法走到洗手间，更无法低着头洗头。当桐芳将调好的热水淋湿曾秀云的头发，然后用手轻轻地搓揉了几下，就见曾秀云的头发，一缕一缕地往下掉，一些地方甚至掉得特别彻底，露出了青青的头皮。桐芳一下慌了神，两只手停在那儿，不知如何是好，因为挠一挠就会掉下一撮头发。

这时，只听见曾秀云平静地说："桐芳，掉头发了吧？不用慌，不要怕，这是化疗的副作用，可能头发慢慢会掉光。不要紧的，还会长回来的，你帮我洗洗头皮就好了。"

桐芳看着那一缕一缕掉在盆里的头发，心疼得眼泪直往下掉，可她不敢哭出声，任由泪水顺着脸颊往下流，眼泪让她看不清曾秀云的头发，只是用两手凭感觉轻轻地搓揉着曾秀云的头皮，头发继续一缕一缕地往下掉，掉到脚下的塑料盆里，浮得满盆都是。

曾秀云平静地躺着，双眼紧闭，面色如纸。其实她的枕头上也是落了不少的灰白的头发，她已经把它们悄悄地收集起来，团成一卷握在手里。几乎已经是骨瘦如柴的曾秀云，化疗的副作用让她感到连骨头都疼，有时她实在忍不住肉体的痛苦，会从喉管里挤出一声长久压抑后的呻吟，但她立即又把呻吟声咬住了，因为她知道，客厅里就坐着老爷爷马卫山，她不想惊动老人家。

她病重以后，老爷爷仿佛比丈夫马小军还要心疼她，只要她有一点动静，老爷爷就会竖起耳朵关注着。只是他不怎么说话，他变得更沉默了。其实，他总在客厅里坐着，一旦听到曾秀云在房间里有动静，他就立即喊桐芳，他的心里现在全装着这位好媳妇，因此，反而让曾秀云不想让老人家担心，连呻吟声都不想发出，她发现只要她呻吟，老爷爷就会坐立不安。

一期化疗结束后，效果并没有预想的那样好，医生建议待病人体质有所恢复，需要再做二期化疗。为此家人在一起开了一个家庭会议，马小军没有让老爷爷马卫山参加，却让桐芳一起来听听。听到又要做化疗，反应最大的竟然是桐芳，她情不自禁地说了一句："还要做化疗呀？"因为她的心里全是曾秀云化疗后痛苦的情景，这样的痛苦，难道还要再来一次？

全家都沉默着，马小军看了桐芳一眼，也没说话。坐在椅子上的马正听后，马上站了起来，想说什么，又不知道说什么，然后，精神沮丧地又一屁股坐了下去。

马立今天是陪着父亲马小军一起去医院见的医生，医生把母亲的病情分析得很清楚，因此，他是知道母亲患的这个病的凶险，再进行二期化疗，也是无奈，马立和父亲一样，心情特别焦虑和矛盾。

马立说："医生和我们解释的一个核心内容就是，目前妈妈这个病情，继续化疗是他想到的可选治疗方案，治，也许还有一线希望，也许希望不大，但不治，接下来医生就不说话了。"

马小军接过马立的话头，说："我问了医生，最坏的结果，还有多长时间？医生说，根据目前癌细胞扩散的情况，最坏的结果，可能只有三到六个月。"

桐芳一听转身进了厨房，再也忍不住难过，抽泣起来，压抑着的哭声从厨房里传到客厅，马正也一下趴到桌上，抽泣起来。

马立因为下午在医院就听到医生这样说，已经有了心理准备，但此刻的脸上也是苍白的。

马小军想了想，说："关键在于这个病发现得太晚了。化疗太难受，一期效果又不好，还要不要做二期，让你妈再受这个痛苦？我想，你妈本身就是医生，尊重她的意见，由她来决定吧。"

接着，第二天一家人聚在一起，把医生的意见告诉了曾秀云，然后一家人都眼巴巴地望着她。

曾秀云明白大家的意思，她是一个医生，患上肺癌后，也看了不少医学资料，知道目前医学界对这个病还没有很好的治疗方法，尤其是对晚期肺癌患者。但任何一个癌症患者，当然是有一线希望都会抱着十分的努力去治疗。其实中晚期癌症患者，就是抱着求生的欲望，忍受着各种治疗带来的痛苦，希望奇迹能在他们身上出现。其实他们心里早已明白，患了癌症的治疗相当困难。有的是求生，有的是为了家人。

曾秀云两者兼之，作为医生，她也要做出一份努力，同时也是为了家人，她知道这个家，离不开她，尤其是老爷爷马卫山和小孙女琴琴，她心有不甘，也放不下。因此，她虽然知道这种病非常难治，但她仍然忍着化疗的严重副作用，自然也是希望奇迹能出现。现在，她知道一期化疗效果不佳，那么二期的结果也就可想而知了。她觉得再继续化疗下去，不仅仅是自己再忍受痛苦，也会拖累拖苦家人。

此时，她尽量显示出一副轻松的样子，很平静地说："不用再进行二期化疗了。我不上班了，就在家里好好休养，和琴琴多待一段时间。"

曾秀云挤出一丝笑容，又说："你们不用操心了，该干什么，还是干什么去吧。"然后，自己就起身走进了房间，关上了房门。

客厅里一片安静，仿佛掉下一根针，都能听见。谁也没说话，大家都不知道该说什么。

这时,只听"吱呀",马小军坐的椅子响了一声,他站起来很沉重地跟儿子们说:"尊重你妈妈的决定吧,大家不要把她当成一个病人,她想干什么,就让她干什么。桐芳,你辛苦一点,平时就在她身边多待着,她有什么需要多照应,家里其他家务事可做可不做。"然后,他进厨房热了一杯牛奶,给妻子送进了房间,然后就没再出来,但房间里一点声音也没有。

接下来的日子,家里复归平静。停止化疗后,曾秀云的身体反而得到了一定的恢复,生活中的一切,她都尽量自理。班是不能上了,但时常下午去学校接孙女放学。桐芳时时刻刻都陪在曾秀云的身边,曾秀云到哪儿,她就跟到哪儿,仿佛害怕哪阵风会把曾姐给吹走。

这样的日子持续拖过了医生所说的时限,一连过了八个多月,最终,曾秀云还是倒下了,再一次被送进医院。这一次进了医院后的曾秀云,基本就在昏迷中了。

马立打电话让麻君婷马上从美国回来。回来以后,麻君婷首先到医院看望婆婆,她走到婆婆的病床前,只见曾秀云在昏迷中,呼喊她也没反应,麻君婷眼泪唰地就掉下来了。

这天下午,浑身都插满着管子的曾秀云突然醒来了。她睁开了眼睛,此时陪伴在医院里的是马小军和桐芳,马小军正好接到公司里的一个电话,他就走出病房到走廊上去了,坐在床前的是桐芳。

曾秀云看见桐芳,就从被子下面伸出了手,桐芳一把紧紧地握住了,曾秀云在发烧,手滚烫滚烫的。她张开了嘴巴想说话,桐芳连忙低头聆听。

曾秀云很清晰地对桐芳说:"桐芳,我走了,你还年轻,有合适的还是把自己嫁出去,成一个家。"

桐芳直摇头,说:"曾姐,我不嫁了,我不嫁了。如果你不嫌弃我,我照顾你一辈子。"

这时,马小军在外面听到动静,匆匆地走了进来。

曾秀云就把目光转向马小军,交代说:"我走了,你要想办法帮桐芳找一个合适的,让她成一个家。如果桐芳不嫁人,她就是我们家的人,你们要对她负责一辈子。"

说完，曾秀云觉得很累，又闭上了眼睛。

马小军见昏迷了好多天的妻子醒来了，连忙对桐芳说："快，快去打电话，让马立和马正都到医院来，就说他们妈妈醒来了。"说着把手中的手机递给了桐芳，然后又俯身去和妻子说话。马小军有一个预感，妻子很可能是回光返照。

桐芳分别给马立和马正都打了电话，兄弟俩赶到医院时，天色都暗了。

当天夜里，曾秀云又陷入了深度昏迷。

第二天太阳升起来的时候，一缕阳光透过窗户正好照到了曾秀云的脸上，她突然睁了一下眼睛，看了这个世界亲人们的最后一眼，然后又闭上了。曾秀云走完了她人生的最后一段里程，停止了呼吸。

第十一章

曾秀云停止呼吸的时候，马小军紧紧地握着她的手。此刻，他多么想像拉住一个溺水的人那样，把妻子拉回来，妻子还是走了，可马小军就是不想放手。这几十年来，他还未像今天这样这么久地握着妻子的手。癌症晚期病人，最后身体就是在慢性地消耗，曾秀云此时已经是瘦得只剩下骨头，马小军握着的那只手也是青筋暴露。

曾秀云像是一声叹息一样，结束了她的生命，马小军就一直这样握着，握着妻子的手拉不回来，就变成送她最后一程了，他感觉到妻子在慢慢地远去，因为她的手在自己的手心里一点一点地变凉。

此时，他想起了第一次握妻子的手，那是1967年的深秋。

当时马小军所在的工程兵团还隶属于广州空军，部队被派到韶关修建机场。每一个工程兵团都配有一个卫生队，曾秀云大学毕业分来马小军所在的工程兵团卫生队当军医。当时，马小军是团工程技术科副科长，按部队的级别是正连级，正是风华正茂的时候，在部队里负责工程技术工作。机场所在的地域，地质结构相当复杂，这里属于丹霞地貌，而马小军所在部队承担着修建大型机库的任务。

曾秀云作为队医经常要上工地，在工地现场就遇上了年轻英俊的马小军，当时两人都有些来电。后来，马小军在工地现场，被一块爆破后蹦出来的石头砸伤了脚骨，在卫生队住了好几天，就这样两人有了更深的交往。

第一次握手是马小军要出院的前一天晚上，那已经是深秋。韶关虽然在广东，但它却在广东的最北边，机场所在地又在山区，那天晚上气温很低。

马小军约曾秀云出去走走的时候，曾秀云还是习惯性地把马小军当伤员，因为他的脚伤还没有完全康复，于是就伸手要搀扶马小军，结果两人的手相触碰，马小军感到曾秀云的手特别凉，就一把抓住，塞进了自己的裤袋里，希望帮她焐热。

那时客家女孩都是比较保守的，当时又在部队，曾秀云想挣脱，却被马小军紧紧地握着。曾秀云见天色已暗，不会被人看见就没有再拒绝，一整个晚上自己的手都在马小军的手心里。马小军的手暖暖的，暖暖的体温通过两只相握的手，传导到曾秀云的手上，将曾秀云的手变得暖暖的。

就这样，马小军是第一次，曾秀云也是第一次，与异性五指交叉紧紧地握着，这一握就是一辈子。

马小军把自己看上了曾秀云的事告诉了父亲马卫山，马卫山当时是广州空军某部后勤部的一位处长，马卫山就问了一句："小子，你能对她负责一辈子？"

马小军听后想了想，只回答了一个字："能！"

马卫山说："那就赶快向人家求婚，别被其他人抢走了。"

就这样，马小军和曾秀云定了终身。

当时部队在韶关山里修机场，连个像样的婚房都找不到。部队临时腾出一间干部宿舍，也是搭建的工棚。婚礼也是由部队办的，没有酒席，只是买了几斤糖。因为机场所在地是个瑶族自治县，离韶关市还有几十公里呢，那时候不仅没有高速公路，普通的公路也是山道弯弯。而1967年还在"文革"中，正是国家动乱的时候，物资供应也比较紧张，连奶油软糖都买不到，只能用那种红糖熬成的硬糖块充作喜糖，然后再买了一点瓜子、几个苹果招待来宾。来宾都是部队的，因为是在战备施工，不便把双方家属请到部队来，只能待小两口以后休婚假再回家。

四川籍的老团长当了证婚人，他用满含着四川方言的夹生普通话高喊："祝你们——相扶相帮，白……头……到老——"

就这样宣布了他们从此走到了一起，几十年同甘共苦、艰难同行，再也没有分离。

那天晚上，连一床大红喜被都没有，只有曾秀云用红纸亲手剪的两个大红喜字，一个贴在宿舍的门上，一个贴在房间里唯一的窗户上，也是这间新房唯一的标志。两个人都是军人，各自把自己的被子抱到了一起，也没有婚床，部队的床都是比较窄的单人床，两个人只好把两张单人床拼到一起，可这给新人带来一个很大的麻烦。那时部队的床是木床板，别说像今天的"席梦思"，连厚一点的帆布床垫都没有，只有一床薄薄的棉垫子，而每一张单人床都有一个厚厚的木床沿，两张床并到一起以后，在新拼成的大床中间，由于没有厚床垫，就有一道高出一块的木床沿隔着。新人晚上睡觉时，要想亲热，往往就会被这块高出来的木床沿硌着腰，因此，两人实际上还是各自睡在一张单人床上。

这一张婚床不可思议的事实，让今天的人们自然不好理解。可在那个时代，因为经济落后，又遇"文革"，整个国家都放慢了经济发展，全民的生活标准都比较低。而部队的生活，特别是处于战备施工中的工程兵，就更艰苦了。马小军和曾秀云结婚的那个时期，真的是一段艰难的岁月。

可像马小军和曾秀云这一代人，他们从没有抱怨过那些艰苦的日子，反而留下了无法忘怀的回忆，也更能体会今天幸福生活的来之不易。直到今天，马小军在回忆与曾秀云的蜜月时，心里仍有一股甜蜜的感觉。马小军说，没有糖吃的时候，一颗硬糖握在手心里都化了，也不舍得吃，舔一口，会甜到心里，那种甜味会一直在记忆里存放着。今天，天天都有糖吃，你却再不能深刻地体会它的甜，反而有时会觉得它酸。觉得糖酸的人，脑海里不会有舔一口硬糖的甜蜜记忆。马小军后来一直怀念的，仍是和曾秀云在韶关山区里挤单人床时的甜甜生活。

那时曾秀云很瘦，马小军一把就可以把她紧紧抱在怀里。山风吹拂着窗外的树林，树叶和树叶之间发生的摩擦声，汇集在一起发出仿佛海涛一般的呼啸，两位新人就是在这样的呼啸中沉沉入睡，睡得很甜蜜。

这是马小军和曾秀云新生活的起点，后来，无论生活发生多大的变化，在马小军的心里，那是最甜蜜的一段回忆。

婚后，马小军才带着曾秀云去了广州，和自己的父亲马卫山见了面。然后，两人又一道去梅县见了曾秀云的父母。

1968年初，曾秀云怀孕了。怀孕以后的曾秀云不能再跟着部队到野外施工了，因为工程兵无论到哪里施工，工作生活条件都非常艰苦，初期基本住的都是工棚，别说是一个孕妇，就是一位普通的女同志也会觉得相当辛苦，参与野外施工,生活上也存在着诸多不方便。当时马小军和曾秀云所在的工程兵部队隶属于空军,其战备施工任务也基本是修机场,而老爷爷马卫山当时任广州空军后勤部的处长,是属于一个部队的。

马卫山级别不高,可军龄长,他1937年参军,那时就已经有30多年的军龄了,因此在部队资历高,而当时马卫山一直是一个人生活,没有组织家庭,部队领导考虑到这些因素,就把曾秀云调到广州后方基地待产。曾秀云调到广州后,就和公公马卫山住在一起。10月,她的第一个孩子马立出生了。至此,曾秀云一边照顾着孩子,一边也照顾着公公马卫山。丈夫马小军随工程兵部队也是"南征北战",一直不在曾秀云的身边,那些日子曾秀云一个人支撑着一个家,十分辛苦。

马小军在工程兵部队里一直表现优秀,从连长升到副营长、营长,后升为主管业务的团参谋长,最后成为这支部队的副团长,一直到调来深圳前夕临危受命,升为团长。这支工程兵部队的隶属关系也发生了变化,1976年从原隶属于广州空军,后整建制调到基建工程兵部队。隶属关系变了,但部队仍然是工程兵性质,仍然是以国防基建任务为主。

此前马小军所在的这支工程兵部队,前身曾是野战部队的一支工兵连,诞生于解放战争时期。后随着全国的解放,解放军接收了一批国民党留下的旧军用机场。1949年11月11日我国组建了空军,同时要修复国民党在撤退前破坏的机场,于是这支工兵部队就转入了新成立的中南空军,成为空军工程兵团,专司修建机场。

1966年,由周恩来总理和邓小平副总理提出,组建基建工程兵,得到毛泽东主席的赞成。经过近半年的筹备,这支队伍被定名为:中国人民解放军基本建设工程兵,简称为基建工程兵,受国务院和中央军委双重领导。其主要任务是担负国家基本建设重点工程和国防工程施工任务,于1966年8月1日正式成立。

那时马小军所在的空军工程兵并不隶属于基建工程兵。到1975年,国务院和中央军委决定,"将部分建筑部队改为基建工程兵"。根据这个决定,马小军所在的那个空军工程兵团,就整建制地转入了基建工程兵序列。

转入基建工程兵从表面来看,只是部队士兵由原先穿空军的蓝军裤,改为穿陆军的黄军裤,其部队性质仍然是一支基建工程队伍。但是,这一次部队实际上发生了很大的变化，过去部队施工完全是计划经济，根据上级下发的工程，安排施工，有多少工程，干多少活。马小军所在的工程兵部队，不管工程的经费来源，只检查验收工程的质量，不以效益考核部队，就是部队基本是按计划完成任务。转入基建工程兵以后，虽然只是在部队的前面加了"基建"两个字，但部队管理发生了很大的变化，最基本的一点就是基建工程兵不使用国防经费，部队也像企业那样，开始实行经济核算，而且要求自负盈亏，这就有点像是把他们推向市场的感觉了。

这样，以团为单位的基建工程兵，有了空前的压力，部队需要工程、需要任务、需要效益了，有点自己养活自己的味道。当时，已经是团里一位重要的技术干部的马小军，自然承担着重要的业务工作，部队到处接活，到处施工。

20世纪70年代中后期，还是以国防战备施工为主，马小军作为分管工程的团领导，一会儿在广东，一会儿在广西，一会儿在上海，一会儿又在湖南，为了接更多的任务，部队也分成以连为单位承接工程，部队住得特别散，全国各地都有。而这个"一会儿"一般都是好几年的施工时间，是完成了一处施工任务，又调到另一处施工。因此，马小军和曾秀云夫妻俩在很长一段时间里，一直都是处于分居状态的。

工程兵部队和当时我国的铁道兵部队一样，是哪儿有任务就到哪儿，而且无论是国家重点工程还是国防工程，都和修铁路一样，不会在城市里，部队也是全国调动，一直在艰苦的环境里工作。部队可以这样，可是不能总拖着干部家属随着部队全国流动，特别是孩子要上学要读书，也不能总随着部队到处走。1975年，马小军所在的部队转入基建工程兵以后，就在湖南某地建立了部队的团部基地，为此修建了一批家属宿舍楼，那时建的基本都是平房，营以上干部按照规定都分到了房子，家属们也就可以团聚了。

这时，曾秀云并没有留恋大城市广州的生活，她考虑到，不能总让丈夫一个人过着单身生活，马小军结了婚有了孩子，却没有一个家。每天在部队辛劳了一天，回到单身宿舍也只能是倒头就睡，太辛苦了，自己作为妻子也照顾不了他，她十分心疼丈夫。

曾秀云是个客家姑娘，客家人在历史上就是因避战乱，千里迢迢从中原迁徙到南方。到异乡以后，他们自然特别重视家人和族人的团聚，如今在广东，在福建，在江西，都留下许多客家围屋，这种围屋有大有小，基本上都是一个族群住在一起，大家住在一起可以抱团取暖寻求安全，因此客家人在传统文化上家庭观念就很强。

曾秀云就是在这种客家围屋里出生的，在客家族群里长大，自然是一个家庭观念很强的女人，她认为一家人总要在一起，这才像个家。于是，她经过公公马卫山的同意后，带着7岁的儿子马立，来到丈夫部队所在地的一个比较偏僻的湖南小城，一家人终于在一起了。

于是，第二年就有了二儿子马正。弟弟马正与哥哥马立两人相差整整8岁。

就这样，在湖南一家人过了一段稳定的生活。

可这样刚刚团聚的一家，日子没过两年，部队又调动了。马小军所在的团从湖南调到湖北一个偏远的小镇，参与另一项国防工程，全家又搬到了湖北。

新的国防工程在一片湖区，一切又要从头开始。部队又要重新建立基地，这一次建了楼房，曾秀云一边带着两个孩子，一边还要工作，她又回到了马小军所在团的卫生队里当医生。

这时，马立已经要上中学了，曾秀云就将马立送到爷爷身边，在广州上学。她带着还在幼儿园的小儿子马正仍然留在湖北。一直到1982年，中央军委又调马小军所在的基建工程兵团，到新成立的深圳经济特区参加基本建设，同时，还从全国各地调了另外七个工程兵团，一共两万多人，先后到达了深圳。这些从全国各地来的基建工程兵，后来都在深圳集体转业了，成为这座城市最初的一批移民。

其实在1981年下半年，部队就先后派了两批人来深圳考察。那时深圳刚刚被批准为经济特区，一切都从零开始。考察组的成员，除了看到在现在的罗湖人民桥附近有许多卖电子表、尼龙丝袜、圆珠笔等所谓的"舶来品"外，只有一条稍宽的马路从当年的罗湖桥，通到现在的深圳市委附近。考察组成员觉得当年的深圳，真的只是一个镇，还比不上当时部队所在地的那座县城。于是，考察组回到部队后，最典型的表现是所有参加考察组的成员，都不想来深圳，找各种理由，或者调动，或者转业，宁可回他们在内地的家乡。

这样，当时的团长，就是那位为马小军证婚的四川籍老团长，他对上级提出，自己年龄也大了，不再适合带着一支队伍到新的地方创业，然后他就申请就地转业了。于是，马小军因为年富力强，被提拔为团长，所以有人说他是临危受命。

第二次来深圳考察是由马小军带队的，这是1981年底了，这次考察其实就是为部队打前站。包括部队驻扎在猫颈田，都是这一次考察决定的。当时，马小军等人，从他们居住的广州军区在深圳罗湖蔡屋围的一个招待所，步行至当时的猫颈田，就是想看看这个地方离深圳市区有多远，结果他们以普通行军的速度，路上一共走了两个多小时，才到达这片荒岗。

到1982年，马小军领着整个团乘军列先期到达深圳，曾秀云是后来部队基本驻扎下来了，才和其他的家属一道带着小儿子马正到来的。

到了深圳曾秀云就傻眼了，她怎么也没想到，在这个紧邻香港的地方，他们一家人竟然要住在由一排一排竹子搭成的临时工棚里。当时整个部队都在这个叫作猫颈田的荒岗上。刚建立特区不久的深圳，根本没有条件提供营房给新到来的共有2万多人的基建工程兵部队居住，而当时整个特区内的总人口也只有2万多人，所以刚成立不久的深圳市政府也只能提供土地，让部队自己解决驻扎问题。

其实，来深圳后困难才刚刚开始，而且后来发生的事也是他们始料未及的，好像困苦没完没了似的，曾秀云母子到达后不久的一天，就遇上了深圳历史上多年不见的强台风。他们事先也做了准备，例如用绳子加固竹棚，要求所有的人特别是妇女小孩晚上不要外出。马小军当晚带着战士们守在刚进深圳承接的一个工程的工地上，工地离曾秀云他们住的营地有十几里路。

台风没有到来之前，好像警告人们似的，从下午开始就下起了大雨，雨越下越大，然后几乎就是倾盆而下了。暴雨在营地形成溪流，冲刷着地皮，翻起了下面的红土，雨水也变成红水了，竹棚里积起了没过脚脖子的泥水。这样大的暴雨，把荒岗上原来已有的动物窝灌满了水，而荒岗上最多的动物竟然是老鼠，那可是曾秀云他们从未见过的老鼠，一只只像松鼠那么大，满竹棚里跑，吓得小马正哇哇直叫，曾秀云也吓得和儿子两人抱在一起蹲在床上，后来老鼠也跳上床来，吱吱叫着顺着竹子爬上了屋顶，曾秀云只得拿起一根棍子不停地赶。

可到了傍晚的时候，突然风平浪静，雨也停了，除了天上积着厚厚的乌云，竟然一丝风都没有了。竹棚里的积水也逐渐退了，从未经历过台风的曾秀云以为台风已经过去了，她和儿子马正也弄得筋疲力尽，于是，母子俩就上床睡觉了。

其实这是台风的间歇，也是人们所说的"风眼"，即处在台风的中心，反而没有风。

半夜，突然一阵呼啸，强台风来的时候，风是响着呼哨声的，随着"呜呜呜"的响声，整个空气仿佛一鼓一鼓地挤压着，突然把正在熟睡中母子俩的竹棚屋顶，一下给掀得无影无踪，随之比下午更大的暴雨，从天而降，把沉睡中的母子俩瞬间浇醒了。暴露在夜雨之下的小马正，被吓得"哇"的一声惊哭起来，曾秀云睁开眼，可雨水让她都无法看清眼前的一切。

无论在湖南还是在湖北，她从来也没遇到过这么大的狂风。即便是在广州住的那几年，也没见过这么大的台风，曾秀云抱着儿子从床上下来，立即就被狂风刮倒了，床上的毛巾"呼"的一下，就吹没了，母子俩怎么也站不起来。突然，"呼"的一声，又是一阵狂风，把曾秀云住的这间竹棚四壁都刮没了，母子俩就这样暴露在狂风暴雨之中。小马正哇哇直哭，哭声也被狂风淹没了，他两手死死地抱着母亲的腰，一阵接着一阵的狂风似乎随时可能把人吹走。

这时马小军却不在身边，他和部队战士们一道在施工工地，把水泥等物资抢运到高处以免被水淹了。而此时大儿子马立还在广州上学。曾秀云非常害怕狂风把小儿子马正吹走，她在黑暗中摸到了本来牵在竹棚里晾衣服的部队的被包带，用这根绳子先捆住了儿子，再捆在自己的腰上，然后她摸到了本来作为竹棚支柱的一棵桉树，把自己和儿子马正紧紧地捆在这棵桉树上，以防被狂风吹走。

到下半夜狂风才稍弱一些，马小军他们在工地上听说台风吹倒了营地的竹棚，立即带着战士们赶回了住地。他在一片狼藉中遍寻曾秀云母子不见，嘶哑着嗓子狼嚎一般地大声喊："秀云——马正——"喊声却被雷鸣声吞没了。突然他听到儿子微弱的声音："爸爸，我们在这儿。"

这时一个闪电划过夜空，接着在雷鸣中马小军看到了被捆在树干上的母子俩，心都撕裂了，他急忙上前，一把紧紧抱住他们，急问："没事吧？没事吧？我回来晚了。"

儿子还好，可抱着儿子的曾秀云，已经累得说出不出话来了，甚至都无法应

203

答马小军的呼喊。曾秀云本来就瘦,现在那消瘦的身体,似乎没有一点体温,不停地在发抖。马小军在周边找不到一件干的衣服和一条干的被子,自己身上也是水淋淋的,只得随手抓着被风吹来的一块塑料布,把母子两人都包着,以便让狂风不再吹走他们身上的热量。可马小军本人也被狂风吹倒的木柱打破了头,此时直往下流血,曾秀云还要腾出手来,为丈夫包扎。

这是马小军他们部队到深圳后,经历的第一场台风,而且是一场多年未遇正面袭击深圳的特大台风,无论是家人,还是部队,都损失巨大。

台风过后,部队马上抢修竹棚。可由于台风使新建不久的深圳,也遭受巨大的损失,一时间连竹子等建筑材料都非常紧缺。

那几天,曾秀云就带着儿子住在还没有完全修好的竹棚里,因为除了这竹棚也没其他地方可住,却没想到又遭遇了一件惊心动魄的事情。

那天夜里忙了一天的曾秀云,带着儿子刚睡下,马小军睡在另一张床上,由于台风造成的破坏太大了,这几天马小军一直带着部队在抢修设备,非常疲劳,所以一上床就沉沉睡着了。

曾秀云正迷迷糊糊要入睡时,忽然感到脸上凉凉的,似乎有什么东西从屋顶落下。她实在太累了,累得睁不开眼睛,以为刚修好的竹棚屋顶可能还在渗水,于是,伸手在脸上摸了一把,就睡去了。过了一会儿,这种凉凉的感觉又在脸上出现,她感觉像是一条吊着的皮带,或者是挂在床上的衣服垂下来了,就下意识地伸手挥了一下,突然一个什么东西重重地掉到床上了。她睁开了眼睛,黑暗中,什么也看不清。

那时被台风吹断的电线还没有接上,竹棚里电灯不亮。曾秀云就起身想弄明白是什么东西掉到了床上,于是从枕头旁拿出手电筒,打开一照,"妈呀——"发出一声惨叫,曾秀云本能地一下扑到熟睡的儿子身上,喊叫声几乎撕裂了夜空。

睡在一旁的马小军立即跳了起来,也拿起了身边的手电筒打开,只见曾秀云一张比见了鬼还要恐怖的脸,直盯着床上。马小军转身一看,也浑身一激灵,只见一条足有胳臂粗的大蛇,就盘在儿子马正的旁边,怪不得曾秀云发出如此恐怖的惨叫。

南方本来就是多蛇的地方，深圳也是如此，而且蛇的种类不少，其中不乏毒蛇。在这个荒岗上，部队刚来的时候，也常遇到蛇，可没有见过这么大的，也许是台风的原因，暴雨把蛇洞灌满了水，把蛇给赶出来了。其实，蛇是老鼠的天敌，暴雨把老鼠灌得满营地跑，这条大蛇也可能是来追老鼠的。

盘在床上的这条蛇并不害怕人，它赖在床上就是不走，竖着头吐着红色的信子，而刚才让曾秀云的脸上有凉凉感觉的，也可能就是这蛇信子。

马小军先是一把把曾秀云母子俩抱了起来，一步一步地退到竹棚门口放下，然后伸手抓了一条毛巾把自己的手包了起来，就准备来抓这条大蛇。

在猫颈田荒岗上的夜，台风过后是非常安静的，除了野猫的叫声，几乎没有别的声音，再加上这几天抗台风，白天大家都忙得很累，因此，一个个都睡得很沉。突然，曾秀云的惨叫声将整个竹棚区惊动了。隔壁住的一位团参谋长和另一位很善于抓蛇的营长闻讯也赶来，他们先是将站门口的曾秀云母子扶了出去，然后围住了这间竹棚，不让那条大蛇跑掉，担心如果跑掉了，又会去惊吓了别人。

曾秀云被扶出屋子以后，马小军在大家的帮助下，终于把这条大蛇给抓住了。大蛇非常有力，三个人合力才把它制服，抬出门外，在好几束手电筒光的照射下，人们发现，原来这竟然是一条有几十斤重、3米多长的大蟒蛇。

蟒蛇是栖居于热带、亚热带低山丛林中的爬行动物，常见的体长有3到5米，是肉食性动物，能吃山羊、鹿、猪等大动物，经常捕食鸟类、鼠类等动物，甚至青蛙、家禽都是它们饥饿时捕食的小动物。在非洲就曾发生过饥饿的大蟒蛇吞食人的事件。

蟒蛇也是深圳地区本身就有的蛇种，虽然没见过像非洲那种能吞食人的大蟒蛇，但也有好几米长、几十斤重的蟒蛇，例如马小军他们抓住的这条蟒蛇就有3米多长。在深圳周边的山里，在深港边境线地区，在深圳河两岸，这些人迹稀少的地方，都常有蟒蛇出没。马小军他们就曾听说，在深港边境线上，时常有香港那边的蟒蛇钻过铁丝网过境来抓这边村庄的鸡鸭，而被边防战士抓住过。

马小军他们驻扎的这个猫颈田地区，本来就是一片荒岗，部队驻扎下来以后，也时常发现蛇的身影，可从来没有见过这么大的蟒蛇，这让马小军出了一身冷汗，因为，他曾听说山下那个村子里，历史上曾经发生过一条饿极了的蟒蛇，生吞下一只小猪，结果肚子太大，被夹在墙缝里走不了，被村民发现后打死了，剖开肚子，里面的小猪还是完整的。

曾秀云并不是那种见到一条毛毛虫就吓得大喊大叫的女人，她作为基建工程兵卫生队的一名队医，实际上就是一名军医，长年跟着部队在野外施工，经常要救治在施工过程中受伤流血的战士。曾秀云在部队里受到干部战友们的广泛尊重和爱护，就是因为她曾经在救治一名战士中的无畏表现。

在一次战备施工进行炸药爆破山石时，一块炸飞的石头砸到了一位战士的脑袋，血流如注。曾秀云在经过包扎以后，认为伤势太重，卫生队没有条件救治，建议连夜送这位战士去离工地最近的县医院抢救。当时部队派了一辆车，趁着夜色就出发了。由于山道颠簸，一路上曾秀云就将这位战士紧紧地抱着以减少晃动，结果这位战士半路上就在她的怀里停止了呼吸。可曾秀云依然没有松手，就这样抱着战士的遗体，一直在黎明来临的时候，送到了县医院的太平间，一路上没有表现出半点怯懦。这件事后来在部队里广为流传，让曾秀云在干部战士中备受尊敬，以至在相当长的一段时间里，战士们见到曾医生就会立正给她敬礼。

可曾秀云就是天生怕蛇，害怕这种软体的蠕动的冷血动物，甚至对于像黄鳝、鳗鱼等，都不愿意接触。如果突然让曾秀云看到蠕动的蛇，她就有浑身一激灵的下意识害怕反应。

那天晚上她惊吓得如此之大，是因为这么大的蛇掉在床上，而她的孩子就在床上，她怕蛇会伤害她的孩子。母性的本能，让她一跃而起紧紧地抱着儿子，直到人们把她扶到屋外时，她仍被这条大蛇吓得浑身不停地颤抖，眼睛发直，一只手紧紧地抱着儿子，另一只手仍不忘严严实实地捂住儿子马正的眼睛，她怕儿子被吓坏了。其实她本人两条腿都发软，已经站不住了，人们只得把她搀扶到竹棚外的过道上，她一下就瘫倒在地，整个身子一直不由自主地抖着，就那样不受控制停不下来。

这是曾秀云一生中受到的最大一次惊吓，以至于第二天，马小军就不得不把她和儿子马正，都送到广州父亲那儿去住一段时间，曾秀云才慢慢恢复过来。

初创之中的深圳，困难都在人们的想象之外。如今，深圳人习惯地将那些特区初创时期，参与建设而吃过千辛万苦的人，称为"开荒牛"，这是一种很崇敬的称呼。但如今在高楼大厦之间摩肩接踵的人们，很难想象当初的"开荒牛"是怎样走过来的。

而马小军、曾秀云所在的基建工程兵部队来到深圳后，就是这样在一片荒岗上，开荒起步的，是真正的"开荒牛"。

当那个曾经爬着蟒蛇的荒岗，变成如今高楼林立的繁华都市的时候，当年的"开荒牛"曾秀云走了。这种不舍，这种深含一对夫妻相濡以沫几十年却突然阴阳两隔的悲痛，让马小军有一种要窒息的感觉，他的心痛得让他直不起腰来。

马小军这段时间一直在医院陪伴病重的妻子，几乎是寸步不离。医生已经让马小军在"病危通知书"上签了字，并且告诉马小军，病人随时可能离去，所以，马小军一步也不愿离开医院。他想，妻子离开的时候，自己一定要陪伴在身边，送她最后一程，这样，妻子在上路的时候，才不会孤独。

他说，这一生与妻子大部分时间都在分居之中，直到来了深圳，两人才基本稳定地在一起。可现在，一切都越来越好了，妻子却永远离去了，马小军基本崩溃了。

他把妻子的一切后事，都交给儿子马立和公司工会来的同志操办，自己一个人回家了。

几天都没有睡好觉，心中又是极度悲痛，司机将他送到楼下，他竟然无法下车。坐了一小会儿，他才在司机的搀扶下下了车。然后他执意让司机回去，一个人朝楼梯走去，他感到整个身子都是飘的，脚下是深一脚浅一脚，一步一步地爬上了楼。

用钥匙开了门，推开房门就看到父亲马卫山一个人坐在阳台上，这些天把老人家也忽视了，桐芳也是做好了饭就去了医院。马小军看到父亲明显精神不济，他看到儿子进门后，就从阳台走进屋子，没有开口问，因为他已经从马小军那满是悲伤的脸上，知道曾秀云走了。老人在战争年代见过太多的生死，他不会流泪，可此时眼神里满含着对儿媳离去的不舍。

马卫山什么也不问了，只是把手上的一杯热茶递给儿子马小军，说了一句话："喝，喝一口热的。"

马小军接过父亲手中的茶杯，喝了一口，暖暖的，茶水进了胃里，泪水却往上涌，但他不能在老父亲面前流泪，就转身进了自己的卧室，反手轻轻掩上了房门，在床上躺了下来。

　　回到家中，躺在夫妻俩睡了多年的床上，满房间都是曾秀云的气味，马小军闭着眼睛，仿佛妻子仍然在身边。他再也憋不住了，突然抓住被子盖住了头，从喉管的深处，发出狼嚎一样的一声抽泣，男人悲痛到极致的哭声，是可以撕碎人心的。

　　父亲还在门外，马小军也只能号一声，然后还是要把它憋住，哭声是可以强忍的，眼泪却止不住，满脑都是和妻子一起走过的日子……

　　回顾曾秀云的一生，马小军总是感到深深地亏欠着妻子。这种亏欠感此时让他的心一阵一阵地发疼，直疼得喘不上气来。

　　夫妻相濡以沫几十年，突然其中一人走了，马小军觉得自己的心也空了，空得什么都没有了，只剩下对妻子深深的内疚。这些日子他总觉得懊悔不已，自从带着部队来到深圳集体转业以后，部队变成公司，被迫投入了市场，一切从零开始，自己总是忙呀、忙呀，实际上一直忽视了妻子，如今满脑子都是这几十年来，妻子陪同自己走过的那些艰辛岁月。

　　马小军懊悔，自己为什么总是那么忙，却把这一辈子身边最重要的一个人忽视了，在他的意识里总觉得这个人永远都会在自己身边。

　　到深圳以后，和妻子分离最长的一段时间，是妻子去美国照看儿媳麻君婷生孩子。妻子从美国回来的那天，他把妻子接回家以后，公司又有一件急事要他去处理，一直忙到很晚才回家。

　　走进家门没有看见妻子的影子，就习惯性地喊了一声："秀云，我回来啦。"这时，他看见厨房里有一个消瘦的老人身影，听见他的喊声从厨房里走了出来，他看着妻子那仿佛一阵风都能吹倒的消瘦模样，心里突然抽了一下。白天去接妻子时只感到妻子瘦了，然后一直在车上昏睡，怎么晚上走近一看，妻子一下就老了？就在那瞬间，他突然心疼不已，觉得对不住她，但从来没有想过会失去她。

　　现在失去了，永远失去了，今生再也不能相会了。

　　那时，马小军曾计划等到退休以后，把一切都放下，就带着曾秀云去周游世界，好好地过一过二人的生活，好好地回报一下为了这个家奉献了一切的妻子。他想，自从曾秀云嫁给他的那一天开始，生活就像他们第一张婚床中隔着的那道木床沿一样，他们大部分时间都是在分离状态，曾秀云一个人带着孩子还照顾着老人。其实，曾秀云一直希望一家人在一起，她总觉得一家人在一起才像一个家。为此，她从广州到湖南，后又随马小军从湖南到湖北，又从湖北来到了深圳。

可到了深圳，竟然是从住竹棚开始。就是这样，曾秀云从不抱怨，把一家人从老到小都紧紧地维系在一起。老爷爷马卫山对儿媳的感情，甚至比对儿子还要深，小孙女琴琴，一会儿不见了奶奶就会问："奶奶呢？奶奶在哪里？"

如今，真的再也见不到曾秀云了。

曾秀云去世几年以后，当年为马小军和曾秀云证婚的那位四川籍的老团长，应邀到深圳探望已经蓬勃发展起来的老部队。在马小军和老战友们一起欢迎他的宴会上，他突然深有感触地回忆起曾秀云，用浓浓的四川话说了这样一句："小曾，自从嫁给小军，一天安逸的日子都没过过哟。"

这句话说完，整个现场顿时鸦雀无声，热热闹闹的酒席桌上，顿时连空气都凝固了。大家都想起了这位曾经总在眼前的战友大姐，好像部队二万五千里长征胜利到了延安，你却留在半路上。

"来，"老团长说，"这一杯酒，敬小曾。"他把酒杯高高举起，所有人都站了起来，将酒杯举起。

马小军也站了起来，一滴眼泪掉在酒杯里，他一仰脖子，一口喝下。

第十二章

马家人把曾秀云安葬在深圳吉田墓园,这是政府修建的墓园,离市区很近,便于大家想她的时候,随时可以来祭拜。在曾秀云去世后最初的日子,马小军在心烦意乱的时候,就会一个人开着车来到这儿,在墓前坐一坐,自言自语地与曾秀云说说话,然后慢慢地心就静了下来。

可生活还要继续,工作也仍是繁忙,深圳在高速地发展,马小军的公司也进入了一个快速发展期,速度加快了,问题更多,作为公司的主心骨,他仍然是没日没夜地工作。

曾秀云去世以后,桐芳突然提出每个月想休息一天,马小军当然不能不答应,也为以往忽视了桐芳需要休息而感到抱歉。而实际上,桐芳每次只休息了大半天,只不过在休息的这一天里,都会离开马家,而且一早就出门,到下午三点多的时候就回来了,几乎每个月都是如此。

马小军觉得桐芳在外面可能有事,他也不好多问,几个月下来,他见桐芳月月如此,就在想,她会有什么事呢?

曾秀云去世前专门对桐芳的事有交代,这事一直在马小军的心里,他本来想和桐芳好好谈一下,可妻子刚走,他怕桐芳误会,以为要她离开,因为桐芳来到马家,就是为了照顾曾秀云的,所以,马小军在等待机会。曾秀云说,要帮桐芳成个家,马小军也一直在考虑这事。他想,桐芳现在也快三十了,年龄不大不小,找一个未婚的年轻小伙子不太现实,因此找一个和桐芳年龄合适的,就不太好找了。马小军为此还专门找了办公室的那位副主任,也是最喜欢桐芳的袁大姐,托她留心。袁大姐最近物色了一个人,是公司里的一位基层经理,也是当年和马小军一道来深圳的基建工程兵，家在农村，妻子车祸去世了，41岁，一直未再娶，袁大姐和马小军商量，马小军觉得还合适，正想征求桐芳的意见，却发现桐芳这段时间经常出去，不知是否找到了合适的人去约会。马小军不好问，只能等一个合适的机会和桐芳说。

这一天，是曾秀云去世100天的忌日，那天一早马小军起床后，就看到桐芳今天休息出门了。他和老父亲一起吃早餐时，马卫山提醒儿子今天是儿媳的百日。大儿子马立去外地出差了，二儿子马正住在单位集体宿舍没有回来，马小军告诉老父亲自己会去吉田墓园。

上班以后，马小军抽了一个空，自己开车悄悄出来，直接去了吉田墓园。到了墓园后，已经是11点了，马小军把车停在门口一个人往里走。

今天不是节假日，又是一个阴天，墓园里人迹稀少，一座一座的墓碑整整齐齐地排列着，静悄悄的。

马小军走着走着，远远地看见一个人跪蹲在曾秀云的墓碑前，走近一看，竟是桐芳。桐芳手里拿着一块抹布，一边自言自语地说话，一边擦拭着曾秀云大理石的墓碑。

原来，桐芳这几个月，每月休假一天，都是来墓园看曾秀云。桐芳对曾秀云的感情太深了，她每次来墓园，要倒好几次车，因此每一次她都是早上六点多就出门了，回来时已经是下午三四点了，桐芳用她的方式怀念曾秀云，每次来墓园都像帮曾秀云洗头发一样，把墓碑擦得发亮，把墓旁边的枯叶捡得干干净净的。难怪马小军纳闷，他每次来，曾秀云的墓都比周边的干净。

从墓园出来已经是中午了，马小军要桐芳上他的车，然后两个人往回开，半道上找了一个饭馆，马小军要请桐芳一道吃饭。他这才知道，以往桐芳来墓园，中午都是不吃饭的，然后直接赶回去，怕耽误了做晚饭。

在一个酒楼里，马小军特意要了一个小包间，他想趁着今天这个单独的机会，和桐芳好好谈一谈，包括她的婚事和今后。

要了几个菜后，马小军就进入了正题。

"桐芳，真的对不起，一直想找一个时间和你聊聊，可一直忙一直忙，总有忙不完的事情。"马小军喝一口茶，又看着桐芳。

桐芳单独和马小军在一起时有点拘谨，马小军在她的心目中是那个管理着几千号人的董事长，是那幢9层公司大楼里的最高领导。桐芳在公司做保洁时就知道，马总在公司里威望最高，是一个说一不二的人，大家既怕他又都尊重他。桐芳以前在公司里看见马小军就拘谨，在马家干了这么长时间，单独和马小军在一起的时候不多，所以今天她又拘谨了。

马小军说："桐芳，你曾姐临终前曾嘱咐我帮你成个家，我托办公室袁主任给你物色了一个比较合适的人，不知道你乐不乐意？这人你可能也认识，是我们公司工程部的副经理冯晋明……"

马小军还没有说完，只见桐芳眼里滚下大颗大颗的泪珠，就惊讶得停了下来，问："桐芳，你怎么了？"

桐芳说："马总，家里是不是不需要我了？如果不需要，我就走。"

马小军急忙说："不是，不是，不仅家里需要你，而且，你曾姐有交代的，我们会对你负责到底。但是也要帮你成一个家，冯经理不是离异，而是丧偶，也一直没有再娶。"

而"丧偶"两个字，好像再一次刺激了桐芳，她少有地打断了马小军的话，斩钉截铁地说："马总，我不想再结婚了。你们需要我，我就待在家里，照顾老爷爷和小棽棽；你们不需要我，我就走。"

话，就谈不下去了。马小军有点沮丧，他还从来没有和一个人谈话，谈得这样僵。

其实是马小军的话，触动了桐芳一段伤心事，她从家乡出来再次来深圳投靠马家，其实是逃婚出来的。

桐芳在乡下照顾的那位中风老人去世后，桐芳也还清了父亲所欠下的医疗费。这一年多里桐芳没日没夜地照顾着病人，端屎接尿，端水喂饭，翻身擦洗，什么都干。最后，在医院里把那位老人送走了，桐芳才回到自己家里。

一年多里，一直围着这个瘫痪在床的病人，桐芳一刻也不敢松懈，因为这个老人随时都会有危险。现在总算解脱出来了，她想在家休息休息恢复一下，然后去深圳找工作。桐芳在家里待了一个多月，母亲就焦虑了，她对桐芳说："你这样待在家里，我们母女俩会一块穷死的。"

这时的桐芳死了父亲又离了婚，生活中打击太大，心情还没有恢复又有点"卖身葬父"的味道，去照顾一个中风老人一年多，现在她需要平复一下心情。同时，她也担心回到深圳，由于离婚了，原来的家已经不能住了，也不知道哪儿可容身。她需要另找工作，可由于不是年底，同乡们从深圳回家的少，一时也无法通过同乡找工作。她想，等到过年，同乡小姐妹都回来了，再托她们找机会，然后再一块去深圳。

可母亲等不及了，成天唠叨没完，就在这时竟然有人上门说媒来了。

说的男人竟是雇桐芳照顾他中风父亲的那位邻村的建筑商。原来，这男人的老婆在从深圳回来的路上，大巴车翻车，摔死了，中年丧偶，所以，他才雇桐芳帮助照顾自己的父亲。通过这一年多桐芳对他父亲的看护，他发现桐芳虽然在深圳工作多年，仍然是那么老实本分做事踏实。他也看出桐芳并不是十分愿意去照顾他中风的父亲，可最后桐芳去了，一年多来，无论是在他们家里，还是后来父亲再次中风进医院抢救，桐芳都任劳任怨地尽心照顾，从无怨言，通过一年多的观察，他觉得桐芳这个人，是一个让人放心的女人。

这位邻村的建筑商长年在深圳做工程，家中非常需要一个人照顾打理。虽然他已经五十来岁，但创下了一片家业，在当地是一个大家都知道的有钱人，因此，有不少人上门介绍，有丧偶的寡妇，也有未婚的黄花闺女，可他都觉得她们不能照顾自己的家，在遇上桐芳以后，觉得她非常适合为他持家，于是便托人上门来说媒。

媒人说，男方对桐芳十分满意，想娶桐芳为妻，愿意将整个家都交给桐芳打理。并且说，如果同意，愿意给20万聘礼。

桐芳母亲一听，欣喜不已，那个时候这20万能彻底解决家里的所有困难，而且女儿嫁给这样一个有钱人，养老也不用愁了。她知道，女儿已经不是黄花闺女，又刚离婚不久，虽然未有生育，但比寡妇还不如，因为她不能生育。在农村，一个不能生儿育女的女人是没有人要的，现在天上掉下了一个有钱人，她能不欣喜吗？而且，在他们当时的农村，就是一个未婚的大姑娘，也不一定能拿到20万的聘礼。

但桐芳母亲有一个很大的担心，就是别人知不知道桐芳不能生育，如果指望桐芳生儿子，结果桐芳不能生，将来又是离婚收场。于是就把媒人悄悄拉到一边，说了这件事，她说，这事不能瞒着人家。

没想到媒人马上说，知道知道。原来，桐芳的前夫陈元清为了能与桐芳顺利离婚，早已把桐芳不能生育的事张扬得左邻右舍都知道了。

媒人说，桐芳不能生育没关系，因为男方已经有三个孩子，两儿一女，娶桐芳就是去照顾这三个孩子，不需要桐芳再生儿子。

桐芳虽然也知道对方家庭经济基础不错，因为她在他家里已经待了一年多，但对又嫁丧偶的人有本能的排斥。她觉得这家人是在找保姆，就像找她做中风父亲的护工一样，而不是娶妻。

但母亲动心了，一心想桐芳答应这门婚事。后在媒人的说合下，母亲强迫桐芳和她一起去男方家见面，对方还特意派车来接桐芳母女俩。

邻村离他们村有10多里路，以往桐芳偶尔回家都是步行，进了村子以后，她们知道村里那幢最大最新的房子，就是男方的家。她母亲也去过男方的家，但这一次来心情不同，只要桐芳同意，这幢又大又新的房子，以后就是自己女儿的家了，桐芳母亲有一种来验收财产的感觉。

这是一幢三层楼房，三楼一半是房间，一半是阳台，整个楼房外墙都贴着灰白色的瓷砖，在郁郁葱葱的乡村墨绿色植物的背景下，格外显眼。这种楼房在城市，就是一幢别墅了，但在农村因为用的是自家的宅基地，花钱就要少很多，为此在村里一片破旧低矮的农舍映衬下，就有一种鹤立鸡群的感觉，让人一眼就可以看出，这是村里最有钱的人家。

客家人建房讲究风水，尤其认为"水"是聚财的，因此，有钱人家门前一定有一口水塘，这家人也在门前挖了一口约半亩地的水塘，水塘的正面就对着他们家宽大的铁艺大门。进门后就是一个院子，院子里没有花草树木，一看仍然是一个农家。

桐芳母亲虽然以前来过，但只是匆匆而来、匆匆而去，没有仔细看过这幢大房子，今天看着宽敞明亮的房子，不由得喜上眉梢。

男人特意从深圳赶回来了，这人桐芳母亲见过，是一位五十来岁的中年男人，比桐芳母亲还大十来岁，皮肤黑黑的，很粗糙，看得出是一个经常在建筑工地上跑来跑去的辛苦人。男人的手上戴着一个大大的黄金方戒，说话时，手喜欢挥来舞去的,那金色的方戒就在桐芳母亲的眼前晃来晃去,对于她来说,那是有钱人的标志。男人烟瘾很大,抽烟一支连着一支,抽的是当时老板们都喜欢的外国牌子"万宝路",硬盒的,见人就递一支,这种烟一般农村人抽不起。

虽然男人认识桐芳,但桐芳在照顾他父亲的这一年多里,他基本上都在深圳,很少回家。今天见桐芳意义不同,因此他瞪大着眼睛像检验一件货物一样,上上下下地打量桐芳,眼睛里流露出的是一种满意的眼神,但不是男人对女人色眯眯的眼神。

桐芳母女俩进门后,发现男人的三个孩子已经不小了,最大的已经二十来岁,比桐芳小不了多少,由男人的妹妹暂时带着。桐芳在这儿照顾中风的老人时,这男孩一直没有回家,所以桐芳听说过,但一直没见过。今天听说,这男人的妹妹因为在赣州工作的儿子生了孩子,她要去带孙子,无法再替哥哥带他的儿子了,所以,男人急于要找一个女人帮他打理这个家。

桐芳母亲再仔细一看,问题来了,这男孩有点弱智,不仅爱傻笑,走路还有点不稳。桐芳后来对母亲说,这孩子和他妈妈一块出的车祸,脑子受伤较重,虽然捡回了一条命,但变成现在这个样子,生活基本能自理,但也需要人照顾。

大家坐下来以后,男人一边冲茶,一边就开门见山了。他说话很直接、很干脆,可能觉得自己是在施恩别人,他像个老地主一样,先将一串钥匙扔到桐芳面前的桌子上,说:"我在深圳做工程,忙得很,顾不了家,老婆出车祸死了好几年了,父亲最近也去世了,妹妹马上要去赣州,已经帮不了照顾我的家,家里还有这个脑子受伤的儿子,需要有人照顾。你如果答应,这串钥匙就交给你,这个家就你当了。你妈妈我再给20万聘礼。"

桐芳感到,这个男人不是看上她可以做老婆,而是他们家里需要一个老妈子。而且很明显,他根本就不准备将她带到深圳去,他是想让她留在乡下帮他照顾家、照顾孩子。他不是在找老婆,而是找保姆。他看上的是桐芳年轻,身体又好,又不会生孩子,将来也就不会分他们家的财产,其实这个男人算盘打得很精。而且桐芳还感觉到,这个男人在深圳很可能也有女人,否则他正值中年,工程又那么忙,一个人在深圳怎么不需要女人照顾?

想到这儿,桐芳浑身冰凉,低着头,一言不发,满心底都是抵触。

桐芳母亲却满脸笑得像花儿一样,仿佛遇上了一个财神爷,眼睛一直盯着那串钥匙，目光像个钩子，似乎想一把就把那串钥匙钩过来。作为一个农村妇女，嫁给桐芳父亲没有过过几天好日子，大半生几乎都被一个瘫痪在床的男人拖累在家中，几乎每一天都在贫困和艰难中度过，日子在她眼中就是什么都缺，今天突然眼前出现了这样一个有钱人，虽然比自己还要大一点，但只要娶了桐芳，他就是自己的女婿，对于她来说，就是久旱逢甘霖了。

男人说完这一切，就一支接着一支抽烟，一会儿就把屋子里抽得烟雾缭绕，桐芳感觉他正透过烟气在打量着自己，但桐芳就是不吭声。

此时媒人开口了，说："桐芳，你说两句呀。"

桐芳母亲也在一旁帮腔："桐芳，你说说呀，你说说呀。"

桐芳摇摇头，一个字也没说。

男人见桐芳不表态，就有点不耐烦了，他起身说："这样吧，你们回去想想。想好了答复我。过段时间也行，不急，我明天就回深圳了，工程不等人。"说完，径自回后屋去了，把她们母女俩和媒人晾在那儿。

媒人也觉得很没面子，本来以为自己做了一件大好事，双方都会重谢她，结果桐芳竟然一言不发，男方显然已经不高兴地甩手而去了。她觉得桐芳是大大的不识抬举，于是她对桐芳也是一脸的不高兴，她起身站了起来，一副仿佛要赶人走的样子对桐芳母女说："你们回吧，你们回吧。"

桐芳母亲气得脸上青一块紫一块的，差不多要对桐芳破口大骂了，但因为在别人家里，强忍着没有骂出口。她见媒人起身，忙赔着笑脸也站起来，一个劲地道谢："谢谢你！谢谢你！我回去好好说说桐芳，尽快回话，你等我一两天。"说着，一把抓住桐芳的胳膊，几乎是拉扯着她出了门。

桐芳直感到母亲的指甲几乎刺破了她的皮肤，一阵钻心之痛。

回去的路上男方没有派车送，母女俩只好步行回家，这和来的时候就天壤之别了，刚才还坐在小轿车里，特别是桐芳的母亲是第一次坐轿车，虽然有点晕车，但心里可有一种自豪感，现在母女俩走在乡间的土路上，一下从天上掉到地上了。母亲一路都在骂，骂得非常刺耳，句句戳心，说："遇上这样的男人，是你上辈子积的德。人家把一个家都交给你，你进门就当家，你还要什么？你还是黄花大闺女？你虽然还年轻，但你又不能生，年轻又有什么用？你还不如村里只长草不长树的荒地。一个女人不能生养，还是个女人吗？你还能怎样？等你将来老了，孤寡一人，比你妈还惨。"

桐芳仍是一声不吭，心却凉透了，一路上任由母亲骂，就是不说话。

回到家里，母亲竟然连饭都不做，像受了多大的委屈一样，一头倒在床上，号啕大哭，然后开始骂桐芳死去的父亲，说他害了她一生，死了，一拍屁股走了，留下那么一大笔债，债还完了，家也分文没有了，现在喝西北风，让她今后怎么活。母亲越说越伤心，越说越生气。

桐芳母亲觉得，自己一个没有生育能力的女儿，又离了婚，这本来就够丢人的了。突然媒人介绍了这样的一户人家，真是打着灯笼也找不到的好事，女儿找到好人家，母亲也就有了保障。特别是那20万聘礼让她心动不已，那是她一生也没有见过的一笔巨款。这些年桐芳从深圳往家里寄钱，那么一点钱，完全不够家里填窟窿，因此这么多年来，从来没见过家里有节余。对于总是入不敷出的人来说，节余是一件多么让人渴望的事。

母亲骂累了，又起床对桐芳软硬兼施，逼着桐芳一定要答应这门婚事，甚至以死相逼，说："如果你不答应，我就去跳河，反正也活不下去了。"

桐芳如果没有去深圳打工，见识过山外面的世界，一直生活在乡下家里，生活在瘫痪在床的父亲身边，很有可能她就认命了，为了母亲为了家，答应了这门婚事。可在深圳这个开放的城市里生活了几年，见到的、感受的，已经完全不同，她知道外面还有一个精彩的世界，人们也可以精彩地活着，她不奢望活得太好，但父亲死后，又离了婚，她不想再像母亲那样憋屈地活着，她还想去深圳，所以，她实在没有办法接受这样的婚姻和生活，因为接受了，就终老在农村了，她向往山外面的世界。

同时，桐芳的心里还隐隐地有一个明亮之处，这个明亮之处，她并没有想明白，但就是那样在心里存在着，像一个人点着一根蜡烛，为处在黑暗之中的她照着路，点这根蜡烛的人就是曾秀云大姐，还有让她始终感到温暖的马家人，围护着这点亮光。

她知道，只要答应了，走进这个男人的家，就再也没有出来的可能了。所以，桐芳咬紧了牙，就是不吭声。

母亲没烧饭，大家都没吃，母亲骂累了就睡着了，桐芳也困得睡着了。

第二天桐芳醒来，走到门边准备洗漱，结果发现自己的房间门被母亲锁了，她使劲地拍门，母亲在外面说："什么时候答应，什么时候放你出来。"

桐芳就咬咬牙说："我要是永远不答应呢？"

母亲也咬着牙说："那就永远不要出来。"说着，甩开步子自己出门去了。

母亲也是下了狠心，竟然不搭理桐芳，一直不开门，每日三餐送一点吃的放在窗台上，然后就是不露面。

第三天傍晚，桐芳仿佛听到那媒人又来了，在外面和母亲嘀嘀咕咕地说了半天，然后听到媒人走了，临走时桐芳听到媒人说了一声："好，答应了就好，答应了就好，我去给男方回话。"

桐芳母亲跟在后面，追着说："事成了，一定重谢。"

桐芳知道母亲背着自己答应了别人，她觉得自己拗不过母亲，非常绝望。

那一夜，桐芳都没有合眼，母亲的房间里也很安静。

次日上午，那媒人又来了，和桐芳母亲嘀咕了几句，就转身走了，边走边说："我只是给你打一个招呼，人家要回深圳了，以后再说吧。"

桐芳母亲跟在后面追那个媒人，边追边说："别走，你别走呀，我答应，我答应。"

媒人说："那你当面去说吧，答应了，人家会把钱给你。"

桐芳母亲急得不顾女儿答不答应，反正她要先答应下来，她怕煮熟了的鸭子飞了，连忙跟在媒人的后面一连声地说："好、好、好，我这就跟你去。"然后转身锁上房门，就随媒人去了。

桐芳知道，母亲可能去那户人家了，如果她糊涂地把钱拿回来，那就生米煮成熟饭了。但她绝不想嫁，想想自己已经有了一次失败的婚姻，也是母亲做的主，如今难道还要听母亲的话，把自己卖出去？想着想着，心里的恐惧变成了愤怒。她要反抗，她的反抗只能是逃。

桐芳收拾了几件衣服，从家里的后窗爬了出来，去哪儿？脑子里想着只有去深圳了。她出了村，在公路边拦下了大巴车，风尘仆仆地赶往深圳。

到深圳，也是举目无亲，虽然在深圳已经工作了好几年，但她只熟悉一个地方，景田，她只在马小军的公司工作过。于是，她想到了像母亲一样的曾秀云。

其实，这几天被母亲锁在屋子里，她想得最多的就是曾秀云，这个世界上仿佛只有这个人，她感到最亲切，还有那递给自己一杯热茶的慈祥的马爷爷。她想，如果有像曾秀云这样的母亲，自己的命会这样苦吗？

后来，曾秀云果然接纳了她，帮她在公司里又找到了工作。

那一年桐芳才25岁，可她在经受了父亲的离世、自己的离婚、母亲的逼婚和逃婚后，变得更加少言寡语了，她成天踏踏实实地干活，每天就两点一线，从公司到宿舍，从宿舍到公司，周末时会到曾秀云家里帮助拆洗被褥和打扫卫生，顺带帮着烧一顿饭。老爷爷马卫山特别喜欢桐芳烧的客家菜，他年纪大了，牙齿不太好，所以很喜欢桐芳做的"客家酿豆腐"和"八刀汤"。

这两道菜是客家传统的家庭菜，也是客家菜中最有名的两道菜，桐芳在老家时就会做。客家人从中原千里迢迢辗转迁徙到南方，本质上和马卫山的祖上千里迢迢闯关东，其意义都是一样的：为了生存。所以，他们都有非常能吃苦的特性。另外，山东人闯关东，寻找的是可以耕作的土地。还没有被开垦的土地，一定是荒野人迹稀少的地方。客家人从北方来到南方，是在寻找可以存身的地方，也是在寻找土地。客家人南迁的时候，中国还是一个农业社会，客家人到了南方要生存，自然要寻找可以耕作的土地，可这时南方的土地并不富余，所以客家人所能生存的地方，也是人迹比较稀少的地方，几乎都是在一些山区和丘陵，自然耕作环境也比较艰苦。

客家人的朴素，千百年来一直保留在他们的生活习惯中。例如，客家菜的食材，就不会像一般粤菜那样山珍海味，十分贵。客家菜食材比较简单，但做得精细，例如，它的代表菜肴"客家酿豆腐"，实际上就是"肉末酿豆腐"，食材也就是豆腐和肉末，但做得很精细。豆腐本是一种很软的食材，客家人把它煎得两面金黄，然后在每小块豆腐中央挖一个小洞，将香菇、碎肉、葱蒜等作料搅拌均匀后填塞进去，然后用砂锅小火炖，再配以味精、胡椒等简单的调味品，这道菜就老少咸宜。

桐芳会做这道菜，也是因为她结婚前到县城去打工，不仅在发廊里做过洗头妹，还在酒楼里做过传菜员。她在端盘子上菜时于厨房大厅两边穿梭，而"客家酿豆腐"差不多是绝大多数食客来客家酒楼必点的菜，她每天都能看到师傅怎么做。由于她勤快，招师傅喜欢，师傅边做边和她讲，讲多了桐芳就学会了。

桐芳还学会了一道客家菜叫"八刀汤"，这是老爷爷马卫山的最爱，曾秀云在手术后，也喜欢这道汤。"八刀汤"实际上就是猪杂汤，虽然它的食材并不珍贵，但客家人做得精细，就变成一味美肴。"八刀"，实际上应该叫"八道"，就是在猪的身上挑选出猪心、猪肝、猪肺、猪舌、猪腰、粉肠、猪膈膜（客家人叫"隔山衣"）、前腿肉，共八个部位各切一份，所以叫"八刀"，用这八个猪身上的部位做成汤，故名"八刀汤"。这道汤最大的特点是新鲜，所以味道鲜美，老人病人更是喜欢。这就是客家人在猪杂汤的基础上，通过对不同客人的口味，精心选料改良配方，演变而成的。

这两样菜，后来都是马家人最喜欢的，桐芳每次都是精心做。在城市里不像农村，农村一家杀猪，在一头猪身上可以买到"八刀汤"的全部食材，而在城市就不行了。为了做好"八刀汤"，桐芳会在周末的时候，起个大早，然后骑着自行车，满深圳跑，在各个菜市场寻找新鲜的原料。那份用心，最后就体现在一碗汤里，也体现在桐芳对马家人的感情里。

曾秀云生病前，对桐芳周末经常来家里帮忙，她一直想给桐芳一点钱，可那时的桐芳坚决不要。

有一个周末，正遇上深圳台风过后下暴雨，那一天桐芳仍然来到曾秀云的家里帮忙，晚上离开的时候，曾秀云将她送到楼下，然后悄悄在她的口袋里塞进了300元，桐芳不知道就回去了。

桐芳走后，雨下得更大了，南方台风后带来的暴雨，雨量惊人，仿佛天都开了一个口子，直接往外倒水，楼下地面都积了齐脚脖深的雨水。夜里11点多，突然听到有人敲门，曾秀云开门一看，是被雨水淋得像落汤鸡一样的桐芳，赶紧问她发生了什么事。只见桐芳仿佛要哭了一样，将一只手伸过来，手里紧紧地攥着那300元，钱已经被雨水泡透了。

桐芳带着哭腔说："你们一家对我这么好，我就周末过来做这么一点小事，你们还要给钱，这么多，我心里能安吗？"说着说着竟像受了很大委屈一样，号啕大哭起来。

曾秀云的眼睛也湿润了，她理解桐芳心里的苦，一个基本没有家，没有家的温暖,也没有爹妈疼爱的姑娘,她心中的苦只有她自己知道。曾秀云能理解桐芳,她不由得把桐芳抱在怀里,像母亲一样抚摸着桐芳的后背,一句话也没说。

那天,雨下得太大,马小军到外地出差去了。曾秀云怎么也不让桐芳再回集体宿舍去了,她让桐芳在自己家里洗了一个热水澡,将自己的干衣服给桐芳换上,和自己睡在一张床上,那一夜两人说了许多话。

其实,桐芳第二次回到马小军的公司时,马小军的公司效益并不好,作为工勤员的桐芳拿的工资自然不高,马小军公司里有不少人都跳槽了,有些甚至是老基建工程兵集体转业的员工,竟然要求调回老家去。那时也是深圳经济特区的困难时期,一些老家在江浙相对富裕地区的兵,就要求回老家去了,因为那时家乡的收入比深圳还高。

但桐芳不嫌工资低,也不像其他人那样这山望着那山高,一直就这么安分守己地在马小军的公司里待着,一干就是七八年。由于她干的时间长,办公室负责后勤的副主任袁大姐就特别信任她,董事长马小军的办公室也是交给她打扫。

桐芳并不会因为自己和曾秀云熟,在马小军面前就会很随意,她甚至在公司里不敢和马总主动说一句话,她知道马小军每天的烦心事太多,不喜欢自己的部下整天围在身边,没有事的时候,马小军也不喜欢别人到他办公室里来。桐芳知道马总这个习惯,因此她就总在马小军不在办公室的时候,悄悄来把办公室的卫生工作做完。因而,她总回避着与马小军的照面,却细心地观察着马小军的生活习惯和喜怒哀乐,所以,马小军回到办公室,杯子里总会有满满一杯温度适中的热茶,让马小军解乏。

桐芳在公司里就在马小军的身边,可她总站在不远不近的地方,几乎是个看不见的影子,连办公室主任都常常把她忘记了。有一次春节单位发节礼,一人一份,办公室主任让桐芳去派送,在列名单时,数来数去,仍然多出一份,办公室主任就纳闷,怎么就多出一份,他想不起就站在身边的桐芳。

可在马小军需要的时候,桐芳总能及时地出现在身边。

马小军公司效益不好的时候,没有太多的工程可做。公司里也搞多种经营,成立了一个贸易公司,运用特区的一些优惠政策,为内地进口一些国内稀缺原料。

　　这个贸易公司与一位港商合作。一开始的时候，做得很顺利，每一次货物进关，货款结算都很及时，而且，港商是先进货后结算，双方都很讲信誉，货物交接、报关、价格和质量，都没有发生过问题。贸易公司也赚了一些小钱。之所以说赚的是小钱，是因为开始贸易量做得不是太大，一次生意也就二三十万元。

　　做了一段时间，大家都相互信任了，生意也就越做越大，为此港商提出要预付一部分货款，这在贸易中也是合理的。贸易公司开始预付货款，生意也没出问题。直到生意做大了，港商要求的预付款也越来越多，这时出事了，出了大事。

　　贸易公司预付一批200万元的货款后，就再也联系不上这名港商。公司一下慌了神，马上派人去香港，结果发现港商的公司人去楼空。大家急得在香港直接报警，警察介入调查，发现这个贸易公司的账上只剩一万港币了，他并不是仅和马小军一家公司做生意，还和特区其他公司做生意，做的也是贸易，调查发现，所有的资金都被转入台湾的一家银行。

　　这是一个精心策划的骗局，这个贸易公司骗了特区和内地其他一些贸易公司的货款达几千万。

　　公司正在困难时期，这真是屋漏又遇连夜雨，对于一个效益已经不好的工程公司，在那个时候200万就是一笔巨款了，而且这些货款基本都是来自银行的贷款和内地贸易公司的预付款。

　　作为公司一把手，马小军自然压力巨大，他紧急召开了一个会议，商讨对策，最后决定抽调公司一位副总成立了一个专职小组，专门负责处理此事。同时马小军考虑，公司在适应市场进行改革中，也存在着因压力过大，操之过急，尤其对二级公司的监督管理不到位，举一反三，需要对公司下属贸易公司进行总结，进行必要的整顿，查找清理其他可能存在问题的漏洞。

　　这一次被骗，是马小军的公司来到深圳进入市场经济社会后，遭受的一次较大的挫折，尤其是在由于效益不好，公司员工工资比较低的时候，这无疑是雪上加霜。它的负面效应被放大了，虽然是二级公司的失误，但在公司内部消极影响比较大，马小军觉得自己作为一把手，有不可推卸的责任，他感到非常自责。

　　那天开完会天都已经黑了，大家各自散去以后，整个公司办公楼的走廊上，空荡荡的,没有一个人,马小军第一次感到那样的孤单和无助。

他一个人回到办公室,在那儿坐了很久很久,不知道过去了多长时间。窗外这片新开发的地区,由于大的经济环境不好,深圳市也在进行调整,一些楼房因为缺乏资金停工了,脚手架里一幢幢盖到一半的建筑,在夜空下像一片土地上缺少雨水的庄稼渴望雨露一样,渴望着资金的注入。

夜晚的灯光也是稀稀落落的,一座座楼房孤独地竖立在漆黑的夜空下,灯光星星点点地散落在各个大楼的一个一个窗户里,马小军这一天粒米未进,愤怒和压力,让他忘记了饥饿。

此时,只听见"咕——"的一声,在空荡荡的办公室里显得是那样突兀,其实,那是他一天没进食,胃里传来的肠鸣音,接着就感到一阵头晕,马小军知道这是身体低血糖的反应,他抬头看了看办公室挂的时钟,嘿,已经是晚上11点20分了!

可这时公司里已经没有其他人了,马小军有点担心自己会晕过去,他想起身去找一点吃的东西,可刚一站起来,眼前一黑,满眼冒金星,满屋里的东西在他眼前旋转,头晕得让他立即闭上了眼睛。意识还清醒的他,心想,糟了,这样的晚上,可别一个人晕在没有人的办公室里。

就在这时,有人悄悄地敲了敲门,没等马小军答应,就听得门锁咔嚓一声响了,是桐芳。她走了进来,手里拎着一个塑料袋,里面放着她刚从公司门口一家快餐店里买来的汤面。原来,傍晚后桐芳一直没走,一个人等在公司里,因为她看到马小军进了办公室一直没有出来,就等在那儿。马小军进办公室后一直没开灯,公司办公室其他同事包括袁大姐都以为董事长已经下班走了。只有桐芳知道马小军还在办公室里。

桐芳也听到了大家都在议论公司被骗的事,知道公司里出了大事,自然最大的压力会在老总马小军身上,所以,她就一直待在公司里没有走,一天都在悄悄地关注着他。为此她知道马小军一天粒米未进,她也知道马小军有低血糖的毛病,知道马小军在饿了的时候,只喜欢吃面,因为马小军在部队里走南闯北,到处施工,生活一直不规律,落下了胃病,而汤面是比较容易吸收的食物。

已经这么晚了,马小军还在办公室里一直没有出来,她觉得马小军应该吃一点东西,否则身体顶不住。所以,就在公司门口这家快餐店里买了这碗汤面,走进了办公室。

这碗面，在这个时候无论是从身体上还是心理上，对于马小军来说，就如同在沙漠里跋涉的人遇上了清泉。这时，他才强烈地感到，长时间以来，桐芳总在自己需要的时候，出现在自己面前，而自己却一直没意识到。

马小军不想让桐芳看到自己的感动，他低下了头，一口一口地吃面。

那时候，曾秀云还没有生病，桐芳也还没有到马家做保姆，她只是第二次从老家来深圳后，又进了公司，桐芳也还没有像后来与马小军那样熟络。而桐芳在日忙夜忙的马小军眼里，也还是公司里的一个工勤员。一个是董事长，一个是工勤员，两人之间自然隔着好大的距离。

马小军边吃面边向桐芳表示谢意，桐芳又倒了一杯热水，放到桌上，说："马总，太晚了，别喝茶了，喝了更睡不着，早点回家休息吧，曾姐在家里一定着急了。"桐芳的话，好像知道马小军今晚回家一定难以入眠似的。

马小军三口两口就吃完了面，又喝了几口热水，精神明显好了一些。他看着桐芳在收拾碗筷，突然想回谢一下桐芳，他问桐芳："你将来有什么打算？还需要什么？你告诉我或者曾姐，趁我现在还有能力，尽量帮你一把。"

桐芳边擦着桌子，边低声说："没有了，马总，这些年的工资除了每月给我妈妈寄生活费，其余我都留下了，我也没有孩子要抚养，也不想结婚了，将来您退休了，如果不嫌弃我，我就到您家里去做保姆。如果不需要，我还是回赣州老家去，那儿虽然穷一点，但空气好水也甜，我妈妈一天一天地老了，就骂不动人了，我还是回乡下陪她一起生活。这些年的工资够我用了，乡下的花费不多。"

说完，就拿着收拾好的碗筷往办公室外面走，走到门口又回过头来，说："依我看，马总您也别干了，您胃不好，又低血糖，公司里的事一天一天的，太多了，总是干不完。这些年在您的身边，虽然很多事我不懂，但看到公司起起落落，一会儿挣到了钱，一会儿挣的钱又没了，挣到钱的时候，大家欢天喜地的，挣不到钱的时候，连工资都发不出来，个个都拉着苦脸，您吃不好也睡不着。我看这个社会上的人，天天都在折腾钱，折腾来，折腾去，挣到了，再投进去，又没了，又去挣。其实，一个人一生要花多少钱？够用就行了。我看您，还是别干了，别把命干没了，干没了，挣得再多，有什么用呢？回老家去，盖一幢房子，养鸡，种地，一天能吃多少？活得轻松一点，多好。"然后出了门，转身又把门关上了。

那时候，桐芳只知道马小军老家是东北人，她的一生只是从赣州到深圳，其他地方从没去过，她不知道东北有多远，也不知道马小军在东北根本没有老家了。

可马小军一直记得桐芳那天晚上说的话，说得让他有点醍醐灌顶的感觉，真的有点不想再干了，这么多年来，累死累活，一个困难解决了，又一个困难出现了，心情愉快的日子总是很短暂，而一年当中绝大部分时间都在压力和焦虑中，这样的日子哪天是个头？

马小军的脑子里，突然冒出一个有点"荒唐"的想法，如果真的回乡下，盖一幢房子，养养鸡，种种菜，在太阳下打打瞌睡，无忧无虑，每天都可以看日出日落，其实不就是人生最惬意的生活？

一个国企的董事长，还没有一个工勤员想得明白。他从椅子上起身，心里说：走，回家睡觉去。

可第二天马小军仍然准时醒了，仍然按时上班，不上班不行啊，因为他还是这个公司的一把手，责任在身，责任从来都是沉甸甸的。桐芳仍然是公司里的工勤员，已经在马小军上班前把他的办公室打扫好了，而打扫完卫生的桐芳就要忙她的事去了，马小军那段时间集中精力处理公司被骗的事，好长时间两人都没有碰过面。

直到后来，曾秀云患癌症，桐芳得知消息闯进了马家。于是，桐芳从这个时候开始，真正走进了马家。

听完桐芳对自己逃婚经历的叙述，马小军不好再提让桐芳再嫁的事了。他对桐芳说："为你找一个人再成一个家，是你曾姐的交代，同样，曾姐也一再交代，如果你愿意留在我们家，你就是我们马家的亲人。"

桐芳在叙述她逃婚经历时，没有掉眼泪，这时，眼睛红了。

从这一天开始，马小军在心里就把桐芳当作自己家里的人了。他回去后，还专门挑了一个桐芳不在的时候，对马立和马正说了桐芳的逃婚经历，然后郑重地对大家说："从现在开始，只要桐芳不愿意离开我们家，她就是我们的家人，这是你妈妈的遗愿，也是我的想法。"

坐在一旁的老爷爷马卫山插了一句话："那当然，桐芳就是我们马家的人，你们两个小子都记着。"

后来，马小军又对桐芳说："乡下的妈妈还是要照顾，她毕竟是生养你的母亲，有时间还是要回去看看她。有什么困难告诉我，我们帮你解决。"

其实，桐芳每个月都会给乡下的母亲汇钱，也陆续把家里借的债都还清了。后来，在马小军和老爷爷马卫山的督促下，桐芳也时常回乡下去看母亲，逢年过节，马家还帮桐芳准备一些年货寄回给乡下的母亲。桐芳的母亲后来在乡下也过上了衣食无忧的生活。

有一次马正开车去江西旅游，路过赣州，马小军就叫他带一些东西给桐芳的妈妈，以示马家的感谢。马正回来后，无意中讲到桐芳村子不少人家都盖了新房，可桐芳家还是破旧的老房子。

说者无心，听者有意。三天后，马小军找到桐芳给了她50万元，让她把乡下家里的房子重新翻盖一下，盖得好一点。

桐芳看到这样一笔巨款，像被吓坏了似的，急忙摆手不要，说自己有存款，另外，乡下一般的房子翻盖用不了这么多钱。

马小军第一次和桐芳说了一句半开玩笑半认真的话："你不是说，到乡下去养养鸡、种种菜吗？我知道你们家乡虽然经济不发达，但山清水秀的，你把房子盖得好一点，说不定我们也可以去你们乡下住一住。"

桐芳惊讶地抬起头来望着马小军，然后说："那也不行。你已经退休了，就只有退休金，一下拿出这么多钱，家里压力也大呀。"

马小军说："你不知道，我有私房钱，而且还不少。"说着故意神秘地对桐芳说："别告诉马立、马正，我留着养老的。"

桐芳就笑："你有多少私房钱？"

马小军突然像一个孩子一样，放低声音悄悄地说："我曾发过一笔小财。你别笑，真的。80年代后期，深圳在全国率先进行股份制改革，上市的第一股叫作深圳发展银行。那时，人们对股市不懂，股票发行时一开始购买并不踊跃，深圳市政府就动员机关干部带头买，国企干部也跟着买，我当时为了响应政府号召，以一块钱一股买了5000股深圳发展银行的原始股票。因为是由公司财务部一起买的，钱是从工资中扣的,所以买完以后就一直放在公司财务部,我也没拿回家。后来,股市火起来了,政府又不让机关干部和国企老总炒股了,我就慢慢把这件事忘了。公司财务部经理懂这个,他一直帮我管着这5000股,后来扩股送股派息,到最高峰时这笔钱已经有几十万了。我退休时,公司财务部告诉我还有这笔钱,而且一直在我个人名下,我就悄悄留下了,做了私房钱,准备用于养老,给你回去盖房,我如果去乡下,不就是养老吗?哈哈哈……"

桐芳听到如果回乡下盖房子,马小军有可能去养老,就收下了这笔钱,把乡下的房子彻底扒了重新盖,也盖得像那位想娶她的包工头家的样子,两层半,一个大的院子,可以种花,而且在房间里设计了可以洗澡的卫生间,她知道城里人每天都要洗澡。

房子盖好以后,她还特意请马小军到乡下去看看。马小军就开了车,和桐芳一起去了乡下,看完以后,发现房子盖得不错,周围环境也挺好的,但房子里空空如也,什么都没有。回来以后就找到了马正,把这件事告诉了他,让马正把桐芳乡下房子里的家具电器简单配一配。马正就专门给了桐芳10万元,让她将乡下的房子里需要配的都配上。

后来,马小军偶尔会去看看,但一直没有去养老。

桐芳的母亲一直住在这个重新盖起来的房子里,活到70多岁去世的,总算是过了一段安逸的晚年生活,她去世后的丧事费用,也是马家人给的。

马小军为什么找小儿子马正要钱,而不找大儿子马立?因为马正后来成为马家最有钱的人。为什么马正会有钱?接下来就要说他的故事了。

第十三章

马正一下富起来了，富得自己都觉得莫名其妙。

让马正突然富起来的还是朱又七叫他买的那只股票。当股票涨到44块多的时候，他想抛，可朱又七仍然叫他"沉住气"，其实这个时候马正已经沉不住气了，就在他决定抛的时候，母亲突然病了，而且是危及生命的大病，马正跟母亲感情极深，因此全身心地投入到救治母亲之中，母亲手术后，他基本都是陪在母亲身边。

马正在医院里抽空又给朱又七打了一个电话，告诉母亲生病了，无暇看股票，问朱又七抛不抛，这个时候的朱又七除了还是那句"沉住气"，又多说了一句"把利润尽量吃满"，这句话给马正留下了想象的空间。现在朱又七的话，在马正的心里分量就重了，因为以前每一次叫他"沉住气"，股票都涨了，马正当然信任朱又七，他已经知道这只股票朱又七是庄家之一。什么叫庄家？庄家就是知道股票内情的人，否则他怎么会炒？

于是，他就对朱又七说："我现在要陪护妈妈，看不了股市行情，什么时候抛，你告诉我一声。"

朱又七想了一下，说："好，我什么时候叫你抛，你再抛，其他别再问了，等我传呼吧。"

那时马正还没有手机，为了能及时接到朱又七的电话，他特意花了几千块钱买了一个"摩托罗拉"中文传呼机，他和朱又七约好暗号，要抛股票了，朱又七就往马正的传呼机里传一个"8888"，马正看到这个信息，就抛股票。

做了这个约定以后，马正就把股票的事放下了。

后来，母亲开刀，要人日夜陪护，再到母亲出院回家休养，马正和家人一样一直在担心母亲癌症复发，也没心思再看股票，只等着朱又七通知他。

那个时候，还不能像今天这样在手机上就可以看股市行情，要看股市行情需要在电脑上，可在医院里没有电脑，家里只有哥哥马立家才有。这中间，马正也抽时间看过，发现股价跌下来了，从44块跌到二十几块，这让马正又不想抛了。他又给朱又七打了一个电话，朱又七说的还是那句"沉住气"，不过这次又多说了一句："没有只涨不跌的股票，跌了还可能涨上去的嘛。"就放下电话了。

马正感到，自从朱又七叫他买这只股票，朱又七就变得特别忙，好像连说话的时间都没有了，早先是经常到银行他的办公室，一坐就是半天，天南海北地闲扯，现在不但连影子都看不到，甚至连多说一句话的时间都没有了。是不是股票做大了，时间就变得紧张了？马正想，做大事的人，自然都忙，我是跟着他买股票的，那就等他的通知吧。

接下来，母亲的病又复发了，又是抢救，直到母亲去世，马正伤心得哪有再看股市行情的心情？虽然马正偶尔低头看传呼机，但就是没有朱又七发来的"8888"。

等把母亲安葬好，丧事办完，马正开始正常上班，已经是好几个月以后了。上班的第一天，他打开电脑看看股价如何了。

一看把马正吓了一跳，股价竟然涨到80多块了，这只深圳本地股，变成了整个股市中的热门话题，几乎每一个股评人士，都会提到这只股票。唱多的，唱空的，提示有风险的，都有。

马正坐不住了，他首先想到给朱又七打电话，问朱又七能不能抛。

这时的朱又七早已配备了像块大砖头似的"大哥大"手机，这也是有钱人的身份象征，可朱又七的电话打不通了，他的手机在不停地提示："你打的电话已关机。"

关机？以前无论是什么时间，打朱又七的电话都不会关机，哪怕是半夜，他的电话也总是开机的。朱又七说："做股票，做的就是信息，信息随时随地都会出现，怎么能关机呢？"

马正在想着各种可能性，最简单的原因可能就是朱又七的手机没电了。可他知道，朱又七总备着电池，有时候还备着两块充好电的电池。那时朱又七用的是摩托罗拉牌的手机，电池是可以拆下来的。

等到下午，马正又打朱又七的电话，仍然是"你打的电话已关机"的提示音。马正感到不对劲了。

马正这个人，不很刻苦，上学时远没有哥哥马立用功，学习成绩并不十分优秀。但他聪明，高考时也让他蒙了一个上重点大学的分数。马正的聪明在于他能蒙到重点。他还有一种敏感，这种敏感让他有一种本能反应，一旦有不安产生，他就离开，这让他往后在股市上多次逃避了风险。

后来，马正有一句名言，做股票，重要的不是知道什么时候买，而是知道什么时候卖。这样一次次让他逃避了股票的大幅下跌，也就让他一次次保住了股票的利润，时间一长，盈利积累就让他有了可观的收益。

初涉股市的马正发现一天下来都打不通朱又七的电话，觉得不正常，因为朱又七是做这只股票的庄家，在股票的关键时刻，他怎么会失联呢？

于是，马正那天收市前在80元的价位上，把16000股全部抛了，这样马正以30万元本钱进去的，到出来时账户上差不多已经有130万元了，净赚了100万元左右。这是马正做的第一只股票，也是马正赚的第一桶金。

第二天这只股票又涨了4元，涨到了84元，达到了历史新高。马正发现自己少赚了6万多元，正心疼着呢，突然股票掉头向下，一路下跌。

然后，一连多日这只股票一直在跌。于是，股市上传言四起，传的信息是，证监会开始调查恶意坐庄，几个联手坐庄的人出现了分歧，其中有人在股票上涨时，背离几个共同坐庄的同伴约定，悄悄抛出全部股票，退出了，这个人赚翻了。

他，就是朱又七。

后来发现，朱又七不仅背信弃义，违背几个联手坐庄人的共同约定，而且已经悄悄地从各家银行利用他早先搞好的人际关系，不断地提出大额现金。据说，他后来提出的现金，是用麻袋一袋一袋地拖着走的，提现金的目的是不让查到他的资金去处。传说讲得有鼻子有眼，还说朱又七提出现金后，在海上利用渔船把现金全部偷运到了香港。

传言真的无法证实，但朱又七从此失踪了。有人说，他让同伙损失巨大，甚至倾家荡产，再加上他曾在检察院出卖过别人，于是，有人不放过他了，雇用香港黑社会的人要他的人头，所以，朱又七隐名埋姓消失了。

朱又七最后到底赚了多少钱，传言说法不一，有人说赚了几个亿，有人说他赚了七八千万，在那个时候，就是七八千万现金，并不是所谓难以变现的一堆固定资产，也是一笔非常大的巨款了，完全是够朱又七一家在国外过上富翁的日子。

朱又七帮助马正除了想回报一下他，还有就是想在后面提现金的时候，能让马正给他提供方便，其实朱又七不止告诉了马正一个人，因为股票上涨时也需要人气，股市上叫"抬轿子"，实际上也是他自己的需要。可后来，马正一直在陪护重病的母亲没有上班，朱又七就没有再找马正，当然不会再想到告诉马正什么时候卖股票，只顾着自己跑路了。

股市上这样的人，只会叫你买，一般不会告诉你什么时候卖，除非他全部抛完了自己手上的股票。可朱又七抛完股票后，就失联了。不仅如此，朱又七叫的所有买的人，他都没有告诉别人什么时候卖。

钱，他是赚了，但所有的朋友，都没有了。朱又七变成了一个股市上背信弃义的经典人物，股市上只要一说到庄家不可信，就拿朱又七做例子。

朱又七对马正的最大影响就是，股市上的任何人都不可深信。

马正的赚钱，既有一点运气的成分，也有自己的敏感。他在股票上涨高峰最后两天时上了班，看到了股票行情，这是他的运气；又在股票即将大跌时感到朱又七的失联不正常，及时把股票抛了，这是马正的敏感。

多年以后，马正觉得是母亲在冥冥中帮了自己。母亲在关键的时候，给了他20多万，否则他不会有那么多的本钱，也就没有后来的百万利润，奠定了他今后起步的高度。而且母亲离世的时间，早一点或晚一点，他都不会赚到那么多，甚至随着股票急泻般下跌，可能会被套进去，因为这只股票后来跌到只值几块钱，那会让马正亏得很惨。

从那天开始，马正成为股市上一个小有名气的成功人士，让他后来有能力买得起"水榭花都"这样的豪宅，随着房价的上涨，马正的财富又呈几何式上升。

母亲去世后，对马正的刺激不小，他无法接受只有50多岁，每天都在自己眼前，甚至早上醒来，第一件事就是喊"妈"的母亲不在了。他每天上班都打不起精神，银行里客户经理的工作让他觉得很不自由。

而回到家里，父亲总是不在，父亲也快到退休年龄了，真像夕阳更红的样子，拼命站好最后一班岗似的，仍然是日忙夜忙的。他甚至觉得父亲是习惯性把自己弄得那样忙，不忙他就没有存在感。

他想到母亲辛苦了一辈子，加班夜班包括奖金，也只有20来万，父亲这样忙，但公司是国家的，赚得多，也不是自己的，赚不到，还要吃不好睡不着，压力全在身上，这有什么意义？

爷爷越来越老，每天除了遛弯下军棋，就是坐在阳台上，望着北方发呆。哥哥在国企，虽然不断被重用提拔，但责任重大，一个项目下来，就没日没夜地赶活，连小琴琴都无法照顾，马立的工作贡献，与他的工资收益完全无法成正比。马正觉得父亲和哥哥，都有着一种他无法理解的责任感，把工作当成追求来做。

马正越来越受不了朝九晚五的工作，在银行工作也是有任务考核的，而且非常具体。例如存款的上升、贷款的额度、利润的多少等，都不是轻松的工作。

这一年，马正由于母亲生病，请假太多，平时又把精力放在了股市上，到年底时他的业绩排名垫底，因此没有年终奖，这让他感到很没面子，领导对他也很不满意，甚至在大会上不点名地批评了他，说有的同志科班名校毕业，还比不上财经学校的专科生能力强。马正知道这是在说他。

在分配来年考核任务时，领导因为他当年任务完成得差，又听说他在炒股票，就找他谈话。马正当然不承认，所以和领导谈得不欢而散。马正的领导是个支行行长，他本人也是承担着分行的考核任务的，因此，马正占着客户经理的位置，如果不好好干，不仅影响支行其他同志工作积极性，而且还占着一个萝卜的坑，对于他的工作压力也是大的。因此，他就故意给马正下达了比较高的考核指标，他的内心想法是，要不你好好干，要不就逼着你离开，让出这个坑。

这个任务指标下达后，马正觉得自己就是干死了，也无法完成，哪还有时间和精力去关注股市？马正不得不考虑跳槽了。

那时候银行工作是金饭碗，辞职不干，马正担心父亲不会同意，所以，他就找哥哥马立谈。自小马正有什么问题就问哥哥马立，马立的思维一向很正统，求稳健，讲究未来发展空间，因此，他给弟弟提出了一个问题："你这么年轻，学的又是金融投资，不干了，以后干什么？"

马正脱口而出："我去炒股票。"

马立瞪大着眼睛望着他，像是听错了似的，问："什么什么？炒股票？炒股风险多大？中国的股市发展时间还很短，还很不成熟，风险就更大了。在我看来，股市就和赌场差不多，不同的是，赌场可能输得精光，股票最后可能还会给你留点渣。"

喘了一口气，马立又问："炒股本钱从哪儿来？爸爸和我虽然也担任了一定的职务，但我们都在国企，都是工薪阶层，也没钱给你炒股呀！妈妈不在了，爸爸会支持你？他别给你一耳光就不错了。"

马正想说"我自己有钱"，但话到嘴边又咽回去了，他不想把自己已经在炒股的事告诉马立，因为以马立这种求稳的性格，一定不会支持他，而且还会告诉父亲，他会觉得这是大事。父亲那么正统的人，如果知道他在炒股，真的会给他一耳光。

因此，马正把嘴边的话收回以后，就对马立说："哥，你不支持就算了，就当我没说，也不要告诉爸爸。如果爸爸知道了给我一耳光，我就找你哦。"

马立以为自己说服了马正，也就没再说什么了。

其实，马正心已经动了，而且在银行上班一天天的很不顺心，一心想走。不过马正就是聪明，他走了一条迂回的路线。

中南财大在深圳的同学时常聚会，一次在聚会中碰上了一位老同学，他在深圳一家证券公司工作。这让马正豁然开朗，他想，我可以先到证券公司工作，这样也算是专业对口，还可以说服父亲和哥哥，同时，对于自己炒股不就更方便了吗？于是，他就问了这位老同学，老同学说，现在他们证券公司正在扩大，需要人手，他可以引荐。

马正就写了一份简历寄给了老同学，一周以后，他接到了这家证券公司的录用通知。回到家里，马正对父亲和哥哥说，自己被调到证券公司工作了。在马小军的印象里，早期的证券部好像就在银行里，后来，才逐渐剥离的，所以，听到儿子马正调到证券公司工作，觉得很正常，就没说什么。

马立知道，这是弟弟搞的一个迂回战术，但一想，弟弟学金融投资的，到证券公司工作也是专业对口，重要的是，他不是去炒股，而是去工作，也就没说什么。

就这样，马正走出了第一步，从银行跳槽到了证券公司，仍然担任客户经理。

在证券公司担任客户经理，就是直接服务证券大户了，对马正炒股太有利了，而且收集信息就更方便了。马正迅速结识了几个资金都在千万元以上的炒股大户，利用近身为他们服务的机会，必然或多或少知道他们在炒什么，也就掌握了更多的炒股信息，悄悄地搭他们的顺风车。即在大户们已经建仓后，他得知信息，分批买进，不求收益最大化，只要有了适度的利润，就提前出来，这让马正的风险大大降低。

如此经过两年，马正账户里的资金已经成倍地增加，虽然中间也有失手过，即他所跟风的大户在股市的博弈中，被更大的庄家击败，他也跟着损失，但由于他采取快进快出的策略，总体风险较小，收益可观。

但好景不长，随着证券市场的规范化加强，证监会对证券公司的监督也越来越严，因此证券公司也严格要求公司工作人员不得参与炒股。虽然仍然有证券公司人员在悄悄炒股，但随着监督机制的加强，而马正炒股的资金量也越来越大，他担心如果有一天被发现，麻烦也会不小。

聪明的马正又在想点子。他看到，随着股市的规模越来越大，千万资金的大户在股市里已经没有优势可言，他就在想，可不可以把几个千万资金的大户联合起来，成立一个私募性质的基金，以股份制的形式操作。他利用自己服务的好几个千万资金量的大户，都有被更大的庄家狙击的惨痛教训，一个一个地在私下里和他们聊，结果竟然达成了共识，几个大户都觉得搞一个基金，比自己单打独斗要强得多，而且他们也信任马正。

于是，由马正领头成立了一个基金，募集了近一个亿的资金量。这样，马正就从证券公司离职了，正式地专业炒股。

马经理变成了马总经理。因为，马正可以说是科班出身，又在证券公司工作过，这个基金又是他出头募集的，虽然马正的资金量相对是比较少的，但是大家拥护他当了总经理，资金量相对多的人当了董事长、副董事长等。参加人员都有一定的炒股经验和各自的资源，利用了各自的人脉，又吸收了一些中户进来。

马正搞的这个基金，在市场上远不算大，但灵活，机制决策比较快，几个人一商量，就办。所以，变成了股市里的一支轻骑兵。所采取的策略，一开始就用了马正快进快出办法，收益还相当不错。如此五年下来，马正的个人资金也已经是数千万级别以上了，也就在这个时候，他买了豪宅"水榭花都"。

马正发了。

他的这个实力和别的老板所谓身家千万完全不同，一些老板号称的身家可能是一些厂房机械烂尾楼，马正的是真金白银的现金。在这五年中，马正也越来越成熟稳重，毕竟是一个操控数亿基金的操盘手。其中一个重要表现就是，基金里的其他合伙人，都越来越服他，基金内部也形成了以他为核心。

真正表现马正成熟的一点，是他在基金效益不错的时候，果断地把这个基金解散了，让所有人都有了自己比较满意的分红，这仍然是马正快进快出的思路。

马正说，见好就收了，否则不保证又出现像朱又七这样"兄弟阋墙"事件，到时丢了朋友，也亏了钱。

马正的这个想法，也是他逐渐把兄弟朋友金钱看透了的表现。

和马正一起合伙的人，可谓各种各样，有像朱又七这样包工头出身，在工程上赚了钱，不想再做苦力了，跑到股市里来倒腾的；有和马正差不多背景的，早先在银行或证券公司，现在出来自己干的；有父兄是职能部门的官员，自己仗着这些关系，下海炒股，信息独特的；也有二世祖背景，从北京来深圳捞金，但比较低调的。他们和马正合作，反而看中的是基金体量不大，在市场上目标也不大，再加上马正这个人不高调，相对也比较安全，他们以自己特别的渠道获得信息，提供给马正决策。

这些人中基本成员都是马正原来服务的大户，后来，你介绍我，我介绍你，就进来一些身份比较特殊的人，这也是马正比较担心的事。

马正出身于比较正统的家庭，全家人根本不赞成他炒股，后来虽然不再反对，但无论是父亲，还是爷爷，都觉得马正不务正业，马立虽然不是这样理解的，但，总是不放心地提醒弟弟风险。马正每一次都听着，不做解释。

但，马正有一点很清楚，赚钱的时候，这样的一帮合伙人还能相安无事，但如果赚不到钱，这帮人可能就不会相安无事了。股市上哪有常胜将军，到那时散伙会弄得矛盾重重，自己作为总经理就里外不是人了，这一点他看得很清楚。所以，在一个合适的赚了钱的阶段，他果断地提出解散基金，把未来可能出现的风险化解了，这可以说，是马正这么多年来最大的成熟表现。

这时候的马正已经30多岁了，所谓"股市得意，情场失意"，他仍然单身一人，大房子买了，钱赚了，但房子空空的，进门一盏灯，出门一把锁。

马正虽然没有哥哥那样长得一表人才，但也是一个白面书生的样子，戴着一副无框眼镜，皮肤白皙，乍一看，文质彬彬的，像是一个老师。不了解他的人，根本想不到他在股市里可是杀伐果断。

马正还在银行上班的时候，朱又七就常带他去歌舞厅、夜总会等一些声色犬马的场所玩。现在他有钱了，自己也是常去。炒股是个高度紧张的活，开市时要紧紧盯着盘，虽然只是坐在那儿不动，但是一天下来，却累得筋疲力尽。股市收市后马正就想找个能放松放松的地方。

喝酒打牌，马正不会，他心里有一个底线，既然玩股票，就不要再碰赌博，其实炒股就是在赌，赌行情、赌信息、赌命运：赌股票的上涨和下跌。如果你再去赌博，哪怕是小小地玩玩牌，绝对会影响心情，也会潜移默化地影响炒股判断，所以，马正绝对不碰赌博。

那么要找一个地方去放松放松，也只有歌舞厅、夜总会了。这些地方虽然也是高消费的地方，但与马正所赚到的钱对比，那是九牛一毛了。在这样的地方，男人有钱，就有一群小姐围着你，让你有一种当大爷的感觉，对马正来说可以体会到赚钱的快乐。还有重要的一点，炒股需要信息，需要接触有信息的人，所以也要多接触人，接触人的场合无外乎吃饭唱歌，这些地方都是适合信息交换的场所。

男人为什么要去歌舞厅夜总会放松放松？是因为那儿有漂亮的小姐，喝酒唱歌跳舞，左拥右抱，怀里都是美女。这里只认钱，不管你高矮胖瘦、皮黑皮白、英俊丑陋。马正不喝酒，但喜欢唱歌，自己唱，也听别人唱。

马正当然不像朱又七那样粗俗，是个小姐都会抱，他在这种场合里见过不少漂亮的姑娘，也有自己喜欢的。可马正明白，这些姑娘其实都是以姿色卖钱的，再漂亮，也不是可以做妻子的，何况，在这种场合里小姐的背景或多或少都有点复杂，所以，马正也只是跟在朱又七后面，玩玩而已。

但后来他遇上了一位姑娘，让他第一次真正动了心。

那天有朋友喊他去歌舞厅唱歌，他去晚了，走进包房时，一帮男人已经在里面搂着小姐们鬼哭狼嚎地唱着"妹妹你坐船头，哥哥在岸上走，恩恩爱爱，纤绳荡悠悠"。

朋友见他进来，连忙拉他坐下，说："马总，马总，来了一个新小姐，说是艺术院校毕业的，你来听听。"说着，把旁边一位姑娘推到了马正的面前，然后对正在鬼哭狼嚎唱着的哥们儿说："停下，停下，奸夫们，把你们那个'奸夫的爱'停下来，听小姐唱。"大家哈哈一笑，包房里立即静了下来。

歌舞厅包房里灯光很暗，马正只看到这位姑娘的轮廓，不知美丑，那姑娘坐到马正旁边，然后点歌。音乐再次响起时，和刚才的那首粗犷的《纤夫的爱》风格完全不同，一段柔美的双簧管演奏一下就揪得马正的心一颤。

随着双簧管的尾声，一个空灵的声音悠悠地飘了出来："走过那条小河，你可曾听说，有一位女孩，她曾经来过。走过这片芦苇坡，你可曾听说，有一位女孩，她留下一首歌……"

久在股市中拼搏的马正，久在尘世金钱中滚爬的马正，久在算计中思考的马正，突然被这空灵的声音撩拨了心弦，浑身就颤抖起来了，这歌声一下掀开了马正一直埋在心底、一回忆就心疼的一段往事。

他的眼睛一下就湿润了，整个世界瞬间模糊了，他看不清电视上的字幕，可心里一字一句都记得这首歌的歌词。

随着歌声，包房电视屏幕上的卡拉OK画面里，飞翔着一群丹顶鹤，把马正的时空倒回到十几年前……

马正一下失去了时间感，他想起了他的一位大学女同学。

马正在大三时曾懵懵懂懂地喜欢过班上一位皮肤特别白皙名叫舒爽的女同学，舒爽也挺喜欢马正，两人就私下里悄悄走动，但那时两人并没有明确恋爱关系。舒爽是齐齐哈尔人，寒假的时候，马正曾邀请舒爽到深圳玩，当时就住在哥哥马立的家里。这年暑假，舒爽就约马正一起去齐齐哈尔玩。

到了齐齐哈尔，舒爽领着马正到郊区扎龙自然保护区游玩。扎龙自然保护区是我国以鹤类等大型水禽为主的珍稀水禽分布区,也是世界上最大的丹顶鹤繁殖地,到齐齐哈尔游玩的人,一般都会去那里参观。

到了扎龙,马正发现那里实际上是一片湿地,长着一片一片的芦苇,作为景致,其实并没有什么好看的,因为湿地都是平的,长着一片一片的芦苇,都是一个颜色、一个样子,唯一可以参观的是人工繁殖的许多品种的鹤类。

他和舒爽找了一条长椅坐了下来。舒爽虽然是一位东北姑娘,但长得娇小秀丽,而且心思细致,特别善解人意,这也是马正喜欢她的重要原因。舒爽见马正兴致不高,就从背包里拿出一只MP3音乐播放器,将其中的一只耳机塞到马正的耳朵里,自己戴上了另一只,两人共同听一首歌,这首歌的名字叫《丹顶鹤的故事》,是一位叫朱哲琴的女歌手唱的,马正觉得很好听。

舒爽对马正说:"这首歌还有一个名字叫《一个真实的故事》,唱的是我们齐齐哈尔一位名叫徐秀娟的姑娘,大学毕业后回到家乡,因为保护丹顶鹤而滑入湿地沼泽里死去的故事。"

马正听完舒爽介绍,当时坐在长椅上,面对的就是那一望无际的湿地,在那个特定的环境中,因为在被徐秀娟的故事感动的心情下,他和舒爽两人又把那首歌认真地听了一遍,这一遍感觉完全不同,听得他热泪盈眶,从此这首歌就住进了他的心里,至今他仍能背诵这首歌词:

走过那条小河

你可曾听说

有一位女孩

她曾经来过

走过这片芦苇坡

你可曾听说

有一位女孩

她留下一首歌

为何片片白云悄悄落泪

为何阵阵风儿轻声诉说

还有一群丹顶鹤

轻轻地轻轻地飞过

走过那条小河

你可曾听说

有一位女孩

她曾经来过

走过这片芦苇坡

你可曾听说

有一位女孩

她再也没来过

只有片片白云为她落泪

只有阵阵风儿为她唱歌

还有一群丹顶鹤

轻轻地轻轻地飞过

……

这首歌虽然永远留在马正的心底，可马正不敢听，一听就热泪盈眶。

为什么？

因为介绍他听这首歌的舒爽，也算是马正的初恋，后来真的变成了"有一位女孩，她留下一首歌"。

马正回家的时候，两人就在齐齐哈尔机场分的手，相约开学后学校见。那时两人的关系相处得特别纯洁，甚至分手时，都没有拉拉手。马正经过安检往里走时，回头看见舒爽仍然站在那儿朝他挥手，他无法接受的是，这竟是舒爽留在他心中的最后一面。

开学的时候，舒爽没有及时来学校报到。马正就到处去打听，从辅导员老师那儿得知舒爽患了白血病，留在家乡治疗了。那时候，学生还没有手机，舒爽家庭经济条件一般，爸爸妈妈都是工厂工人，因此，联系舒爽十分困难。而且他和舒爽关系没有公开，马正去齐齐哈尔都没有去舒爽的家，他只有舒爽家的电话，可不敢贸然就打。

马正就查阅白血病到底是一种什么病，查阅的结果，他吓了一跳，白血病就是血癌，治愈率很低，马正就急得魂不附体，常常暗自掉泪。后来他硬着头皮给舒爽的家里打电话，可总是没有人接听。再去辅导员那儿打听，才得知舒爽转到哈尔滨去治疗了。

那段时间隔三岔五地，马正就往舒爽家打电话，后来终于有一次有人接电话了，是舒爽的妈妈。马正慌里慌张地说："阿姨，我叫马正，是舒爽的同学，我想知道舒爽现在怎么样了？"

舒爽的妈妈带着哭腔说："现在住院，正进行一期化疗，孩子遭老罪了。"

马正也要哭了，他说："阿姨代我向舒爽问好，就说有一个叫马正的同学希望她坚强一些，她那么年轻，一定会好起来的。"

舒爽的妈妈这时已经哭出声了，边哭边说："好孩子，谢谢你，我一定把你的话带到。"

快到放电话时，突然马正又问："阿姨，我可以去哈尔滨看舒爽吗？"

舒爽妈妈说："现在不行，舒爽在化疗，完全隔离的，我们也只能隔着玻璃见她，只能等化疗结束以后再说。"

电话就放下了。

隔了整整一个月，马正突然收到一封电子邮件，是舒爽发来的：

马正：你好！听妈妈说了，你打电话到我们家里来。谢谢你的关心，我一期化疗已经结束了，马上要进行二期化疗，我挺得住，你不用牵挂，只是非常怀念学校里的生活。

收到这样的邮件，马正如获至宝，马上回了一封：

舒爽：收到你的邮件真的很开心。你都好吗？过两天就是国庆节了，我想利用国庆假期去看你，你在哪家医院？告诉我地址。

舒爽很快就回了邮件：

马正：谢谢你的关心，你千万不要来。等我恢复了，我就回学校上课。

马正见舒爽执意不让他去看她，也无奈。后来听舒爽妈妈说，是因为舒爽做化疗，头发完全掉光了，本来皮肤就很白的她变得十分苍白，而非常爱美的舒爽不愿意以这种形象见马正。

紧接着舒爽进入了二期化疗，就和马正失去了联系。马正偶尔能和舒爽的家人通上电话，了解舒爽的治疗进度。

进入冬季后，无论是哈尔滨，还是齐齐哈尔，冬季都十分严寒。马正天天都在盼着舒爽的邮件，可舒爽再也没有给马正发过任何信息。

春暖花开的时候，马正接到一个小小的包裹，打开一看，里面是舒爽的那个MP3。舒爽没有留下一个字，是她妈妈写的：

马正同学：舒爽已经走了，谢谢你对她的关心，这是她在最后的日子交代我们将这个MP3送给你，她说，留给你做纪念。

马正那时已在深圳银行实习，看到信时，他顿时觉得天都暗了。晚上他躲在自己房间里，把两个耳机塞进耳朵里，里面就一首歌：

走过那条小河
你可曾听说
有一位女孩
她曾经来过
走过这片芦苇坡
你可曾听说
有一位女孩
她留下一首歌

......

这是撕心裂肺的歌声，皮肤白皙总是带着淡淡忧虑神情的舒爽，一下出现在马正的眼前，她的身后是一望无际的芦苇荡，随着歌声，飞起一群丹顶鹤，舒爽微笑地望着马正，然后转身随那群丹顶鹤飞向了蓝天……

马正猛地拔下耳机，一把拉过被子盖住了头，整个被子都在抖动，被子下的他在无声地哭泣。

从此，马正再也不敢听这首歌，却一直珍藏着这个MP3，珍藏着心中的那首歌。

马正这么多年，一直没有看上一个女孩，这也和他总习惯将她们与心目中的舒爽比较有关，虽然他和舒爽连手都没有拉过，可舒爽把他的内心占满了。他觉得现在社会上有些女孩，只要稍有一点姿色，"作女"和"物质女"不少，他看电视上的一些相亲节目，站在上面的女孩大言不惭地说："男人赚钱，就是给女人花的。"这和清纯的舒爽相比，一个是城市浊水，一个像山间清流，和这样的女孩在一起，怎么会有和舒爽在一起的那种心里的泉水叮咚流过的感觉？所以很难有女孩进入马正的内心。

有一次晚上吃完饭，兄弟俩一边看电视，一边聊天，马正看着电视上的相亲节目问马立："哥，现在的女孩怎么这么物质？而且还物质得理直气壮的，她是嫁人呢，还是在找饭票？"

马立一直很关心弟弟的恋爱问题，他见马正是这种看法，就回答说："电视上的相亲节目，虽然标榜的是生活服务类，其实还是娱乐性的，找的这些女孩当然要制造话题，有了话题才会吸引人，现实中更多的女孩还是想要一个安定的家。好女孩还是不少，你找女朋友要积极一点。"

马正叹了一口气，脱口而出："好女孩走了。"

马立见过舒爽，因为舒爽来深圳玩时，就住在马立的家里，舒爽每次见到他都一脸羞涩，他知道这样的女孩现在很少了。后来，有一天晚上马正突然跑到马立家里，见到马立就哭着说："哥，舒爽没了！"

马正告诉过马立舒爽病了，可马立没想到她这么年轻就没了，心里也很难过。马立知道马正对舒爽的感情，这是一个少年的纯真初恋，那是人生感情最美好的岁月，就像他和麻君婷在大学时期的爱情。因此，马立也一直担心，马正在心里总把舒爽当作一个标准，去对照别的女孩，会影响着他的择偶。

马立说："世界上没有两朵一模一样的花，何况舒爽是在花开得最美丽的时刻离去的，如果舒爽今天还在，她也会有人间的烟火气，因为人只要还活着，就离不开油盐酱醋。"

这时电视相亲节目中的一位漂亮的女嘉宾，正伶牙俐齿地数落着一位前来相亲的男嘉宾，马正非常反感，抓起遥控器"叭"的一下把电视关了，说："这样的女人尽管漂亮，但能和舒爽比？一个天使，一个巫婆。"

马立不得不又说道："成家立业，是一个男人必经的人生过程，也是责任，从小家到大家，都是这样。找女朋友是为了成立一个家，两人在一起生活得好是最重要的，肯定会有适合你的姑娘，首先你态度要积极。"

马正对马立说："哥，你说的道理我明白，可找一辈子能在一起生活的女人，首先她要能进得去我的心里，我慢慢找吧。"

说完，马正就进了自己的房间。

可无论是当初在银行，还是在证券公司，马正都没有遇到他所说的进得了他心里的姑娘。后来他又在声色犬马场所经常进出，见到太多为了小费而来的浓妆艳抹的美女，他的心扉始终没有被打开过。

今天突然听到这首歌，过去仿佛一下钻进了他的心里，拨动了马正心中那根已经落满岁月灰尘的心弦。马正不能自持。

好在包房里灯光很暗，再加上这姑娘唱得确实不错，大家都全神贯注的，没有人注意到马正情绪的起伏。

这时，歌声结束了，听懂没听懂的客人，都不由自主地鼓起了掌，姑娘唱得确实很好。马正利用这个时间已经恢复常态。

那位邀请马正来的朋友知道马正喜欢听歌，就问马正："怎么样？唱得不错吧？"

马正点点头，这会儿才转身去看那位唱歌的姑娘，说："不错，不错，唱得很有专业水准，一听就是经过专业训练的。"

马正的朋友说："那当然，师范大学音乐学院毕业的。娜娜，来和马总认识一下，马总可是大基金的老总啊。"

这位朋友，也是做股票的，但他的资金实力不大，总希望在马正这儿跟风。他常说的一句话就是："马总，你们吃肉，我跟着喝点汤。"而马正他们在做一只股票，往往也需要别人跟着一块买进，一块把股价往上推，所以，马正也根据需要，透一点风声给他，但股市里没有真哥们，只有各取所需，马正也需要和一些人搞好关系。这位朋友现在和马正的关系，有点像当年马正和朱又七的关系，但马正不打算和他深交，自然不会欺骗他。

坐在马正旁边叫娜娜的姑娘，这时站了起来，朝马正哈哈腰，马正连忙说："坐坐坐，别听他胡说。叫我马哥就行。"

包房里灯光很暗，马正仍然看不清这位姑娘的面容，只觉得她比其他小姐安静，唱完了，就静静地坐着，然后，很醒目地适时往马正的杯子里倒酒，马正说："我不喝酒，谢谢谢谢。"这姑娘马上给马正换了一杯热茶，一副很善解人意的样子。

大家在歌舞厅玩到夜里12点多，马正的朋友就提议去吃夜宵。

本来马正不想去，准备回家睡觉，马正觉得自己现在的生活运动时间很少，应酬的事多，所以，为了不让自己太胖，他一般不吃夜宵。可那天他有一点潜意识地想看看这位叫娜娜的姑娘到底尊容如何。于是，就一同去消夜了。

在一家酒楼，马正看清楚了唱出如此动人歌声的娜娜面容。首先娜娜没有像别的小姐那样都化着浓妆，使人不识庐山真面目，她只是淡施脂粉，没有那些一同来消夜的小姐脸上的风尘气，这有点像浊流中的一股清流，再加上那天歌声带来的情绪变化，马正就对娜娜有了几分兴趣。

后来一段时间里，马正多次去这家歌舞厅，每一次都叫娜娜来唱歌，马正给娜娜的小费，也比其他小姐的高，但，他不再让娜娜唱那首《丹顶鹤的故事》。

就这样，马正和娜娜接触就多了，通过交谈，娜娜说，自己虽然是学声乐的，但毕业后，全国唱歌的人多了去了，其实机会并不多，所以就到歌舞厅来唱歌。说到这儿，娜娜苦笑了一下："毕竟要养活自己呀。"她还特意说明，"现在有不少当红的歌星，当初都在深圳歌舞厅里唱过。我原先在东莞歌舞厅里唱，到深圳来的时间不长。"

马正了解到，娜娜在歌舞厅登台唱歌挣钱并不多，所以有时间也到包房里陪客挣小费。但娜娜好像一般不陪客人"出街"。在歌舞厅里所谓"出街"就是陪着客人出去，出去干什么就是显而易见的事了。马正知道，歌舞厅里的小姐并不都会陪客人"出街"的，有的价码高，也有根本不"出街"的，娜娜好像属于后一种，再加上娜娜学艺术出身，这让马正产生了和她进一步交往的兴趣。

马正对娜娜的好感，得到了娜娜的响应，娜娜除了每天晚上登台唱歌，渐渐地就减少了进包房里陪客的频次，好像专门在等着马正的到来，这让马正有点感动。

终于有了一个机会。

一天，又是深圳台风季节，台风过后就是暴雨。那天马正在歌舞厅玩完以后准备回家，出门时遇上瓢泼大雨，马路上积水成河，有轿车进水趴在路上动不了了，马正回不去了。

这时送马正到门口的娜娜就说："别走了，别半道上小车熄火就麻烦了，歌舞厅楼上有宾馆，在这儿住一晚吧。"

于是，马正不能走，娜娜当然也不能走，就在宾馆开了一间房，两人心有灵犀地一同进了房间。这一晚让马正和娜娜关系更深了一层，他们确定为男女朋友关系了。马正也不是第一次和女人交往，为什么和娜娜同住一晚就确定了男女朋友关系？因为，马正发现娜娜还是处女。

这太让马正惊喜了，并不是马正思想多么封建，而是马正觉得在这样声色犬马场所里的小姐，还保持着处女之身，足见她出淤泥而不染。因为马正知道，现在的社会里，在歌舞厅里做小姐陪侍，处于那个纸醉金迷的环境里，每晚都是靠客人的小费而挣钱，能保持自己的处女之身，要抵御多少男人的诱惑和进攻，这就足以说明她是一个什么样的姑娘了。

同时，这也迎合了马正内心对舒爽纯净感情的潜意识。马正虽然也在声色犬马的环境里逢场作戏，但内心深处因舒爽仍然保留了一份对真正感情的洁癖。

马正那一夜都没睡着，他看着依偎在自己怀里的娜娜，就想，这是不是冥冥中的一种缘分，先是因为一首《丹顶鹤的故事》相识，后是在一个暴风雨之夜最终攻破了他的感情防线。

马正将娜娜紧紧地拥在怀里。

从那夜开始，马正把娜娜放进了心里，他让娜娜不要再在歌舞厅里唱歌了，另外给她租了房子，除了房租外，每月固定给她一万元的生活费，另外还给她买化妆品和服装等。马正让娜娜先在家休息一段时间，然后他还是希望娜娜再去考一个音乐学院的研究生班，或者去拜一位歌唱名家为师，好好提高一下自己的演唱水平，再去参加一些唱歌比赛选秀，还是回到自己的专业里来。马正说，所有费用由他来承担。

其实，马正内心还有一个想法，他暂时不想把娜娜的事告诉家里，甚至包括哥哥马立，因为他知道家里人一定不会接受他找一个歌舞厅里的小姐，所以，他也没有让娜娜到他在"水榭花都"的豪宅去住。他先让娜娜休息一段时间，是把娜娜拉出那个场所，等于是洗一洗身上的风尘，同时自己也需要进一步与娜娜相处加深了解。然后，再送娜娜去学习，回来再和家里人说，娜娜是一个艺术院校毕业的歌唱演员，家里人就没有理由反对了。

娜娜是一个非常善解人意的姑娘，对于马正的安排，非常配合，她很乐意待在家里。除了娜娜每天都要睡到中午才起床的习惯，马正不太喜欢以外，其他，娜娜总能让马正有一个家的感觉。

马正没有应酬时，每天晚上都来吃饭，娜娜竟然会烧不少菜，显然是学过的，而且，她总是用鲜花和红酒，把氛围弄得像情人约会似的。后来，她知道马正不太能喝酒，就把红酒换成了香槟。

娜娜劝马正要喝一点酒，她说："喝一点酒，除了酒能活血舒筋，还能让人放松。还有，人不能活得太清醒，太清醒了，全是不开心的事，酒能让人微醺，这是最舒服的状态。"接着，娜娜哼起了歌曲《一半清醒一半醉》。

虽然马正觉得这些话都不像是娜娜这样的人会说的，但这种时候听这首歌，马正真的感到很舒服。

唱完《一半清醒一半醉》，娜娜又嬉皮笑脸地在马正的耳朵边说了一句："酒还能助性哟。"

其实，马正听了这句话并不舒服，因为这是风尘女子说的话，而不是像娜娜这样刚刚才破了处女之身的女人说得出来的话。

但，那段日子马正过得很愉快。

大约过了三个月，一天下午，马正赶到一所宾馆参加一家证券公司举办的投资分析会。在经过大堂酒吧的时候，看到一个熟悉的身影，定睛一看，是娜娜。她和一个中年男人在一起，两个人坐在那儿神情都冷冷的，马正由于要在会上发言，就匆匆离开了。

晚上，马正回去得比较晚了，娜娜正在等着他，马正以为娜娜有话要和他说，但她什么都没说，马正就留了一个心，故意问了一句："下午出去了？"

可娜娜马上回答："没有呀，我一下午都在联系北京的老师。"

马正想，是自己看错了？就没有再说什么了。

可过了几天，马正在证券公司营业部碰到了那位介绍娜娜和他认识的朋友，朋友拦住了他，和马正说了一件事。他说："前天晚上，在歌舞厅遇上了一个人，说是娜娜的表哥。他对我说，去歌舞厅里找娜娜的时候，听娜娜的小姐妹们说，娜娜已经有了男朋友，是我的好朋友。他向我打听你公司的地址。我见他是娜娜的表哥，你们迟早要见面的，就把你公司的地址告诉他了，他去找你了吗？"

马正说："没有呀，娜娜也没有和我说她有表哥的事。"

朋友说："哦，那可能搞错了。"

但这件事，连同那天在宾馆里见到娜娜和一个男人在一起，让马正隐隐觉得事情不那么简单。当他准备晚上回去再问问娜娜时，下午果然有一个人到公司里找他，马正一看，正是那天在宾馆大堂里见到的那位中年男人，他以为这个人可能就是娜娜的表哥。

中年男人进了马正的办公室后，很奇怪地反手把门关上了。马正有点警觉。男人坐下后，问："你是娜娜现在的男朋友吗？"

这人一听口音就是香港人，年龄比马正要大，四十来岁，已经有白头发了，说着不流利的普通话，马正对"现在的男朋友"这种说法，有点敏感，就反问他："请问你是谁？"

没想到，这人说了一段让马正非常震惊的话。

他说："我是娜娜以前的男朋友，姓黄，原先在东莞开工厂，我和娜娜在东莞已经同居好几年了，前年我香港的公司经营困难破产了，我回香港去处理善后事情，约有一年没有回来，东莞的工厂也关了，后来娜娜就和我失联了。前些日子有朋友告诉我，他们在深圳的歌舞厅里碰见了她，我就去找，她又离开了，后来她的小姐妹告诉我，她另找男人了。"

马正听后，非常生气地斥责这位港商说："你胡说，你说你和娜娜同居好几年，作为一个男人这样侮辱一位姑娘，很可耻。"

黄姓港商很惊讶地问："我怎么可耻？我在她身上花了很多钱，她和我在一起已经好几年了。"

马正驳斥他说："别胡扯了，人家和我在一起时还是黄花闺女呢！"

那港商一听，先是没有明白黄花闺女是什么意思，后来一回味，明白了，突然哈哈大笑起来，说："哦，我明白了，我明白了，她又玩了一次，把我骗了一次，又把你骗了一次。"

"什么骗了？就是事实。"马正正色道。

黄姓港商说："她是不是说她还是处女？她在跟我之前，在学校时就有男朋友啦。"

马正说："有男朋友不奇怪，但她是守住底线的，怎么会跟你同居好几年，还是一个处女？"

"什么底线？当时她和我也是这样说的，其实你被骗了，她是做了处女膜修补手术。听说过吗？这种手术，在东莞就可以做，她和你又玩了一次这个骗术。"黄姓港商激动得满脸发红，香港普通话说得更加结结巴巴的。

马正一听，犹如晴天霹雳，他曾听别人说过这种处女膜修补手术，当时是作为不能相信女人的笑话来听的，他不敢相信这种事真的让自己遇上了，他也明白这位黄姓港商讲的可能是事实。

马正以为自己找到了一个纯洁的姑娘，结果却是被骗了，而且骗得自己一点都没怀疑，马正觉得自己的智商被情感骗了。他恼羞成怒，突然指着办公室的门，对这位黄姓港商说："出去，马上给我出去，否则，我把你摔出去！"

黄姓港商被马正突然的暴怒吓住了，他一步一步地往后退，边退边说了一句话："我现在一无所有了，我只想和娜娜在一起生活。"

马正火山爆发一般地大喊一声："滚，去和你的娜娜生活吧！"

这时的马正并不是舍不得娜娜，而是自己真情实感地付出，却被她骗了，他像吃了一只死苍蝇一样恶心。这件事对马正的内心伤害是无形的，也是巨大的。

当天晚上，他没有回去，娜娜可能预感到黄姓港商找到了马正，于是一整个晚上都在打马正的电话。马正不接她的电话，她就给马正发短信说："我对不起你，马正，可我真的是爱你的。"

不说爱也许还好点，一说爱，对马正的刺激更大了。此时，他不知道和谁去说，连和哥哥马立也无法说，因为他和娜娜的事，也是瞒着马立的。

想到这儿，马正突然感到一丝欣慰，毕竟这件事没有告诉家人，一切自己解决就行了。

于是，马正强迫自己冷静下来。第二天，他首先给娜娜又缴了三个月的房租，往娜娜银行卡里转了10万块钱。然后，给娜娜发了一条短信：真相是这样，我们就没有办法再在一起了。各自安好吧！

后来，娜娜见挽回不了和马正的关系，就和那位黄姓港商一起离开了，至于去了哪里，马正不想知道。

可这件事，与他心中的"丹顶鹤"舒爽形成了强烈对比，对马正心理造成的伤害是隐形的，这也是后来马正迟迟不愿结婚，甚至恋爱也很少谈，甚至变得有点玩世不恭的原因之一。这也是后来促使马正解散基金的原因之一，因为他不相信任何人。

第十四章

曾秀云的去世，对全家人的冲击都非常大，仿佛这个家的支柱倒了。

首先是马小军，其次就是老爷爷马卫山，自从退休以后，每天照顾自己的就是这个儿媳，老爷爷马卫山一生身边最亲近的就是两个女人，一个是妻子赵兰兰，赵兰兰走得那么早，两人在一起只有短短半年多的时间；另一个就是这个贤惠的儿媳，照顾了他几十年，如今也在他的前面走了，老人在送别儿媳时，反复说着一句话："都把我丢下了，我为什么要活得这么久？"

然后是桐芳。桐芳觉得这个世界上自己最亲的人走了。曾秀云病危期间，在她神志还清醒的时候，仍然在考虑着桐芳的事，这差不多是一个母亲在考虑着女儿今后的生活了。她对桐芳说，只要你一天不成家，马家就是你的家。她还断断续续地拜托桐芳，替她照顾老爷爷马卫山和丈夫马小军。因为她的这个家里也只剩下桐芳一个女人了。

曾秀云清楚地知道儿媳麻君婷不会回国了，回国了也不能照顾家庭。而二儿子马正一直没有成家，以她对现在年轻人的认识，也不可能有人会愿意来照顾马家的一个老爷爷，和将来也会成为老爷爷的丈夫。以她对桐芳的了解，只有这样的姑娘能做到。所以，她一边关心桐芳有合适的再成一个家，如果不成，马家应该照顾她，桐芳也会投桃报李照顾好马家的爷爷和丈夫马小军，这几乎是曾秀云最后的遗愿。

桐芳在悲痛后，打从心底里已经没有要离开马家的想法。她认为现在世界上，最温暖的地方，就是马家，马家人待她不是亲人胜似亲人。桐芳也以自己的心回报，在那些悲痛的日子里，全靠她把家里打理得依然如故，把爷爷马卫山和马小军都照顾得很好。

曾秀云去世的时候，二儿子马正在母亲身边待得最久。马正在湖南出生以后，就跟着母亲到了湖北，刚上小学时，又跟着母亲来到了深圳，他除了后来上大学，几乎就没有离开过母亲。所以，他有一个习惯，就是进了家门第一声一定是喊妈，然后就喜欢腻在母亲身边。在马家也和其他家庭一样，老爷爷和父亲喜欢老大马立，小儿子马正和母亲更亲，因此，马正在家里一直像一个没有长大的孩子。

母亲故去以后，一天马正回家，仍然习惯性地进门就喊："妈——"家里出奇地静，没有人应答，迎上来的是爷爷马卫山。从爷爷的身后，他看到了放在桌上的妈妈遗像，他突然想到，妈妈不在了。马正一下跪在地上抱着妈妈的遗像痛哭，哭得气都喘不上来，爷爷马卫山怎么劝也劝不住。马正悲痛的哭声，又引得厨房里的桐芳大哭。

曾秀云病危后，麻君婷接到马立的电话，立即赶回了深圳。过了不到两天，曾秀云就去世了。婆婆去世时，麻君婷也在医院，看到婆婆被推进太平间后，马立就叫麻君婷先回家，因为婪婪在家，没人照顾，他要料理母亲的后事。

麻君婷就去学校接了女儿回到自己的家。一进家门，小婪婪就问妈妈："奶奶呢？"这一声稚气的发问，让麻君婷又想起婆婆在美国洛杉矶照顾自己的日子，一股悲痛之情涌上心头，麻君婷将女儿抱在怀里哭着说："奶奶走了。"

小婪婪不明白，又问："奶奶去哪儿了？"

麻君婷实在忍不住了，变成了号啕大哭："奶奶去天堂了，奶奶是好人。"

麻君婷的突然大哭，把婪婪吓坏了，也跟着一块哭了起来。

麻君婷的悲伤是从内心发出的。一般来说婆媳关系，是比较难处的，特别像麻君婷这样有主见、有个性的女人，和婆婆相处是比较困难的。而麻君婷又习惯一切从自己的角度考虑问题，这样一般来说，婆媳关系更难处。可她是幸运的，遇上了曾秀云这样贤良的婆婆。

从马立第一次将麻君婷领回家见父母的时候，曾秀云就看出这个未来的儿媳个性要强。当马立征求父母亲的意见时，马小军让他问妈妈。

曾秀云讲了这样一番话。她首先问："儿子，父母喜不喜欢不是最重要的，重要的是你，是不是真的喜欢她。"

马立点了点头，表示自己是真的喜欢麻君婷。

曾秀云又说："妈妈教你一个简单的方法，你闭上眼睛好好想一想，能不能和她过一辈子，如果能，我们就同意这桩婚事。"

马立真的听妈妈的话把眼睛闭上了，想了一下。那时马立与麻君婷正在热恋之中，如果不是热恋，以马立的个性，也不会把麻君婷带回家和父母亲见面，所以，当时他是觉得可以和麻君婷过一辈子的。

想到这儿，他睁开了眼睛，又朝母亲点点头。

当时的曾秀云虽然觉得这个儿媳个性强、太自我，今后婆媳之间可能不好相处，但善良的曾秀云又想，如今哪个姑娘个性不强呢？再加上她那时很想马立早点生个孩子，趁她年纪还不太大，身体也好，可以帮儿子把孩子带大。家里太安静，也需要一个第四代给老爷爷和日忙夜忙的丈夫马小军带来欢乐，于是，就愉快地同意了儿子的婚事。

儿子与麻君婷结婚以后，曾秀云一边把麻君婷当作女儿相待，一边又和儿媳保持着一个相互尊重的距离，不过问小两口之间的事。许多时候，曾秀云采取睁一只眼、闭一只眼的策略，不计较麻君婷有时脱口而出的不当言语，在自己有意见的时候，就让儿子从中周旋。好在马立有自己的独立主见，并不是一个一切都听老婆的人。同时，她真心地爱护儿媳麻君婷。

麻君婷虽然个性强，但情商不低，不是一个不讲道理的人，她看到了婆婆对自己的爱护，也理解婆婆精心地维护着她们之间的关系，因此，她也小心地与婆婆保持着和谐的关系。

这样的结果，慢慢地形成一个良性循环。婆媳两人都一直保持着和睦相处，而慢慢地个性要强的麻君婷也不敢在婆婆面前任性。结婚多年，婆媳两人，从来没有红过一次脸。

所以曾秀云的去世，让麻君婷想起自己与婆婆这么多年相处的点点滴滴，特别是在洛杉矶朝夕相处的日子，她觉得自己的婆婆，真的是天下最好的婆婆。因此她悲痛得难以自抑，号啕大哭起来。

办完母亲的丧事后，那天马立回到自己的小家来。进门就走进了卧室，躺到床上。麻君婷看到这几天马立太累了，就想让他好好地休息一下。她拿来了一条毛巾被，想给马立盖上，结果发现躺在床上的马立肩膀在不停地颤动，原来他在哭泣。

麻君婷走到床边，心痛地轻轻拍了拍马立的背，也说不出什么安慰的话，只是说："马立，马立，别哭了，这几天太累了，别哭伤了身子。"

只听见马立紧紧地捂着嘴巴说了一句："我再也没有妈妈了。"这一句话，从一个成年男人的嘴里说出来，真的有点撕心裂肺的疼痛感。然后，马立再也压抑不住自己的悲痛，突然从床上坐起来，仰着头，直着脖子，朝着天上大喊了一声"妈妈——"像个孩子一样放声大哭起来。

曾秀云去世几天来，马立作为长子，在处理母亲的丧事中，强忍着不在爷爷和父亲的面前哭泣，他怕两位长者悲伤过度，可今天回到自己的家，就再也控制不住，他越哭越伤心。

麻君婷站在一旁，手上拿着毛巾被手足无措，她认识马立这么多年，从未见他哭过。今天，麻君婷作为一个妻子也劝慰不了丈夫，只能陪着一同哭泣。好在，小芩芩还没有放学回家，两人哭了一会儿，就静静地坐着，一直坐到天色暗了下来。

第二天，马小军把全家人召集在一起吃了一顿饭，也是召开一个家庭会议，商量以后的事情。

麻君婷帮助桐芳一起准备好了饭，然后马小军把桐芳也喊来一起坐下，因为商量的问题也包括桐芳。

这时候大家已经强烈地感觉到，这个家没有了曾秀云，就没有了主心骨。

首先是桐芳的去留。因为当时桐芳到马家来，就是为了照顾生病的曾秀云，现在曾秀云走了，桐芳怎么办？所以，马小军才喊桐芳坐到桌旁。

这个问题怎么商量？当然是桐芳本人的意愿，大家都看着桐芳。

桐芳一句话，就把问题解决了："我不走了。"接着说，"曾姐生前就和我谈过，我对曾姐说了，我不走，我留下来照顾老爷爷。"

桐芳的回答，把第二个问题也解决了，即老爷爷马卫山今后的生活照顾问题。全家人都感激地望着桐芳，桐芳却低头落泪，她又在想曾秀云，坐在旁边的麻君婷递给桐芳一张纸巾。

接下来就是小琴琴下一步怎么办了。以前琴琴都是奶奶带，每天去学校由马立送，奶奶接。后来曾秀云生病后，就由马正和桐芳两个人分别接送。

这时，麻君婷开口了。她说："我这次回来也是想和家里商量，我把琴琴带到美国去吧。"

麻君婷说话声音不高，却让全家人都抬起头来看着她。马小军看着儿媳，然后把头扭向儿子马立，想知道他是什么意见。

马立说："这事是君婷这次回来跟我说的，她说，妈不在了，爷爷年纪越来越大，琴琴放在家里太累人了，她想带到美国去自己带。"

"不行！这么小就带到美国去，将来连中国话都不会说了。"老爷爷马卫山第一个反对。

桐芳竟下意识地把坐在一旁的小琴琴往自己怀里拉了拉。

马正没有说话，抬头看着爸爸马小军。

马小军想了想，过去家里的事，都是妻子曾秀云做主，现在妻子不在了，自己恐怕要有一个主导意见。他慢慢地说："君婷现在一个人在美国，又要工作，又要带孩子，还没有家人帮忙，恐怕太辛苦了。再说，琴琴还太小，爷爷讲的是对的，连中国话都没学好呢，现在就去美国，将来回到中国讲外国话？我的意见，你们夫妻俩再好好商量一下，我建议琴琴至少要在国内把中学读完，把中国文化的基础打得牢一点，再考虑去美国读书，这样将来学成回国才能更好地服务国家。"

马小军这时根本不知道麻君婷的打算，她心里只想着一家人都去美国，当然包括女儿琴琴，她根本没有考虑到琴琴将来会回国。当然，这个想法她不能说，甚至不能对马立说，因为她知道马家任何人都不可能接受琴琴将来不再回国。

其实，今天在家庭会议上提出带琴琴去美国，是麻君婷经过再三考虑后提出来的，是她的一个谋划。因为她再三要马立和她一起去美国，马立一直出于种种原因包括婆婆生病而在拖延。如今婆婆刚刚去世，在这个时候再向马立提出要他和自己一同去美国，她也知道是不合时宜的。她等于是迂回战术，提出因为婆婆去世没人带琴琴，所以她要带琴琴先去美国。其实，她心里盘算的是，如果女儿和她一起去了美国，马立还能不去吗？

昨天，她就和马立试探性地谈过这次带女儿去美国的建议。马立毕竟是男人，心没有那么细。妈妈刚去世，他考虑的是女儿确实没人带。家里虽然有桐芳帮忙，但桐芳一个人要照顾爷爷和父亲，再要带琴琴就力不从心了。他也知道自己工作太忙，女儿下一步的安排确实是个问题，他们俩并没有讨论出一个结果，他就说，他得问问父亲再说。但，没想到麻君婷今天在家庭会议上，竟然先提出来了。

所以，听到父亲说，叫他们再商量，他就觉得琴琴现在去美国是不合适的，也是不现实的。

晚上回到家里，麻君婷又问马立："过几天我就要回美国了，你到底是怎么想的？"

马立考虑了一下，说："妈妈刚去世，家里一下就空了，爷爷和父亲内心的悲痛一时是难以平复的，这个时候琴琴无疑是他们最大的精神安慰。这些年来，老人们最大的欢乐来源就是琴琴，特别是老爷爷，琴琴还在摇篮里的时候，他没事就喜欢搬个凳子坐在旁边，看着琴琴睡觉他也是快乐的。父亲虽然一直在忙着公司的事，有时回家情绪很不好，可只要听到琴琴叫一声爷爷，立即愁云就消散了。妈妈去世了，对爷爷和父亲打击都很大，这个时候把琴琴带走，真有点釜底抽薪的感觉，两位老人一定受不了的。"

马立这一番话，让麻君婷无法反驳，因为她知道句句都在理，这个时候如果把女儿带走，家里的两位老人确实是无法接受的。实际上，当时她在美国也没有条件一个人带女儿，连住的地方都没有，她也不能让女儿跟着自己受委屈，她其实就是想催马立尽快去美国。

麻君婷就问："那你是怎么打算的？"

马立说："我的情况也和琴琴差不多，母亲刚走，这个时候，我能离开家吗？"

这时麻君婷就有点来火了，她和马立已经谈了好多年了，好像马立想去美国的热情一天比一天低，就说："你到底是怎么想的，你说实话嘛。"

马立想了想，回答说："我说的都是实话。我一直认为深圳给我们留下了巨大的发挥空间，我为什么一定要舍近求远去美国呢？"

说到这儿，马立突然话锋一转，对麻君婷说："我倒觉得，你在美国已经学了这么多年了，不如你回来，深圳有很多可让你发挥的空间，这样我们和女儿一家人又可以在一起，多好啊！"

麻君婷一听，劝马立去美国，变成了劝她从美国回来，她心里根本不是这个规划，于是，脱口而出："那女儿的教育呢？现在有条件的人家，都千方百计地把孩子送去美国、英国。美国、英国去不了，就送去加拿大、澳大利亚，甚至新西兰。你女儿有这个条件去美国读书，你却不重视，你这样将来会把女儿耽误的。"

马立听到麻君婷这样说，也没好气地反驳道："基础教育，其实中国并不比美国差，只是美国的高等教育比中国好。将来，我们可以送女儿到美国读书，但爷爷和父亲说得对，如果不将她中国文化的基础打好，那一定会变成一个'黄皮香蕉'的，中国人不像中国人，美国人也不认为她是美国人。"

听到这儿，麻君婷就急了，说："中国有什么好？人那么多，一切都紧缺，教育资源紧缺，社会资源也紧缺，昨天我去医院看一下牙，要排到一个月以后，连口腔科的号都挂不上。从出生开始小孩就要争起跑线，然后从初中就开始准备挤高考，千军万马挤独木桥，哪儿都挤。大学毕业，甚至连一个像样的工作都找不到。让孩子一直辛辛苦苦地在那儿挤，挤排名，挤分数，挤名校。你看如今的中国小孩有几个是真正快乐的？你难道要我们的女儿，放弃去美国的机会，留在中国挤独木桥？"

马立问麻君婷："美国就一切都好？你看那些黑人，你在洛杉矶看到的那些墨西哥人，还有那些南美裔的女佣、剪草工和打粗工的，就是包括在美国已经生活了几代的那些华人，都过得好吗？美国就是一个饿不死，但也别想口袋多几个零钱的国家，他们的财富都是掌握在少数富人手里。我承认，美国经过几百年的发展，他们的经济基础好、科技水平高、国家也强大，但，美国的机会只在少数人手上。就我们家的情况来看，我觉得我们的机会还是在中国。"

麻君婷还是不服，她说："美国多少人口？中国多少人口？从这儿就可以比较出谁的机会多！"

马立说："那些机会是你的吗？美国大学一些高精尖的专业，甚至排斥中国留学生。那么多的中国人在美国混，拿到一张绿卡，仿佛就是美国人了。可真是这样吗？在美国拿到一张绿卡，和在深圳拿到一张暂住证的那些打工仔打工妹，性质是差不多的。我们有必要抛下在中国在深圳有这样好的、可以发挥自己专业的空间，跑到美国去当打工仔？所以，我还是劝你回来，不要再留在美国了，你在美国学了这么多年，有你发挥专业的空间吗？"

其实，马立越来越担心，麻君婷在美国不想回来了，所以，现在变成了是他劝麻君婷。

马立说的道理，麻君婷无法反驳，因为她知道马立说的都是对的。马立对美国是了解的，他有多名同学在美国，他自己也多次去过美国，除了看望她，他也曾数次去美国参加学术会议。当时马立所在的城市规划设计院与美国的一些大学也有学术交流，与坐落在洛杉矶的美国名校加利福尼亚大学洛杉矶分校的艺术和建筑学院有专业上的联系，所以，马立对美国是比较熟悉的。

麻君婷在美国的这些年，自然也是看到了不少事。美国这个国家的虚伪就在于，口头上反对种族歧视，但种族歧视无处不在。华人到了美国，也只能在华人的圈子里转，根本进入不了白人的主流圈子，留学生也是如此。麻君婷的身边就有许多像马立说的那样的中国留学生，他们来到美国就不想回去了，漂在美国，处在留不下来，但又不甘心回去的处境中。

有的人甚至在美国"黑"了下来。所谓"黑"下来，就是没有了合法居留的身份，他们没有日思夜想的绿卡，在美国不能合法打工，但由于他们在美国待的时间太久，留学签证又过期了，也不能继续读书，因此，只能去打黑工来维持生计。打黑工的人，不能合法维护自己的权益，不仅工资低微，还常常被无良老板欺负。在美国，老乡并不帮老乡，华人并不维护华人，有时往往反而是华人欺负中国留学生。有了美国身份的华人，在没有身份的留学生面前，就有高人一等的感觉，而要想打黑工，也只能到华人老板那儿去找。有的华人老板盘剥中国留学生，一点也不手软。

这些事，麻君婷看到太多，自己也经历过，甚至与目前自己的一些处境也有相似之处，她心里知道马立说的都是对的。但她现在的自我感觉不同了，因为她在美国生了孩子，她觉得自己已经是美国孩子的母亲了，她认为自己已经不是"漂"在美国的那些人当中的一员，就像有些千辛万苦取得了美国国籍的华人，身上穿的还是多年前在国内买的地摊货，英文讲得结结巴巴的，却一再声称"我是美国人",看起来底气特别足。

所以,虽然她无法反驳马立,但仍然强词夺理地摔门而去,边走边说:"不跟你说了。"

麻君婷这么多年的规划,怎么可能会轻易被马立这种观点说服而改变?但她从今天马立的理直气壮中,感到自己的规划可能要落空。麻君婷越想越生气,自己苦劝了这么多年,她认为完全是为了这个小家好,为了丈夫的未来,为了孩子琴琴的未来。可马立从一开始就犹豫,到后来拖延,再到如今反过来劝她回国,一步一步地在往后退,今天已经不退了,实际上越来越不想去美国了。麻君婷感到心冷,她知道再劝马立已经是没有效果了,于是夫妻俩开始冷战。

马立与麻君婷发生争执以后,麻君婷开始不和他说话,他就有点心里不安。他知道,麻君婷在美国的生活当然没有在家里好,而且妻子要他去美国留学也是有她的道理,出发点自然也是为了这个家明天会更好,比别人更好。所以一开始的时候,他的表现是认同的、接受的,只是觉得时机不成熟,可现在他一步一步地后撤,当然是让麻君婷无法接受。他知道,过两天麻君婷就要回美国了,夫妻俩现在也只能一年才见一两次面,弄得这样不开心,心里有点过意不去。于是,就有点自我转弯地说:"等琴琴再大一点,等琴琴再大一点。"其实这句话很含糊,女儿再大一点,是去呢,还是再商量呢?

麻君婷想到自己马上就要回美国了,女儿还留在深圳,她也觉得离开的时候,别和马立搞得太别扭,于是也给自己找了个台阶下,说:"我在美国等你带着琴琴一起来。"话却说得冷冰冰的。

接下来的几天里,也许是马立因为母亲刚去世,心情悲伤,也许是麻君婷在生马立的气,没有情绪,两个人不冷不热的。晚上,麻君婷带着女儿睡,马立往往很晚才从父亲家中回来,回来以后,马立怕惊醒了她们母女俩,就悄悄到另一间卧室倒头就睡。再加上麻君婷刚回来那头两天,马立一直在医院陪着病危的母亲。因此,这一次麻君婷回来,夫妻俩竟然没有亲热过一次。

人说,久别胜新婚,夫妻两人如果分别了近一年,相聚后没有亲热,这会让夫妻俩都会感到一种莫名的陌生,一种别别扭扭的失落,一种混杂着渴望又夹杂着生气的感觉。在就要回美国的头天夜里,其实,麻君婷一夜都没睡着,她在渴望着马立推门进来，或者喊她到他的卧室去，可直到黎明到来，马立也没进来。马立因为母亲刚去世，实在没有这个心情。可作为一个男人，马立也确实活得太冷静太自律了。

其实，两个人都有感觉，但，两人都没有试图打破。

这对于夫妻来说，就有点冷了。

第二天马立送麻君婷去香港机场，一路上，两个人竟然没话可说，一直就那么沉默着。麻君婷侧头看见马立的手一直就放在他的大腿上，曾几次想去握住那只手，但最终还是没有握。

在机场，马立帮麻君婷办好了登机手续和行李托运，又将麻君婷送到安检口，然后两人又要分手了。这些年来，他们就是这样聚少离多，渐渐地生出一种熟悉的陌生感。麻君婷朝马立挥挥手，马立冲麻君婷点点头，然后麻君婷就转身一步一步地走向机场安检口。

走着走着，麻君婷突然有一种难分难舍的感觉，心里有点难过，就又转过身来想再看看马立。本以为马立已经走了，她看见的会是马立的背影，可却见马立一个人仍然站在那儿，一直在目送她，此时两人好像是心有灵犀一样，马立对麻君婷的突然转身，也不感到奇怪，他朝麻君婷再次挥了挥手。

此时的麻君婷眼前，突然出现了自广州小学开始，一直到大学，到结婚，到每次这样送别时马立的身影，马立总是这样一副胸有成竹处事不惊的样子。这既是麻君婷常常生马立气的地方，也是麻君婷爱的马立身上的一种特质，她知道这是男人的一种独立精神，也是一种自信，凡有这种特质的男人，都是能成大事的。麻君婷知道自己的男人有成大事的素质，但她却终始认为只有去美国才能成更大的事，可恰恰相反，马立和她的看法完全不同。

这个时候，麻君婷才发现马立怎么瘦成那样，站在那儿都显得单薄。她突然一下感到内疚，因婆婆的去世，丈夫这些日子太辛苦了，可自己却一直在给他压力，没有给他半点温暖，进而想到自结婚不久，自己就去了美国，作为一个妻子，也从来没有尽到责任。

突然，麻君婷转身就朝马立跑去，马立不知道是怎么一回事，也本能地朝着麻君婷跑来，跑到身边的麻君婷一把就把马立紧紧抱住，嘴里喃喃说着："把我抱紧点，把我抱紧点。"好像要失去马立一样。

在麻君婷的潜意识里，丈夫去美国的可能性已经越来越小了，那么，今后她该怎么办？她会不会失去马立？

确实，马立是越来越不想去美国了。母亲去世后，马立感到自己对家的责任更大了，爷爷和父亲年龄越来越大，而弟弟马正还没成家，自己怎么能抛开家去美国呢？

这次麻君婷回美国以后，夫妻之间关于去美国的问题发生了根本的变化，过去一直是麻君婷催马立去美国，现在变成了马立劝麻君婷回国了。马立一再苦口婆心地劝麻君婷回来，说家里和孩子都需要她。马立所说的理由，麻君婷反驳不了，因此她干脆沉默了，她没有回复马立，也没有回来。这样的日子又僵持了一段时间。

这时在美国已经待了六七年的麻君婷，变成了一个比美国人还适应美国生活的中国人，她甚至都觉得回到中国，连身体都不适应了。她已经适应了洛杉矶干燥的环境，而回到深圳这个湿度较高的城市，麻君婷说自己的身体已经很不适应了。回到深圳以后，特别是夏天，身上总是汗津津的，总不清爽，气压也很低，连呼吸都不顺畅，总是觉得胸闷。其实，麻君婷是在广州出生，广州长大的，广州的气候和深圳差不多。结婚后，她也在深圳生活过，不知为什么去了美国，再回中国、回深圳，就不适应了？

这期间马立又因公去美国参加学术会议，绕道去洛杉矶看望麻君婷，现在已经变成马立苦口婆心地劝麻君婷回国了。从这时候开始，他们已经发展到见面就争吵，因为两人的意见根本无法协调。

其实，自从女儿在美国出生，麻君婷就一心不想回来了。根据马立现在的态度，麻君婷又决心不想回国，她感到两人的关系前景不乐观，因为不能一直就这么两国分居着。

但，两人的感情并没有完全破裂，更重要的是，中间有个女儿芩芩，麻君婷在假期仍然要回到深圳，女儿成了他们之间的黏合剂。而麻君婷也知道以她现在在美国的现状，如果选择与马立分手，她一个人带着女儿在美国生活是不现实的，只能等女儿再大一点，才能做最后的选择，因此，从这个时候开始，实际上是女儿琴琴在维持着他们夫妻之间的关系。

这样的日子又延续了好几年。

到女儿上初中的时候，麻君婷渐渐地感到马立是根本不可能再来美国了，她一直很苦闷，不知道如何打破这个僵局。

这个时候，成虎随一个新闻访问团来美国了，访问团的行程中有安排去好莱坞，于是，成虎来到了洛杉矶。成虎几乎是马家的半个成员，自然要抽时间来看看麻君婷。

麻君婷请成虎吃饭，两人还是选了一家中餐馆。席间，自然说到了马立来不来美国的事。在马家，从老爷爷到马小军，到马立，有事都不瞒着成虎，还习惯和成虎商量，因此，成虎自然知道麻君婷与马立在来美国问题上的分歧。成虎并不想挑起这个话题，因为他是倾向于马立留在国内的，他知道马立在单位被重视的情况，更知道深圳非常需要像马立这样年富力强的专业干部，因此他明白，马立在国内的发展机会，要远远多于美国。他也知道，要想劝服麻君婷很难，所以，他不挑起这个话题。

可麻君婷开口了，她知道成虎在马家的影响，她想通过成虎把她不好说的话，带回给马立，麻君婷还是那种个性，她开门见山："成记者，你看我和马立两人这样两国分居着，不是长久之计。"

成虎知道麻君婷说的意思，就说："这个问题，你们俩应该好好地谈一谈。"

麻君婷说："我们俩已经谈了好多年了，看来是谈不拢了。"

这时的成虎，还不知道麻君婷已经在考虑与马立离婚之事，他不解地抬头望着她。

麻君婷接着说："由于两国分居，看来我和马立很难再维持这个家庭了。我作为一个女人，已经有了一个女儿，很快会将琴琴接来美国一起生活，所以，我是无所谓的。但，这样下去可能对马立是不公平的，因为他年富力强，现在一直一个人，又要工作，还要照顾家中的老人，身边没有一个女人协助他，确实太辛苦了。"

这时，成虎听明白了麻君婷说的是离婚，觉得不劝几句是不应该的，就说：

"你和马立是从小学开始的同学,两人的婚姻维持了这么多年,又有一个那么聪明伶俐的女儿,离婚要慎重呀。"

麻君婷说:"我和马立感情并没破裂,离婚也对不起一直待我很好的马家人,特别是已经故去的婆婆。可这样拖着对马立不利,而以我对马立的了解,我不提,他绝对不会提离婚,所以,我提。"

成虎问:"这事,你和马立商量过吗?"

麻君婷说:"其实现在两人心里早已明白,我们的夫妻关系名存实亡了。如果我早点和马立离婚,马立还可以再找一个,成立一个新家,也许还会有一个新的孩子,马家太需要一个新媳妇和新孩子了,我也可以顺理成章地把琴琴带走,马家人也不会太失落。"

成虎感到麻君婷考虑这个问题已经很久了,虽然他知道一般人对夫妻离婚都是劝和不劝离,但他也知道,麻君婷和马立的分歧,几乎是不可协调的了。

于是成虎说:"解铃还须系铃人,这件事是大事,我希望你慎重再慎重,也希望你再和马立谈谈。"成虎这里其实说的是模棱两可的话,他没有讲明,是谈马立来美国,还是谈离婚,成虎在回避离婚这个问题。然后,成虎说:"我去一下洗手间。"就起身离开了,其实他是不想再深入这个话题,同时也害怕麻君婷请他带话给马立,这个话,他无法带。

其实成虎是去结账的,他发现麻君婷在美国并没有稳定的工作,没有稳定的工作,就没有稳定的收入,一个人的经济收入,会从其脸上表现出来的,有财务自由的人,才有自信,麻君婷没有。成虎去了收银台,把餐费结了,然后两人就默默地分手了。

和成虎分手后,麻君婷想来想去,决定和马立谈一谈。她先在电子邮件中谈,然后在电话中谈。一开始马立回避这个话题,后来,只要麻君婷说,马立就不吭声。到最后,马立说了一句话:"你决定吧。"这就等于同意了两人的离婚。

麻君婷回到了深圳,和马立进行最后的商谈,虽然表面上两人都还客客气气的,但,各自都知道已经无法挽回了。回到深圳的麻君婷,甚至都没有和马立同房了,虽然两人还是睡在一套房子里,但每晚麻君婷都是和女儿琴琴一起睡,而马立一个人睡在自己的书房里。

马立把要与麻君婷离婚的事告诉了爷爷和父亲，由于成虎回国后，委婉地将麻君婷在美国的状况和想法和马小军说了，马小军也委婉地告诉了老爷爷，所以两人听到这个消息都不感到意外，可爷爷马卫山首先考虑的是琴琴，因此，第一句话就是："琴琴怎么办？"

马立说："琴琴暂时还在国内读书，等初中毕业以后再说。"

马卫山听到琴琴还留在身边，就不说什么了。

此时的马小军已经到了退休年龄，只是公司暂时还没有合适的接班人，上级领导让他继续站好最后一班岗，所以还在上班。他沉默了一下说："马立呀，你已经38岁了，马上就40了，确实不能再和君婷这样拖着，人家也要再成家的。你觉得要离，我没有意见，只是两人好合好分，但一定要把琴琴的事安排好。如果琴琴的事没有商量好，那就暂时不要离。"

马立带着这个意见和麻君婷商量，其实，麻君婷根本还没有做好带琴琴走的准备，因此，她和马立商定，琴琴还留在国内上学，但麻君婷提出希望琴琴到美国去上高中。她的理由是，如果琴琴在国内把高中也读完再去美国，担心她的英语基础打不好，到美国首先要上预科学校来提高英语水准，这样会耽误至少一年时间，也会影响考上好的大学。

马立觉得自己不去美国读书，可没有理由反对女儿去美国读书，琴琴也是麻君婷的女儿。马立只想着让女儿把中国文化基础先打好，所以，也同意女儿高中就去美国读书。

麻君婷见马立同意了自己的意见，就宽慰了一下马立，她说："到琴琴初中毕业时，希望你好好努力一下，争取再找一个合适的，为马家生一个儿子。这样，老爷爷和你爸爸就会有新的寄托了，也免得琴琴离开时，他们舍不得。再说，你马立也会有一儿一女，多完美啊。"说完，麻君婷还为自己的幽默笑了笑。

可马立脸上一点笑容都没有，但也没生气，他没有接麻君婷这个话茬，只是起身离开了。

去民政局办理离婚手续时，两人都很平静，至少表面是这样。其实这时候两人心里对离婚已经有充分的心理准备了，并且由于已经不在一起生活很久了，大家甚至都有了一种解脱感。马立在麻君婷身上一点都找不到当年的感觉了，麻君婷也对马立客客气气的，女人一旦对男人客客气气，那就隔着很远的距离了。

离婚手续办得很顺利。从民政局出来，两人各自拿着一本离婚证。马立把离婚证放在身后，麻君婷却放在面前，突然她有点伤感地对马立说："就这么分手了？"

马立无奈地摇摇头，没有回答，因为无法回答。

这时麻君婷抬起头来，看看天，然后说："我在美国又把名字改回来了，我又叫麻丽了，这样不怕我们重名了，用英文叫麻丽很顺口。"

马立仍然笑笑，没有开口。

麻君婷突然生气地对马立说："你不会说话了吗？"

马立回答："该说的，都说过无数遍了。祝你在美国一切都好。"

麻君婷突然泛出泪花，叹了一口气，说："马立，只要你去美国，我立即和你复婚。"

马立摇摇头，说："别等了，耽误了你的青春，对不起。有时间多回来看看孩子。"

这时，麻君婷又生气了，说："女儿初中一毕业，立即送到美国读高中，这是你答应的。"

马立说："是，还是先让她把中文基础打扎实，再让她去美国读书。将来，尊重女儿自己的选择，这是我答应的。"

麻君婷也和马立商量好，暂时不把离婚的事告诉女儿，等到初中毕业以后再说。然后，两人就此别过。

马立当天下午就去上班了，麻君婷当天去了广州，她父母都已经离世了，但还有哥哥姐姐在广州，她要去看看他们，然后，就从广州回美国。

琴琴仍在深圳上学，对爸爸妈妈离婚的事一无所知。

至此，马立和麻君婷，天各一方，要各自书写另一段人生了。

第十五章

在老家的成虎，接到马小军的电话并不感到意外，他心里明白马小军这个时候给他打来电话，并不仅仅是因为自己与马卫山是忘年交，因为马卫山还没有到病危的时候，因此也就没有到要通知亲友的时候。马小军打电话给成虎还是因为寻找其母亲赵兰兰下落的事。成虎在为了写这本书去东北采访收集资料时，同时受马家的委托，特意到赵兰兰最后牺牲的那一带，访问了一些老人和查阅当地档案，但因为年代久远，历史资料缺失，第一次去并没有找到具体的线索。如今，已经过去一两年了，成虎计划最近再去一次东北，为自己的写作再补充一点资料，同时再一次去寻找赵兰兰的踪迹。老爷爷马卫山对妻子的怀念，曾经深深地感动着成虎，在他的内心一直有一个愿望，如果能找到一点蛛丝马迹，也是对这位即将走到生命尽头的老人最大的宽慰，他把这个计划告诉过马家。

当马卫山向儿子提出希望死后葬在妻子的身边时，马小军也是把最后的一线希望寄托在成虎再去东北时。现在，他希望能和成虎一道去东北，去寻找母亲赵兰兰的下落。如果真能寻找到母亲最后埋葬之地，马小军就可以满足父亲马卫山人生的最后一个心愿，将他埋葬到母亲的身边去。

成虎在上一次去东北采访时得知，因为事情已经过去了70多年了，当年日本人在东北杀人无数，尤其在战败的末期是真正兵荒马乱的时候，杀一个抗联女战士，或草草掩埋了，或扔到哪一个山沟里，都不会在敌伪档案里留下任何记录。如今要寻找赵兰兰埋葬在哪里，除非能找到当年的目击者，可岁月流逝，人海茫茫，当年的目击者就是活下来，也是90多岁的人了，寻找到的希望自然渺茫。但成虎也极愿意再做努力，他寄希望的是，现在东北各地政府都有"党史办"，他们在纪念抗战胜利70周年时，也开展了史料的整理和对还健在老人的访问。同时，当年抗联还活着的老战士们，以及他们的后代，也搞了不少纪念活动，成虎就是希望能从其中找到一点赵兰兰葬在何处的线索。所以，成虎接到马小军的电话后，没等马小军说什么，就回答说："我先回深圳，然后尽快去东北。"

马卫山和赵兰兰的故事，在成虎心里已经收藏了许多年，虽然理智告诉他，寻找到赵兰兰埋于何处，不亚于大海捞针，但，从情感上成虎愿意去捞这根针。

成虎与马家人的友谊，是从最早认识马小军开始的。成虎于1986年第一次来深圳经济特区采访，与马小军可以说是偶遇，而机缘是深圳的国贸大厦。

深圳经济特区1980年8月成立，开始建设的初期，就充满重重困难。经过早期艰难地爬坡，到1986年左右，发展速度有了一个飞跃，其标志性建筑就是深圳的国贸大厦。

深圳的国贸大厦，全称是深圳国际贸易中心大厦，它是改革开放后不仅是深圳，也是全国建的第一幢超高层大楼，一共有53层，在很长一段时间里都保持着中国最高大楼的纪录，因此有"中华第一高楼"之称。这座大厦是1985年12月竣工的。也是因为这座大厦，成虎第一次来到了深圳采访，在采访中偶然认识了马小军。

深圳的国贸大厦，并不仅仅因其是当时的"中华第一高楼"，而是这座摩天大楼在建设中创造了一个奇迹，即是以"三天一层楼"的速度建设完成的。要知道，那是20世纪80年代初，中国的改革开放刚刚开始不久，因此，它成了当时深圳经济特区高速发展的一个标志。邓小平、江泽民、胡锦涛、李鹏、朱镕基等国家领导人先后来视察，美国总统尼克松、老布什，日本首相海部俊树，新加坡总理李光耀和联合国秘书长加利，也先后到过国贸大厦，因此深圳国贸大厦成为深圳一座有历史感的建筑。

由此，一个后来成为"深圳精神"概念之一的"深圳速度"产生了，在全国都有广泛的影响。

正因如此，成虎当时被杂志社派来深圳，采访代表"深圳速度"的国贸大厦，写一些当时大家最想知道的深圳故事。

那一天，成虎参加了一个国贸大厦建设的现场交流会，看到坐在自己旁边的这个人与大家不同。参加会议的人在主席台下，大部分不是穿着工作服，就是穿着衬衣，唯有他穿着一件已经洗得发白的旧军装，脚上也是一双黄色的部队胶布鞋，一眼看上去就知道是一位退伍军人，可成虎听到有人叫他马总。这就是马小军，从基建工程兵集体转业以后，他是那个转业后组建的市政建筑工程公司的总经理。

那是成虎对总经理这个职务留下印象最深的一次。因为，那时候的总经理不像现在这样满天飞。那个时候，经理前面加个总字，表明是有一定实力和地位的。当时参加会议的不仅有大型国企的总经理，也有不少从香港来的港商总经理。在现场，由于基本都是基建行业的人员，经理和总经理是一眼就可分辨的。经理都基本穿衬衣系领带，而总经理不仅穿着整洁的衬衣系着领带，还因为是正式的会议都穿着西装。这些其实是受香港影响，也是当时经济特区深圳与内地其他地方不同的地方。港商总经理更是如此，他们与国企总经理不同的是，西装的质地显然好一些，而一些港商总经理手上还戴着宽大的金戒指，有的是铂金的，有的戒指上面镶嵌有绿色的翡翠。唯有马小军这个总经理，穿一身洗得发白的旧军装。

成虎就好奇地问陪同他采访的会议组织方的一位同志："这位马总是军人吗？"

那位同志正好认识马小军，就告诉成虎："对，他曾经是军人，是基建工程兵来深圳后集体转业的，现在是市里一家市政建设工程公司的老总。"

成虎在采访中听说过，深圳经济特区建立之初，中央曾调来两万基建工程兵参与特区建设，他就对这个特殊的群体产生了浓厚的兴趣，提出想采访一下他们。于是，那人立即介绍成虎和就坐在旁边的马小军认识了。

没想到马小军十分热情，当即就邀请成虎到他们公司去看看。然后，说走就走，领着成虎上了他的车。

当时，在国贸大厦的停车场里停着好多小轿车，基本都是日本和德国的进口轿车，不同等级的车辆也标志着前来参加会议老总们的身份地位，可马小军的车却是那种既可坐人，也可以运货的双排座工程车，而且一看就是一辆二手车，所以，远远地停在一个角落里，上车后成虎发现车上的空调都是坏的。当年工地上的包工头们跑工地开的基本就是这种车。

马小军自己开车，上车后抱歉地对成虎说："对不起，空调是坏的。"然后发动了汽车，打开了车窗，从国贸大厦现场沿着深圳那条主干道——深南大道，就这么一路向西，朝当时他们公司的驻地开去。

那时，国贸大厦所在地罗湖就是深圳的市中心，如今宽直的深南大道那时还没铺到现在的上海宾馆，过了上海宾馆就是郊区了，道路立即尘土飞扬，马小军又抱歉地不得不把车窗摇起来，因为灰尘实在太大了。马小军的公司所在地就是今天的景田，当时远离市区，从上海宾馆还要继续往西开，一路就颠颠簸簸了。

开了大约一个小时，才到了马小军的公司。下车以后，成虎有点不敢相信自己的眼睛，这个当时还叫猫颈田的地方与刚才的国贸大厦真的是两个世界，低矮的平房，甚至还有不少窝棚，道路坑坑洼洼，有点像远郊的一个集镇。在这里，成虎看到了更多和马小军一样穿着旧军装的人。

后来成虎才知道，当时马小军那样热情地领着成虎到了公司的所在地，其实他是有自己的想法的，因为当时他们的公司正面临着连工资都发不出来的窘境，焦急的马小军，是想通过记者帮他们反映困境。

集体转业为建筑公司以后，面临的第一个问题，也是最大的问题，即和当时特区内所有的企业一样了，被推向了市场，一切都要按照市场化管理，靠市场吃饭。他们需要到处找活干，才能发出工资，马小军所带领的公司正处在这个最艰难的转型期。

今天去参加国贸大厦的现场会，马小军就是想更多地了解市场情况，同时也是去追着当时市里的职能部门和几个香港承包商，找他们要点活干干，给转业后的基建工程兵们发工资。

当时的猫颈田因为驻扎了马小军这一个团的基建工程兵，刚刚有了点人气，但仍然是一个荒岗，岗下低洼处还是一些水田，缺少基本的市政设施。一条简易的公路连接着当时的深南路、后来扩建后叫深南大道，还有不少地方道路都裸露着黄土。这个地方和成虎印象中的特区太不吻合了。

成虎跟着马小军进了一个大院子，这个院子就是马小军所率领的基建工程兵团最初驻扎的地方，政府划给了他们做公司总部。院子里停着一些老旧的设备，如推土机、铲运车、压路机、道路刮平机和老式的解放牌汽车等机械设备。旁边还有一个沥青搅拌站，搅拌站并没有开工，堆放着一些沥青块、沙石、滑石粉等原料。不远处搭建着一排排简易工棚，生产一些水泥预制构件，工棚内外也堆放着一些水泥人行道板、电缆通信沟的小型水泥构件，工棚外就是沙石水泥堆放场，和几台水泥搅拌设备。

马小军告诉成虎，这些设备大部分都是基建工程兵时的设备，进入深圳时带来的，难怪不少已经锈迹斑斑。在大院的旁边还有一个汽车修配厂，可能就是负责维修这些老旧设备的。

整个公司大院像是一个加工场，可加工场里并没有多少人在工作，院子里稀稀拉拉的三五个人，或在这儿做着一些整理工作，或在那儿抽烟闲聊。

还有一幢四层的办公楼，一眼就可看出是匆匆盖起来的，当时马小军的市政建筑工程公司就在这幢楼里办公。

马小军领着成虎往楼里走，走到门口时，突然被一位中年男子拦住了，他仍然称呼马小军部队的职务，说："团长，请您签字吧！"说着，递上了一份报告。

马小军接过报告，展开看了几眼，问道："江连长，你真要回去吗？"

被称为江连长的男子无奈地说："团长，我已经跟着您七八年了，从湖南到湖北，又从湖北到了深圳。转业了，我并不想回去，可现在公司这么困难，已经两个多月没有足额发工资了，到处都找不到活干，几千人就这么耗着也不是个办法呀。我家在农村，父母亲年纪也大了，干不了重活，老婆在老家带着两个孩子，靠我一个月100多块的工资，养不活呀！团长，你还是让我回原籍吧，至少一家人在一起。"

马小军听到这儿，深深地叹了一口气，说："江连长，是我对不起你，公司我没有带好，你的困难我全知道，你们家确实困难，你回去吧，将来公司好了，我打电话给你，你想回来，就再回来，把家属一起带来。"说着，马小军从上衣口袋里掏出一支圆珠笔，在江连长请求离职的报告上签了字，然后一只手递给江连长，一只手在江连长的臂膀上重重地拍了拍，表示深深的歉意。

看着眼前的情景，成虎觉得与今天在国贸大厦现场会上看到的热火朝天的情景，完全是两个世界。

跟着马小军上了楼，还没到他的办公室，就看到门口围着一帮人，走到门口，原来屋子里也坐着一帮人，大家都眼巴巴地望着马小军，显然是期盼着原先的团长现在的总经理，给大家带来找到活干的好消息。

马小军当然明白大家等在这儿的原因，也许是刚才给江连长离职报告签字的情绪还在心里，所以有些不耐烦地说："大家该干什么就干什么去吧，别堵在我的办公室里。"说着，就将大家往外轰。

大家一看马小军是这种情绪，就知道又没有找到活，于是，就一边失望地往外走，一边嘟嘟囔囔地说："该干什么就干什么？如果有事干也不会待在你这儿。"

这时，有一个人甚至大声地说："我们有力气，不怕干活，只要有活干，累死也心甘。团长，你给我们派活干呀。"

又有一个人接着说："团长，不能这样长期半饥半饱地没活干，领导们快想想办法吧，我们还有老婆孩子要养啦！"

马小军并不接话，脸上红一阵白一阵的，可以看出心里十分窝火。这时，也有其他的领导在帮着马小军圆场，招呼着大家离开马小军的办公室。

伸手关上办公室门的马小军，一屁股坐在一张硬木的椅子上，掏出香烟点上了火狠狠地吸了几口，这时才想起成虎就在办公室里，连忙抱歉地递上烟盒，请他抽烟。成虎摆摆手，表示自己不会抽烟。

马小军给成虎泡了一杯茶，递上来的时候说："真的不好意思，让你看到家丑了，你来特区是采访特区那些改革经验的，我们公司这种样子，给特区丢脸了。"

成虎看到刚才的一幕，虽然感到意外，但并不吃惊，因为成虎在内陆采访国企改革中，也看到过那些困难的国企工人围着厂长办公室的情景。但让成虎感到意外的是，在深圳，在有着许多成功改革经验的经济特区，同样也有这样的国企困境的情景。

接下来，马小军像倒苦水一样，把他们基建工程兵集体转业以后，遇到的困难和目前的境遇，一五一十地和成虎交谈着，谈了整整一个下午，谈完这一切，马小军桌上的烟灰缸里堆满了烟头。

这样，成虎才逐渐弄明白，马小军如此爽快地答应接受他的采访，又不怕露家丑地把他接到自己的公司，其实是有一肚子苦水要倒，因为当时公司差不多是集体转业后的最困难时期。困难到什么程度？每个月只能给职工发生活费，而这个生活费也是从银行贷款来的。马小军似乎到了走投无路的地步，他希望通过记者把他们的困难报道出去。这和一般企业特别是国企领导，都是只想把自己的成绩和先进经验报道出去的想法，有些背道而驰。

这既是马小军的勇气，也是他的智慧。

马小军所在的基建工程兵团，1982年到的深圳，1983年初集体转业，随同一起转业的一共有8个基建工程兵团，共计2万多人。

当时深圳是经济特区，改革开放的一个核心，就是由计划经济向市场经济转型，基建工程兵转业后的公司，虽然是市属国企，但深圳市对基建工程兵转业后的企业，定位非常明确：市场竞争，自主经营，独立核算，自找饭碗。

转入地方后，对他们来说最大的挑战就是自主经营、自找饭碗，也就是公司一切工程，都必须自己到市场中去找，参与市场竞争。这对于吃惯了计划饭的他们来说，用马小军的话叫"非常水土不服"。

马小军告诉成虎，当时他们团集体转业以后，整个公司的固定资产只有146万元，马小军指了指窗外院子里停的那些旧设备，说："包括那些已经差不多要报废了的设备。当时公司的账上只有20万元现金，而整个公司有1700多名干部职工，还有几百名家属，平均摊到每一个人的头上，只有100多块钱。"

说到这里，马小军激动得用手指敲了敲桌面说："这个家我怎么当？"

马小军继续说："公司一开始只能靠向银行贷款，最初阶段因为没活干，公司没有收入，有时一个职工每月只能发30块钱生活费。你相信吗？就是30块钱。最高时也才发了80块钱，这是三年前1983年的事。我们有一位副连长转业后任施工队长，来自农村，家属没什么文化，找不到工作，他有两个孩子，家庭困难到老婆每天晚上就带着孩子到市里的大型超市，去捡超市关门时扔掉的剩菜和食品。有一次，这些剩菜和食品，不知怎么和超市里放的老鼠药混到一起了，结果一家人吃了都中毒了，要不是发现得快，后果就不堪设想了，我哪还有脸坐在这个位子上？"马小军激动地指了指他的那把木椅子。

说到这儿，成虎发现马小军眼里泛着泪光。他狠狠地吸了一口烟说："来深圳前，部队开展过很多次讨论，我自己也来深圳考察过，做过许多思想准备，就是没想到，没有活干，吃不上饭了。这么多的干部战士跟着我，我第一次感到自己是这样的不称职。对不起他们呀！"

成虎边做着记录，边在想，这些困难不能算是马小军的责任和能力呀，他为什么这么自责？

马小军说："我接下这个担子，我就要向这些弟兄负责，他们真正来自五湖四海，来自全国各地，有些甚至就是当年我亲自去招兵招来的，他们大部分来自农村，都是抱着美好的希望来到深圳的，结果，现在连饭都吃不上了，你说，我还有脸讲我没有责任吗？当时就有一些人，离开深圳回了家乡，今天你看到那位江连长，是我苦口婆心地留下来的，他特别能干活，特别能吃苦。可是，留了三年，今天还是要回老家去，你能说我没有责任？前几年我留他时，许诺了美好的前景，可三年了。现在又遇上困难，我不能再留他了，他一个人在深圳，老婆孩子都在老家，他们家困难太大了。"

马小军接着介绍说："后来深圳市政府也知道这些刚转业的基建工程兵公司的困难，要帮着我们过渡，于是给了我们一些市里的工程和一些企业税收优惠。这样才让我们渡过了最初的困难。"

成虎了解到，这些基建工程兵转业的公司，也在积极地适应市场，迅速地投入市场去学习。马小军所领导的公司，放下架子，什么样的工程他们都去接，大到市政道路、城市排污水管，小到给村里农民盖房、修村道，甚至承接给村民的新房安装灯泡和电器等。

在积累了一些资金以后，马小军他们班子就决定给职工们盖宿舍公寓，也盖了这幢办公楼，还盖了一些简易的厂房，就是成虎刚才看到的那些水泥预制构件厂。

这样，公司一点一点地进步，一点一点地适应市场，开始能基本养活自己了。这时的公司，逐渐从计划经济模式，向市场经济转型，虽然这个转型的过程并不很快，但毕竟在一步一步地改变。

可紧接着又遇上了新的困难，造成今天又没有活干的现状。

我们今天知道，深圳经济特区是在摸着石头过河的改革试验中，一步一步走到今天的。改革实际上是一种试错，不可能每一步都走得顺利，深圳就是在不断地改革、不断地纠偏、不断地总结经验中前行的。

当时深圳在改革中，也遇到了许多困难。就在马小军他们公司逐渐有了一点好转后，深圳由于基建过热，市里开始调整，许多基建工程都下马了，一些央企和省里的专业基建队伍都找不到活干了，何况像马小军所领导的公司。

正在此时，企业税收优惠期也结束了，公司又一次遇上揭不开锅的困难。马小军和公司班子想了很多办法，自己亲自到处去找工程，结果并不理想。所以，马小军就希望能不能让记者帮他向社会呼吁一下，让领导们和有关部门知道他们揭不开锅了。

于是，就这样有了这次不说自己的成绩，而自暴家丑的采访。

事实证明，马小军是充满智慧的。

成虎后来根据马小军的陈述，和在他们公司里的所见所闻，写了一篇调查报告，主题是改革的阵痛，引起广泛的关注。当时的深圳市委召集有关部门开会，研究如何扶持基建工程兵转业的企业渡过难关，市里也调整了一些市政工程交给他们做，同时，也对这些公司提出，要改革，要不断地改变自己，要向市场要效益，这就是经济特区深圳，他们对企业的要求，就是要走向市场，不能总依靠政府输液。

这也让马小军明白，这道关就算过了，但只是缓了口气，最终还是要改革，还是求变，还是要适应市场。

于是，通过市场调研和充分的公司上下讨论，提出了打破惯例的"一业为主，多种经营"的公司发展思路，这个思路最大的特点，就是把转业后的基建工程兵彻底推向市场，使这支队伍在市场中锻炼磨砺，虽然走得跌跌撞撞，也曾付出过惨痛的代价，但终于一步一步地把经济搞活了，把企业逐渐做强了。

这一点，10年后的成虎不仅仅是亲眼所见，甚至是亲身体验了。

整整10年后的1996年，来深圳工作后的成虎没有想到，他所在报社的新建大楼竟然选址已经叫景田的这块地方了，在这儿也盖起了一座不比国贸大厦矮多少的摩天大楼，而他们报社建高楼的这一大片，有相当一部分土地就是马小军他们公司，在市里总体规划下，把一片荒岗山塘进行了"七通一平"。等于是对这块土地进行先期开发，这实际上是马小军他们抓住机会，进行大胆改革的一项成果。

　　成虎的文章问世后，在市里的关注和扶持下，虽然马小军的公司有了一个喘息的机会，但他们明白要使公司得到更大的发展，必须再次寻找机会。后来，他们听闻市里准备开发猫颈田这块地方，已经在规划了，并且把它改名叫景田。但当时的政府财政也没有那么多的钱来把这块土地平整出来。马小军他们得到这个消息后，立即去找政府有关部门提出了一个大胆的设想，即由马小军的公司对市里规划的这块土地，垫资进行"七通一平"工程。什么叫垫资？即政府没钱，我企业来做工程我先垫付工程资金。什么叫"七通一平"？指的是城市基本建设中前期工作的路通、水通、电通、排水通、热力通、电信通、燃气通及土地平整等的基础工程。"七通一平"是现代化城市必须具备的最基本建设条件，只有"七通一平"做好了，土地才具备开发的基本条件，土地才有了价值。

　　政府有关部门正为开发这块土地的资金发愁，现在听到马小军的公司提出这样的一个开发方案，而马小军的公司又是市属公司，用马小军说服有关部门的话说，是"政府的亲儿子"，双方一拍即合。有关部门领导问马小军他们要什么回报。

　　马小军说："我们知道政府资金紧张，我们公司是政府的亲儿子，我们的投入不要回报。"

　　那位领导不相信地笑着问："真的？"

　　马小军也笑着回答："真的！不过我们也相信，政府怎么会不考虑我们企业呢？"

　　那位领导说："直说吧，别绕了，只要不违法，我都想办法满足你们。"

　　马小军说："那好，我们平整出了这么一大块地，政府给我们一小块作为回报就行了。钱，我们一分不要。"

　　"原来你们绕的就是这个花花肠子，还一分钱不要，在深圳有什么比土地更值钱、更有升值前景的？不过，我个人感觉，这个要求不过分，你们把'七通一平'弄出来，这块地马上就可以开发，政府还是最大的受益方。你们毕竟是企业，有投入就应该有回报，其实也是急政府所急，这是双赢。我们马上给市里打报告，尽快把这件事定下来，你们就进场施工。"

10年过去了，在这片土地上，如今建起了上百栋高楼大厦。马小军的公司也获得了房地产开发的资质，当年所获得的政府补偿的土地，都进入了公司资产，分批分片进行了开发，马小军所领导的公司自此开始进入高速发展通道，规模也越做越大。而如今马立所在的集团公司，就是后来从马小军的公司里分出来的，所以马立所在的上市公司总部大楼，也建在这儿。当年的那片荒岗，如今积累出的财富和每年给国家贡献的税收，无法计数了，仅马立这家公司其市值也有300多个亿了，而当年在这片土地上第一个投下种子的，就是马小军他们基建工程兵转业后的工程公司。马小军他们公司所做的"七通一平"，是今天这儿上百栋大厦的最初基础。

多年后的今天，成虎在自己报社所盖大楼的35层办公室的落地玻璃窗前极目望去，远眺可以看到香港，中间是深圳河，而近处全是林立的高楼，深圳的中心区已经从罗湖移到这里了。他想起当年马小军开车带他到这儿来时，这里还是一片荒岗、桉树、几处稀稀拉拉的工棚、刚刚盖起不久的简易房，以及后来马小军他们所居住的没有电梯的公寓楼。

这中间只用了10年，现在，它还在继续变化，真正的日新月异。

在如今高楼林立的深圳，如果不了解历史，你可能很难体会到这一切来得是多么不易，每一幢高楼都不是平白无故地长起来的，每一幢高楼下都是像马小军他们这些深圳最早"开荒牛"最初铺下的石子，可历史未必能详细记录下他们，这使成虎在写这本书的时候，有种莫名的责任。

这不是道理，这是被历史烟尘掩盖着的事实，也是让成虎有一种历史责任感的写作动力。

此时，一股湿润的风，又掀起了成虎面前的稿纸，把沉思中的成虎带回到现实之中。

1982年马小军来到深圳，1986年成虎第一次来到深圳，1996年已经在深圳工作的成虎与马小军在已经改名叫景田的这块土地上相聚，再到2019年成虎开始记录这段历史，深圳经济特区走过了40年，马小军来到深圳已经37年，而成虎也在这块土地上生活了27年了。

　　成虎不由得感叹岁月匆匆，仅仅几十年，这个世界发生了翻天覆地的变化。在这块土地上，不仅是共和国历史上翻天覆地的变化，恐怕也是中国历史上变化最大的40年。

　　马小军如今已经退休多年，他当年所领导的那个基建工程兵团转业为公司，已经发展成一个大型国企，真正成为一个"一业为主，多种经营"的集团，其分公司和工程业务遍及全国。如今已经不是鸟枪换炮，而是换火箭了，这些是马小军他们那一代"开荒牛"们所打下的基础，而又被后来一拨一拨的接班人继承和发扬光大的。

　　现实表明，路，寻找对了，历史就会大踏步地前进。

　　马小军那一代人已经离开历史舞台了，而后来的人例如马立这样的，却在更大的舞台施展才华，这就是深圳这座城市的希望。

　　此时，成虎坐在老家的窗前，抬头凝视着窗外，夜，慢慢地深了。

　　上床的时候，窗外一片白雾，入夜无声，远处是家乡那座标志性的建筑，像一支笔一样静静地矗立在长江岸边450多年的古塔。据说，当年修建这座宝塔是为了"以振文风"，所以取名为"振风塔"。不知它记录了多少历史的风风雨雨，此刻默默地静观着眼前一江春水缓缓东去。

　　雨渐渐稀落，润物无声。成虎在烟雨中久久没有入睡，眼前又浮现出当年与马家人相识的情景。

　　那天马小军在他的那间简陋的办公室里，与成虎一直谈到傍晚，中午饭是在公司食堂里吃的，吃完又接着谈。当马小军发现天都已经黑下来的时候，这才抱歉地说："哎哟，天都黑了，不好意思，不好意思，占用了你这么长的时间。"

　　成虎笑笑说："不要紧的，你所讲的，虽不是特区建设的成就，但却让我看到了特区成就得来的不易。让我好好想一想，这篇文章该怎么写。"

　　马小军看了一下手表说："哎呀，都到吃晚饭的时间了。"然后站了起来，下意识地看了看窗外，窗外远处只有星星点点昏黄的路灯，当时的猫颈田完全像是一个城市的远郊。

马小军说:"成记者,真的不好意思,我们这儿地域偏僻,没有什么像样的酒楼,公共交通也不方便,出租车甚至都很少到我们这儿来。这样好不好?到我家去吧,让我爱人给你做几个菜,吃完饭我再开车送你回去。"

当时,成虎住在罗湖一个叫木头龙的地方,那儿有一个招待所。

成虎问马小军:"木头龙离这儿有多远?"

马小军说:"还真有点远,我们这儿在深圳的西边,去木头龙,到了国贸大厦,还得往东走,恐怕开车得要两个小时,还是到我家吃完晚饭再回吧。"

成虎本不想到马小军家里去打扰人家,现在看来也只好如此了。

当时马小军的公司连工资都快开不出来,哪还能请人到酒楼里吃饭,但公司食堂确实太简陋了,中午已经吃了一顿,晚上再去,马小军实在不好意思。所以,马小军在与成虎交谈的中间,就悄悄出去给爱人曾秀云打了一个电话,让她下班早点回去买点菜,晚上要带一个记者回去吃饭。

那天晚上成虎在马小军那个简陋的家里,第一次见到了刚刚离休还穿着一身旧军装的马卫山和曾秀云,以及马小军那两个还未成年的儿子马立和马正。

从此成虎与马家的人就都认识了。

第一次认识马卫山时,不知为什么成虎就对这位东北抗联的老军人有一种好奇,从他那笔直的腰杆和布满沟壑的脸庞上,作为一个记者,成虎看到了许多故事。因此,后来成虎慢慢地与马卫山成了忘年交,而马卫山最愿意和成虎说他当年的故事。

成虎回到内陆后,一直和马小军保持着联系,中间又来深圳采访过好几次,每次来都会去看马小军,每一次都看到景田这块地方的变化,也看到了马小军的公司一年一个样子地发展着。

有一次成虎来深圳,马小军对他说,你对深圳已经这么熟悉了,深圳非常需要人才,你干脆调来深圳工作吧,成虎就动心了。

最后成虎于1992年元月正式调来深圳,进了一家报社工作,干的仍是老本行。后来马家的第三代马立和马正相继大学毕业回到了深圳,成虎也与他们成为朋友。再后来,成虎还参加了马立和麻君婷的婚礼,等到马家第四代琴琴出生,逐渐长大后,也与成虎很熟悉。马家一家人都把成虎当成最好的朋友。

正是由于这种熟悉，让成虎在深圳经济特区建立40周年的时候，想写一本书，最后选取了马家四代人这种十分有典型意义的深圳新移民家庭，作为其故事核心。

也正因为如此，马小军打电话给成虎告诉父亲马卫山的情况，并不仅仅是因为成虎是他们一家的朋友，而且是因为成虎正在写的这本《记忆》一书的核心人物之一，就是马卫山。

成虎知道，要尽快回深圳。

这时候，成虎怎么也没想到，在寻找赵兰兰的过程中，他发现了一个线索，从而揭开了一个让人怎么也不敢相信的结局……